El Camino de Regreso

De Maricruz Acuña

Aignos Publishing

Honolulu, Hawaii

2014

El Camino de Regreso

1910 Ala Moana Blvd, #20A
Honolulu, HI 96815
www.aignospublishing.com

Edited by Rebeca Gomez Galindo
Cover art provided by Donna Lester
Art Design by Liang-Han Yu

13-digit ISBN: 978-0-9895191-7-5
10-digit ISBN: 0989519171

Aignos Publishing

Honolulu, Hawaii
2014

PREFACIO

Todo parece insignificante. Los autos que vienen y van asemejan los juguetes de un niño. Las casas pierden atractivo, desde las alturas todas lucen iguales. Los árboles parecen matorrales sin forma definida y las personas simples alfileres que se mueven a voluntad.

La belleza empieza en el horizonte, en el contraste armonioso entre la mano del hombre y la mano de Dios. El Cielo azul salpicado por nubes blancas que se divierten jugando a hacer formas suspendidas en el aire, o la muralla de montañas de diferentes niveles y profundidades capaces de empequeñecer al más grande de los mortales. En los rayos del sol que dibujan el viento sobre una ciudad que palpita con tanta fuerza como los latidos de un corazón enamorado.

De repente, se antoja maravilloso ese rompecabezas de figuras en movimiento que hace recordar el complicado, pero perfecto, mecanismo de un reloj. Como si cada cual tuviera enfrente la partitura de su propio instrumento y juntos formaran la orquesta de la vida diaria. Y entonces sucede, inesperado y estremecedor, un ruido sordo que interrumpe la cadencia de esta melódica rutina. Se puede escuchar un gemido de dolor. Las sirenas no tardan en aparecer, las bocinas suenan con impaciencia y un cuerpo es cubierto con una sábana. La ciudad sigue igual, indiferente a todo y ajena a lo que sucede más allá de donde la vista humana logra apreciar. Más allá de lo que nadie puede siquiera imaginar.

CAPÍTULO 1

Sus ojos tardaron en acostumbrarse a la intensidad de la luz, como si alguien hubiera encendido una lámpara justo cuando acababa de despertar. Pero esta luz era demasiado intensa para ser artificial, daba la impresión de que los rayos del sol traspasaban las paredes y el techo.

Miró a su alrededor confundida porque no sabía en dónde estaba, y de momento pensó que se trataba de la sala de espera de algún aeropuerto. Había un enorme letrero que decía: "Terminal A", y uno más pequeño donde podía leerse: "Recepción". Sin embargo, las letras estaban suspendidas en el aire sin ningún soporte visible, y los anchos pasillos parecían no tener fin por ninguno de los cuatro lados. Además, ninguna de las personas que la rodeaban llevaba equipaje, y después se dio cuenta de que los muros eran translúcidos y que, lo que en un principio confundió con el techo, era en realidad el Cielo, un Cielo tan azul que la deslumbró todavía más. En ese instante escuchó una voz potente que gritaba un número con desesperación.

–¡Cuatrocientos setenta y cinco!

El hombre de blanco tuvo que repetirlo tres veces antes que la mujer reparara en que ella tenía ese número escrito en su mano derecha.

–¡Por Dios, hija, apúrate! ¡Vamos muy atrasados!

Se trataba de un tipo barbón y regordete, con mirada amable, que lucía un poco incómodo usando un traje sastre. A la mujer le inspiró cierta confianza comprobar que era quien parecía estar a cargo, a pesar de que nunca antes lo había visto.

–Lo siento – Ella se levantó tímidamente y se reunió con otros dos, el cuatrocientos treinta y tres y el cuatrocientos cincuenta, según se leía en sus respectivas manos derechas –. Es que me siento muy rara.

–Eso es porque tuviste un accidente terrible. Explicó su interlocutor.

–¿Accidente? – cuestionó alarmada –¿Qué clase de accidente?

–No te preocupes, ya pasó –la tranquilizó su anfitrión poniéndole una mano sobre el hombro derecho –. De ahora en adelante, todo va a estar bien.

La mujer sintió una paz inexplicable al contemplar sus ojos oscuros. El hombre sonrió complacido y añadió sin soltarla:

–Lamento que te perdieras la plática de "bienvenida", pero podrás ponerte al corriente más adelante.

Ella no acababa de entender qué hacía ahí. Es más, ni siquiera atinaba a comprender qué era este lugar ni como había llegado.

–¿Dónde estoy? ¿Quién es usted?

–Mi nombre es Pedro –replicó con un tono solemne que no había usado al principio, como si quisiera hacerle ver que se trataba de alguien importante.

–¿San Pedro?–la mujer dudó al verlo asentir. Por un momento pensó que le estaba tomando el pelo, pero algo en su expresión le indicó que no era así.

–¡San Pedro! –exclamó al comprender lo que esto significaba.

Si este hombre era quién decía que era... Las piernas le flaquearon al pensarlo. Miró a su alrededor angustiada, todos parecían demasiado tranquilos para que esto fuera real. El hombre corpulento de raza negra parado a su lado, el cuatrocientos cincuenta, la miraba como si fuera un inmenso oso a punto de atacarla, pero no lucía como alguien que acabara de perder la vida. El joven oriental de lentes gruesos junto al "Oso", el cuatrocientos treinta y tres, hasta le sonrió con cierta complicidad.

La mano de "San Pedro" apretó su hombro y eso la relajó.

"Con seguridad se trataba de uno de esos programas de bromas donde al final todos se reían de la pobre víctima", pensó más calmada.

No obstante, lo último que recordaba era una luz roja, un ruido fuerte y algo que le producía un dolor intenso en el vientre. Asustada, se llevó las manos a esa zona y sintió un gran alivio al comprobar que estaba bien. Pero... Las sirenas, sí.

La voz de un hombre que trataba de tranquilizarla mientras ella rezaba. Era una mujer muy devota, lo había sido siempre, y estaba segura de que nada malo podía ocurrirle en medio de un Santo Rosario.

En ese caso, debía estar soñando, claro, uno de esos sueños intensos que solía tener cuando le pegaba a la bebida. Aunque ella hacía mucho que no tomaba... ¿O sí? No podía recordarlo con claridad. ¡Todo era tan inesperado y confuso!

-Bien -prosiguió "San Pedro" alejando su mano con cierta cautela -. Ustedes tres formarán el equipo ciento cuarenta y nueve del día. Necesito que cada uno escoja un nombre para facilitar su identificación.

-¿Qué tiene de malo nuestro nombre? -preguntó la mujer antes de recapacitar en que no se acordaba de cuál era el suyo.

-Eso, precisamente.

"San Pedro" la miró con ternura, como si hubiera leído sus pensamientos y comprendiera lo que sentía. Ella no opuso más resistencia, pero en cuanto tuviera oportunidad buscaría hablar con él a solas para que le explicara. De momento, "San Pedro" parecía muy apurado porque resolvieran la cuestión del nombre.

El muchacho fue el primero en hablar:

-Yo quiero llamarme Bruce, en honor a mi héroe: Bruce Lee.

-¡Eso es una ridiculez! -manifestó el "Oso" y, acto seguido, se negó a cooperar.

-Yo opino que lo llamemos Mario -anunció Bruce -, como uno de los personajes de mi juego de vídeo favorito. "San Pedro" hizo las anotaciones pertinentes a pesar de las protestas de Mario, y después se volvió hacia ella.

–Yo quiero llamarme... –titubeó –. María.

Su anfitrión iba a anotarlo cuando a ella se le ocurrió que resultaba demasiado pretensioso usar el nombre de la Madre de Dios.

–No, espere.... Mejor Lupita –no acababa de decirlo y cayó en la cuenta que ése era también el nombre de otra Virgen –. No... Tampoco.

–¡No puede ser! –el "Oso" sonaba enfadado.

–Gina –concluyó de pronto y sin saber por qué.

–De acuerdo –"San Pedro" le sonrió con dulzura –. Ahora, si fueran tan amables de pasar al auditorio, uno de nuestros arcángeles les explicará los detalles de su misión.

–¿Misión? Cuestionó ella siguiendo a los demás al lugar indicado. –¿Arcángeles?

–¿Dónde estuviste durante la introducción? –preguntó el "Oso" con impaciencia.

–Llegó tarde –aclaró Bruce, y después se volvió hacia ella con expresión amable –. No le hagas caso, Mario también estaba aturdido al llegar.

–¿Cómo no voy a estarlo? –protestó el aludido–. Tú estuviste enfermo varios años y ya debías verlo venir, pero yo... Un infarto fulminante deja aturdido a cualquiera.

– Infarto fulminante –repitió Gina más confundida que antes.

– ¿Acaso eres retrasada mental?

–Mario, por favor... –intervino Bruce antes de que ella pudiera contestar.

–¡No me llamo Mario!

–Buenos días, damas y caballeros –estas palabras impidieron que la discusión continuara –, lamento haberlos hecho esperar pero ha sido un día agitado. A ver, ustedes... allá atrás –los tres se volvieron a mirar a quien los llamaba desde el frente del abarrotado salón –. ¿Pueden, por favor, tomar asiento para comenzar?

A Mario le dio la impresión de que el hombre que los recibió lucía como Santa Clós en traje de Primera Comunión; y el que acababa de hablar parecía el anfitrión de la Isla de la Fantasía. Estuvo tentado a ponerse a gritar: "El avión, el avión", pero entonces el tipo se presentó, y Mario se guardó sus palabras.

–Sé que no tengo alas ni armadura, pero nada en el Cielo es como lo pintan.

"¡Y qué lo diga!", pensó Mario, si es que tenía que llamarse de alguna manera.

A pesar de que él sí llegó a tiempo a la "bienvenida" y había escuchado las explicaciones con interés, Mario seguía pensando que todo esto era una charada. Para empezar, era imposible que estuviera frente al Arcángel Miguel. Cuando niño, su abuela le mostró una estampa con la imagen de la famosa mano derecha del Todopoderoso, y este sujeto no se parecía al magnífico guerrero que sometió al demonio bajo la suela de su zapato.

De hecho, todo este lugar era muy distinto a lo que la abuela de Mario solía describir. No había querubines volando ni música celestial, tampoco estaba San Pedro en la Puerta de entrada, porque el tipo de la Recepción con sus manos "mágicas" no podía ser San Pedro. Se trataba de un impostor, igual que este arcángel de pacotilla y esta supuesta antesala del paraíso.

Además, su abuela decía que el purgatorio no existía, que ese lugar donde las personas tienen que limpiar sus culpas para poder alcanzar el Cielo, era un invento de la Iglesia Católica. Por lo tanto, resultaba imposible creer que esta especie de gimnasio escolar con iluminación natural formara parte de las instalaciones divinas. Mario tenía que reconocer que el efecto de las paredes transparentes y el Cielo abierto era efectivo, pero el podio y las sillas formando hileras resultaban demasiado "terrenales" para su gusto. Por si fuera poco, eso de que se les asignara un número y una misión... No era justo que tuvieran que seguir trabajando. ¿Acaso no habían hecho suficiente ya en la tierra?

–Me temo que no, Mario. Si así fuera, tú habrías ido directo allá arriba.

Mario no recordaba haber formulado la pregunta en voz alta,

así que la respuesta del arcángel lo tomó por sorpresa.

–¿Y cuánto va a durar esto? –preguntó un hombre desgarbado y sucio que miraba a su alrededor con el mismo escepticismo que Mario experimentaba.

–Eso no depende de nosotros sino de ustedes.

Algunas voces elevaron una protesta enseguida y Miguel añadió:

–¿Cuál es el problema? Tienen la Eternidad a su disposición.

–Muy gracioso –murmuró Mario en voz baja, pero sus compañeros no se dieron por enterados. Ninguno de los dos parecía muy brillante, en especial la mujer, aunque el chino era tan joven que tampoco podía esperarse mucho de él.

–Además –prosiguió el autoproclamado arcángel por encima de los murmullos a su alrededor –, nuestro concepto del tiempo no es igual al de la tierra.

–¿Por qué tenemos que hacerlo nosotros? –reclamó alguien más que Mario no alcanzó a distinguir–. ¿No se supone que hay un ejército de Ángeles a disposición del Señor?

El expositor suspiró, y Mario sonrió al pensar que seguramente el pobre estaba preguntándose cómo era posible que semejante puñado de quejumbrosos hubiera llegado hasta aquí.

–Así es, pero los boletos sin escalas son cada vez más escasos y el purgatorio se encuentra saturado. Los humanos se han multiplicado muchísimo en los últimos siglos, no tenemos personal suficiente para satisfacer la demanda y no queremos descuidar a nadie. ¿Les habría gustado que, en un momento de necesidad, no hubiéramos podido atenderlos?

La respuesta era tan obvia que nadie la contestó, y entonces Miguel añadió:

–Tal vez les tranquilice saber que algunos de sus problemas fueron resueltos por gente como ustedes, y que los que lleguen más adelante, harán lo mismo por otros.

–Como una cadena –dijo la mujer.

Mario miró a Gina sorprendido porque esas eran las primeras palabras coherentes que ella decía desde su llegada.

–Exacto, como una cadena –Miguel le sonrió a Gina desde el

otro extremo del salón.

A Mario le extrañó que la hubiera escuchado porque Gina apenas había susurrado.

-En ese caso -intervino el compañero desaliñado de nuevo-, no debemos trabajar en equipo sino por nuestra cuenta.

Mario asintió. Esa era una excelente idea.

-Los equipos tienen una razón de ser. Cada uno tiene un talento especial que poner al servicio de los otros y entre los tres reúnen características esenciales para las tareas que se les encomiendan.

Mario no estaba de acuerdo con este argumento. El vago tenía razón, era una tontería que los obligaran a realizar algo tan delicado con unos completos desconocidos.

Una vez más, el arcángel se le adelantó:

-Los equipos han sido planeados por el mismísimo Espíritu Santo. Algunos de ustedes pueden haber llegado aquí de repente, pero les aseguro que los estábamos esperando. Ahora... ¿Podemos relajarnos para entrar en los detalles de su misión?

"Un último deseo." Bruce meditó en el nombre por unos instantes. "Un último deseo." Ese era el título de la misión. Quizá resultaba cursi, pero a él le gustaba llamar las cosas por su nombre. Bruce era, ante todo, un hombre metódico y práctico.

En realidad apenas podía considerarse como tal. Él no recordaba su edad, pero era sin duda uno de los más jóvenes de la habitación. Bruce estimaba que Mario debía tener alrededor de cincuenta años y Gina... Ella era un poco más difícil de decir porque su aspecto descuidado la hacía parecer mayor, pero a juzgar por las líneas alrededor de sus ojos... Cerca de cuarenta. Bruce calculaba que él tenía unos veinte, pero no podía estar seguro porque San Pedro explicó durante la plática introductoria que su memoria experimentaría desajustes el tiempo que permanecieran allí. Esto resultaba abrumador para alguien que consideraba su materia gris como su mejor cualidad.

El colmo era que Bruce no sabía ni siquiera quién era San Pedro; no recordaba haber escuchado su nombre con anterioridad ni haber visto ninguna fotografía. Tampoco sabía qué era un arcángel, pero ambos hombres le parecieron tan capaces y honorables que no se atrevió a desafiarlos. Él había sido criado en la más estricta tradición oriental y respetaba a sus mayores sin protestar. Además, después de la larga agonía que padeció por un cáncer en los huesos, era un cambio refrescante no sentir ningún dolor.

–¿Y cuándo recuperaremos nuestros recuerdos?

Bruce tuvo que salir de su meditación para poner atención a la pregunta de un anciano que se encontraba sentado a su lado porque eso le interesaba muchísimo.

–Ese será un proceso gradual –explicó Miguel, si es que era correcto referirse a él de un modo tan informal –. Sus recuerdos irán apareciendo conforme los necesiten, siempre y cuando no estorben en su misión.

–No entiendo –murmuró Gina y Bruce le sonrió.

La pobre se había perdido la plática inicial en la que San Pedro los puso al tanto de su nuevo "status" y por eso se encontraba tan confundida.

–Si ustedes van a bajar a la tierra, a interactuar con los humanos gozando de ciertas habilidades especiales, no podemos correr el riesgo de que caigan en la tentación de favorecer a sus conocidos, ¿comprenden?

–¿Caer en la tentación? –protestó Mario indignado –¿No se supone que ya estamos en el Cielo?

–Purgatorio –aclaró el arcángel mostrando cansancio ante tantas interrupciones –. Escuchen, no es desconfianza sino precaución. Por su propio bien y el de sus seres queridos, no debemos alterar el orden natural de las cosas ni la libertad absoluta de cada quien para forjarse su propio destino.

–¿Vamos a mantener comunicación con ustedes? –preguntó una señora mayor del otro lado del salón.

–Todo eso lo explicará mi colega Gabriel más adelante.

La siguiente pregunta Bruce ya no la escuchó porque su cerebro estaba trabajando a alta velocidad. Había algo que quería saber y él tenía que armarse de valor para dirigirse a alguien tan importante como el arcángel.

-Disculpe -replicó Bruce después de respirar hondo tres veces. Eso de llamar la atención de un grupo tan grande no le agradaba.

-¿Cuáles son las habilidades especiales de las que habló?

Gina estaba segura de que todo esto era una pesadilla, o al menos una cruda terrible después de una botella de tequila. Ella podía asimilar que estaba muerta, y haciendo un esfuerzo hasta convencerse de que este lugar, donde la gente entraba y salía como si se tratara de la estación del metro en hora pico, era el purgatorio.

Si tomaba las cosas con calma, Gina podía llegar a aceptar que la sobrepoblación mundial obligaba a los arcángeles a buscar ayudantes y a las almas en lista de espera a velar por sus semejantes. En cierta forma, para ella hasta resultaba un alivio que en lugar de padecer penas para purificar su alma, sólo tuvieran que volver a la Tierra a trabajar por los demás. Pero de ahí a creer que podían hablar cualquier idioma, transportarse de un lugar a otro en cuestión de segundos, o ejercer en los seres humanos un efecto tranquilizante con sólo tocarlos... Gina recordó entonces lo que San Pedro hizo con ella al llegar, la forma en que calmó su angustia poniendo su mano sobre su hombro cuando lo normal era que se hubiera puesto a gritar. De hecho, lo normal era que todas las personas a su alrededor estuvieran desconsoladas por haber perdido la vida en lugar de estar discutiendo sobre habilidades sobrenaturales como si fuera cosa de todos los días. Gina no se explicaba cómo podía ser eso posible, pero resultaba tan descabellado que debía ser real.

-Desde luego, nadie puede verlos ni oírlos -prosiguió el expositor ajeno a las dudas que ella estaba experimentando -, pero si mueven un objeto, eso sí será perceptible para los seres humanos. Por lo tanto, queda estrictamente prohibido hacer nada que delate su presencia.

-¿Y podemos utilizar una computadora? -quiso saber un

desconocido de aspecto hindú.

Gina notó que Bruce sonrió entusiasmado cuando la respuesta fue afirmativa. El muchacho era muy joven y aún así se veía contento, como si no le mortificara haber vivido tan poco. Era delgado y no precisamente apuesto, pero parecía un buen muchacho y ella estaba contenta de tenerlo en su equipo.

El "Oso" a su lado era lo contrario, con sus kilos de más y su enorme complexión. A Gina le inspiraba cierto miedo, sobre todo por una cicatriz que cruzaba su mejilla derecha y le daba un aspecto siniestro. Además, Mario no dejó de repelar durante la plática, y de vez en cuando la miraba con el mismo desprecio con el que se dirigía ahora al muchacho:

–¿Se puede saber por qué te emociona?

–Si lo analizas, no está mal –intervino Gina para salvar a Bruce –. No necesitamos comer, ni dormir...

–¡Ah! ¡Ya despertaste! –este comentario la molestó.

–¡Me despertaron tus gruñidos!

–Pues entonces voy a seguir gruñendo –replicó Mario enseguida–, porque no quiero cargar con una compañera tan atolondrada como tú.

– Equipo ciento cuarenta y nueve –la voz de Miguel sonó severa así que los dos callaron –. ¿Quieren dejar las discusiones? El siguiente grupo está por llegar y todavía nos falta hablar de los casos.

Gina bajó la cabeza apenada.

– ¿En qué estábamos? –el arcángel titubeó unos instantes –¡Ah, sí! Cada equipo tendrá seis casos. En una carpeta como ésta encontrarán la información del primero, y cuando terminen deben reportarse para recibir otra carpeta igual del caso siguiente. Al resolver los seis casos...

–¡Bingo! –gritó una anciana en la primera fila y todos rieron, bueno, casi todos, porque ella pudo escuchar a Mario gruñir otra vez.

Cuando la plática concluyó, Miguel los repartió en grupos de quince personas y les pidió que pasaran a un área que se encontraba más adelante. A Mario le dio la impresión de que se trataba de salones de clase porque los hicieron tomar asiento en un pupitre mientras otro arcángel llamado Gabriel les explicaba el funcionamiento de un aparato parecido a una computadora portátil. Él no le prestó mucha atención, pero tuvo que reconocer que el pizarrón donde el arcángel anotaba las instrucciones y éstas se ejecutaban solas era una herramienta impresionante.

Después, los volvieron a dividir por equipos para enviarlos a otros salones más pequeños llamados "Vestidores". Allí los recibió un hombre delgado de cabello entrecano que les explicó que iba a tomarles medidas para su "Uniforme de trabajo". Mario estuvo a punto de negarse pero se le ocurrió una idea mejor: al final del pasillo se veía una luz intensa y en cuanto tuviera oportunidad saldría huyendo hacia allá. Ése debía ser el camino correcto al Cielo y él sólo tenía que esperar el momento correcto disimulando para que nadie sospechara de sus intenciones.

–¿Qué recuerdas exactamente? –escuchó preguntar al compañero de ojos rasgados mientras medían a Gina.

–Muy poco –contestó ella mirándolo a través del espejo. Recuerdo a mis perros, a mi abuelito Inocencio, y algunas cosas sin importancia. ¿Y tú?

–Yo recuerdo un hospital muy moderno, a una maestra... –el chino encogió los hombros. –Y otras tonterías menos interesantes que todo lo que debo estar olvidando.

Mario no estaba de humor para unirse a la conversación, pero él experimentaba algo similar a lo que sus compañeros describían. Su abuela y el ministro de la Iglesia que visitaba durante su infancia no podían ser lo más trascendental que le había sucedido en la vida. Sin pensarlo, Mario pasó una mano por la cicatriz de su mejilla sintiendo la diferencia en la textura de su piel. Ese era el mejor ejemplo de algo que no debía haber olvidado.

–Al menos tú tienes idea de lo que está pasando, yo la verdad no entiendo nada –prosiguió Bruce.

–¿No eras creyente? –preguntó Gina con incredulidad.

- Pues nada de esto me resulta familiar.

El sastre empezó a medir a Mario mientras Bruce regresó a jugar con el aparato que les habían entregado. Para Mario, eso constituía otra prueba de que todo era una farsa. Era ilógico que les proporcionaran equipo tipo James Bond si se suponía que eran Ángeles.

-No son Ángeles sino almas en tránsito, Mario.

Mario miró al hombre asombrado, era como si acabara de leerle el pensamiento.

-No te asustes, eso es algo que tú también podrás hacer cuando llegues "Arriba."

-¿Quién eres?

-Soy el Responsable de su misión. Mi nombre es Rafael.

"¡Lo que faltaba!, el tercer arcángel, pero éste todavía más común y corriente que los otros dos", pensó Mario.

-Hemos modificado nuestro aspecto para que ustedes puedan aceptarnos mejor -añadió Rafael.

"¡Con un carajo!" -la frase no salió de sus labios pero, por la expresión del arcángel, Mario dedujo que lo había escuchado. Esto empezaba a sacarlo de quicio.

-Y en cuanto a tu otra pregunta... -agregó Rafael volviéndose a medir a Gina -El equipo se les proporciona para facilitarles la tarea, pero si prefieren no usarlo...

-Mario, por favor -suplicó Bruce.

-¡Pero si sólo son baratijas hechas por gente como tú y yo!

-El Señor es el primero en reconocer que la mente humana ha creado objetos muy útiles -aclaró el arcángel.

- ¡Desde luego! -intervino el chino con vehemencia.

-¿El Rey de los Cielos usando los inventos de sus criaturas? -preguntó Mario sarcástico -¡Esto sí que es una idiotez!

-¿Y por qué no? Después de todo, los humanos viven utilizando sus inventos, y no con el cuidado que deberían, si me permiten agregar -Rafael le lanzó una mirada que no dejaba lugar a más discusión.

-¡Grrrr! -gruñó Mario molesto.

-Tranquilo -Gina le puso una mano en la espalda - después de todo no es tan complicado. Sólo tenemos que hacer realidad los deseos de seis desconocidos y nos ganamos el Cielo, ¿verdad?

–Algo así –respondió el arcángel.

Mario suspiró. No sería raro que estos farsantes tuvieran un as bajo la manga pero no tenía caso seguir discutiendo. Él tenía un plan, y como el arcangélico se entrometía en sus pensamientos, era mejor poner su mente en blanco por el momento.

–Bien, todo está listo, enseguida traeré sus uniformes y podrán ponerse en camino.

En cuanto el sastre-arcángel salió de la habitación, Mario anunció:

–Yo mejor me voy.

–¡¿Qué?! ¿A dónde? –sus compañeros de equipo hablaron al mismo tiempo.

–A donde sea, aquí todo mundo está loco.

–No creo que haya forma de escapar –intervino Gina en un tono que indicaba que ella ya lo había considerado también –, y además me aterra la posibilidad de caer en el otro extremo.

–¿El otro extremo? –preguntó el chino.

–El infierno –la mujer tembló al decirlo y Mario se detuvo en la puerta al escucharla.

–No estoy muy seguro de que esto no lo sea –él imprimió un tono serio a sus palabras –. Tal vez Satanás se está divirtiendo de lo lindo con nosotros.

–¡No digas barbaridades!

–¡Es la verdad, Gina! –explotó Mario – ¿Tú consideras razonable que el Cielo opere de esta manera?

–A mí me parece que se organizan bastante bien –intervino el chino otra vez.

–Sí, cómo no, poniendo a trabajar a las minorías mientras los blancos descansan.

Gina aclaró entonces que había gente de todas las razas en el auditorio.

–Claro, pero apuesto que a ellos les dieron casos más fáciles. En cambio a nosotros, el negro, la latina, el chino... ¡Nos va a llevar el demonio!

-Preferiría que cuidaras tu vocabulario mientras permaneces aquí, Mario -Rafael regresó llevando unos trajes blancos iguales sobre su brazo-. Nosotros no somos racistas ni discriminamos a nadie por su clase social o su religión. Eso de "todos somos iguales a los ojos de Dios" no es una promesa de campaña.

Nadie protestó ni intentó escapar después del regreso de Rafael. Al contrario, todos se cambiaron dócilmente y escucharon las explicaciones del tercer arcángel con atención. Bruce también estaba confundido, pero resultaba tan divertida la idea de transportarse que hizo sus dudas a un lado. Además, se veía bastante guapo con el uniforme blanco y Gina era muy agradable, mientras terminaban de prepararse hasta bromearon sobre su parecido con los personajes de la película "Los hombres de negro", la cual ambos recordaban con asombrosa claridad.

Por último, Rafael les entregó una carpeta que contenía la información de su primer caso y les explicó que durante el proceso de traslado experimentarían cierta incomodidad. Algo parecido a lo que sucede cuando un avión va a aterrizar: oídos tapados y un cierto zumbido que, dependiendo de la duración del trayecto, podía llegar a ser molesto. Ninguno de los tres recordaba haber viajado en avión así que se miraron con cierto nerviosismo, pero Mario esbozó una sonrisa extraña que despertó las sospechas de Bruce.

El arcángel apretó un par de botones en la computadora y se despidió de ellos antes de que Bruce pudiera investigar lo que tramaba su compañero. El zumbido fue algo parecido a una mosca revoloteando cerca de su oído pero duró sólo unos instantes porque, al parpadear, el luminoso entorno desapareció y de repente se encontraron en el mundo real.

Bruce miró alrededor. El bosque parecía no tener fin, con enormes árboles de distintas especies que brindaban sombras benévolas sobre quienes dormían, leían o utilizaban sus computadoras debajo de ellos. A la derecha, había un claro donde numerosas personas se asoleaban y un lago donde circulaban veleros miniatura a control remoto; a la izquierda, un parque con juegos infantiles. A lo lejos, algunos edificios que lo hicieron evocar una ciudad cuyo nombre él no consiguió identificar.

Bruce estaba verdaderamente impactado y de inmediato empezó a calcular que debían haber viajado a la velocidad de la luz, ¡sin ninguna protección y escasos efectos secundarios! Él ni siquiera experimentó los oídos tapados de los que Gina se estaba quejando.

–¿Dónde estamos? –preguntó Mario de pronto y Gina consultó la carpeta que llevaba en las manos antes de anunciar:

–Es Nueva York. Este debe ser el Parque Central.

–Libertad –murmuró Mario adelantándose a grandes zancadas.

–¡Ey! ¡Espera! –gritó Bruce y se volvió hacia su compañera – ¿A dónde va?

–Yo creo que mejor lo seguimos –sugirió Gina y Bruce asintió.

Tal vez Mario había estado antes en Nueva York y conocía la ciudad.

–¿Se puede saber por qué están pegados a mi trasero? –reclamó Mario airadamente al descubrirlos.

Sin embargo, él no se detuvo y bajó de la acera para cruzar la calle. Bruce aceleró el paso para alcanzarlo, y justo en ese momento Gina gritó:

–¡Cuidado!

Un auto venía a alta velocidad, y al desviar la mirada hacia Mario, Bruce pudo comprobar que estaba tan cerca que su compañero no conseguiría esquivarlo. En un acto desesperado, Bruce cerró los ojos y se lanzó sobre el enorme hombre al que no consiguió mover ni un milímetro. Entonces sucedió lo inexplicable: el auto los atravesó, como si no estuvieran en su camino. Y después, al quedarse paralizados por la confusión, los atravesaron un motociclista y un camión urbano.

Gina se les unió sin decir palabra y los tres miraron a la gente que circulaba sin percatarse de su presencia. Era sumamente extraño pero al menos despejaba todas sus dudas: estaban muertos y, por increíble que pareciera, habían regresado a la tierra a cumplir una misión del Cielo.

CAPÍTULO 2

Mario fue el más afectado por su experiencia en la calle, aunque Gina estaba segura de que él volvería a morirse antes de reconocerlo. Era como si, por primera vez, tomara conciencia de lo que pasaba. De hecho, Gina tampoco lo comprendía muy bien, ¿cómo era posible que nadie los viera ni escuchara y ellos percibieran con claridad el mundo que los rodeaba? Cualquier objeto en movimiento los atravesaba y no experimentaban dolor ni cansancio, ni frío ni calor; tampoco hambre, sueño o cualquier otra necesidad física. En cambio, sus sentidos funcionaban a la perfección y podían oler las salchichas del puesto de la esquina, escuchar las risas de los niños que correteaban o sentir la suavidad de la brisa... resultaba hasta doloroso distinguir todas esas cosas sin ser parte de ellas.

También sus emociones se encontraban en óptimas condiciones: la tristeza, la desilusión, el miedo... Además, Gina intuía que su vida no había sido lo que ella hubiera deseado, que dejó muchos sueños sin alcanzar, sueños que ya no podía ni siquiera recordar porque estaba muerta. MUERTA. La palabra le produjo escalofríos, y entonces Mario preguntó:

–¿Por qué nos hicieron esto?

–No sé –respondió ella deslizándose hasta el pasto apoyada en el tronco de un viejo encino.

El parque era maravilloso, pero todo estaba tan vivo que Gina no podía soportarlo. Desde la niñera uniformada que empujaba la carriola de gemelos, los artistas que plasmaban en sus lienzos a los turistas, los vendedores de helados, las carretas tiradas por caballos, los corredores con sus indispensables audífonos... La gente, las plantas, los animales... La ciudad entera despedía una energía que la hacía sentir insignificante. A Gina le hubiera gustado que San Pedro estuviera cerca para tranquilizarla.

–Voy a regresar allá ahora mismo para exigirles que... –empezó Mario.

–¿Y cómo vas a hacer eso? –ella lo interrumpió sabiendo que no era posible volver hasta que concluyeran el primer caso.

–Nada más podemos contactarlos con esto –intervino Bruce señalando el aparato.

En contraste con la depresión de Gina, el muchacho estaba tecleando algunos datos sin el menor asomo de mortificación. Tal vez por su juventud no se daba cuenta del lío tan grande en que estaban metidos

–¿Ah sí? –Mario le arrebató la computadora –¿Qué tengo que marcar?

–Sólo debemos llamar en caso de emergencia.

–¡Estoy a punto de romperte el pescuezo, chino inconsciente! –gritó el "Oso" fuera de sí –¿No consideras esto una emergencia?

–Yo ya estoy muerto, tú no puedes...

–¿Quieres probar? –la cicatriz de Mario empezó a palpitar de forma amenazadora.

–Muchachos, por favor– intervino Gina para calmar los ánimos –No arreglamos nada con ponernos así

–¡Él empezó! –protestaron ambos al mismo tiempo como si fueran dos niños pequeños.

–Tienes que marcar el uno, Mario –apuntó ella interponiéndose entre los dos.

Para Mario, esto ya era demasiado. Encima de lidiar con una

llorona y un chino idiota, ahora debía soportar una grabación interminable: "Si necesitas asesoría técnica, oprime el dos; si necesitas asesoría espiritual, oprime el tres, o presiona cero para recibir asistencia".

–Por el momento todos nuestros operadores están ocupados –prosiguió la misma voz monótona después de ejercer la última opción–. Tu llamada es muy importante para nosotros, espera en la línea y enseguida te atenderemos.

–¡Con un demonio! –Mario aventó el aparato desesperado.

–¡Lo vas a romper! –Bruce corrió a recogerlo enseguida.

Mario decidió que necesitaba escapar de sus compañeros por un rato. Por fortuna, ninguno de los dos intentó seguirlo cuando se adentró en el parque y, poco a poco, el increíble mosaico de diferentes tonalidades de verde tuvo un efecto tranquilizante en él. No sabía por qué, pero tuvo la impresión de no haber podido disfrutar de algo así en mucho tiempo.

Llamaron su atención una especie de taxi-bicicletas, en las cuales un ciclista jalaba un pequeño carrito ocupado por dos personas. También las bancas que bordeaban los diferentes caminos que cruzaban el parque, ya que cada una tenía una pequeña placa que identificaba a la persona que la había donado. Mario estuvo caminando un rato sin rumbo fijo, analizando los nombres como si buscara alguna en especial, y así llegó hasta el extremo norte.

Finalmente, se sentó en una banca con la inscripción "Para Nana, de Tom y Keith", junto a una niña que conversaba con su abuela, y las escuchó discutir sobre la receta del pastel de manzana. Mario recordó entonces a su propia abuela y lo feliz que había sido creciendo a su lado. Y sus exquisitos pasteles de manzana. El olor que despedía su delantal era lo más delicioso del mundo porque le provocaba una sensación de dicha que solía transportarlo a casa cada vez que lo recordaba.

Era increíble que Mario registrara un dato tan insignificante y hubiera olvidado su propio nombre. No lo comprendía. Su ignorancia no alcanzaba para esto. Ni tampoco su fe. Si era honesto consigo mismo no se explicaba siquiera cómo había llegado al Cielo, o al purgatorio, en todo caso. No podía acordarse, pero estaba seguro de que no era un buen hombre. Su mal carácter y escasa paciencia lo confirmaban. Y, sin embargo, aquí estaba, convertido en un fantasma con una misión celestial que lo sobrepasaba. Mario no sabía cómo luchar contra ello porque, le gustara o no, se encontraba atorado. Esos ridículos arcángeles tenían todo bajo control. Más valía ponerse en movimiento para terminar cuanto antes.

"¿Qué tan difícil puede ser?," pensó justo antes de ponerse de pie.

Bruce estaba tan concentrado en la computadora que no reparó en el regreso de Mario hasta que escuchó su voz:

–Oye, chino... ¿Puedes dejar esa porquería por la paz?

Bruce se volvió a mirar a su compañero antes de contestar para asegurarse que su paseo lo hubiera calmado. No le agradó que lo llamara "chino", pero al menos ya no amenazaba con romperle el pescuezo, así que decidió pasarlo por alto.

–No es una porquería –aclaró Bruce un tanto indignado.

Mientras sus compañeros superaban el "shock", Bruce se había puesto a practicar lo que Gabriel les enseñó y este aparato era una obra de arte. Nada que ver con una computadora convencional.

–Este botón, por ejemplo, nos permite monitorear al sujeto que debemos ayudar las veinticuatro horas del día - explicó orgulloso de su descubrimiento.

–¿Qué tarugadas dices? –Mario se acercó un poco más.

–Míralo, aquí está.

Bruce le enseñó la pantalla donde un hombre mayor de tez blanca y nariz enorme miraba la televisión sentado en un sillón descolorido.

–Y si aprieto otro...

Un mapa apareció en la esquina inferior derecha.

–Este punto nos da las coordenadas donde se encuentra él, y este otro donde estamos nosotros.

–¡No puede ser! –exclamó Mario visiblemente impresionado.

–¿Siempre eres tan positivo?

Mario no protestó y Bruce se alegró. Por fin, un poco de respeto para quien lo merecía. Él podía ser muy joven pero su madurez era mayor que la de este hombre que trataba de rebelarse a algo mucho más fuerte que ellos. ¿Qué caso tenía enfadarse o lamentarse, como Gina, si no tenían otra opción?

–¿Y este botón para qué es?

–Éste nos da sus datos.

Bruce lo oprimió y, acto seguido, apareció un recuadro en la esquina superior izquierda con los pormenores del anciano que acababa de apagar su televisor.

–¿Lo ves? Se llama Isaac Freeman, tiene 79 años, es viudo, sin hijos, pensionado de una compañía recolectora de basura – leyó Bruce directamente de la pantalla.

–Debe ser el único judío pobre del mundo –intervino Gina uniéndose al grupo.

Los tres se sentaron sobre el pasto, como la mayoría de la gente que los rodeaba. Si alguien pudiera verlos, con toda seguridad pensaría que se trataba de un grupo extraño por las diferencias entre ellos. No obstante, al mirar a su alrededor, Bruce encontró algunas otras combinaciones curiosas, como esa pareja que se besuqueaba cerca de ellos, donde la mujer debía pesar ciento cincuenta kilos y el tipo menos de una tercera parte. O ese muchacho con aire intelectual que estaba a punto de ser arrastrado por los cinco perros que paseaba. Era todo un espectáculo y, si no tuviera que concentrarse en el caso, Bruce podría disfrutarlo durante horas. Por fortuna, él sí tenía claras sus prioridades.

–Isaac salió de Polonia en 1939, siendo apenas un niño – explicó Bruce regresando a la información de su caso número uno–. Sus padres fueron asesinados por la SS y su abuela consiguió ponerlo en un tren que lo sacó del país junto con su hermana mayor. Su verdadero apellido es Jokovich, pero al llegar a América, el oficial de migración decidió cambiárselo por uno más fácil de pronunciar.

–¿Cómo sabes todo eso? –preguntó Mario con cierta admiración.

–La carpeta –Bruce se la extendió al tiempo que la mencionaba –, mientras tú paseabas, nosotros estuvimos leyendo.

-La hermana de Isaac trabajó durante años para mantenerlo -prosiguió Gina -. Estaba decidida a pagarle los estudios para que tuviera una vida digna. Por desgracia, cuando ella murió, el muchacho se perdió por completo.

-¿Y el resto de su familia? -quiso saber Mario.

-Ninguno sobrevivió la segunda guerra mundial -concluyó Bruce. Después de una breve pausa agregó: -Aún así, Isaac quiere regresar a casa antes de morir.

-¿A Polonia? -replicó Mario, demostrando con esto que su nivel intelectual era más bajo de lo que Bruce sospechaba.

-¡Por supuesto que a Polonia!

-Pero si Nueva York ha sido su casa durante la mayor parte de su vida -insistió Mario.

Bruce se distrajo un instante al escuchar la sirena de un camión de bomberos, y después se volvió hacia su compañero:

-De acuerdo, pero no estamos aquí para cuestionarlo sino para hacer realidad su sueño.

-¡Bah! Pues eso sí que está fácil.

Gina y él miraron a Mario con curiosidad. Ellos llevaban rato buscando la manera de resolverlo y su compañero decía haberlo conseguido en un par de minutos.

-Vamos por él y lo transportamos a Polonia con esta cosa.

"Tal parece que alguien no puso atención a las explicaciones de Gabriel", pensó Bruce, pero en lugar de expresarlo en voz alta, sólo dijo:

-El aparato no puede transportar seres vivos, Mario.

-Y recuerda que no podemos hacer nada que vaya en contra de las leyes de Dios o del país en que nos encontremos - añadió Gina.

-¿Significa eso que tampoco podemos meternos a la computadora de una línea área para conseguirle un boleto?

El nivel intelectual de Mario seguía bajando cada vez más ante los ojos de Bruce. Iba a ser muy difícil salir airoso de esta misión con semejante compañero. En cuanto a Gina... La pobre era un manojo de nervios y, aunque se esforzaba, Bruce dudaba que pudiera ser objetiva. En fin, si no quedaba otro remedio, él tendría que hacerlo todo porque no estaba dispuesto a fracasar.

Varias horas después, la desesperación se apoderó de ellos y decidieron tomar un descanso. Gina siguió a sus compañeros hasta la Plaza de Armas, justo frente al Hotel Plaza, donde se detuvieron a contemplar su famosa fachada con las banderas y la fuente central de granito y bronce. Mario se quitó el saco y se acostó en el piso; ella se acomodó a su lado sumergida en sus pensamientos mientras Bruce siguió experimentando con el aparato. Al poco tiempo, el muchacho anunció:

–La fuente de esta plaza fue encargada por Joseph Pulitzer, el mismo del premio periodístico con su nombre, quien a su muerte donó $50,000 dólares para que ésta fuera construida. ¡Es increíble la precisión de la base de datos de esta computadora!

Gina no le prestó atención a Bruce esta vez. Habían sucedido tantas cosas que le resultaba imposible pensar con claridad. Todo era demasiado complicado y ella no se explicaba cómo su compañero podía estar tranquilo. Tal vez no le daba seriedad al asunto porque no parecía tener ninguna afiliación religiosa, pero entonces… ¿Cómo había llegado al Cielo? Gina no se lo explicaba, su abuelito Inocencio siempre decía que sólo los cristianos podían salvarse.

Ella reflexionó sobre esto hasta que descubrió a una mujer disfrazada como la Estatua de la Libertad que se encontraba en una esquina esperando que le lanzaran monedas; del otro lado, un grupo de chicos bailaba "Break Dance" con la misma intención.

–¡Ey, ustedes! –una voz femenina la sacó abruptamente de su observación.

Una mujer los llamaba desde lejos, pero eso era imposible porque nadie podía verlos. Gina miró alrededor para comprobar si había alguien detrás de ellos.

–¡Ustedes, los de la computadora!

Ella se quedó perpleja.

–¿Puedes vernos? –Mario fue el primero en reaccionar.

–¡Por supuesto que sí!

Gina apenas podía creerlo, pero el "Oso" sonrió por primera vez.

El entusiasmo de Mario se desvaneció cuando la mujer se acercó. Vestía un traje blanco igual al que ellos usaban y, unos pasos atrás, la seguían otras dos que llevaban el mismo atuendo. Eso sólo podía tener una explicación.

–Mi nombre es Alicia.

Ella debía tener alrededor de sesenta años. Era guapa y distinguida, de cabello canoso y estatura considerable, a diferencia de las menudas chicas que la acompañaban.

–Yo soy Tomomi.

–Y yo Yakuri.

Estas dos podían haber sido hermanas porque su edad y facciones eran similares. O tal vez eso se debía a que ambas eran orientales y a Mario le daba la impresión de que todos los de esa raza se parecían. Como Bruce, que lo mismo daba si era chino, coreano o japonés. ¡Todos eran iguales a los ojos de Mario!

Sus compañeros empezaron a presentarse:

–Soy Gina, mucho gusto.

–Me llamo Bruce –el chino no le dio la mano a sus compatriotas sino sólo inclinó la cabeza. Ellas respondieron igual.

Mario no se presentó porque había perdido el interés. Por un momento, cuando creyó que eran personas de carne y hueso, pensó que despertaba por fin de esta pesadilla.

–Gracias a Dios que los encontramos –escuchó replicar a Alicia cuando él se recostó otra vez –. Llevamos horas buscando a algún otro equipo.

–Nosotros... –Gina titubeó –. No sabía que íbamos a encontrar más equipos.

–¿Son nuevos?

–Llegamos esta mañana –informó Bruce.

–¡Ahora me explico las caras de susto! –Alicia no pudo disimular una sonrisa.

–¿Ustedes llevan mucho tiempo en esto? –quiso saber Gina.

–Estamos en el último caso.

–¡Wow! –Bruce no disimuló su admiración.– ¿Y cómo le hicieron?

Mario se incorporó un poco al escuchar la pregunta de su compañero. Esta respuesta podía ser importante. Si les daba alguna pista, tal vez podrían abreviar el proceso.

–Con mucha creatividad –una de las chinas fue quien contestó.

–Y paciencia –agregó la otra.

–Deben tener la mente abierta a cualquier posibilidad – terminó Alicia.

– ¡Tonterías! – murmuró Mario para sí y volvió a acostarse.

Bruce comprendió que Alicia y sus amigas no habían venido a ayudarlos a ellos sino al revés: Ellas necesitaban ayuda. Según les explicaron, unas horas antes conocieron a otra alma en tránsito que se había separado de sus compañeros y la chica les pidió utilizar su computadora para localizarlos.

–Se llamaba Lucy… Parecía muy agradable –dijo Tomomi.

–No teníamos por qué desconfiar –añadió Yakuri.

Las dos jóvenes hablaban en sincronía, y eso resultaba bastante gracioso para Bruce.

–¿Qué sucedió? –preguntó Gina preocupada.

–Desapareció con todo y el aparato.

Bruce apretó el suyo al escuchar la respuesta de Alicia.

–¿Por qué haría algo así? –Gina se mostró tan sorprendida como él.

–No me lo explico.

–Yo tampoco.

Bruce entendió de pronto qué necesitaban y el temor a que ellas también desaparecieran lo inquietó. Este aparato no sólo era una maravilla tecnológica, sino que además constituía la única herramienta con la que contaban para completar su misión.

–No te preocupes, sólo queremos hacer una llamada – comentó

la mujer mayor al notar su actitud.

-Nosotros lo hemos intentado todo el día y nadie contesta.

Si los cálculos de Bruce eran correctos, desde hacía exactamente seis horas y trece minutos.

-Mira, si quieres tú puedes sostenerlo y yo marco el número - insistió Alicia.

-Mejor marco yo.

Él oprimió el uno, y una vez más contestó la grabación.

-Deja que yo lo haga.

Antes de que Bruce pudiera objetar, Alicia estaba cancelando su llamada y marcando el uno de nuevo.

-Te digo que es inútil.

No había terminado de decir esto cuando se escuchó una voz.

-¿Diga?

Bruce y Gina se miraron con incredulidad; Mario se levantó de un tirón.

-¿Gabriel? Soy Alicia, tenemos un problema.

-Ya lo sé.

A continuación el arcángel les explicó que le había pedido al Espíritu Santo que les enviara otra computadora. En cuestión de segundos aparecería debajo de un enorme pino que se encontraba frente a ellos.

-Lo lamento mucho.

Yo no, perder el aparato es lo de menos cuando hay tantas cosas en juego.

Las mujeres asintieron y Bruce comprendió que había algo más en la historia de Lucy que no les contaron.

-¡Aquí está!

-¡Nos salvamos!

Las dos chicas se abrazaron al encontrar su reemplazo en el lugar indicado. Bruce suspiró aliviado, al menos su computadora ya no corría ningún peligro.

-¡Que no cuelgue! -gritó Mario y le arrebató el aparato cuando el arcángel les deseaba buena suerte a las tres mujeres. Por desgracia, la comunicación se cortó en cuanto su compañero la tocó.

-Vuelve a marcar -sugirió Gina y Bruce obedeció de inmediato.

–¡Maldita sea! –explotó Mario al escuchar la grabación otra vez.

Bruce miró a Alicia sin disimular su confusión porque resultaba difícil pensar que se trataba de una casualidad.

–¿Por qué nos hacen esto? –cuestionó un poco descorazonado.

–Tal vez quieren que ustedes se esfuercen un poco más.

CAPÍTULO 3

Dos días después todavía no encontraban la forma de cumplir el último deseo de su cliente número uno. El pobre no tenía cuenta de ahorros y el cheque mensual de la compañía de limpia apenas le alcanzaba para sobrevivir. Ni vendiendo sus escasas pertenencias conseguirían el dinero necesario para adquirir un pasaje.

La desesperación empezaba a apoderarse de ellos, en especial durante las noches en que la ciudad se apagaba y su cuerpo no experimentaba síntomas de cansancio.

—Eso de dejar atrás las necesidades físicas no es tan fabuloso después de todo —murmuró Gina la tercera noche mientras ella y Bruce contemplaban la luna desde la flama de la Estatua de la Libertad.

La maravillosa ciudad rodeada de agua cuyos rascacielos eran famosos en todo el mundo yacía a sus pies, y los millones de luces le producían a Gina un efecto relajante. Tal vez porque la hacían sentirse menos defraudada por un Cielo en el que había creído incondicionalmente. Esta era la vista que debía tener desde allí, sólo que sin la mortificación de resolver algo que no tenía sentido.

—¿Pero qué me dices de esto? —Bruce apretó unos botones y, en cuestión de segundos, se encontraron en la punta del edificio Empire State.

—No lo hagas sin avisarme —protestó Gina al darse cuenta del cambio.

A ella le seguían molestando los oídos, aún en trayectos cortos.

–Lo siento.

El muchacho era tan agradable que no podía molestarse con él. Siempre estaba de buen humor y tenía una inteligencia fuera de lo común, además de que su disposición para el caso era absoluta. En cambio, Mario... Era difícil encontrar palabras para describirlo a él.

–¿Dónde crees que se mete por las noches?

Aunque Gina no mencionara su nombre, los dos sabían a quién se refería porque el "Oso" había tomado por costumbre desaparecer en cuanto el sol se ocultaba en el horizonte.

–Si pudiera tomar, juraría que en un bar –contestó Bruce después de pensarlo un poco.

–¿No lo puedes monitorear con esa cosa? –ella señaló la computadora, o transportador, o como quiera que se llamara el aparato que les dieron allá Arriba.

–Nada más funciona para localizar a Isaac, para ver a cualquier otra persona,   necesitaríamos saber en qué coordenadas se encuentra.

–Quizá sea mejor así –concluyó ella recostándose–. No debe ser nada bueno lo que está haciendo si tiene que hacerlo solo.

–¿Qué mal habremos hecho para que nos lo asignaran?

Gina no contestó. Estaba muy decepcionada desde el día en que encontraron a las otras mujeres. No experimentaba la misma rabia que Mario dejó salir después que Alicia y compañía se marcharon, pero tampoco se entusiasmaba por la misión. Sentía como si los hubieran abandonado a su suerte, lo cual resultaba injusto y aterrador.

–¿Y si lo reportamos con los arcángeles? –quiso saber Bruce.

–Mientras siga llegando a la hora convenida por las mañanas...

Las seis en punto, poco antes del amanecer, en el sitio donde aparecieron al bajar del Cielo. Ese era el trato y, hasta el momento, Mario lo había cumplido.

–Sí, tienes razón. Además, es casi seguro que ya lo sepan.

–No lo creo.

No habían tenido todavía ninguna comunicación exitosa. Cada

vez que intentaban llamar se topaban con la interminable grabación y nadie contestaba los mensajes que dejaban, así que Gina se había convencido de que estaban solos en este mundo, sin más herramienta que ellos mismos y ese trebejo que Bruce no soltaba.

−¿No se supone que desde el Cielo ven todo lo que hacemos?

−Con el desorden que reina allí, lo dudo mucho −respondió ella con amargura.

−Eso quiere decir que...

El muchacho no terminó la oración y Gina lo miró con curiosidad mientras apretó unos botones.

−Agárrate fuerte, Gina −le advirtió con una sonrisa radiante−, vamos a conocer el mundo.

Por alguna razón inexplicable, el ambiente de los barrios bajos de Nueva York, hacía sentir a Mario como en casa. La avenida del Parque, con sus porteros uniformados de guantes blancos y recibidores elegantes no era para él. Lo que Mario disfrutaba era Queens, el Bronx y Harlem. En especial por las noches, cuando la gente se recluía bajo cerraduras y o sólo los maleantes o ingenuos salían a las calles. No era algo que el siempre recto Bruce podría comprender ni la débil Gina soportar, así que prefería recorrerlas solo. Caminarlas como un simple mortal esquivando a su paso a los mocosos que se drogaban. Como si estuviera vivo. Como si ellos pudieran verlo y, ¿por qué no? Hasta temerlo.

Había algo familiar en ello, y también en esos edificios antiguos que vieron sus mejores años mucho tiempo atrás, que con seguridad sorprendieron a los habitantes de esta urbe con su gracia cuando fueron construidos pero ahora estaban cubiertos de pintura multicolor. En la cancha de basquetbol destartalada que constituía el único espacio abierto de los alrededores y las miradas desconfiadas que los vecinos cruzaban unos con otros. En la música rap que salía por las ventanas abiertas junto con un aroma a sudor mezclado con cerveza.

Mientras caminaba, Mario se esforzaba en armar dentro de su

mente el rompecabezas que podía haberlo traído hasta aquí. Y se desesperaba ante sus escasos recuerdos o hasta inventaba algunos con la esperanza de comprender. Pero eso no servía de nada y entonces él volvía a empezar hasta que la primera luz en el horizonte indicaba que era momento de volver al Parque Central.

Necesitaba resolver este caso; y todos los demás para recuperar la memoria porque, según le había explicado Bruce, eso sucedería a medida que su alma se purificara lo suficiente para merecer el Cielo. Quizá entonces entendería este absurdo sentimiento de pertenencia con la parte más sórdida de una ciudad.

Una voz femenina interrumpió su reflexión. Al principio se trató de palabras altisonantes, pero en cuestión de segundos se convirtieron en aullidos de miedo seguidos de una carrera precipitada en la oscuridad. Mario no se inmutó. La noche anterior le tocó presenciar un accidente y tampoco se molestó en intervenir. Sin embargo, unos instantes después empezaron las súplicas.

-Por favor, no me hagan daño -sollozaba la mujer angustiada-, tengo tres hijos.

-Aquí te vamos a hacer el cuarto -dijo una voz pastosa provocando las carcajadas de otros.

-Tomen el dinero, lo que quieran... No, no... Por favor, ¡no!

Mario estuvo tentado a darse la vuelta. La mujer en cuestión debía ser una prostituta para andar en la calle a esa hora y esto no era de su incumbencia. Él se encontraba aquí para buscar la forma de mandar a un judío bueno para nada de regreso a su tierra natal. Una violación en un callejón era cosa de todos los días.

-¡Tan bonita que te ves con tu uniforme blanco!

Esas palabras provocaron en Mario una reacción inesperada. Como impulsado por un resorte, él saltó hasta el sitio de donde procedían los ruidos y no se sorprendió al encontrar a tres hombres atacando a una enfermera. Uno de ellos la sostenía por los brazos y el otro trataba de someter las piernas que ella agitaba sin parar. Por un momento, Mario creyó que la mujer podría arreglárselas sola porque peleaba con admirable coraje: Gruñía y se sacudía al tiempo que el tercero arrancaba su uniforme a manotazos. Poco después ella se cansó, y sus protestas disminuyeron de intensidad a medida que su cuerpo quedó al descubierto.

Mario sintió que le hervía la sangre mientras la manoseaban. Algo dentro de él gritaba que no podía quedarse de brazos cruzados. El problema era que no sabía qué hacer. Uno de los cerdos se bajó los pantalones. En ese momento Mario recordó un bote de basura de lámina que había pasado media cuadra atrás y corrió a buscarlo. Al volver, ella rezaba entre sollozos entrecortados. El primer violador se acercó a su cuerpo y entonces Mario miró hacia el Cielo, no había manera de hacer esto con discreción, pero él estaba dispuesto a dar cuentas de sus acciones si era necesario.

Lanzó el bote sobre la cabeza del agresor y los otros dos se miraron asustados, seguramente preguntándose de dónde había salido el proyectil. Uno de ellos soltó a la mujer para revisar a su amigo. Mario levantó de nuevo el bote para golpear al tipo que sostenía a la enfermera pero no llegó a hacerlo porque los dos corrieron asustados al ver al objeto cobrar vida. La chica se quedó petrificada en un rincón. Mario bajó el bote y la observó durante unos instantes. Era negra, como él.

La pobre tardó en reaccionar. Temblaba como una hoja mientras daba gracias en voz baja al Señor de los Cielos y se acomodó el uniforme hecho jirones lo mejor que pudo. Después echó a correr por las calles. El tipo que estaba tirado emitió un quejido y Mario sonrió. Por primera vez en mucho tiempo, se sintió bien.

No le contaron a Mario sobre su escapada nocturna a Egipto, pero Bruce consideraba que estaban a mano porque él tampoco les comunicaba dónde se metía por las noches. Y con toda seguridad no se trataba de algo tan inofensivo. Mario tenía una expresión extraña cuando se encontraron esa mañana, y Bruce pensaba que no provenía de vagar inocentemente por las calles de Nueva York.

Gina también tenía una actitud culpable porque sentía que no estaba bien utilizar las herramientas que les confiaron los arcángeles en su propio beneficio. No obstante, Bruce se las ingenió para convencerla de que, si ese fuera el caso, alguien habría aparecido para amonestarlos. Esta noche pensaba darse una vuelta por la India, o por Grecia, o quizá a las Islas del Pacífico.

"A lo mejor termino haciendo una rifa entre las tres" -pensó Bruce cuando llegaron al departamento de Isaac Freeman.

-¡Lo tengo! -gritó de pronto. ¡Era increíble que no se le hubiera ocurrido antes!

-¿Qué es lo que tienes? ¿Hemorroides? -preguntó Mario en tono sarcástico.

-Ja, ja, ja -él hizo una mueca -tengo la solución para el boleto de avión.

-¿Lo vamos a mandar en barco? -insistió su compañero.

-No, no -ya habían discutido ese punto hasta el cansancio.

Un barco tardaría demasiado y el anciano no tenía tanto tiempo. Según los datos de la carpeta, su trabajo debía estar concluido antes del ocho de Junio. Puesto que estaban a día primero, les quedaba una semana para resolverlo.

-Pues yo insisto en que...

-¿Quieres callarte, Mario? -interrumpió Gina con impaciencia.- ¿Qué propones, Bruce?

-Una rifa.

Los otros se miraron sin comprender. En ese momento, Isaac se cayó del sofá donde se había quedado dormido la noche anterior. A Bruce le hubiera gustado ayudarlo pero Miguel había dicho que era importante pasar desapercibidos. Por fortuna, el anciano se levantó lanzando toda clase de improperios y caminó hasta su recámara donde se echó un clavado a la cama. Le daba pena este hombre con su departamento desaliñado y su vida sin sentido, por eso Bruce estaba decidido a ayudarlo a realizar su sueño.

-¿Dijiste una rifa? -cuestionó Gina.

-Ya ven que hay compañías que sortean viajes con los gastos pagados a algún lugar del mundo.

-¿Y eso qué? -la pregunta de Mario denotaba escepticismo.

-Bueno, podemos inscribir a Isaac en todas las que encontremos, aquí en Nueva York, en el resto del país, en los concursos de televisión o en la red.

-¿Y esperar que gane por obra y gracia del Espíritu Santo?

Mario lo miró como si se tratara de un imbécil, lo cual era lo peor que alguien podía hacerle a Bruce.

-Además, ¿cuántas veces has visto un concurso que tenga como premio un viaje a Polonia?

-Eso es cierto -reconoció la mujer con cierto pesar.

-Entonces tratemos la lotería -Bruce no pensaba renunciar a su idea sin pelear.

-Isaac no se interesa en eso -replicó Mario enseguida.

-Se interesaría si nosotros tomamos unas monedas de su buró mientras duerme y las cambiamos por un boleto de lotería.

Esto empezaba a tomar más forma. Si tan sólo Gina lo apoyara... Dos contra uno era un buen marcador.

-No sería ilegal porque pagaremos el importe correcto - intervino su compañera para beneplácito de Bruce.

-El problema está en hacer que ese número gane.

Como siempre, Mario no sólo no cooperaba sino estorbaba. Bruce hubiera querido gritarle, pero era tan gigantesco que sólo se le ocurrió decir:

-Yo no veo por qué, ¿no dicen por ahí que "suerte" es el sobrenombre de Dios?

Pusieron manos a la obra enseguida, aprovechando que Isaac todavía no despertaba. El pobre tenía apenas el cambio suficiente para el boleto y eso le provocó a Gina cierto remordimiento. No obstante, Bruce le recordó que era por su bien. Si todo salía como esperaban, el día tres, después del próximo sorteo de la Lotería, el viejo recuperaría su dinero con amplios intereses.

De ahí fueron a una tienda de abarrotes a adquirir el boleto. El premio era de dos millones de dólares, repartidos entre cien tenedores del mismo número, daba un total de veinte mil dólares para Isaac. Suficiente, pero no tanto como para que el hombre perdiera de vista su meta. Gina tuvo que admitir que Bruce no daba pasos en falso.

Dejaron el boleto en el buró del judío antes de que él se levantara; ya sólo quedaban algunos detalles por afinar y esperar a que llegara el momento de asegurarse que el número ganador era el suyo. O al menos eso creían ellos cuando decidieron dar un paseo por Coney Island.

Hasta Mario accedió a acompañarlos para conocer la famosa Montaña Rusa "Cyclone" y caminar por la ancha playa, pero todos sintieron una enorme frustración al descubrir que el agua no podía mojarlos. La feria lucía sucia y abandonada, con personajes extraños y anuncios de shows donde aparecía una mujer sin cabeza y serpientes gigantes. Gina quiso salir de ahí cuanto antes.

Los tres regresaron al malecón de madera donde, entre los incontables puestos de comida, sobresalían los tradicionales hot dogs de "Nathan's", lugar de nacimiento de este platillo que ellos ya no podían degustar. Esto los deprimió un poco así que decidieron ir al Acuario, donde disfrutaron un show de focas como si fueran unos chiquillos.

–Tenemos problemas –anunció Bruce de pronto en un tono tan serio que Gina se preocupó. En especial porque estaba monitoreando al judío desde la computadora.

–¿Qué ocurre?

–Isaac despertó, y enfureció al descubrir el boleto en el lugar donde debía haber estado su dinero. Lo tiró a la basura, culpando a la borrachera del día anterior por su estupidez – informó el muchacho con semblante angustiado.

–Te dije que el tipo no se interesaba en eso.

–No viene al caso salir con "te lo dije" a estas alturas, Mario –se defendió Bruce –, el camión de basura acaba de recoger la bolsa que Isaac sacó a la calle.

–¡Genial!

Los dos ignoraron el sarcasmo de su compañero. Gina tuvo una idea:

–¿Rompió el boleto o sólo lo tiró?

–Lo arrugó –explicó Bruce para su alivio.

–Entonces sólo tenemos que recuperarlo.

Muy bonito. Un alma en pena, un prospecto de Ángel, enviado del Cielo, revolviendo entre la basura. Rodeado de porquerías que, aunque no pudieran ensuciarlo, apestaban igual. Mario siempre pensó que el plan del chino era idiota, meterlo en un barco de polizonte resultaba menos complicado; pero no, los chicos buenos ganaron. ¡Al diablo con la democracia!

—¡Lo encontré! —anunció Gina asomando la cabeza desde una enorme bolsa de desperdicios.

—¿Estás segura? —Bruce corrió a su lado para cerciorarse.

—¡Sácanos de aquí, entonces! —exigió Mario sin el menor asomo de cortesía.

Tenía entre las manos un montón de cáscaras de plátano mezcladas con una sustancia oscura cuyo origen prefería no averiguar.

—Enseguida, jefe —el chino apretó un par de botones de su aparatito y, en cuestión de segundos, estuvieron en casa de Isaac.

—¡La próxima vez que metan la pata, lo van a arreglar ustedes solos!

—Como quieras —Gina se volvió hacia Bruce —¿Y ahora qué vamos a hacer?

Mario volvió a intervenir:

—No pensarás devolver el boleto para que ese malagradecido vuelva a tirarlo, ¿verdad?

El chino titubeó. Era tan poca cosa físicamente que parecía un chiquillo, Mario podría hacerlo pedazos de un solo golpe a pesar de su edad.

—¿Y bien, sabelotodo? —presionó mirando el reloj sobre el buró de Isaac.

—Creo que mejor lo guardamos hasta el sorteo.

—Perfecto —eso era todo lo que Mario necesitaba oír —, y ahora, si me disculpan...

—¿A dónde vas? —quiso saber Gina.

—Por ahí.

Mario no pensaba darle detalles a ningunos de los dos.

–Tenemos que ir a Chicago para…

–No me interesa – él interrumpió a la mujer.

Bastante tiempo había perdido con el paseo a la playa y este incidente. Mario tenía cosas importantes qué hacer y ya se había cansado de jugar al "equipo feliz"

Esa noche, después de ir a Chicago para aprender el funcionamiento de un sorteo similar al de Nueva York, recorrieron Australia. No era ninguna de las opciones que Bruce tenía contempladas, pero Gina quería ir y ella se ponía tan nerviosa con todo este asunto que él quiso complacerla. Ya bastante se preocupó la pobre al descubrir que lograr que un número específico ganara la lotería no era nada sencillo.

Al día siguiente fueron a las islas del Pacífico Sur. ¡Qué cosa más bella! Y ya que estaban por ahí cerca, se dieron una vuelta a Japón. Gina insistía en que esa debía ser la tierra natal de Bruce y él tuvo que reconocer que lo invadió una sensación extraña al llegar a Tokio. Era como… como si ya hubiera estado allí alguna vez, como si esos edificios espectaculares no resultaran tan ajenos como los de Nueva York. Desde luego, había menos jardines que en América y nada parecido al Parque Central, pero su limpieza y organización eran admirables.

–"Cada barrio es como un pequeño pueblo con distintos atractivos" –leyó Gina en voz alta en la computadora –. "Asakusa, es el barrio de los templos; Roppongi, el de la vida nocturna; Harajuku tiene santuarios y tiendas de moda; Ueno ofrece parques y museos; Shibuya, hoteles caros y exclusivos".

–Maravilloso.

Bruce estaba encantado ante tanta perfección. Además, era agradable verse rodeado de gente que lucía como él, aún y cuando ellos no repararan en su presencia.

–"Ginza es el sector de las tiendas más finas" –prosiguió su compañera –, y… ¡Oh!, esto te va a encantar. Hay un barrio donde puedes encontrar lo último en tecnología, se llama Aki…

-Akihabara -completó Bruce cuando a Gina se le complicó la pronunciación.

-¿Cómo hiciste eso?

Por un instante, él no supo a qué se refería.

-Bruce... ¿Cómo adivinaste el nombre del barrio?

-No lo adiviné, simplemente.... Lo sabía.

Sí, Bruce lo sabía. Y, sin embargo, no podía recordar ninguna otra cosa.

-Akihabara -repitió en voz baja, como si de esa forma pudiera abrir una puerta que lo conectara con su memoria, con un pasado que le explicara quién era y por qué estaba aquí.

-¿Te das cuenta de lo que eso significa?

Él asintió despacio, nada nuevo llegaba a su mente pero algo quedaba claro: Japón era su patria.

-Al menos ya tienes una pista importante -comentó Gina cuando volvieron a la Gran Manzana -, no que yo...

-Tienes tipo latino -replicó Bruce.

Gina se estudió unos instantes en el vidrio de un edificio cercano. Sí, tez morena clara, cabello y ojos oscuros. Estatura y complexión mediana. Belleza... También mediana. Arrugas, bastantes, sobre todo alrededor de la boca. Una postura poco atractiva, aunque a decir verdad el traje sastre blanco no resultaba muy favorecedor porque le daba un aire masculino. Tal vez si se arreglara el cabello... un poco de tinte no le vendría nada mal.

La voz de su compañero interrumpió su contemplación:

-Eso reduce el abanico de posibilidades.

-Pero nos deja con dos terceras partes de un continente - se lamentó ella con tristeza.

-¿Y si estudiamos tu acento? -propuso Bruce - Después de todo el español se habla de modo distinto en cada país.

-¿Cuál acento?, si yo no sé ni lo que estamos hablando.

El arcángel había explicado que podían entender cualquier idioma, de manera que Bruce debía estar hablando japonés; Gina, español, y Mario… sólo Dios sabía de dónde era él. El caso es que resultaba inútil tratar de encontrar pistas en su lengua materna porque, para efectos prácticos, todos hablaban una lengua universal.

–Tienes razón –su amigo adoptó una expresión pensativa–. Esto resulta demasiado complicado a veces, ¿verdad?

Gina asintió y ambos guardaron silencio. Estaban caminando por la Quinta Avenida para llegar al sitio donde se encontraban con Mario por las mañanas, no porque tuvieran que hacerlo, sino porque disfrutaban este paseo donde convivían en un par de cuadras las tiendas más elegantes y la famosa Torre Trump, o la maravillosa Catedral Gótica de San Patricio casi pegada a una Iglesia Bautista. Sin embargo, Gina ni siquiera prestó atención esta vez porque estaba muy concentrada en sus pensamientos.

Debía haber una forma de averiguar algo. Veamos… Tenía su físico, sus perros y su abuelito Inocencio. Ese nombre era otro indicio de que la sangre hispana corría por sus venas. Bien… ¿Qué más?

–¡Gina!

La pobre saltó al escuchar su nombre.

–Lo siento –se disculpó Bruce levantando la mirada de un periódico que acababa de recoger del piso –. Tienes que ver esto.

Ella se acercó a espiar por encima de su hombro. La bolsa había bajado, los yanquis perdieron y Angelina Jolie adoptó una nueva criatura. Nada que justificara semejante emoción.

–Aquí –Bruce señaló un recuadro en la parte baja de la plana – "Un fantasma me salvó".

–¿Qué tiene?

–Escucha: "Connie Fender, enfermera de profesión, asegura que un fantasma le salvó la vida. La mujer de treinta y ocho años, madre de tres hijos, caminaba a casa al terminar su jornada y, cuando cruzó la calle, un auto sin luces se le vino encima. "Me quedé paralizada por el miedo", dijo Connie, "entonces alguien me empujó fuera del camino. Me volví para agradecer a mi salvador, pero no había nadie cerca." Más detalles en la página cinco.

Gina lo miró sin comprender todavía.

–El artículo lo escribe una tal Claudia West.

—Bruce... ¡No entiendo nada!

—Si esa reportera está tan desesperada para escribir historias de fantasmas... En pleno siglo XXI... En Nueva York.

—¿Quieres hablar claro de una vez?

—Es justo lo que necesitamos para cerrar el caso de Isaac.

CAPÍTULO 4

Mario maldijo el momento en que se dejó convencer de semejante estupidez. El plan del chino no sólo era idiota sino imposible. El maldito sorteo estaba a punto de llevarse a cabo, y el proceso para alterar el resultado a favor de Isaac era de locos. Para empezar, esa cosa... ¿Cómo dijo Bruce que se llamaba? ¿Ánfora?

"Nombre demasiado elegante para una mugrosa esfera llena de pelotitas numeradas" –pensó Mario.

El problema era que esa cosa estaba sellada por todos lados, a excepción de un extremo donde se conectaba a una especie de aspiradora que revolvía las pelotitas primero y luego succionaba una hacia la salida. Esta pelotita se depositaba en una bandeja con seis posiciones, correspondientes a cada dígito del número premiado. La bandeja en cuestión estaba cubierta por una rejilla que impedía que alguien cambiara la pelotita y tenía una cámara sobre ella en todo momento porque el sorteo se transmitía en vivo por televisión.

–Eso significa que tenemos que seleccionar el número correcto antes de la succión –explicó Bruce como si fuera lo más natural del mundo.

–¿Y se puede saber cómo vamos a hacerlo? –cuestionó Mario con escepticismo.

-Si hubieras estado anoche en el sorteo de Chicago...

-¡Pero no estuve! -lo interrumpió Mario porque ya habían discutido bastante al respecto. Él no pensaba volver a empezar, en especial porque no tenía intenciones de explicarle a ninguno de estos inútiles qué lo había retenido.

-Chicos... por favor -Gina los miró a ambos como si se tratara de niños malcriados y los dos guardaron silencio-. La persona que supervisa el sorteo se acomoda al lado izquierdo, Mario.

-Nosotros vamos a ocupar los otros tres lados de la caja -prosiguió Bruce-, nuestras manos pueden atravesar el cristal así que no tendremos problema.

-Excepto buscar el número correcto en un montón de pelotitas voladoras en un lapso de...

-Diez segundos -completó el chino con una sonrisa autosuficiente.

-¡Diez segundos! -repitió Mario con incredulidad.

-Es posible -volvió a intervenir Gina -. Difícil, pero posible.

No obstante, la voz de la mujer denotaba inseguridad así que él suspiró. Genial. Ni siquiera ellos mismos confiaban en su plan.

-Más les vale, porque si no... -Mario se detuvo al recapacitar por primera vez en una cosa -¿Alguien sabe qué pasaría si fallamos?

No, Bruce no sabía qué sucedería si fallaban pero tampoco se mortificaba porque no iban a fallar. El plan era muy simple. Cuatro-tres-uno-cinco-dos-seis. Eso era todo. Seis números. Sesenta segundos. Veinte mil dólares. Caso número uno resuelto. Poco importaba que no tuvieran margen de error: cuatro-tres-uno-cinco-dos-seis.

-¿Listos? -preguntó Bruce a sus compañeros unos instantes antes de que empezara el sorteo.

Gina estaba pálida y a Mario le palpitaba la cicatriz de la mejilla, pero los dos asintieron. Quizá debían haber tenido un ensayo. El sorteo de Chicago del día anterior era la oportunidad perfecta pero Gina se negó a manipularlo; ya bastante malo le parecía alterar el resultado de un evento como para intervenir en otro. Sin embargo, en este momento, Bruce lamentó haberse limitado a observar.

–Este es el sorteo semanal de la lotería de Nueva York –anunció la conductora a la cámara de televisión.– Comenzamos.

–¡Busquen el cuatro! –gritó Bruce en cuanto las pelotitas empezaron a revolotear dentro del ánfora. Cinco, siete, no… Cuatro, ¡necesitaban un cuatro!

–¡Lo tengo! –Mario había atrapado el número con su mano izquierda.

–¡Ponlo en la salida de aire!

Los tres rieron al ver que la pelotita era succionada hacia la bandeja.

–Cuatro –dijo la señorita a la cámara con una sonrisa.

–¡Funcionó!

Bruce no se sintió ofendido ante la expresión de incredulidad de Mario. No había tiempo para eso. Ahora necesitaban concentrarse en buscar el número tres.

–¡Listo! –esta vez fue él mismo quien lo consiguió. Un maravilloso tres.

–Tres –anunció la señorita al verlo llegar a la bandeja.

–Sólo faltan cuatro –murmuró Bruce en cuanto volvió a activarse el mecanismo del ánfora.

–¡Aquí hay otro cuatro! –gritó Mario entusiasmado.

El pánico se apoderó de Bruce al escucharlo.

–¡No! ¡Ése no! ¡Necesitamos un número uno!

Su compañero lo miró furioso cuando le arrancó la pelota de las manos.

–¡Dijiste que faltaba un cuatro!

–¡Dije que faltaban cuatro, no un cuatro!

"El colmo", pensó Bruce, "este tipo ni se tomó la molestia de memorizar el número".

–¡Tengo el uno! –la exclamación de Gina interrumpió la discusión.

–Uno –dijo la sonriente anfitriona del sorteo para su alivio.

-Recuérdame partirte la cara cuando esto termine -la amenaza de Mario molestó a Bruce. Este tipo se estaba pasando de la raya. Nunca hacía nada y sólo se dedicaba a criticarlos, él ya estaba cansado de eso.

-No te tengo miedo, Mario.

-¡Basta! -Gina levantó la voz -si uno de los dos vuelve a abrir la boca, quien va a partirles la cara, soy yo.

El fin justifica los medios. O al menos eso se decía por ahí. No obstante, y a pesar de que había estado de acuerdo con el plan de Bruce, en este momento Gina se sentía culpable. En cada pelotita que alteraban, imaginaba a algún pobre tipo perdiendo la oportunidad de su vida y temía que así, de repente, se presentaran los arcángeles a liquidarlos con su poder celestial.

¡Y encima de todo, sus compañeros peleando entre ellos! ¿No se daban cuenta de la gravedad de la situación? Si esto no funcionaba ya no habría tiempo de intentar otra cosa y Gina no se sentía tentada a averiguar qué sucedería si fracasaban.

-¡Gina! -Estaban en el último número, cuando la voz de Mario la sacó de su inoportuna reflexión -¡Necesitamos un seis, no un nueve!

-¡Cámbialo! ¡Pronto! -gritó Bruce alarmado.

-¡No lo encuentro!

Todos los números parecían iguales por la velocidad a la que saltaban.

-¡Lo tengo!

Ella esbozó una sonrisa, pero las palabras de Bruce llegaron casi al mismo tiempo:

-¡Demasiado tarde! ¡La cosa esa succionó otra pelota!

-¡Sácala! -ordenó Mario desesperado.

-¡No puedo! ¡La pelota ya va por el canal!

¡Se acabó! -Gina se sintió desolada al verla caer en la bandeja -¡estuvimos tan cerca!

–Seis –anunció la chica con una sonrisa perfecta –. El número premiado es cuatro-tres-uno-cinco-dos-seis. ¡Felicidades!

–¿Qué dijo? –Bruce fue el primero en reaccionar.

–Cuatro-tres-uno-cinco-dos-seis –repitió ella tratando de asimilar lo que esto significaba –. ¡Cuatro-tres-uno-cinco-dos-seis!

–¡No puede ser! –Mario revisó el número con su clásica incredulidad –¡fue un seis!

–¡Lo hicimos!

Mario se sintió feliz cuando todo terminó, tanto, que se unió al abrazo saltarín de sus compañeros por unos segundos. Sólo unos segundos porque, al darse cuenta de lo que hacía, endureció su actitud. No era momento de celebraciones, su trabajo todavía no terminaba. Había que notificar al agraciado de su buena fortuna y mandarlo a Polonia en el primer avión que encontraran.

Para variar, el bueno para nada de Isaac estaba tomando, con el televisor encendido en un canal que no era el que había transmitido el sorteo. Mario no comprendía por qué se tomaban tantas molestias para cumplirle un deseo a un viejo que no hacía el menor intento de conseguirlo por su propio esfuerzo.

–¿Y ahora qué, súper genio?

–Ahora notificamos a la persona indicada.

Bruce empezó a teclear unas coordenadas en la computadora celestial.

–Por eso –insistió Mario –, la persona indicada está a punto de perder el conocimiento a causa del alcohol.

–No me refiero a Isaac.

–¿Entonces a quién?

Más valía que este chino no se pusiera a jugar a las adivinanzas porque a Mario le quedaban pocas noches en Nueva York y no pensaba desperdiciarlas.

–A ella.

El monitor de Bruce dejó de mostrar al judío para enfocarse en una muchacha negra que acomodaba unos papeles en su escritorio.

-Claudia West. Es una reportera del New York Times - informó Gina cuando Mario los miró sin comprender.

-Bueno, pretende ser una reportera del New York Times. Ahora está en un período de prueba. Tiene que presentar un buen reportaje en la próxima semana para quedarse con el puesto.

-¿Cómo lo saben?

-Nosotros visitamos su oficina porque encontramos un artículo suyo que nos llamó la atención.

El chino le extendió un arrugado periódico y él palideció al leer la nota. Connie Fender no había sido salvada por un fantasma sino por Mario. ¿Cómo era posible que una reportera se hubiera enterado de algo tan insignificante y, no sólo eso, sino que se tomara la molestia de publicarlo?

-La pobre ha estado perdiendo el tiempo con tonterías similares -prosiguió Gina sin notar su turbación -, y nosotros pensamos que la historia conmovedora de un pobre viejo que gana la lotería y cumple su sueño de volver a casa, es justo lo que ella necesita.

Mario se lo pensó unos instantes. Su primer impulso fue negarse a involucrarla, pero si esta tal.... miró el periódico para recordar el nombre. Si Claudia West no encontraba material más interesante que publicar, podía seguir indagando en torno a sus asuntos y meterlo en problemas.

-¿Y cómo se lo van a informar?

-Eso ya está arreglado.

Bruce le mostró una nota. Era bastante escueta pero contenía suficientes datos para que la reportera diera con Isaac. ¿No va a resultar sospechoso que eso aparezca de la nada?

-¿Has visto el desorden que tiene?

Los ojos de Mario volvieron a la montaña de documentos que la chica trataba de ordenar, por no mencionar los incontables papeles de colores pegados a lo largo del escritorio y la pantalla de la computadora. Bruce añadió:

-Además, varios amigos suyos le han estado pasando ideas en los últimos días. No me extrañaría que alguno de ellos hasta se lleve el crédito cuando ésta resulte un éxito.

Bruce colocó la nota en el escritorio de Claudia durante la madrugada para que ella la descubriera al llegar a trabajar al día siguiente. Como imaginaba, la reportera no se detuvo a preguntar quién era responsable de semejante noticia; sólo tomó su grabadora para dirigirse a casa de Isaac.

Allí la estaban esperando los tres, o mejor dicho, los cuatro, porque había que contar al pobre viejo que casi se muere del susto al ser informado. La reportera se desconcertó al darse cuenta de que Isaac no estaba enterado de su buena fortuna, pero entonces el judío rompió en llanto porque no recordaba dónde había dejado el boleto y Claudia decidió ayudar a buscarlo. Por fortuna, Gina lo depositó en un cajón donde no fue difícil encontrarlo.

La reportera hizo su trabajo a la perfección. El perfil de Isaac, el judío huérfano de la guerra, su abnegada hermana y su sueño de volver a su patria, ocuparon un cuarto de página de la sección local al día siguiente. Además, esto sirvió para que el viejo no se gastara el dinero en una borrachera porque la misma Claudia se encargó de comprar el boleto para Varsovia el día siete.

Bruce sintió un nudo en su garganta al verlo partir. Iba tan acicalado que era conmovedor: llevaba un traje azul a rayas con unos zapatos tipo boliche que debían haber visto sus mejores días muchos años antes. En la solapa derecha, un botón de rosa y un prendedor con la bandera de las barras y las estrellas; del otro lado un pañuelo color carmín que hacía juego con su camisa. Su cabello canoso estaba engomado hacia atrás y se había perfumado como si fuera a una cita amorosa.

De repente, Gina empezó a sollozar y Mario la reprendió.

-Deberías sentirte feliz por haber resuelto el primer caso ya que eso significa que estamos más cerca de concluir la misión.

-Es que cuando pienso que va a morir pronto...

-¿Quién se va a morir? -Mario pareció no comprender las palabras de Gina así que ella señaló a Isaac, que posaba para las cámaras en el aeropuerto con una sonrisa radiante.

-¿El viejo?

-¿No lo sabías? -cuestionó Bruce al ver la sorpresa reflejada en el rostro de Mario.

-¿Saber qué?

-Un último deseo.

El nombre de su misión no dejaba lugar a dudas.

-¡Diablos!

-Preferiría que utilizaras otro tipo de exclamación, Mario - dijo una voz profunda desde el monitor de su computadora - . Rayos y centellas me parece más adecuado.

-¡Santo Dios! -exclamó Gina asustada.

-No, sólo soy Rafael.

Bruce sonrió al escucharlo. Un arcángel con sentido del humor no era algo que uno viera todos los días.

-¿Vamos a regresar al Cielo?

-Purgatorio -corrigió Rafael con cierta impaciencia -. Sólo opriman el número uno.

-Parece molesto -susurró Gina con expresión asustada -. ¿Tú crees que nos descubrió?

-¿Qué puede haber descubierto? -Mario los miró a ambos con curiosidad.

- ¿Van a venir o no?

El zumbido en los oídos fue un poco más molesto que cuando se transportaban en la Tierra, lo cual debía ser normal porque la distancia hasta el purgatorio era mayor, pero Gina se desconcertó porque el lugar donde aparecieron era mucho más chico que la Recepción. Por fortuna, la sensación de luminosidad y el maravilloso azul del Cielo eran iguales. A ella le recordó a la sala de espera de un doctor, con todo y las incómodas sillas, donde Mario y Bruce se sentaron a esperar a que el arcángel apareciera. Gina no se explicaba cómo el muchacho podía estar tan tranquilo, así que empezó a caminar de un lado a otro imaginando que esta reunión iba a terminar en un sitio donde el piso estaría demasiado caliente. Rafael debía haber descubierto que utilizaban sus poderes para alterar sorteos y sus herramientas para pasearse por el planeta, y aunque el purgatorio podía no ser lo que Gina esperaba, el infierno debía estar bastante peor.

Al llegar al pasillo principal, ella miró hacia ambos lados, comprobando una vez más que los extremos parecían no tener fin, y entonces descubrió un par de letreros que llamaron su atención: "Terminal B", con una flecha hacia la izquierda, y "Terminal C", con una flecha hacia la derecha. Gina suspiró. Al menos no había una flecha hacia abajo.

Echó a andar hacia a la izquierda al descubrir algunas puertas con membretes como: "Guardería", "Asesorías", "Archivos" y "Envíos", hasta dónde alcanzaba a ver. Lo más increíble era que las paredes, que aparentaban ser transparentes, sólo dejaban pasar la luz pero no permitían ver lo que se encontraba del otro lado. Gina sintió curiosidad y se acercó a la última puerta, que era la más cercana, justo en el momento en que ésta se abrió y se encontró frente a frente con un hombre muy apuesto.

–¡Madre Santa!

–A ella la encuentras un poco más adelante.

Algo en la voz del desconocido se le hizo ligeramente conocido.

–¿Nos hemos visto antes?

–Debe estarme confundiendo –el tipo sonrió y, al hacerlo, le resultó todavía más familiar.

Gina iba a insistir pero entonces descubrió que venían dos personas detrás de él, un hombre mayor y una muchacha rubia de alrededor de quince años; un poco más atrás, venía también el arcángel Rafael.

–En un momento estoy con ustedes –le comentó con una firmeza que la hizo regresar junto a sus compañeros.

–¿Dónde andabas? –preguntó Bruce al verla volver.

-Estamos en problemas -le informó Gina tomando asiento junto a él -, Rafael sí está enojado con nosotros. Debe haberse dado cuenta de nuestros viajes.

-¿Cuáles viajes?

Ella no se atrevió a contestarle a Mario.

-¿Chino? ¿De qué viajes habla ésta?

Bruce titubeó antes de responder pero Gina asintió con la cabeza. Necesitaban confiar en su compañero, después de todo eran un equipo y no sería justo que saliera castigado por su culpa.

A Mario le pareció ridículo que sus compañeros se mortificaran por semejante estupidez. Él había estado haciendo cosas mucho más delicadas por su cuenta y no se sentía mal por eso. Lo único que en verdad lo mortificaba era haber dejado Nueva York intempestivamente. Sentía como si hubiera abandonado algo que le pertenecía y eso lo tenía tan malhumorado que no tenía ganas de seguir escuchando las aventuritas de este par.

-De seguro tú eras católica -comentó Mario al notar que Gina estaba al borde del llanto.

-¿Por qué dices eso? -cuestionó Bruce con curiosidad.

-Por las culpas, los miedos, los castigos... Todas esas cosas que la Iglesia utilizó para someter a sus feligreses.

La abuela de Mario se lo había contado cuando era niño. Por fortuna, ella no lo educó así.

-¿Y tú qué eras, Mario? -Se defendió la mujer-¿Cínico?

-Yo no sé qué era, pero desde luego no me asusto por el mal carácter de un arcángel. A mí no me impresiona ninguno de ellos; el truco de leer la mente es lo más interesante que les he visto.

-¿Cómo puedes hablar así? -Gina parecía horrorizada por sus palabras.

-Es la verdad, para mí no existen Santos ni ayudantes que valgan, sólo me importa Cristo y a ÉL no lo hemos visto por aquí.

-Cristo -repitió Bruce despacio -. Sí... Claro, es el que murió en una cruz, ¿no?

-Este de plano no sabe nada, no me explico cómo llegó hasta aquí.

-Yo tampoco me explico cómo llegaste tú aquí -apuntó Gina enfurecida.

Ese comentario terminó por sacar a Mario de quicio. ¿Quién se creía ella que era para juzgarlo?

Gina y Mario seguían discutiendo cuando el arcángel apareció y les pidió que lo siguieran hasta la puerta que decía: "Archivos". Se trataba de un salón pequeño con butacas similares a una sala de cine, sólo que la pantalla daba la impresión de ser tridimensional. En este momento presentaba un paisaje boscoso en el que Bruce hubiera jurado que podía entrar caminando. A él le encantaría tener algo así en sus videojuegos, pero la tecnología humana no estaba tan avanzada.

Rafael les pidió que tomaran asiento y se acercó a un proyector que tenía varios botones, algunos con flechas y otros en los que se alcanzaba a leer: "Pasado", "Presente" y "Futuro". Una vez que oprimió el primero, en la pantalla aparecieron las imágenes del sorteo en el mismo formato tridimensional, lo cual resultaba gracioso porque parecía que había otro equipo ciento cuarenta y nueve a unos cuantos pasos alterando las pelotitas a favor de Isaac. Gina le lanzó una mirada culpable y Bruce se encogió de hombros; en cierta forma Mario tenía razón, él de plano no entendía nada.

-Lo sentimos mucho -murmuró Gina cuando la pantalla cambió a un paisaje nevado-. Tratamos de llamarlos para pedir permiso pero...

-Siempre contestaba una grabación -completó Mario cuando la voz de la mujer se quebró.

-Dejamos varios recados, ¿no los escucharon? -intervino Bruce sintiendo que debía disculparse también. Después de todo, el sorteo había sido idea suya.

-Nosotros siempre escuchamos -respondió el arcángel - , pero los humanos tienen la costumbre de pedir ayuda aunque no la necesiten. Si les damos un tiempo, generalmente resuelven las cosas por sí solos.

–No, pues con esa filosofía... ¡Con razón nunca nos atendieron!

Rafael suspiró.

–¿Estás seguro, Mario?

Acto seguido, volvieron a aparecer en la pantalla los instantes finales del sorteo, cuando la última pelota fue succionada sin que ninguno de los tres pudiera cerciorarse de que era el número correcto.

–¿Ustedes hicieron eso? –Bruce fue el primero en comprender.

– Necesitaban un seis, ¿no? –respondió Rafael y Bruce asintió. Era reconfortante pensar que sí estaban al pendiente de ellos.

–Pues nosotros no pedimos ese seis –el gigante oscuro se puso de pie.

–A veces no saben pedir lo que es mejor para ustedes.

–Pero... –Gina titubeó –Entonces... ¿No estuvo mal?

–Estuvo mal que casi lo perdieran todo por discusiones absurdas –explicó el arcángel.

–¿Y el sorteo? –quiso saber Bruce.

–¿No dicen por ahí que "suerte" es el sobrenombre de Dios? –preguntó Rafael con una sonrisa de complicidad.

Gina sintió un gran alivio después de que el arcángel les explicó que haber intervenido en el sorteo a favor de Isaac no constituía una falta a las reglas de las almas en tránsito. De hecho, prácticamente les dijo que la "suerte" era una de las formas en que Dios suele ayudar a sus hijos cuando lo necesitan. Ahora sólo faltaba que les dieran el siguiente caso y salieran de aquí. Era curioso, pero en la Tierra ella se sentía un poco más segura que en este sitio donde había tantas cosas que no comprendía.

–Yo quiero preguntar algo –intervino Mario antes de que Rafael les entregara la segunda carpeta.

–Tal vez quieras decirlo en voz alta para que Gina y Bruce lo escuchen también –sugirió Rafael.

–El tipo era un inútil, no se lo merecía –el "Oso" no se esforzó en disimular la molestia que esto le provocaba.

–Su hermana era una gran mujer –aclaró el arcángel –, ella intercedió por él ante Nuestro Señor.

–¿Su hermana está aquí? –Gina no disimuló su sorpresa.

–Rebeca ni siquiera pasó por aquí, fue un Ingreso Directo y Nuestro Padre la recibió personalmente.

–Pero si era judía…

–¿Y eso qué? –los ojos de Rafael se posaron en ella con severidad al decir esto.

Ella se sintió incómoda, los judíos no creían que Cristo era el Mesías, y su abuelito Inocencio decía que ese era el peor pecado que cualquiera podía cometer.

–¿No has oído hablar de la Gracia, Gina?

–Sí, claro. Mi abuelito me enseñó que es un favor concedido por Dios para ayudar al hombre a salvarse.

–Muy bien, esa es la definición oficial –Rafael sonrió complacido y Gina se relajó un poco –. Lo que no sabía tu abuelito Inocencio es que este don es gratuito. Nuestro Señor no espera que el hombre haga méritos para concederlo.

–¿Y si es así de fácil, por qué no se salva todo el mundo? –cuestionó Mario.

–Porque su eficiencia depende de la humildad del receptor.

Ellos meditaron estas palabras por unos instantes. "Su eficiencia depende de la humildad del receptor". Eso significaba que se podía recibir la gracia sin aprovecharla.

–El viaje a Polonia es mucho más que el capricho de un viejo –prosiguió el arcángel–. Es la ocasión de que Isaac se reencuentre con un pasado que lo haga reflexionar.

–¿Como una segunda oportunidad?

–Más bien como una centésima oportunidad, Bruce – respondió Rafael–. Nuestro Padre nunca pierde la esperanza.

–Sigo pensando que no se lo merecía.

-Tal vez, Mario, pero la vida es como un partido de fútbol. No se acaba, hasta que se acaba -el arcángel esbozó una sonrisa antes de añadir.- Y eso puede incluir hasta tiempo extra.

A continuación, Rafael les echó un sermón respecto a que necesitaban hacer un esfuerzo por llevarse mejor para poder seguir adelante con la misión. Mario se preguntó qué tanto sabían en el Cielo sobre lo que hacía por las noches. Era obvio que estaban enterados porque el arcángel conocía cada palabra que pasaba por su mente, y con ese aparatito que acababan de ver en acción era probable que grabaran todas sus actividades. En cierta forma, a Mario le sorprendió que no lo pusiera en evidencia con sus compañeros, así como que no mencionara los viajecitos de los otros dos.

-Y recuerden hacer todo con medida -le recomendó Rafael mirándolo a los ojos después de entregarle la segunda carpeta.

Unos instantes y tres pares de oídos tapados después, se encontraron en el lugar más distinto a la Gran Manzana que hubieran podido encontrar sobre la faz de la tierra.

La vegetación era exuberante y tan espesa, que las plantas parecían competir unas con otras por la luz del sol que empezaba a nacer en el horizonte. Los árboles, de cualquier cantidad de especies que Mario nunca había visto antes, alcanzaban alturas increíbles. Sin embargo, lo más impresionante era el concierto de diferentes sonidos que llegaba de forma estruendosa a sus oídos.

-¡Ave María Purísima! -exclamó Gina asustada al ver una víbora enorme y se escondió detrás de él.

-Recuerda que estás muerta y nada puede lastimarte -le recomendó Mario en un susurro.

-¿Y entonces por qué hablas así? -preguntó Bruce y los tres empezaron a reír.

Era una risa nerviosa que fue bajando de intensidad conforme avanzaron hacia un área despejada que alcanzaba a verse más adelante.

Se trataba de una pequeña aldea, con unas cuantas chozas de ladrillos y techos de hojalata. La mayoría eran de una sola habitación y no contaban con más piso que la misma tierra. Tampoco tenían puertas ni ventanas y las cocinas se encontraban en el exterior, lo cual provocaba un olor extraño en el aire.

–¿Qué es esto? –Mario estaba completamente desconcertado.

–¿Bruce? –Gina se volvió a mirar al chino, quien ya consultaba su computadora.

–Según el mapa... –Bruce levantó la mirada asustada y agregó –Estamos en el continente Africano.

CAPÍTULO 5

"Desde el siglo XVI, Cabinda se convirtió en un protectorado de las fuerzas coloniales portuguesas en África. Su superficie es poco mayor a diez mil kilómetros cuadrados y su población actual apenas alcanza los trescientos mil habitantes, pero la tierra cuenta con una riqueza capaz de despertar la ambición de cualquiera: el petróleo" - leyó Bruce en voz alta -. "El 11 de Noviembre de 1975, Angola invadió esta pequeña porción de tierra que colinda con el Océano Atlántico, y no tiene ciudades grandes sino sólo una red de caminos para conectar sus numerosas aldeas. A partir de esa fecha, Cabinda permanece como un enclave de Angola, aunque no está geográficamente conectada a ese país. No obstante, esta porción de maravillosos paisajes africanos, representa la mitad del producto interno bruto de Angola y el noventa por ciento de sus ingresos por exportaciones, generando ocho millones de dólares diarios para una importante compañía petrolera, quien continua haciendo "buenos negocios" con la asistencia de las fuerzas militares invasoras."

Bruce hizo una breve pausa y prosiguió:

"Amnistía Internacional ha corroborado innumerables casos de ejecuciones, tortura, violaciones, golpizas, tiroteos indiscriminados y demás infracciones a los derechos humanos cometidos en esta zona. Casi un tercio de la población original de Cabinda ha escapado a los países vecinos para huir de la violencia y..."

-A ver, chino -Mario interrumpió la lectura de Bruce -, déjate de rodeos y dinos para qué venimos aquí.

-Yo creo que es importante saber en dónde estamos metidos -replicó Bruce cansado de que su compañero siguiera llamándolo "chino."

-Yo creo que es más importante salir lo antes posible.

La cicatriz de Mario empezó a palpitar así que Bruce comprendió que estaba asustado. Esto le infundió cierto valor y decidió pasar la ofensa por alto para explicar:

-El panorama es difícil porque también existe un grupo guerrillero que pelea por la liberación de Cabinda, alegando que nunca han sido parte de Angola y que siempre fueron administrados por Portugal de manera independiente.

-Espero que no pretendan que ayudemos con eso - comentó Gina justo cuando algunos habitantes de la aldea empezaron a despertar.

Una mujer tan oscura como el carbón puso a hervir un poco de agua mientras un par de niños correteaban a su alrededor. Bruce aprovechó que sus compañeros se distrajeron con ellos para leer un poco más.

-Estamos aquí por una pareja: Beatriz y Jonas Kimpa -les informó cuando volvieron a prestar atención.

-Seguro quieren que los saquemos de este infierno.

-En realidad lo único que desean es llegar a un hospital, Mario -explicó Bruce agobiado por la gravedad de la situación - Beatriz está embarazada, y al parecer las cosas no vienen bien. Jonas es doctor y sabe que puede perderlos a ambos si no reciben la atención adecuada.

-Eso no suena tan mal. Por muy atrasados que estén, debe haber alguna clínica decente en este país -apuntó Mario.

- Sí, en la capital -apuntó Bruce en tono grave -, a casi trescientos kilómetros y veinte mil soldados de aquí.

Gina escuchaba con atención la lectura de Bruce:

"Jonas y Beatriz pertenecen a la tribu de los Bakongo. Una tribu cuyo funcionamiento político sorprendió a su descubridor. En el siglo XVII, el reino de Kongo, estuvo a punto de dejar de existir debido a los casi trece millones de personas que los ingleses, holandeses y franceses compraron como esclavos para el Nuevo Mundo. Hoy en día, la prosperidad de este grupo étnico los ha convertido en uno de los más desarrollados del continente africano. Muchos de sus integrantes trabajan en las ciudades, donde poseen hospitales, escuelas y revistas, en países como Congo, Zaire y Angola. En Cabinda, se dedican principalmente a la agricultura: café, coco y aceite de palma. Como el país se encuentra cubierto casi en su totalidad por bosque tropical, también desarrollan la industria maderera."

"Su sistema social se caracteriza por aldeas independientes, de alrededor de trescientos habitantes dedicados a la misma actividad, relacionados por lazos de parentesco y propiedad de la tierra. Los jefes de los poblados son los ancianos" -continuó Bruce -. "El padre de Beatriz está tan arraigado que se negó a dejar la aldea a pesar de las emigraciones masivas. La familia de Jonas trató de convencerlo de que se marchara con ellos cuando abandonaron Cabinda, pero el muchacho se había enamorado de la hija menor del señor Dembo y no estuvo dispuesto a abandonarla".

–A diferencia de otras tribus africanas, los Bakongo mantienen una sociedad matrilineal –comentó Bruce haciendo una pausa –, esto quiere decir que se unen a la familia de la mujer.

–Sé que quiere decir matrilineal, súper genio –protestó Mario con su habitual mal humor.

–Déjalo terminar –Gina empezaba a sentirse conmovida por semejante historia de amor y quería escuchar el resto –. ¿Bruce?

–Jonas estudió medicina en Loubomo, en Congo, pero decidió regresar a ayudar a sus compatriotas y puso un consultorio para atender a las aldeas de la zona. Beatriz solía llevar a su madre, quien padece asma, una vez a la semana a consulta.

–¿Y en ese consultorio no puede recibir a su bebé? – preguntó Gina.

-El año pasado, un grupo de soldados llegó a su aldea y quisieron obligar a los jefes a que les entregaran todas sus provisiones -explicó Bruce -. Cuando se negaron, quemaron la villa entera. Jonas no tuvo tiempo de salvar nada más que su vida.

-Por eso se marcharon sus padres -concluyó ella afligida.

-Debió haberse ido con ellos -musitó Mario entre dientes.

-Tal vez -intervino Gina con vehemencia -, pero prefirió casarse con la mujer que amaba. ¿No te parece algo digno de admiración?

Mario no contestó para evitar otra pelea. Además, estaba de verdad impactado por este lugar y el nuevo caso. Viajar a la capital en este momento, era misión imposible. Los caminos hacia la costa, en el oeste de su aldea, estaban tomados por tropas y había enfrentamientos constantes. El destino natural era el norte, a Loubomo, porque allí se encontraba su familia, pero la ruta era complicada. Numerosas montañas con selva abundante podían resultar demasiado para una mujer embarazada. Cruzar la frontera sur hacia la República Democrática del Congo, también era un problema, porque el país se encontraba en guerra civil.

-¿Y el Este? -preguntó Mario.

-Brazaville es la primera ciudad en esa zona que cuenta con un hospital. Es la capital de Congo y tiene un cuarenta por ciento de población Bakongo -informó Bruce -. El trayecto es más largo que a Loubomo, pero plano en su mayor parte. El problema es el Río Congo, que cuando llueve resulta muy peligroso.

-Así que están atrapados -para Mario, esto era un callejón sin salida -¿Cómo se les ocurre mandarnos algo tan complicado?

Ellos no estaban preparados ni para convivir en paz durante un par de horas y les salían con esto. No, si Mario cada vez se convencía más de que el Cielo era un fraude. De haber sabido que una bola de ineptos se encargaba de resolver los problemas, él no se hubiera tomado la molestia de pedir algo. Le daba lástima la pobre gente que rezaba buscando soluciones que nunca llegarían porque allá Arriba delegaban sus obligaciones en almas que deberían estar reposando en el purgatorio.

Su indignación fue bajando de intensidad al descubrir la sencillez de las personas que, poco a poco, salían de sus casas. La mayoría no llevaba zapatos y vestían ropas sencillas: Los niños sólo usaban shorts, las mujeres prendas multicolores que no combinan entre sí y que, por supuesto, no tenían relación con la moda o las marcas. Sin embargo, a nadie parecía importarle, no estaban frustrados por todas las cosas de las que carecían, incluso algo tan básico e indispensable como la electricidad. Era toda una experiencia verlos reír y compartir sus alimentos como si fueran una gran familia, libres del stress y las mortificaciones absurdas de una gran ciudad.

Claro, ellos no tenían una súper computadora celestial ni un operador tan eficiente como Bruce para saber que, según la Organización Mundial de la Salud, más de la mitad de las mujeres que mueren anualmente por complicaciones del parto y del embarazo, son africanas.

"A veces el chino resulta demasiado brillante", pensó Mario después de conocer este dato, y los tres se sumieron en un pesado silencio.

Gina fue la primera en hablar.

—¿Cuál es la complicación con el embarazo?

—Es difícil saberlo con exactitud ya que no cuentan con los aparatos adecuados, pero parece que el niño viene sentado.

Gina esbozó una sonrisa aliviada al escuchar la explicación de Bruce.

—Algunos niños logran nacer sentados de manera natural. Es raro, pero sucede. O hasta podrían practicarle una cesárea.

—¿Estás loca? —Mario no dejaría que le sacaran ni una uña en este lugar.

—De acuerdo, las condiciones no son las más adecuadas, pero Jonas es doctor.

—El detalle es que no nos están preguntando —apuntó Bruce —. Ellos van a marcharse dentro de tres días, nosotros sólo tenemos que ayudarlos a llegar sanos y salvos a su destino.

-¿Dice ahí quién pide el deseo? -preguntó Mario después de otro rato de meditación.

-Mmmmm.... Déjame ver -el chino consultó la carpeta - . No, no dice nada. ¿Por qué?

-Porque si es ella quien pide el deseo y de cualquier forma se va a morir...

-¡Eso es lo más horrible que has dicho desde que te conozco! - exclamó Gina molesta.

-Es que no vale la pena desgastarnos tanto por una causa perdida.

-¿Y el bebé? -le reclamó Gina con los ojos encendidos ¿Se te ha ocurrido que si no los ayudamos también se puede morir?

-A lo mejor se muere de cualquier forma durante el camino - replicó Mario fríamente.

No era que Mario deseara un desenlace terrible, pero en lo que a él concernía, si eso llegaba a suceder, no sería culpa suya sino de Rafael y sus secuaces por delegar en ellos algo tan grande.

-¿Cómo puedes ser tan desalmado? -su compañera estaba furiosa.

-       No soy desalmado, sino realista.

-Pues yo voy a hacer todo lo que pueda para salvarlos a los dos -concluyó Gina con una intensidad poco común en ella.

Mario ya no protestó.

La aldea siguió despertando mientras ellos consultaban el pronóstico del clima de los próximos días. Desde luego, si iban a urdir un plan para que Jonas llevara a su esposa a Brazaville en lugar de a Loubomo, tenían que estar completamente seguros.

-¿Qué les parece si seguimos mañana?

Gina seguía tan enojada con Mario que lo ignoró. Al parecer, ella se estaba tomando muy a pecho este caso, tal vez porque era mujer y entendía mejor que nadie la situación de Beatriz.

Bruce podía comprenderla y desde luego no estaba de acuerdo con Mario, pero estos dos eran polos opuestos y no tenía caso tratar de mediar entre ellos. Además, la opinión de cada quién era lo de menos porque todos debían tener como prioridad la misión. No estaban aquí para hacer amigos sino para cumplir con su parte. Por desgracia, Mario no cooperaba y Gina se mortificaba demasiado. Alguien tenía que mantener la cabeza en su lugar, y era el colmo que fuera el más joven de los tres quien pensara con claridad.

–A lo mejor si llamamos allá Arriba… –propuso Bruce a sus compañeros.

–Va a volver a contestar la grabadora –replicó Mario enseguida.

–¿No has oído eso de "si no ayudas, no estorbes"? –lo espetó Gina.

–Mira Gina, ya me estoy cansando de tu actitud –la cicatriz de Mario empezó a palpitar.

–¡Y yo ya me harté de la tuya!

Bruce marcó el número uno, más para evitar verse involucrado en la pelea que porque esperara alguna respuesta.

–¿Diga?

Al oír la voz, Bruce pensó que estaba soñando.

–¿Rafael? –aventuró Bruce sobreponiéndose a la sorpresa inicial.

–Mi nombre es Noé.

Sus compañeros dejaron de discutir al escucharlo.

–¿Está usted en el Cielo?

–¿No has oído hablar de mí, muchachito?

–No, lo lamento – se disculpó Bruce apenado.

Su ignorancia respecto al cristianismo era un inconveniente que necesitaba resolver. A pesar de que no había sido su elección llegar a ese Cielo, él no era la clase de persona que se conformaba con saber menos que los demás.

–Tengo entendido que necesitas un informe meteorológico.

–Así es, ¿me puede decir con certeza si…?

–Con certeza, no –lo interrumpió Noé –, nosotros no controlamos el tiempo. Sólo lo pronosticamos con más exactitud que ustedes.

–¿No es usted el del diluvio? –se entrometió Mario.

–Sí, mi amado Padre me hizo el honor de confiarme esa delicada tarea.

–¿Y me puede decir por qué su amado Padre mandó semejante desgracia en primer lugar?

–¡Mario! –gritó Gina horrorizada.

–Bueno, yo nunca me he atrevido a cuestionar Sus motivos – explicó Noé amablemente –, pero supongo que, como todos los padres, nuestro Señor era más exigente con sus hijos mayores.

–Pero todavía sigue mandando huracanes, tornados y demás.

–Les repito que los elementos, así como los seres humanos, no dependen del Cielo –insistió Noé –. Salvo en contadas ocasiones, la mayor parte de todas esas cosas que mencionas, son producto de los cambios climatológicos que ustedes mismos han provocado.

–¿Y por qué Dios no hace algo para impedirlo? –la cicatriz de Mario temblaba como una gelatina.

Bruce pudo notar que Gina estaba temblando también y la voz de Noé se endureció al responder:

–Por la misma razón por la que no hace nada respecto a tus reclamos: porque es tu Creador, no tu dueño.

Antes que Mario agregara otra barbaridad, Bruce decidió intervenir. Se estaban desviando del tema, y había sido una suerte tan grande que les contestara este personaje que no iba a arriesgarse a perder la llamada.

–¿Podría darnos el pronóstico para la zona?

–Claro que sí –el tono de Noé se suavizó –. No va a llover en la trayectoria del Río Congo hasta el próximo martes. Asegúrense de que Beatriz y Jonas lo crucen antes de ese día.

Gina estaba ardiendo de indignación cuando Noé se despidió.

–Muy bien, ahora sólo tenemos que hacerle ver a Jonas que ésta es la mejor ruta –escuchó decir a Bruce después de colgar – ¿Alguien tiene una idea?

–Sí, vamos a tomar un descanso.

-Apenas son las ocho de la mañana, Mario -replicó el muchacho.

-Pues yo necesito un respiro -insistió el "Oso."

Gina quería golpearlo, pero después de la manera en que se portó con Noé y las estupideces que dijo respecto al bebé, también quería perderlo de vista.

-De acuerdo, tómate una hora.

-Muchas gracias, jefa -Mario se volvió hacia Bruce -nada más necesito que me prestes tu juguetito un momento.

-¿Por qué? -el muchacho estaba tan sorprendido que entregó el aparato sin protestar.

-Quiero checar una cosa -acto seguido, Mario apretó algunos botones.

A Gina le extrañó que supiera usarlo, pero Bruce decía que no tenía mucha ciencia y que cualquiera capaz de operar una computadora terrestre podía manejarlo. Lo malo era que ella no recordaba haber usado nunca una computadora terrestre.

-¿Para qué quieres saber cuál es la hora en Nueva York? -preguntó el muchacho asomándose a la pantalla, pero Mario no le hizo caso.

-Perfecto -murmuró el "Oso."

Algo en su sonrisa le dio mala espina a Gina, así que decidió intervenir:

-¿Nos puedes regresar la computadora, por favor?

-Sólo quiero asegurarme que no vuelven a hacer mal uso de ella.

-¡Mario, no...! -antes de que Gina terminara de hablar, Mario había desaparecido.

-¡No puede ser! -Bruce se llevó las manos a la cabeza al decir esto -Lo siento mucho, no debí habérselo prestado. Después de lo que le pasó a Alicia, tenía que haber sido más cuidadoso.

-No ibas a desconfiar de tu propio compañero.

"Un compañero que no respetaba a nada ni a nadie y sólo se preocupaba por sí mismo", hubiera querido agregar Gina. Al parecer, el verdadero reto de esta misión consistía en lidiar con Mario más que en resolver seis casos.

–¿Y si no regresa?

Eso sería lo mejor para Gina, por desgracia, ella no creía que tanta dicha fuera posible.

–Sí va a regresar.

Y cuando lo hiciera… ¿Cómo iba a enfrentársele? Mario era mucho más grande y despiadado que ella, no había forma de controlarlo. Esta certidumbre la hizo enfadar todavía más porque Gina sabía que en eso basaba su poder la gente como él. Pues bien, en este momento no tenía muchas opciones pero ella podía esperar… Tarde o temprano encontraría la manera de nivelar la partida.

Lo primero que Mario hizo al llegar a Nueva York fue buscar un periódico. Eran las tres de la mañana y los ejemplares nuevos estaban llegando a los puestos. Quería confirmar si la reportera había vuelto a escribir sobre él.

–¡No puede ser! –exclamó Mario al notar la fecha.

Uno de los arcángeles había explicado que el tiempo transcurría de manera distinta en el Cielo pero… ¿Cómo era posible que estuvieran a diez de junio si habían salido de aquí el día siete? En fin, eran ya tantas las cosas que Mario no comprendía que le importaba un bledo la fecha. Tal vez hasta hubiera servido para que esa chica buscara algo más en qué entretenerse, así que Mario siguió leyendo y suspiró al comprobar que no había ningún artículo sobre "fantasmas" en la sección local. Genial. A él no le gustaba la publicidad.

Mario no se sentía mal por haber abandonado a sus compañeros en la selva africana. Después de todo, nada podía pasarles y, si lo pensaba detenidamente, ellos también lo dejaron a él abandonado en Nueva York cuando hicieron sus viajecitos. Además, iba a regresar, sólo necesitaba alejarse un rato de "cerebrito" y su quejumbrosa ayudante. Los dos lo tenían harto y este nuevo caso estaba en "chino". Mario rió al pensar que entonces Bruce podría resolverlo con facilidad.

El problema iba a ser volver a escaparse al día siguiente porque sería más difícil tomarlos otra vez por sorpresa; quizá si explicaba por qué era tan importante volver a la ciudad por las noches... No, ellos no comprenderían. A veces, ni Mario mismo lo hacía, sólo sabía que tenía que estar aquí, afuera del hospital de Harlem, montando guardia durante la noche.

Jonas salió de su choza antes que su mujer. Era un hombre apuesto de mirada serena que debía tener alrededor de treinta años. Algunos vecinos se le acercaron de inmediato para hacerle consultas respecto a su salud: la mamá de los pequeños se quejó de que uno de ellos no dejó de toser durante la noche, y una anciana que cojeaba de la pierna derecha, le enseñó una llaga que tenía a la altura del tobillo. Él los atendió con paciencia a pesar de que no había probado bocado y de que ninguna de las dos le pagó.

—Yo quería regresar a explorar Akihabara —murmuró Bruce mientras observaba la escena con Gina.

—Cuando Mario regrese, no vamos a reclamarle nada.

Él miró a Gina sin comprender. A su modo de ver, lo que Mario había hecho esta vez sí era digno de un buen pleito. Quitarles la computadora era el equivalente a sabotear la misión porque sin esa valiosa herramienta estaban tan limitados como cualquier ser humano.

—No tiene caso discutir con ese tipo, nada más no lo dejamos volver a acercarse al aparato —insistió Gina.

—Si tú lo dices —Bruce se encogió de hombros.

Gina asintió, pero por su expresión, él comprendió que no estaba tan tranquila como quería aparentar así que los dos permanecieron callados durante un buen rato.

Beatriz despertó y se reunió con su marido, su vientre ya denotaba su avanzado estado pero Jonas la miró como si fuera la mujer más hermosa del mundo. Algo se inquietó en el interior de Bruce al verlos saludarse con cariño.

—Debe ser bonito estar enamorado —comentó sin pensar.

–¿Tú lo estuviste alguna vez? –quiso saber Gina.

–No tengo la menor idea.

Bruce era muy joven y había estado enfermo mucho tiempo. Un amor como el de Jonas, que había dejado todo por su mujer y estaba dispuesto a arriesgar lo que le quedaba para salvar a su bebé, no era fácil de encontrar.

–¿Y tú, Gina?

–Yo ya no sé nada. Desde que esto empezó, hay cosas que me tienen muy confundida.

–Bueno, sí, es duro tener la memoria atrofiada –reconoció Bruce desanimado.

– No lo digo sólo por eso.

–¿A qué te refieres?

Gina titubeó y Bruce sonrió tratando de infundirle confianza. Ella tenía una mejor noción sobre cómo funcionaba el Cielo así que a él le interesaba conocer su opinión.

–Mira, no es nada personal, pero yo no esperaba encontrar personas como tú o como Mario allá Arriba. Tampoco se me dijo que los Ángeles eran seres como nosotros ni que gente como Noé tenía un trabajo. Yo imaginaba que todo era felicidad y armonía.

–Debe ser difícil asimilarlo cuando se tienen altas expectativas. En cambio yo que no esperaba nada en particular…

–Quizá eras ateo o algo así.

Bruce se distrajo al ver que Jonas y Beatriz se tomaron las manos antes de ingerir los alimentos para rezar. Gina no ocultó su sorpresa al escucharlos.

–El Padre Nuestro. No sabía que eran cristianos.

–Es producto de la influencia portuguesa –Bruce lo había leído en la carpeta.

Los dos callaron mientras los Kimpa terminaban. Era una oración muy hermosa.

–Se trata de la única oración que Cristo mismo nos enseñó –le informó Gina.

–¿Podrías hablarme un poco de ÉL?

Mario regresó tres horas después y todavía tuvo el descaro de decir que se trataba de la hora convenida porque en Nueva York eran las seis de la mañana. Tal como acordaron, ni Gina, ni Bruce hicieron reclamos, ni siquiera cuando les anunció que no iba a devolverles el aparato. Por un momento, Gina contempló la posibilidad de coordinarse con el muchacho para arrebatárselo, pero desistió de la idea al observar la grotesca cicatriz. No tenía idea en qué circunstancias se la había hecho Mario, pero a ella le quedaba claro que era una marca de su turbio pasado.

–Me alegra ver que nos entendemos –dijo el "Oso" cínicamente ante su falta de respuesta –. ¿Avanzaron algo durante mi ausencia?

–Jonas tiene una moto en la parte trasera de su choza – explicó Bruce –, solía usarla para hacer visitas entre las aldeas y así fue como logró escapar de la masacre que hubo en la suya.

–Con esa moto puede llegar a Braza… a ese lugar que está lejos, porque de cualquier forma no puede usarla a través de la selva y las montañas, ¿verdad?

–¿Ya se te olvidó que tienen que cruzar un río? –preguntó Gina bruscamente.

–Brazaville está prácticamente del otro lado –intervino Bruce –. Después de cruzar, sólo tendrían que caminar unos cuantos kilómetros al sur.

–La moto no sirve –le recordó ella lanzando una mirada significativa al muchacho. No entendía cómo podía darle la razón a Mario.

–Yo puedo arreglarla.

Bruce era tan inocente que Gina sintió deseos de sacudirlo. ¿Por qué confiaba de nuevo en Mario?

–¿Qué necesitas, chino?

–Tengo que revisarla, pero a juzgar por lo que Jonas estaba haciendo…

A continuación, Bruce elaboró una lista de palabras impronunciables para una mujer. Gina sintió una ligera punzada al sentirse excluida por sus compañeros. No era justo que después de su conducta imperdonable, el "Oso" regresara como si nada a trabajar en equipo. Además, él nunca había sido tan cooperador y eso le inspiraba desconfianza a Gina.

-Sé dónde conseguir todo eso -anunció Mario para su sorpresa.

-¿Y con qué dinero vas a pagar? -preguntó Gina sin disimular su escepticismo.

-Deja que yo me encargue -Mario apretó algunos botones del aparato.

-Recuerda que no puedes hacer nada ilegal y... ¡Me lleva el tren!

Mario había desaparecido otra vez.

CAPÍTULO 6

Mario había visto dinero tirado en incontables ocasiones durante sus paseos por Nueva York; a veces simples monedas, pero también billetes perdidos que la gente dejaba caer sin darse cuenta. Él dejo de prestar atención porque no existía nada que quisiera comprar, pero después de recoger hasta el último centavo, desde Times Square hasta el Parque Central, Mario logró reunir más de lo necesario para pagar las piezas que Bruce necesitaba. Luego se coló en una ferretería y consiguió sacarlas por el área de la bodega sin que nadie lo viera, después de depositar el importe correcto en la caja registradora.

Ni siquiera Gina atinó a elaborar una protesta cuando volvió con todas las refacciones al anochecer. Bruce pensaba dedicarse a eso hasta el día siguiente, así que Mario se marchó de nuevo al llegar la hora en que el sol se ponía en Nueva York.

Llevaba varias noches sin ver acción. Las enfermeras que salían en la madrugada no habían tenido problemas y él estaba ansioso de volver a ayudar. El día que golpeó a los violadores se sintió mejor que nunca, y cuando salvó a Connie Fender de ser aplastada por un borracho al volante, comprendió que esto era una especie de misión propia. La última vez, evitó que una chica fuera despojada de su bolso haciendo que su agresor tropezara.

Estela Adams era ya una figura familiar para Mario. Se trataba de la jefa de enfermeras, y por consiguiente era siempre la última en salir del turno de noche, poco antes de las seis de la mañana. Él solía esperar a que subiera a su auto y entonces regresaba a reunirse con sus compañeros. Esta vez, sin embargo, ella no llevaba el viejo sedán y empezó a caminar hasta la parada del metro. Mario pensaba marcharse en cuanto lo abordó, pero entonces descubrió una pandilla de chicos que subía al mismo vagón y cambió de opinión. Los muchachos no se veían bien, con seguridad habían tomado y dos de ellos daban claras muestras de haber consumido algo más que alcohol.

Sus peores temores se convirtieron en realidad al ver que los mayores empezaron a azuzar a sus compañeros para que se propasaran con Estela. A pesar de sus cuarenta y tantos años, ella era una mujer voluptuosa y sus curvas resultaban llamativas aún con el discreto uniforme. Uno de los chicos fingió caer sobre sus pechos por accidente y las risotadas de los otros no se hicieron esperar. La enfermera le propinó un merecido bofetón, pero el agraviado infractor le contestó de la misma manera. Los manoteos pronto se convirtieron en patadas y Mario sintió que la cicatriz en su mejilla empezaba a hervir cuando, inesperadamente, el metro se detuvo. El alto fue tan brusco que varios pandilleros rodaron al piso y la luz se apagó. Estela gritó pidiendo ayuda y, en ese instante, la luz volvió a encenderse.

Él se quedó sin habla al descubrir a un joven de su misma raza, vistiendo el uniforme celestial, que forzaba las puertas del metro. Los gritos de los pasajeros de otros vagones y de los conductores que se acercaban a averiguar qué había sucedido, asustaron a los jóvenes que salieron huyendo en cuanto éstas se abrieron. Estela salió detrás de ellos justo cuando el héroe de la jornada se acercó a Mario.

–Hola. ¿Cómo estás? –el tipo le extendió una mano –Me llamo Lucas, pero mis amigos me dicen Luc.

Alrededor de las once de la mañana, Jonas consiguió echar a andar la motocicleta, que Bruce había reparado con anticipación dejando sólo unos cables pendientes de conectar. El doctor no podía creer su buena suerte y de inmediato empezó a hacer planes con su mujer para cambiar la ruta del viaje. Había dos cosas que lo inquietaban: el informe meteorológico que desde la aldea no tenía manera de consultar, y el abasto de combustible. Jonas calculaba que con el tanque lleno avanzarían durante un día completo, suficiente para llegar a una aldea en la frontera llamada Moonje, donde podían comprar más gasolina y pasar la noche.

–De allí les queda otro día de camino hasta el río, pero si salen el sábado como planea, estarían cruzando el lunes a primera hora –explicó Bruce tratando de mantener a Gina ocupada para que no reparara en el retraso de Mario.

Los dos se encontraban sentados sobre un tronco afuera de la choza de los Kimpa cobijados por la sombra de los árboles que rodeaban la aldea. La tierra despedía un fuerte olor a humedad que se mezclaba con el peculiar aroma de las especies con las que los Bakongo preparaban sus alimentos. Al principio, esta combinación le había parecido desagradable a Bruce, pero ya empezaba a acostumbrarse.

–¿Y tienen que cruzar nadando? ¿No hay un puente en algún otro punto?

–Mira, la cosa está así.

Él tomó una rama y trazó una línea en la tierra. Esa línea era el Río Congo. De un lado estaba Brazaville, la capital de Congo, del otro Kinshasa, capital de la República Democrática del Congo, antes Zaire.

–Este es el único lugar del mundo donde dos capitales nacionales se encuentran situadas en los márgenes opuestos de un mismo río –apuntó Bruce.

Gina asintió.

–Cabinda está aquí –Bruce dibujó un pequeño círculo al oeste de ambas ciudades –. Si no fuera por la guerra civil, lo más lógico sería cruzar la frontera hacia el sur para evitar el río y llegar por el lado de Kinshasa.

-O sea que para evitar los conflictos, tienen que rodear por Congo para entrar a Brazaville desde arriba –ella siguió con su dedo el cauce del río que él había trazado hacia el norte –, pero... ¿de verdad no hay más puentes?

-A lo largo del río había varios, pero las lluvias de Mayo arrasaron con la mayoría y no han sido reparados. Para llegar al siguiente que se encuentra en pie tendrían que subir más o menos hasta.... Aquí.

Bruce marcó con una cruz un punto demasiado lejano para considerarlo.

-¿Y si utilizan una canoa? –Gina parecía verdaderamente preocupada.

-El problema es transportarla durante todo el recorrido anterior.

-Es que ella tiene casi siete meses de embarazo, Bruce.

-Los africanos están acostumbrados a nadar desde niños –le recordó tratando de tranquilizarla –. Además, en el sitio donde van a cruzar el río tiene poca profundidad, casi van a pasar caminando.

Gina no quedó muy convencida así que siguieron estudiando las diferentes alternativas durante largo rato, más porque no tenían nada mejor que hacer que porque existiera otra solución factible. Ella no era tan tonta como para no darse cuenta que Mario debía haber regresado dos horas antes, pero no dijo nada porque Bruce estaba muy agradecido por las piezas para la motocicleta. Además, Jonas había decidido ir a una aldea cercana para buscar combustible y Gina se conmovió tanto al verlo despedirse de su esposa, que decidió concederle una tregua a Mario para ayudar a estos dos. Su historia de amor era como de telenovela.

-¡Fernando Castillo!

El nombre se le vino a la mente de pronto junto con la sonrisa y la profunda voz.

-¿Qué dices? –Bruce la miró confundido.

-Es el tipo con el que tropecé en la oficina de "Envíos".

Ella le contó el incidente mientras caminaban entre la selva. No podían alejarse demasiado porque, en cuanto Mario volviera, alcanzarían a Jonas. Era peligroso que él anduviera solo, pero nada ganaba Gina con culpar al "Oso" por esto. Además, el paisaje era espectacular y los árboles de troncos altos sin ramas bajas les permitían desplazarse con facilidad.

Los ruidos que en un principio la intimidaban empezaban a resultar familiares: Los gritos de los monos que jugaban entre sí, los agudos de los loros y las graves notas de los sapos. Hasta el suave siseo de las serpientes completaba la original orquesta. No obstante, Gina no prestó atención ni siquiera a las mariposas multicolores que volaban a su alrededor porque estaba emocionada con su descubrimiento. Había conocido en persona a uno de los galanes más cotizados, ¡con razón se le hizo tan conocido!

–Se trata de un actor de telenovelas muy famoso –explicó entusiasmada –. Si mal no recuerdo, murió hace poco en un accidente de aviación.

–¿Telenovelas?

A continuación, ella le habló a Bruce sobre el género del cual solía ser fanática. Fernando Castillo había sido el protagonista de algunas de sus favoritas y en cuanto llegara Mario, Gina consultaría en la computadora su biografía para encontrar pistas sobre su pasado. Esta perspectiva la puso de buen humor.

–Mira eso.

Ella pasó una mano sobre la superficie de las enormes rocas verdes cubiertas de musgo que señaló Bruce. Era increíble que hasta las piedras florecieran en este lugar.

–Cuéntame una de esas telenovelas –sugirió el muchacho sentándose sobre una de ellas.

–Mi favorita es una que se llamaba "Corazón Salvaje".

Bruce la escuchó con la misma fascinación con la que siguió las historias sobre la vida de Jesús y Gina se relajó tanto que, sin darse cuenta, empezó a darle masaje en los hombros a su compañero.

–Se siente muy bien... ¿Dónde aprendiste a hacerlo?

–¿Hacer qué?

Ella reparó entonces en sus acciones y se detuvo desconcertada.

-Debe ser un talento tuyo -comentó el muchacho abriendo los ojos -. ¿No te trae ningún recuerdo?

-No sé -Gina titubeó y se miró las manos con curiosidad. De alguna manera, esto se sentía como algo natural pero su mente estaba en blanco.

-Concéntrate, ya te acordaste de ese actor, tal vez puedas descubrir algo más.

Lucas estaba trabajando con su equipo en Nueva York. Algo relacionado con un anciano moribundo cuya amante quería engatusar para que cambiara su testamento a favor de ella. Era su caso número cuatro y se sentía cansado, según le confesó a Mario en un recorrido por las soleadas calles de la ciudad que nunca duerme.

-De repente pienso que esos arcángeles juegan al ajedrez con nosotros.

Mario se identificó tanto con el joven que el tiempo se le fue sin sentir. Su aparición en el metro fue muy oportuna y él terminó contándole sobre sus actividades nocturnas. Lucas no solía hacer nada parecido, pero se sentía inútil y aburrido con sus compañeros, así que decidió dar un paseo. Estaba al fondo del vagón cuando ellos subieron, y al ver que las cosas se ponían difíciles, decidió utilizar el freno de emergencia. La experiencia había sido tan excitante que terminó suplicándole a Mario que le permitiera acompañarlo todas las noches. Él accedió porque le parecía que dos personas podían hacer mejor las cosas y, en especial, porque se sentía bien al compartir esta tarea con alguien más.

No fue sino hasta que un camión repleto de turistas se detuvo frente a ellos que reparó en que eran las nueve de la mañana y, con cierto pesar, se despidió de su nuevo amigo para regresar a África con sus compañeros.

Pusieron manos a la obra en cuanto Mario volvió a Cabinda. Con ayuda de la computadora, localizaron a Jonas y trazaron un mapa con el recorrido que pensaba seguir ese día. Mario no dio explicación para su retraso pero nadie se la pidió. Además, Bruce acababa de detectar un nuevo problema.

–No va a encontrar combustible en esta zona –explicó siguiendo una línea imaginaria con su dedo en el monitor del aparato que sostenía Mario.

–¿Cómo lo sabes?

–Los soldados han arrasado con todo en cien kilómetros a la redonda –le recordó Bruce con pesar –. Jonas tendrá que irse mucho más lejos para conseguir gasolina y eso retrasaría su partida.

Después de varios minutos de deliberación, los tres decidieron ir a buscar la gasolina a la capital y encontrar una forma de hacérsela llegar al doctor. Mario tenía todavía algunas monedas norteamericanas, así que antes tendrían que pasar a una casa de cambio.

Sus planes se vinieron abajo cuando empezaron a recorrer distintas poblaciones. El país estaba en peores condiciones de lo que imaginaban. Una tras otra, las aldeas se encontraban arrasadas por una invasión que rayaba en el genocidio; la gente vivía en condiciones deplorables y en pánico constante. Conforme se acercaron a la capital, la pequeña aldea de los Kimpa en medio de la selva, parecía el paraíso.

Gina empezó a llorar al descubrir los cuerpos de varios niños dentro de una escuela que había sido incendiada horas antes. Bruce trató de consolarla pero no encontró palabras para hacerlo y miró a Mario suplicándole en silencio que los sacara de ahí.

En un abrir y cerrar de ojos volvieron a aparecer en el Parque Central. El contraste con los departamentos de lujo que bordeaban la elegante y animada avenida fue un fuerte shock para Gina. No era justo que hubiera diferencias tan grandes en este mundo, que bajo el mismo Cielo pudieran existir ciudades como Nueva York y poblaciones como Cabinda.

-Yo no sé cómo Dios lo permite -murmuró Gina mientras sus compañeros buscaban en un basurero unos botes de plástico vacíos para guardar gasolina.

 -La verdad no me parece que esto sea cosa de Dios sino de los hombres -replicó Bruce -. Lo que acabamos de ver es consecuencia de la ambición desmedida.

-No me explico por qué nadie hace nada al respecto. La ONU, los derechos humanos...

Gina ni siquiera recordaba haber escuchado antes el nombre de ese país pero ahora no podría volver a estar tranquila. Las imágenes de pobreza y muerte que acababa de ver, iban a perseguirla por siempre.

-Es que hay mucho dinero de por medio -apuntó Mario -. Ocho millones diarios para ser exactos.

En ese momento, un grupo de ciclistas pasó a su lado y Gina los siguió con la mirada hasta que se perdieron en la distancia mientras meditaba la situación.

-Pues nosotros tenemos que hacer algo -anunció de pronto.

Sus compañeros se detuvieron para comprobar si estaba hablando en serio. Ella no solía tomar la iniciativa, pero en este caso no estaba dispuesta a permanecer de brazos cruzados.

-No sé... Tal vez podríamos filtrar la información a los medios de comunicación.

Bruce sacudió la cabeza de un lado a otro antes de comentar:

-No estoy seguro de que ellos consideren más importantes los intereses de un diminuto país africano que los de un gigante petrolero.

-Mucho me temo que Bruce tiene razón.

Mario estaba tan afectado que no había rastro de cinismo o burla en su afirmación. Es más, si Gina mal no recordaba, era la primera vez que llamaba al muchacho por su nombre.

-Debemos buscar a alguien imparcial, alguien que no tenga nada que perder y sí mucho que ganar.

Dos chiquillos pasaron corriendo a su lado, uno de ellos asustaba al otro diciendo que era un fantasma. La respuesta se le vino a Gina a la cabeza al escuchar esta palabra.

–Claudia West.

–Esa chica no tiene el tamaño para algo así –replicó Mario.

–Pero tiene el hambre suficiente y las ganas de salir del anonimato.

–Tal vez –el muchacho titubeó –pero tenemos que preparar un caso sólido. Buscar toda la información que podamos y tomar fotografías, video... Algo que sea impactante.

–¡Buena idea! –Gina sintió el entusiasmo crecer dentro de ella.

–No creo que funcione –intervino Mario –. Claudia es una ilustre desconocida, no van a tomarla en serio.

–Sólo la necesitamos para destapar la cloaca y el resto caerá por su propio peso –insistió Gina.

–Es que tú estás contando con que el mundo se va a involucrar y yo pienso que a la gente le importa un pepino. Para los países ricos, África es lo más parecido a otro planeta. No les interesa si se matan entre ellos o se mueren de hambre. Así ha sido siempre.

–Pues yo de cualquier forma voy a intentarlo.

Si su siempre egoísta compañero no quería participar, allá él con su conciencia. Gina necesitaba cumplir con la suya porque sentía escalofríos al recordar los cuerpos calcinados de esos pequeños.

Mario también estaba impresionado por lo que habían visto pero no consideraba que el plan de Gina pudiera funcionar. Sin embargo, se esmeró en ayudar a sus compañeros a conseguir la gasolina y algunos otros objetos que Bruce consideró pertinentes con el cambio que les quedaba. También tomaron prestada una cámara de video de la bodega de una tienda departamental, dejando el importe del disco compacto en la registradora. Al terminar de grabar el material que necesitaban, devolverían la cámara en perfectas condiciones.

Después regresaron a África y prepararon las cosas para que Jonas encontrara una mochila abandonada junto a un cadáver en una aldea que había sido destruida el día anterior. Tal y como pensaban, el doctor creyó que se trataba de las pertenencias de otra víctima del conflicto armado. La cantimplora y la comida deshidratada serían de gran ayuda para los Kimpa durante el viaje, pero la gasolina y el informe meteorológico para los próximos días fueron lo que Jonas describió a su mujer como una increíble "coincidencia".

Mario se preguntó entonces si las coincidencias realmente existían o si pasaba con ellas algo similar a lo que ocurría con la suerte, pero tuvo que apartar esa idea de su mente cuando Gina exigió que les entregara el aparato.

–Debemos aprovechar la noche para documentar la campaña para salvar a Cabinda.

Mario se negó. Había quedado de verse con Lucas y no pensaba quedarle mal.

–Mañana no tendremos gran cosa qué hacer. Jonas piensa salir hasta el sábado, así que nos queda tiempo suficiente para jugar a los reporteros.

Después de todo, él ya había ayudado bastante: consiguió el dinero y las refacciones de la moto, por no mencionar que los sacó del infierno para resolver el asunto de la gasolina. Hasta consultó la identidad del actor ese para Gina, el cual resultó ser mexicano. A lo mejor lo que ella en realidad quería era seguir investigando sobre su pasado, pero Mario no estaba dispuesto a complacerla en este momento.

La mujer se enfadó e intentó forcejear con él, después le advirtió que iba a cobrarle todas sus ofensas. Mario casi se muere de risa antes de marcharse a Nueva York para reunirse con su nuevo amigo.

Las cosas entre sus compañeros de equipo siguieron tensas, a pesar de que durante el viernes Mario los llevó a diferentes puntos del país para grabar el material que necesitaban. Bruce también resentía no poder operar la computadora, pero no consideraba que pelear fuera la mejor forma de convencerlo. Mario no era una mala persona, tenía modales terribles y un carácter explosivo, pero él había visto humedecerse sus ojos ante la tragedia que se vivía en Cabinda. Grabaron escenas tremendas de abuso de gente inocente por parte de soldados de Angola y hasta un enfrentamiento entre ellos con la guerrilla que intentaba defender su país. También consiguieron tomas de las impresionantes instalaciones de la compañía petrolera y de la vida de lujos que llevaban sus directivos en contraste con la pobreza de la población. Había pruebas suficientes sobre las atrocidades que se estaban cometiendo en este lugar ignorado por el mundo, y sólo faltaba ponerlo en manos de Claudia. Gina insistía en que ella era el canal más adecuado, y aunque Bruce no estaba convencido, pensaba que valía la pena intentarlo. De cualquier forma, hicieron un duplicado del material antes de enviarlo en un paquete desde la ciudad de Washington, para que le llegara a la reportera de manera anónima. El original se lo quedaron ellos y lo guardaron en un rincón de una bóveda de seguridad de un Banco de Nueva York.

Esa noche discutieron otra vez porque Gina quería visitar México, aprovechando que era la última oportunidad antes del viaje de los Kimpa, pero Mario volvió a negarse.

–Entonces deja que vayamos nosotros y después regresamos por ti a Nueva York –sugirió Bruce en un intento por mediar entre ellos y, de paso, recuperar el aparato.

–¿Y si no vuelven?

–Te doy mi palabra de que así será.

Marió dudó unos instantes, pero la expresión desafiante de Gina pareció decidirlo.

– Lo siento, Bruce, pero no confío en ella.

– ¡No tienes derecho a...!

Bruce no tenía ánimos para escucharlos pelear de nuevo así que se fue caminando hasta llegar a la choza de los Kimpa. Ellos ya estaban dormidos, les esperaba una larga jornada al día siguiente, y al verlos con sus manos entrelazadas, algo volvió a removerse dentro de él. No podía resignarse a nunca poder experimentar algo así..

CAPÍTULO 7

La noche fue larga y el día también. El viaje de los Kimpa transcurrió conforme a lo planeado, pero Gina estaba tan enojada con Mario que no le dirigió la palabra. Él, por supuesto, actuaba como si le importara un comino y trataba de bromear con Bruce, que parecía más taciturno que de costumbre. La verdad, todos estaban tensos porque la situación en que se encontraba el país no era para menos. Cualquier movimiento en falso podía provocar una desgracia, así que fue un gran alivio cuando concluyó la primera jornada sin inconvenientes. La aldea donde llegaron Beatriz y Jonas era uno de los pocos rincones de Cabinda que la violencia no había alcanzado, y ellos fueron recibidos por los Bakongo como si formaran parte de una gran familia. Les proporcionaron alojamiento y comida caliente, además del preciado combustible y algunos consejos para atravesar la frontera de manera segura. Al parecer había soldados patrullando los cruces normales para evitar que siguiera la emigración masiva, así que era mejor desviarse un poco. Esto los retrasaría varias horas, pero alcanzarían a cruzar el río el lunes antes de mediodía.

Esa noche, Mario volvió a desaparecer pero Gina ya no discutió. Se quedó conversando con Bruce mientras contemplaban las estrellas acostados junto a la choza donde dormían los Kimpa. En esta zona, la selva tropical empezaba a ceder a medida que el terreno se tornaba más árido, lo cual era la razón por la que se encontraba menos poblada. La aldea debía tener alrededor de cien habitantes, muchos de los cuales estuvieron entonando cantos hasta muy tarde.

Mario regresó con los primeros rayos de sol en el horizonte, justo cuando Jonas y su esposa se pusieron en marcha, pero las cosas se complicaron porque el doctor se perdió en el trayecto alterno. Esto generó un problema mayor porque el combustible se terminó al llegar la noche, ya que se encontraban tan lejos del río que Gina empezó a angustiarse. Al día siguiente tendrían que caminar treinta kilómetros bajo el rayo del sol, y eso era un riesgo muy grande para una mujer con casi siete meses de embarazo.

-Yo sugiero que tomemos prestado un jeep de la capital - sugirió Mario cuando se reunieron junto al fuego del improvisado campamento de los Kimpa -, después lo devolvemos como hicimos con la cámara.

-No creo que Jonas se atreva a usarlo.

El miedo que los nativos tenían por las tropas invasoras era tan grande que el doctor preferiría seguir a pie que arriesgarse a alguna represalia de los soldados.

-Entonces les aparecemos otro tanque de combustible por ahí y asunto arreglado.

Gina hizo una mueca. El "Oso" estaba ansioso por resolver este obstáculo porque ya era la hora en que solía marcharse a Nueva York. En realidad no le importaba esta pareja ni nada que no fuera él mismo y ella lo despreciaba por eso.

-¡¿Qué?! ¿Tienes alguna idea mejor? -le reclamó Mario al notar su expresión.

-¿Por qué no te vas y nos dejas pensar en paz?

Por supuesto que Mario se fue. No tenía intenciones de soportar los malos humores de una amargada mientras podía optar por la compañía de Lucas. El joven era genial. Ingenioso, divertido, y con una energía fuera de serie. Después de dos noches sin novedades frente al hospital de Harlem, Lucas lo convenció de moverse por diferentes puntos de la ciudad y juntos acababan de capturar a una banda de roba-coches con una red de pescar que cayó desde el cielo. O al menos eso era lo que explicaban los delincuentes a la policía en este momento.

Lucas estaba muy divertido y Mario tampoco pudo evitar reír al escuchar la absurda versión, a pesar de que pensaba que debían ser más discretos para evitar llamar la atención de Claudia West o algún otro reportero con aires de detective. Cuando se lo dijo a su amigo, Lucas opinó que era más probable que la gente llegara a la conclusión de que se trataba de extraterrestres que de seres celestiales.

-La fe es cosa del pasado, Mario. Resulta más fácil creer cualquier versión, por descabellada que sea, que atribuirle milagros al Gran Jefe.

A Mario le sorprendía cómo el joven parecía ponerle palabras a sus propios sentimientos. Era como si sus mentes procesaran las cosas de la misma manera y él lamentaba que no lo hubieran asignado a su equipo. Habría tenido más sentido trabajar con alguien como Lucas que con un "nerd" y una latosa.

Las horas se pasaron volando, recorriendo diferentes barrios como "Chinatown" y "Little Italy", donde los olores que despedían sus pequeños restaurantes lo hacían sentir como si estuviera vivo. Mario no podía recordar todavía nada sobre su pasado, pero estaba seguro que se encontraba ligado a esta ciudad que lo llenaba de entusiasmo. Por desgracia, con el cambio de horario respecto a África, tenía que dejarla antes del amanecer.

-¿Sabes que mañana tengo el día libre? -preguntó Lucas antes de despedirse.

Su caso estaba a punto de ser resuelto y eso lo alejaría de Nueva York por un tiempo, lo cual significaba que sus escapadas nocturnas se iban a complicar. Mario no pudo disimular la decepción que esto le producía porque se había acostumbrado a hacer sus rondas con compañía.

-¿Por qué no te quedas? ¿Te imaginas todo lo que podemos hacer en veinticuatro horas?

-No puedo.

Mario sabía que los Kimpa tenían un problema serio y necesitaban la computadora para resolverlo. Él no podía abandonarlos ahora.

-¿Y si vas a ayudarlos y te regresas temprano? -insistió su amigo.

-Puede ser…

Una vez resuelto el asunto del transporte, no quedaría más que vigilarlos durante el trayecto, tal y como habían hecho los últimos dos días: con el aparato. Eso podía hacerlo Mario también desde aquí. Como en este momento, en que veía en la pantalla a la pareja dormir a la intemperie en medio de la nada. El detalle era que sus compañeros quedarían desconectados y él les debía cierta lealtad aunque estuviera harto de ellos.

–¿Qué tal si usamos mi transportador? –propuso Lucas al verlo dudar.

–¿En serio?

Eso facilitaría muchísimo las cosas porque, siendo sinceros, lo que Bruce y Gina echaban en falta cuando se marchaba no era su compañía sino la computadora.

–No sé cómo no se me había ocurrido –añadió Lucas –. Mis compañeros no son tan envidiosos como los tuyos.

Bruce encontró una solución después de darle vueltas con Gina durante toda la noche. En cuanto Mario volvió, pintaron la moto y volvieron a llenarla de combustible mientras los Kimpa empezaron su jornada a pie. Después la dejaron a las afueras de una pequeña población donde un anciano sin dientes la encontró y empezó a presumirla entre sus vecinos. Cuando Jonas y Beatriz llegaron allí, los humildes agricultores buscaban la manera de encenderla.

El doctor tuvo que pagar por una moto que le pertenecía, pero al menos encontró una manera de transportar a su mujer que ya empezaba a mostrar signos de cansancio. De cualquier forma, Bruce se encargó de sacarle el dinero del bolsillo al anciano y volverlo a poner en la mochila de Jonas. Era casi mediodía cuando los Kimpa se alejaron dejando una nube de polvo tras ellos.

–Bueno, si ya tienen todo bajo control, supongo que no importa que me marche un rato –anunció Mario de pronto.

–¿Estás loco? No puedes dejarnos sin computadora, si se ofrece cualquier cosa...

–¡Silencio! –Mario calló a su compañera con rudeza –No voy a dejarlos sin computadora, sólo necesito que me lleven al Parque Central.

Ellos se miraron con incredulidad. Gina fue la primera en reaccionar.

-Hoy es un día especial, no creo que sea conveniente separarnos.

-No va a pasar nada -aseguró Mario -, además, ustedes pueden resolver lo que sea.

Ella iba a protestar otra vez pero Bruce le hizo una seña para que se detuviera. Mario pensaba dejarles el aparato y eso era más importante que cualquier otra cosa.

-¿Cuándo quieres que vayamos a buscarte, Mario?

-¿A qué hora calculas que lleguen a Brazaville?

Bruce lo pensó unos instantes. Con tantos retrasos ya no podía estar seguro, pero Jonas estaba tan consciente como ellos de que necesitaban cruzar el río antes que el día terminara.

-Si no hay contratiempos, poco antes de la puesta del sol.

-Muy bien, yo los estaré esperando en el hospital.

Bruce miró a Mario sin comprender. Si ellos lo dejaban en Nueva York era imposible que su compañero pudiera volver por su cuenta. Sin embargo, en ese momento, Mario le entregó la computadora para que los transportara y Bruce se sintió tan contento de tenerla en sus manos, que decidió no averiguar más.

Gina tampoco hizo preguntas. No tenía idea de cómo pensaba regresar Mario, pero en el fondo le importaba muy poco si lo hacía o no. Ellos no lo necesitaban para nada; bien podían salir adelante siendo un equipo de dos.

-¿Qué te parece si vamos a ver a Claudia ya que estamos aquí? -le propuso Bruce cuando el "Oso" desapareció de su vista en el Parque Central -Quiero saber si recibió el paquete que enviamos el viernes.

Lo más probable era que, una vez que los Kimpa llegaran a Brazaville, volvieran al Cielo de inmediato y sólo Dios sabía en qué fecha o en qué lugar volverían a aparecer.

Bruce accedió después de asegurarse en el monitor que Beatriz y Jonas se encontraban en el camino correcto. Todavía les faltaban un par de horas para llegar al río así que tenían tiempo de sobra. Él apretó los botones necesarios y en cuestión de segundos aparecieron frente al edificio del "New York Times".

"Times Square" era el lugar favorito de Gina en esta ciudad. Con sus enormes pantallas, marquesina y anuncios, teatros, tiendas y pastelerías cuyos aparadores mostraban los famosos "New York Cheesecakes" de diferentes sabores. A pesar de los tumultos y los malos olores en las alcantarillas, ella se quedaba sin aliento cada vez que iban allí.

El bullicio en el interior de las oficinas del periódico más famoso del mundo combinaba a la perfección con el exterior. Decenas de personas hablaban por teléfono al mismo tiempo y a Gina se le antojaba imposible que alguien pudiera concentrarse porque la sala principal estaba repleta de reporteros que aspiraban ascender a uno de los privados que la rodeaban.

–Parece que va a mudarse –comentó Bruce cuando encontraron a la reportera empacando sus pertenencias en unas cajas.

–¿Tú crees que ya le dieron la planta?

Su compañero consultó esto en el aparato que tanto le gustaba y acto seguido confirmó su suposición. Un sueldo fijo y una oficina de tres por cuatro habían sido el premio por el reportaje sobre Isaac.

–Bien, eso la pone en mejor posición para ayudarnos - replicó Gina contenta.

–No veo el paquete por ningún lado. Yo creo que todavía no llega.

Ella empezó a mover algunas cosas dentro de las cajas de manera discreta para no llamar la atención de Claudia: Recortes de sus artículos publicados, un par de libretas, una copia enmarcada de su título universitario y una fotografía de cuando era pequeña. Claudia llevaba un disfraz de princesa y abrazaba a un hombre que la miraba con infinita ternura. Lo curioso es que había algo en ese hombre que a Gina le resultaba conocido. Sí, con algunos años y kilos de más, se parecía a... No, eso era imposible.

–Gina, tenemos que irnos.

Ella levantó la cabeza al escuchar la voz alarmada de Bruce.

–Los Kimpa están en problemas.

El zumbido comenzó antes que Gina investigara de qué se trataba.

Los arcángeles no podían enfadarse porque no estaba haciendo nada malo. Al contrario, Mario hacía mucho bien, hasta más que cuando estaba con sus compañeros. Era increíble cuánto podían ayudar entre los dos moviéndose de día por toda la ciudad con el aparato de Lucas. En apenas tres horas habían evitado el robo de un banco haciendo que la pistola saltara de las manos del asaltante, y ahora se encontraban en medio de una persecución policíaca.

Mario podía sentir aumentar su adrenalina mientras las patrullas acortaban la distancia con la camioneta de principios de los ochenta que circulaba a exceso de velocidad. Lucas estaba excitado también y los había transportado al interior para encontrar la manera de detenerla. El conductor era un hombre blanco, de alrededor de treinta años, y a Mario le dio la impresión de que estaba drogado por su mirada confusa y el temblor de sus manos.

–Yo creo que debemos apretar el freno y la bolsa de aire lo protegerá.

–Una camioneta tan vieja no cuenta con bolsa de aire, Luc. Además, el tipo no lleva puesto el cinturón, saldría volando por el parabrisas y el golpe lo mataría.

–Tal vez eso sea lo mejor.

Mario se volvió a ver a su amigo con cierto reproche. El propósito de todo esto era evitar que alguien saliera lastimado.

Lucas detectó su incomodidad.

–Lo siento, es sólo que no me parece correcto que algún oficial honesto vaya a tener un accidente por culpa de esta basura.

–Ni siquiera sabemos qué es lo que hizo –le recordó Mario.

–¿Y si le ponchamos una llanta? – propuso Lucas un poco después.

Eso estaba mejor, pero tenían que ser cuidadosos o de otra manera podía acabar en tragedia. En este momento se encontraban sobre el puente de Brooklyn y resultaba peligroso intentarlo, pero al salir tendría que reducir la velocidad porque había un semáforo y los autos que iban adelante se detendrían. Lucas sacó una navaja del bolsillo de su saco y se movió hacia la caja de la pick-up mientras Mario evaluaba la situación desde la cabina.

–¡Ahora! –gritó cuando el velocímetro bajó un poco.

Lucas cumplió con su cometido de manera sorprendente. No obstante, el tipo no se detuvo, saltó al camellón con la llanta ponchada y empezó a circular en sentido contrario por el otro carril provocando un caos entre los automovilistas.

–¡Aprieta el freno, Mario!

–¡No! –él no iba a cargar con la muerte de este sujeto sobre su conciencia, aún cuando se tratara de un delincuente.

–¡Va a matar a un inocente!

Después de estas palabras todo ocurrió demasiado aprisa. Un auto compacto apareció frente a ellos y Mario tuvo que mover el volante hacia la izquierda para esquivarlo. Esto lo subió a la banqueta donde los peatones empezaron a correr despavoridos. Él intentaba controlar la camioneta para volver a la calle pero el tipo ejercía mucha fuerza sobre el volante. La mirada asustada de dos niños que salían de una tienda fue lo último que Mario vio antes de escuchar la voz de Lucas:

–¡Frena de una vez!

Mario trató de detener al hombre con sus brazos al tiempo que apretó el pedal hasta el fondo, pero la inercia por la velocidad que llevaban era tal que el tipo terminó golpeándose con fuerza contra el tablero. Él sintió que su cicatriz le quemaba al mirar el rostro cubierto de sangre.

Bruce no podía dar crédito a lo que estaba pasando porque era un completo desastre. Durante su ausencia, el anciano sin dientes se dio cuenta que el dinero que le pagaron por la moto había desaparecido y dedujo que el doctor lo estafó. Poco importaba que la moto no fuera suya, el tipo se sintió tan agraviado que consiguió que sus vecinos se lanzaran en persecución de Jonas.

Nunca los hubieran alcanzado de no ser porque los Kimpa se detuvieron un kilómetro más adelante porque Beatriz sintió una contracción y su marido quiso revisarla. Cuando los enfrentaron, el buen doctor negó todo, pero uno de sus perseguidores revisó su mochila y encontró el dinero que Bruce había guardado en un compartimiento separado para que Jonas lo encontrara más adelante.

Al volver de Nueva York, los aldeanos estaban golpeando al doctor y pretendían llevarlo de regreso a la aldea para juzgarlo por robo. Bruce no sabía qué hacer y, en un momento de desesperación, encendió la moto. Los agresores corrieron despavoridos pensando que estaba embrujada, pero el más joven empezó a darle patadas para demostrar que no era así. Después de dejarla inservible, le quitó el dinero a Jonas y se marchó tras sus compañeros. Bruce sintió que un nudo oprimía su garganta al verlos reanudar el camino apoyados el uno en el otro. El doctor no estaba en condiciones de avanzar por su cuenta porque tenía muy lastimada una rodilla, pero Beatriz se negó a abandonarlo para ir a buscar ayuda. Tenía miedo de que regresaran a terminarlo y, además, estaban decididos a cruzar el río antes de que oscureciera para evitar las lluvias anunciadas para el día siguiente.

Bruce intentó auxiliarlos colocándose en el lado libre de Beatriz para quitarle un poco del peso mientras Gina hacía lo mismo con Jonas, pero todavía les faltaban varios kilómetros y la mujer estaba sintiéndose mal. No le decía nada a su marido para no preocuparlo, pero él podía sentir su cuerpo tensarse con cierta frecuencia y su compañera le explicó que debía tratarse de más contracciones.

–Si algo les pasa, voy a matar a Mario –murmuró Gina en un breve lapso en que los Kimpa se sentaron a descansar.

Era conmovedor verlos compartir los escasos víveres y el agua que les quedaba sin escuchar una sola queja sobre la gravedad de su situación.

–No va a pasarles nada, ellos son más fuertes de lo que pensamos.

–¿No habrá manera de conseguirles otro vehículo? –Gina lucía muy angustiada.

–No se me ocurre cómo, pero tal vez sea el momento de buscar una manera de reducir el riesgo de cruzar el río, ¿no crees?

Gina hubiera querido conseguir una lancha de motor, pero Bruce propuso una solución más realista. Después de investigar en la computadora, dio con un lugar cercano donde almacenaban los troncos de madera antes de enviarlos a los aserraderos. Ellos tomaron algunos prestados, y con unas cuerdas que consiguieron allí mismo, improvisaron una balsa que dejaron a orillas del río. Desde luego esto no fue tarea fácil, los troncos eran muy pesados y la ayuda de Mario habría sido de gran utilidad tanto para cargarlos como para amarrarlos. Cuando Gina pensaba que el muy desgraciado se andaba paseando por Nueva York… En algún momento ella hasta sugirió ir a buscarlo pero Bruce le recordó que no podían monitorearlo con el aparato y tratar de encontrar una persona en esa ciudad sería como buscar una aguja en un pajar.

–¿No les resultará extraño encontrar una balsa en medio de la nada? –le preguntó a Bruce cuando por fin terminaron.

–Si lo piensas, no es tan descabellado porque hay mucha gente que cruza por ahí. Pudo haberla dejado alguien que hizo el recorrido en sentido contrario.

Eso fue exactamente lo que Jonas dedujo cuando la encontró, pero después de su experiencia con la moto, se negó a usarla. Estaba seguro que la persona que la había dejado iba a necesitarla a su regreso y Gina tuvo que admirar su integridad. El problema era que Beatriz no se veía bien, ella trataba de disminuir su incomodidad dándole masaje en la espalda, pero las contracciones se estaban acercando cada vez más. Jonas hacía como que no se daba cuenta, pero Gina podía leer en su decisión de seguir adelante, la mortificación que sentía. El doctor sabía mejor que nadie que necesitaban llegar al hospital cuanto antes.

Ella no se imaginaba cómo iban a cruzar el río en las condiciones en que se encontraban, pero desde luego Gina no había crecido en el continente africano. Jonas la sorprendió con su habilidad para lanzar una cuerda con un gancho en un extremo hasta un conjunto de piedras que había cerca de la mitad. Lo intentó un par de veces hasta que Bruce entendió lo que pretendía y se encargó de asegurarla. Después, el doctor amarró a su esposa de la cintura con una cuerda más pequeña y en la otra punta hizo un nudo corrido que insertó en la cuerda guía. Repitió el procedimiento consigo mismo y, por último, amarró el extremo de la primera cuerda a un árbol cerca de la orilla.

Bruce sostuvo a Jonas mientras trataba de cruzar el río sin apoyarse en la rodilla lastimada y Gina se encargó de Beatriz. Cuando el agua tomó suficiente profundidad para que flotaran, resultó un poco más fácil porque la corriente empujaba a la mujer suavemente. Ella no quería imaginar cómo estaría después de llover así que miró al cielo con preocupación. Las nubes empezaban a cerrarse de manera amenazadora.

El sol había desaparecido cuando llegaron a la mitad y el doctor repitió el mismo procedimiento. Esta vez, Bruce tuvo que sostener disimuladamente el gancho entre sus manos porque no hubo manera de atorarlo entre las rocas de la otra orilla. El muchacho hacía un gran esfuerzo para mantener la cuerda guía firme, cuando Beatriz lanzó un grito de dolor que los paralizó a todos.

Frank Reynolds se había pasado un alto. Como su licencia estaba vencida, decidió escapar de la policía. No era una decisión correcta pero el tipo estaba bajo la influencia de mariguana y no reaccionó de manera normal. Así fue como empezó una persecución ridícula que terminó con varios lesionados, un número impresionante de autos chocados y un hombre debatiéndose entre la vida y la muerte.

Mario se sentía culpable. Lucas y él se entrometieron en algo que no les correspondía y su participación empeoró las cosas. De nada servía que el chico asegurara que hizo lo correcto al pisar el freno, porque Mario sabía que Frank no habría estado a punto de atropellar a los niños si no fuera porque ellos poncharon su llanta. Él no podría estar tranquilo hasta que el hombre saliera de terapia intensiva.

—Es sólo una cadena de decisiones desafortunadas. Nuestra intención era buena— insistía Lucas para animarlo.

En un momento de lucidez, Mario reparó en el reloj. Cinco horas más significaba que en Congo ya era de noche. Necesitaba ir a Brazaville así que le pidió a Lucas que lo llevara y que estuviera al pendiente de Frank.

Se sorprendió al no encontrar a nadie en el Hospital General, y todavía más cuando en los registros tampoco apareció Beatriz Kimpa. Algo tenía que haber salido muy mal para que no hubieran llegado así que Mario intentó localizarlos usando la computadora de su amigo.

—Sólo tu propia computadora puede encontrar a los Kimpa de forma automática —le informó Lucas cuando no lo consiguió.

—Ya lo sé, pero tiene que haber otra manera de encontrarlos.

—¿Te sabes las coordenadas?

Mario sacudió la cabeza de un lado a otro, Bruce quiso explicarle antes de despedirse, pero él no le hizo caso. Tenía demasiada prisa por reunirse con Luc.

—Deben estar unos cuantos kilómetros al norte de aquí, cerca del río Congo.

Tuvieron que aparecer en cuatro lugares distintos antes que Mario escuchara un grito que le produjo escalofríos. La oscuridad era atemorizante y algunos truenos anunciaban la tormenta pronosticada por Noé. Su cicatriz palpitó con fuerza mientras corría en esa dirección.

Jonas se arrastró como pudo junto a su esposa que se sostenía gracias a Gina y a la cuerda. Beatriz se convulsionaba de dolor mientras Bruce sentía que la guía se le iba entre las manos. Estaba consciente de que si la soltaba los perdería, pero el peso de los dos cuerpos resultaba demasiado para él. Por un momento experimentó una rabia tremenda contra Mario.

–¡Voy a ayudarte, Bruce!

–¡No los sueltes!

El apoyo de Gina era lo único que impedía que el agua se los arrebatara.

–¡Ella está a punto de perder el conocimiento! –gritó su compañera con la misma desesperación que Bruce sentía.

–Jonas va a sacarla de esto.

El doctor se estaba portando como un héroe, apoyándose en una pierna que no podía sostenerlo, luchando contra la corriente y el miedo a la vez. A él le daba fuerza escucharlo decir palabras de aliento a su mujer con una ternura que nunca imaginó que pudiera existir.

–¡Un poco más!

Faltaban unos cuantos metros cuando Bruce sintió la cuerda resbalar entre sus dedos.

"¡No! ¡No puedo fallarles ahora!", pensó angustiado. Entonces, las hermosas palabras del Padre Nuestro llegaron a su mente y él empezó a repetirlas en voz baja de manera desordenada. Cerró los ojos unos instantes y así, de repente, sintió que el peso se hacía más ligero. Abrió los ojos despacio pensando que se trataba de un milagro, uno parecido a los que su compañera solía contarle durante sus largas noches en vela, como el de Moisés y el Mar Rojo. Bruce sintió cierta desilusión al encontrarse con Mario.

CAPÍTULO 8

La llegada de Mario fue muy oportuna pero, de alguna manera, enfureció más a Gina. Era como si ahora él se convirtiera en el salvador de la jornada cuando en realidad era el único culpable.

–¿Qué sucedió?

Bruce intentó resumir los hechos mientras ella y los Kimpa llegaban hasta la orilla. A pesar de las ganas que sentía de sacarle los ojos, al salir del agua Gina no pudo hacer nada porque Beatriz se puso peor. Estaba a punto de dar a luz y Jonas no sabía qué decidir. Todos sus estudios y experiencia no lo habían preparado para algo así.

–Si no hace algo pronto, ella se va a morir –apuntó Mario con aires de conocedor.

–Y si lo hace, es el bebé quien morirá. Beatriz tiene que aguantar.

Un niño prematuro necesitaba atención inmediata, mucho más si venía sentado y era probable que le faltara oxígeno al nacer. Eran sólo unos cuantos kilómetros, poco menos de una hora hasta las afueras de la capital, donde alguien podría verlos y acercarlos al Hospital.

–Yo creo que es mejor que se queden aquí.

–¡Tú no te metas! –Gina sintió la rabia encenderse dentro de ella –¡Te largaste a hacer tus cosas y nos dejaste abandonados a nuestra suerte, así que no pretendas que te interesa!

Mario no se defendió, sólo se volvió hacia Bruce como si Gina no hubiera dicho ni media palabra.

–Tenemos que buscar ayuda, Bruce.

Ella miró al muchacho con dureza. Si le daba el aparato, Mario tomaría el control otra vez. Bruce titubeó y el otro volvió a la carga:

–Hay un camino cerca, podemos interceptar a alguien.

–¿Cómo?

Mario empezó a revolver la mochila de Jonas.

–Ten cuidado, recuerda que no debemos hacer nada que delate nuestra presencia.

La recomendación de Bruce era correcta, pero su compañero no solía respetar las reglas y esta vez no fue la excepción. Por fortuna, el doctor estaba demasiado concentrado en su esposa como para notar que sus cosas estaban moviéndose por sí solas.

–Esto puede servir –Mario les mostró una linterna –, al menos vale la pena hacer el intento.

Bruce decidió acompañarlo mientras Gina se quedó con los Kimpa tratando que Beatriz se pusiera en pie. Jonas parecía decidido a seguir adelante porque sabía que recibir al bebé en estas circunstancias sería fatal y tampoco podía sentarse a esperar que le cayera ayuda del Cielo. Mario estaba decidido a hacer que eso sucediera; su conciencia no podía cargar con dos fracasos tan grandes en un solo día. Si hubiera sabido lo que iba a pasar, nunca se habría ido a Nueva York.

Bruce era tan hábil con la computadora que consiguió recorrer el trayecto hasta la capital en cuestión de minutos. En un país donde las carreteras estaban mal pavimentadas y desprovistas de iluminación adecuada, era difícil que alguien se aventurara a viajar de noche. Después, el chino tuvo la idea de circular algunos kilómetros en dirección contraria a partir del punto donde se encontraban los Kimpa, y así fue como descubrieron un auto que hizo renacer la esperanza.

Mario cortó las ramas más grandes que pudo encontrar y elaboró una barricada para que el vehículo se detuviera lo más cerca posible de dónde estaban Jonas y Beatriz. Bruce regresó a donde se encontraba Gina con la intención de acercarlos lo suficiente para que pudieran ser vistos desde la carretera. Si no era posible, con ayuda de la linterna, Mario pensaba dirigir al conductor hasta ahí.

Bruce no entendió qué sucedió. Al regresar con Gina y los Kimpa, se encontró con que Jonas se preparaba para recibir a su bebé. Su compañera estaba muy angustiada porque las cosas no pintaban bien y en eso... Sin saber cómo, ni por qué, el zumbido comenzó. Él trató de abrir la computadora para detener la transportación pero entonces el dolor de oídos se intensificó. En medio de su desesperación, Bruce se volvió hacia Gina y en su rostro vio reflejado el mismo desconcierto que lo invadía. Esto sólo podía significar una cosa: habían fracasado en su caso número dos y estaban siendo llamados por Rafael para rendir cuentas.

Cuando arribaron a la sala de espera del purgatorio, Mario apareció casi al mismo tiempo, y Gina se abalanzó sobre él.

–¡Es tu culpa!

Para sorpresa de Bruce, su compañero no se defendió. Aguantó los reclamos sin decir palabra y dejó que la mujer desahogara su frustración. Bruce no estaba seguro de que todo fuera culpa de Mario. Cierto, habían ido a Nueva York a dejarlo, pero Gina quiso pasar a la oficina de Claudia y él estuvo de acuerdo. Todos compartían esa responsabilidad y semejante certeza le produjo a Bruce un gran desaliento, no sólo porque le dolía ser protagonista de una derrota, sino por lo que eso representaba para Jonas y Beatriz.

–Suficiente –la voz de Rafael, profunda y firme a la vez, fue lo único que pudo controlar la furia de su compañera.

Nadie dijo nada mientras lo siguieron a la sala de "Archivos", ni tampoco cuando notaron que el paisaje en la pantalla tridimensional era un bosque tropical, muy parecido al de Cabinda, pero Gina volvió a sollozar.

–Se van a morir; por culpa de Mario los dos se van a morir.

–¿De dónde sacas eso, criatura?

–¿No se van a morir? –la voz de Mario sonó emocionada.

–¡No puedo creer que tengan tan poca fe!

El arcángel apretó el botón "Presente" en el proyector y entonces aparecieron los Kimpa. Era impresionante, porque debido al tamaño y formato de la pantalla, parecía que estaban ahí junto a ellos, en lugar de sentados en una butaca.

Jonas trataba de sacar al bebé, que venía sentado, de manera natural. La criatura era tan pequeña que los esfuerzos de su madre rindieron frutos y, entre gritos y llanto, nació una preciosa niña. Beatriz quiso verla de inmediato pero su marido no la complació; Bruce tardó en comprender la razón: La bebé no estaba llorando.

Gina contuvo el aliento al ver que la pequeña no respiraba. Miró a Rafael alarmada pero su expresión era tan confiada que regresó a la pantalla. Jonas se quitó la camisa y después apretó a su hijita contra su pecho, mientras con la otra mano se cubría con una de las cobijas que usaban para dormir. La otra cobija estaba debajo de Beatriz, quien lucía exhausta pero aún así rezaba en voz baja. Gina sintió que algo se desgarraba dentro de ella de sólo pensar que no lo lograran.

El llanto de una criatura rompió el silencio que los embargaba y entonces todos empezaron a reír. Jonas, Beatriz, Bruce, Mario... Todos reían y lloraban al mismo tiempo. Hasta el arcángel tenía lágrimas en los ojos cuando la criatura pudo ser presentada ante su mamá.

–Es demasiado chiquita –murmuró Gina entre sollozos.

–Paciencia, querida.

Rafael señaló a Jonas que limpiaba a su mujer mientras ella abrazaba a su bebita sin dejar de llorar. El semblante del doctor reflejaba felicidad pero también una enorme preocupación. Con toda seguridad analizaba sus alternativas: quedarse a pasar la noche en ese lugar, esperando que Beatriz y él mismo se recuperaran un poco, o seguir adelante para llevar a su hija a un hospital lo antes posible. Jonas sabía mejor que nadie que sus pulmones no estaban maduros y era indispensable que recibiera atención adecuada en las próximas horas.

–¡Miren eso!

El grito de Bruce hizo que Gina apartara la mirada del doctor Kimpa para descubrir algo que llenó su corazón de alegría.

Una pareja se acercaba. Con toda seguridad habían escuchado los gritos de Beatriz o el llanto de la bebita y Mario tuvo que esconder la cara entre las manos al reconocer al conductor del auto que vieron en la carretera.

–¡Funcionó! –Bruce acababa de descubrir lo mismo que él – ¡Mario! ¿Lo ves? ¡Tú barricada funcionó! Deben haberse detenido a quitarla y como Gina consiguió acercarlos un poco...

–Fue un trabajo de equipo –intervino el arcángel cuando Bruce no pudo continuar.

–¿Van a estar bien?

–Sí, Gina. Gracias a ustedes van a estar bien.

El salón explotó jubiloso al oír esto: Bruce reía como un chiquillo, Gina lloraba y Mario sintió que la cicatriz iba a salir de su mejilla porque saltaba como si tuviera vida propia.

–Pero... Nosotros... –Mario hizo una breve pausa para recuperar la compostura –No conseguimos resolver este caso.

–De acuerdo, pero hicieron lo suficiente para que Amalia llegue a tiempo a Brazaville.

–¿Amalia? –preguntó Bruce haciendo eco de la confusión de los tres y Rafael sonrió antes de explicar:

–Si su madre no cambia de opinión, así va a llamarse la niña.

–Entonces... ¿No fue un fracaso?

–Admito que pudo haber sido más sencillo, Bruce, pero el deseo de sus padres era que su hija tuviera una oportunidad de vivir.

Ellos no sabían que sería prematura. Si se hubieran quedado en la aldea, la pequeña no habría podido lograrlo.

–¿Eso quiere decir que sus padres se van a morir? – preguntó Mario alarmado.

–¡Dios nos libre! –el arcángel leyó sus pensamientos antes de comprender –¡Ah! Ya entiendo… Lo dices por el nombre de la misión. Se me olvida que los humanos toman todo en sentido literal.

–"Un último deseo"   no   deja lugar   a   muchas interpretaciones –intervino Bruce.

–De acuerdo, pero no necesariamente tiene que ser el último deseo de ellos.

–¿Qué quiere decir eso? –Mario miró a Rafael con cierta sospecha. Este arcángel siempre hablaba en clave.

–Mira, no tiene caso detenernos en tecnicismos –Rafael apagó el proyector –. Sólo quédense tranquilos, los Kimpa van a llegar sanos y salvos a Brazaville.

Bruce suspiró aliviado. Los Kimpa iban a estar bien y eso significaba que el caso número dos pasaba a la historia, lo cual los dejaba un paso más cerca de terminar su misión. –La razón por la que los hice venir intempestivamente –prosiguió el arcángel en tono más serio –, es porque estaban a punto de romper una de las reglas básicas de las almas en tránsito. Es muy importante que no andemos por ahí sembrando pánico entre los mortales, ya de por sí les encanta buscar explicaciones sobrenaturales a cualquier tontería.

Bruce asintió preocupado. Ellos habían sido muy cuidadosos en no hacer nada que pudiera parecer demasiado anormal a los ojos de las personas que los rodeaban, excepto cuando él encendió la moto para salvar a Jonas.

–¿Mario? –éste se movió incómodo al escuchar su nombre en boca de Rafael –¿No crees que les debes una explicación a tus compañeros?

–Sí, claro –reconoció Mario pero no dijo nada.

–¿Y bien?

Gina parecía tan ansiosa como él por escuchar lo que Mario hacía en Nueva York, o cómo había regresado a África, por ejemplo.

-Yo... No sé por dónde empezar... Nunca pensé hacerle daño a nadie.

-No hacen falta rodeos, con que digas cómo ibas a usar la linterna es suficiente -aclaró el arcángel.

-¿La linterna? -Mario no disimuló su sorpresa -¿Es por la linterna?

- Pensabas llamar la atención de los pasajeros del auto con ella.

Bruce miró a Rafael sin comprender lo que pretendía porque Mario estaba a punto de contarles algo mucho más importante. Por primera vez, él envidió la habilidad del arcángel para leer los pensamientos de los demás.

-Las tribus africanas son muy sugestionables porque mantienen todavía muchas de sus antiguas creencias. Hasta los Bakongo, que son cristianos, piensan que los espíritus de aquellos que murieron con violencia o a destiempo, no descansan hasta vengarse. Estos se manifiestan por medio de luces en la oscuridad -explicó Rafael -. Esa pareja nunca hubiera seguido tus señales, aún y cuando escucharan los gritos de Beatriz. Y eso hubiera sido fatal para Amalia, así que no tuve otro remedio que sacarlos de ahí.

-Lo lamento, no lo sabía -se disculpó Mario -, pero es que ustedes nos mandan allá abajo sin más arma que ese aparato. Nunca nos dicen lo que tenemos qué hacer.

-Nosotros dejamos de hacerlo cuando comprendimos que a las personas no les gusta escuchar. Durante miles de años, desde el Paraíso hasta San Juan El Bautista, siempre se les dijo con claridad lo que tenían qué hacer. No funcionó. Nuestro Señor mandó entonces a su propio hijo y... bueno, ya saben lo que pasó.

-¿Y por eso nos dejan solos? -insistió Mario mientras Bruce trataba de procesar las palabras del arcángel.

-¿Solos? La tierra está llena de sacerdotes, ministros, rabinos, y demás, a los que tampoco suelen escuchar. Reconozco que algunos no son tan atinados como deberían, pero no por eso se vale descalificar al resto.

–Me refiero a aquí, al purgatorio.

–Aquí también contamos con gente capacitada para darles asesoría, Mario.

Bruce no disimuló su incredulidad.

–¿Asesoría? ¿Con quién?

–¿Por qué pones esa cara, muchacho? ¿No te atendió bien Noé?

–Sí, pero… – Bruce titubeó –si yo quisiera ver a alguien más…

Él quería conocer a Jesús. De todos los personajes sobre los que Gina le había contado, era quién más lo impresionaba.

Rafael se mostró complacido al leer su mente.

–Hay algunas restricciones, desde luego. La Santísima Trinidad es un privilegio para los de Arriba. Pero cuando tengas ganas de hablar con alguien que no sea yo, sólo tienes que ir a la sala de "Asesorías."

Era un alivio que todo se hubiera resuelto. O bueno, casi todo, porque en ese momento Gina recordó algo que dejaron pendiente.

–¡La balsa!

–¿Cuál balsa?

No era de extrañar que Mario se sorprendiera porque no ayudó a construirla. Ella seguía enfadada con él a pesar de que su barricada salvó la vida de Amalia, porque la pequeña nunca hubiera estado en peligro si no fuera por su necedad de regresar a Nueva York. Además, Gina no pensaba volver a dejarle el control de la computadora.

–No alcanzamos a devolver los troncos.

–No se preocupen, alguien se encargó ya de llevarlos a su lugar –aseguró el arcángel con su habitual serenidad.

–¿Alguien? –preguntó Gina extrañada.

–¿No han acabado de comprender que son sólo una pieza de algo muy grande?

Ella meditó esas palabras unos instantes. Una pieza de algo muy grande. Esto significaba que para que el todo funcionara, cada pieza debía encajar en su lugar. El problema era que la pieza ciento cuarenta y nueve tenía un par de bordes que nunca podrían embonar juntas.

–¿Hay algún problema, Gina?

La mirada de Rafael le dijo que sabía lo que estaba pensando y eso la mortificó.

–Es que... No creo que podamos... Somos muy torpes y no nos llevamos bien.

–Peleamos todo el tiempo –añadió Mario con cierta vergüenza.

–¡Me parece increíble que tengan el poder de calmar a otros y no puedan controlarse ustedes mismos!

Gina recordó entonces que Miguel había dicho que ese era una de sus habilidades especiales, pero hasta el momento ella no sabía cómo usarlo. Tal vez sería útil aprender, para aplicarlo con Mario cuando se pusiera pesado.

–Sólo funciona con seres vivos –explicó el arcángel después de leerle la mente –. De hecho, sólo tiene efecto en las personas que solicitan la ayuda de Dios.

–¿Cómo es eso?

–Cuando alguien pone sus penas en manos de Nuestro Señor, ÉL le brinda la paz que necesita para enfrentarlas. Ya sea a través de ustedes o de cualquiera de nosotros. Como a los Kimpa: Jonas es un gran hombre, pero jamás hubiera podido enfrentar tantas cosas sin caer en la desesperación.

–Pero... Si nosotros no hicimos nada –comentó Gina confundida.

–Ustedes los sostuvieron durante el camino después de que perdieron la moto y también mientras cruzaban el río. Beatriz habría desfallecido de dolor si no hubiera sido por tus masajes en su espalda, Gina.

Ella no pudo disimular su asombro.

–¿Recuerdas cuando llegaste?

Gina asintió.

–Habrías entrado en un estado de histeria de no ser por el contacto de Pedro –explicó Rafael –. Desde luego, el poder de ustedes es menos fuerte y de menor duración que el nuestro, pero nunca subestimen lo que pueden hacer. Nuestro Padre hace milagros a través de las almas en el purgatorio. ÉL nunca se equivoca, y si tiene confianza en este equipo, es porque este equipo lo vale.

Mario bajó la cabeza al escuchar las palabras del arcángel. Había estado a punto de contarles todo a sus compañeros pero Rafael lo impidió y él no entendía la razón. Por su culpa, las cosas con los Kimpa se enredaron, y en cuanto a Frank Reynolds… quizá lo mejor era olvidarse de jugar al súper héroe y concentrarse en los casos que les faltaban.

–¡Bruce!

Mario interrumpió sus cavilaciones al escuchar la voz alarmada de Gina y hasta entonces notó que el muchacho no estaba junto a ellos. Siguió la dirección de los ojos de la mujer para encontrarse con que Bruce estaba metiendo a la pantalla donde aparecía la imagen de una playa de arena tan blanca como el azúcar.

–¡Increíble! –exclamó el muchacho corriendo hacia el agua como si acabara de descubrir el mar por primera vez.

Mario miró a Rafael buscando algún signo de desaprobación. Como el arcángel parecía divertido con la situación, él siguió los pasos de su compañero. Era inexplicable, pero al meter la mano dentro de la pantalla Mario pudo sentir el cambio en la temperatura con respecto al salón en que se encontraban.

–¿Qué es esto? –preguntó azorado.

–Uno de los pocos rincones de la tierra que los hombres no han explotado –respondió Rafael sin entender a qué se refería Mario.

–¿Puedo?

Gina titubeó aún después de que el arcángel asintió. Mario no. Entró caminando a paso seguro hasta el mar con la esperanza de poder disfrutar del fresco contacto del agua sobre su piel.

–¡Genial! –gritó cuando Bruce lo salpicó con sus chapuzones.

–¡No puede ser! –Gina corrió hacia ellos y los tres jugaron en el mar hasta quedar empapados.

Bruce no podía entenderlo. Su lógica decía que la única forma en que podía experimentar estas cosas era estando vivo o soñando. Y ninguna de las dos alternativas era factible.

-Esta pantalla es un portal al mundo real -les informó Rafael desde la sala de "Archivos".

-¿El mundo donde nosotros bajamos no es real? - preguntó Bruce intrigado.

- Por supuesto, pero es un mundo donde nadie puede verlos porque ya no pertenecen a él.

-Sigo sin entender -Bruce salió de la pantalla y, automáticamente, su traje se secó.

-Si algún ser humano apareciera en este momento en esa playa, él sí podría verlos, escucharlos... Hasta tocarlos.

-¿En serio?

Gina se reunió con ellos al escuchar estas palabras.

-Por eso mismo sólo se usa en ocasiones muy especiales.

-¿Cómo cuáles? -quiso saber Bruce.

-Como cuando no queda ninguna otra alternativa - resumió el arcángel y llamó a Mario, que seguía nadando en el mar.

-Recuerden que, a pesar de sus diferencias, trabajan para una misma causa - fueron las últimas palabras de Rafael antes de entregarles la tercera carpeta.

Gina cruzó una mirada con Mario y se prometió a sí misma hacer un esfuerzo para llevarse mejor con él. No podía olvidar todas las que había hecho, pero tampoco quería causar problemas que perjudicaran a las personas que ayudaban.

Además, la experiencia en la playa fue una especie de catarsis para los tres después del sube y baja de emociones que padecieron con los Kimpa. Cuando llegaran a su destino, hablaría con el "Oso". Si él estaba dispuesto a ser honesto respecto a sus visitas a Nueva York, ella le contaría sobre la foto de la oficina de Claudia y quizá eso serviría para acercarlos. Dudaba mucho que algún día fueran amigos, pero bastaba con convivir civilizadamente durante cuatro casos más.

En cierta forma, Gina empezaba a sentirse excitada por la nueva aventura que estaba por iniciar así que, durante la transportación, trató de imaginar en dónde iban a aparecer esta vez. Eso aminoró un poco el habitual zumbido, aunque ella no se salvó de los oídos tapados.

–¿Dónde estamos?

Gina miró a su alrededor confundida. Se encontraban en una calle empedrada, bordeada con casonas antiguas a ambos lados. Más adelante, se adivinaba una plaza con una iglesia medieval al fondo.

–Más bien… ¿Cuándo estamos?

Gina se alarmó al escuchar la pregunta de Mario.

–Bruce… ¿Tienes idea si pueden hacernos viajar en el tiempo?

CAPÍTULO 9

Fue un gran alivio para Mario confirmar que estaban en el tiempo correcto. Sábado diecinueve de junio, sólo cuatro días después de su salida de Cabinda. Sin embargo, todo lo que los rodeaba parecía gritar Edad Media.

–Estamos en España, en Santillana del Mar, una ciudad considerada Patrimonio Cultural de la Humanidad –les informó Bruce después de consultar la carpeta.

–¡Qué maravilla!

Mario tuvo que coincidir con Gina en que el lugar era espectacular. Con la ciudad todavía dormida, cualquiera creería que iban a aparecer las carretas tiradas por caballos y las mujeres de vestidos largos. En especial al llegar a una plaza donde se encontraban algunos edificios que él sólo hubiera podido ubicar en un libro de cuentos.

–Este es el Palacio de los Velarde y ese es el Museo Jesús Otero –Bruce sonaba muy entusiasmado –, y ésta es la Colegiata de Santa Juliana.

Los tres contemplaron el monumento religioso de piedra arenisca, con su frontón triangular, sus quince arcos y tres torres, una de ellas cilíndrica. Resultaba abrumador para Mario reflexionar en que semejante edificio había sido construido cientos de años atrás, utilizando herramientas rústicas y el sudor de muchos hombres.

La voz de Bruce que leía lo devolvió a la realidad:

–"Fue construida sobre una ermita. Sus esculturas evocan los temas fundamentales de la religiosidad medieval, en particular la lucha entre el Bien y el Mal, y la necesidad de la penitencia y el perdón para salvarse del infierno."

–¿Podemos entrar?

Antes que Gina terminara su pregunta, Mario atravesó el pesado portón. Sus compañeros lo siguieron y, una vez más, se quedaron sin habla. El retablo mayor estaba cubierto con tablas relativas al martirio de la santa, cuyo sepulcro se encontraba en el centro, y esculturas de los apóstoles. El frente del altar era una exquisita pieza de plata labrada por artesanos mexicanos, en el coro se conservaba un órgano barroco, y en la capilla bautismal, una pila con una inscripción del año 1200.

No obstante, era el claustro, ubicado en la nave norte, la verdadera obra maestra del conjunto con sus cuarenta y dos capiteles tallados, y los sarcófagos con motivos de personajes relevantes del clero y la nobleza. Mario dejó volar su imaginación. Era increíble pensar todo lo que habían visto pasar estas paredes.

Estaban todavía explorando los rincones del milenario museo, cuando la ciudad empezó a despertar y entonces adquirió verdadero sabor. En cuestión de minutos, las pequeñas calles se inundaron de gente. No había autos en Santillana del Mar, considerada por algunos como la villa de las tres mentiras: porque ni es Santa, ni es llana, ni tiene mar.

Bruce estaba fascinado con el encanto de los pequeños cafés que servían bizcochos con leche, al parecer algo típico del lugar. Después de su experiencia en la playa, esto era lo mejor que había vivido desde que llegó al purgatorio. Hasta sus compañeros parecían más relajados, lo cual lo llevó a considerar si no era esa la intención de Rafael al mandarlos aquí.

Cada edificio tenía una historia maravillosa, con sus escudos en las fachadas, portales y torres, por no mencionar el abrevadero, que era un poema en sí mismo. A Bruce le costaba creer que, en pleno siglo XXI, existiera una ciudad completa congelada en el tiempo. Según la carpeta, Santillana contaba con 4,108 habitantes que dependían en su gran mayoría del turismo. De ahí que sus calles adoquinadas estuvieran repletas de posadas, restaurantes y tiendas que vendían productos típicos de la zona como anchoas, quesos, bordados y artesanías. Bruce volvió su atención a la carpeta cuando sintió curiosidad por la naturaleza del caso número tres. Se trataba de un niño de nueve años, Manolo, que deseaba que sus padres volvieran a enamorarse. De un tiempo a la fecha, la relación entre ellos se había deteriorado y estaban al borde del divorcio. Bruce experimentó cierto alivio al pensar que no se trataba de un asunto de vida o muerte. La familia vivía en una Casona llamada Ansorena y Echevarría, la cual constituía también su fuente de ingresos porque operaba como posada para turistas. El mapa indicaba que se encontraba a unos cuantos metros de la Colegiata, así que Bruce empezó a avanzar hacia allá mientras Mario y Gina curioseaban en las tiendas del camino.

"Calle Cantón, diez". Su mirada paseó por las hermosas casonas buscando el número correcto y en eso escuchó los gritos de una mujer. Bruce se detuvo en seco cuando dos platos salieron volando por un balcón y se estrellaron en la calle empedrada, muy cerca de sus pies. No se necesitaba ser brillante para deducir que ésa era la dirección que buscaba.

La Casona Ansorena y Echevarría era preciosa. Su fachada de piedra, de ventanas pequeñas con marcos de madera y puerta en forma de arco flanqueada por dos faroles antiguos, además del pequeño letrero que colgaba de un balcón cubierto de begonias moradas, constituían una insuperable carta de presentación.

El interior también resultaba muy acogedor con sus pisos y escaleras de madera, las vigas en el techo y los muebles antiguos. En casi todas las habitaciones había chimenea y balcones abiertos que las inundaban de luz. En el jardín de la parte trasera, tenían un pequeño huerto con limones y naranjos, así como setos cortados en diferentes formas. Por cada rincón se respiraba un sabor a hogar que contrastaba de forma tremenda con la discusión que mantenían los padres de Manolo. Bruce y Mario los tocaron a ambos tratando de calmarlos pero fue inútil, no se podía ayudar a quien no quería ser ayudado.

Gina subió las escaleras buscando a Manolo y no le sorprendió encontrarlo escondido en su cuarto con una almohada sobre su cabeza. Ella no pudo resistir el impulso de abrazarlo y su sorpresa fue muy grande al comprobar que el niño empezaba a calmarse. Rafael tenía razón, su presencia ayudaba a aminorar el sufrimiento de las personas que se acercaban a Dios.

–¡Y yo que pensé que este caso era más fácil! –exclamó Gina cuando sus compañeros se reunieron con ella.

–¿Alguien sabe por qué están así? –preguntó Mario mientras los gritos seguían en la planta baja.

–Marcelino sospecha que su mujer lo engaña con el panadero – les informó Bruce –. Es una larga historia. Resulta que…

–No creo que sea necesario que nos la cuentes en este momento –lo interrumpió el "Oso".

–¿Perdón?

– Miren, yo necesito sólo un par de horas para resolver un asunto urgente.

Gina no podía creer lo que escuchaba, así que se incorporó despacio y clavó sus ojos en Mario. Era inaudito que pensara volver a lo mismo.

–Prometo que será la última vez que me marche a Nueva York. Si mis cálculos son correctos, allá es de madrugada; yo puedo ir y venir mientras ustedes averiguan el pasado de este par.

Ella cruzó una mirada desconfiada con Bruce. No podían dejarle el aparato otra vez.

–También puedo aprovechar para checar si Claudia si recibió el vídeo.

Un rotundo silencio fue la respuesta ante semejante ofrecimiento.

-Entiendo su desconfianza, después de todo no me he portado bien con ustedes -reconoció Mario -, pero si me dejan ir sin escándalos, les juro que explicaré todo cuando vuelva.

Bruce buscó su aprobación y Gina asintió. Ya estaba cansada de pleitos; Rafael había dicho que eran un equipo, y como tal debían confiar los unos en los otros. Si Mario estaba dispuesto a decir la verdad, ella podía concederle una última visita sin protestar.

Frank Reynolds dejó Terapia Intensiva esa mañana. Su condición era estable, y según el informe médico que descansaba al pie de su cama, sus lesiones sanarían en un par de semanas. Mario sintió que le quitaban un peso de encima al salir de esa habitación; estaba tan avergonzado por lo que había provocado que necesitaba asegurarse que el hombre estuviera a salvo. Ahora sí podía contarles todo a sus compañeros y cerrar este capítulo para siempre. Después del fracaso con la persecución y los Kimpa, él no quería volver a poner en peligro la vida de nadie.

-¡Mario!

Encontrarse con Lucas afuera del hospital lo tomó desprevenido. Mario esperaba que, para estas alturas, su amigo ya hubiera resuelto su caso y estuviera lejos de Nueva York.

-¿Qué haces aquí?

-He estado montando guardia a Frank Reynolds, como me encargaste.

-Sí, claro... -Mario recordó entonces sus palabras y se sintió apenado -Gracias.

-Además, sabía que volverías y quería verte. Me quedé muy preocupado con tu caso en África. ¿Cómo lo resolvieron?

A grandes rasgos, Mario le contó lo sucedido desde que lo dejó a la orilla del Río Congo. De alguna manera parecía tan lejano, que hasta dudó si en realidad había sucedido unas cuantas horas antes. Y es que Nueva York tenía ese efecto en él, lo hacía sentir tan vivo que era fácil olvidar el verdadero motivo por el que se encontraba aquí.

Cabinda, España... hasta el mismo purgatorio resultaba un vago recuerdo cuando las calles de esta ciudad vibraban bajo sus pies.

–¡Wow! ¡Eso fue intenso, amigo!

Mario sonrió al escucharlo. Lucas era una buena persona; su único problema consistía en que tenía demasiada energía.

–Las cosas no se habrían complicado tanto si yo hubiera estado ahí.

–No, Mario, no te culpes –aconsejó su amigo pasando un brazo alrededor de sus hombros –, no es como que estábamos divirtiéndonos ni nada por el estilo.

–Pues sí, pero lo único que conseguí fue hacer un desastre allá y otro desastre aquí.

–El desastre de aquí ya está resuelto, por no mencionar que solucionamos muchas otras cosas sin problemas –aseguró Lucas –. En cuanto al desastre de allá... no lo tomes a mal, pero eso no era sólo responsabilidad tuya.

–Mis compañeros hicieron lo mejor que podían –los defendió Mario sin pensar.

–No me refería a ellos.

Mario lo miró sin comprender.

–Mira, todo este asunto es complicado. Yo no acabo de entenderlo, pero me parece injusto que nos manden a la Tierra a hacer SU trabajo con herramientas y compañeros limitados. Si algo le hubiera pasado a esa pareja... ¿Quién sería más culpable: un equipo inexperto o quienes lo pusieron a cargo?

–No lo había visto de esa forma.

Una ambulancia pasó cerca de allí mientras Mario meditaba en esto y su cicatriz empezó a temblar al escuchar la sirena. Tal vez podía ayudar... No, él ya había tomado una decisión.

–A veces, siento que estamos solos en esto –comentó Lucas sin percatarse de la lucha interna que Mario estaba librando.

–¡Yo también! –reconoció Mario pensando que era impresionante lo bien que se entendía con él.

Manolo acababa de salir de vacaciones. Era su primer día sin clases, y en lugar de quedarse a descansar, se marchó a la Colegiata a ayudar al padre Abel. Cualquier cosa con tal de escapar de una casa que parecía más un campo de batalla que un hogar.

La diferencia con el amor y la dulzura de los Kimpa era impresionante, sobre todo cuando en las paredes de la habitación principal colgaban decenas de fotografías donde Marcelino y Rocío parecían muy felices.

–¿Tú crees que eso le pasa a todas las parejas? –preguntó Bruce mientras las contemplaba.

–¿Qué? –Gina lo miró confundida.

–Que empiezan muy enamorados y al cabo del tiempo… Es como si no existiera el "vivieron felices para siempre".

Su compañera no contestó pero una sombra de tristeza cruzó por su mirada y eso evitó que Bruce ahondara en el tema. Sin embargo, la idea no se apartó de su cabeza mientras seguía leyendo los antecedentes del caso.

Los Ansorena Echevarría llevaban 10 años juntos. Los dos eran de Santillana, se conocían desde niños porque habían sido compañeros de escuela, pero no se enamoraron sino hasta mucho después. Al parecer, el padre de Marcelino trabajaba como cocinero en la Casona Los Caballeros, el hotel más grande de la zona y propiedad de la familia Echevarría. Rocío era hija única, a diferencia de su esposo, que tenía tres hermanos y tuvo que empezar a trabajar al terminar la preparatoria.

Mientras Rocío se marchó a Madrid a estudiar la carrera de Hotelería, Marcelino subió peldaños en el hotel de su futuro suegro hasta convertirse en gerente. Al regresar ella de la Universidad, empezaron a trabajar hombro con hombro y unos meses después sucedió lo inevitable. Ambos tenían veintitrés años cuando Rocío quedó embarazada.

Se casaron en la Colegiata antes que el vientre de la chica denotara su condición y la casona donde vivían ahora fue el regalo de bodas del padre de Rocío. No obstante, Marcelino invirtió sus ahorros en remodelarla y arreglarla como posada.

-Hizo un buen trabajo -comentó Gina acariciando las piezas de un ajedrez antiguo que descansaba en una de las mesas -, esta casa está llena de detalles.

-También tuvo éxito como administrador, los números de la casona siempre fueron en ascenso hasta hace poco -agregó Bruce.

-¿Qué sucedió?

-El señor Echevarría falleció y dejó como herencia la Casona Los Caballeros a su hija. Desde luego, su yerno se hizo cargo y eso dejó a Rocío atendiendo la Casona Ansorena y Echevarría por su cuenta -explicó Bruce -. El negocio floreció en la primera, con Marcelino trabajando a sol y a sombra, pero se marchitó en la segunda, con una mujer agobiada por dos pequeños. Los pleitos no se hicieron esperar.

-¿Y el tercero en discordia?

Bruce regresó a la carpeta porque todavía no llegaba hasta ese punto. Gina siguió admirando los delicados bordados de los manteles y los jarrones de flores frescas que adornaban las mesas de la habitación.

"Luis es uno de los pocos extranjeros bien acogidos por la gente de Santillana gracias a las delicias que vende en su panadería -empezó a leer Bruce en voz alta al encontrar lo que buscaba -. Llegó al pueblo meses atrás a abrir su pequeño negocio y, a pesar de la resistencia inicial, prosperó a grandes pasos. Su encanto francés surtía efecto en las turistas y las mesas que colocó en la acera estaban siempre llenas. Rocío fue una de las primeras en comprender que era mejor comprarle bizcochos que perder comensales, así que se convirtió en su clienta."

-Déjame adivinar -lo interrumpió Gina -, Luis está muy agradecido porque marcó la pauta para los demás hoteleros de la zona y Rocío no tardó en tomarle confianza.

-Así es -Bruce levantó la vista para cruzar una mirada preocupada con ella -, y aunque La Casona los Caballeros está a seis kilómetros de Santillana, en la zona de las playas, la noticia de esa amistad ya llegó hasta allá.

Rocío se quedó llorando después del pleito con su marido. Manolo seguía en la Colegiata y Juliana, su hermanita de 5 años, jugaba en el jardín con una vecina. Marcelino se había marchado muy disgustado porque su mujer se negó a dejar de ver al francés; ella aseguraba que sólo eran amigos y se sentía ofendida por sus dudas.

–¿Qué opinas?

Bruce se encogió de hombros ante su pregunta y Gina tampoco sabía qué pensar. Era difícil saber a ciencia cierta quién tenía la razón, en especial porque a ella le parecía que sus problemas iban mucho más allá de los celos. Rocío sentía que su marido la trataba como a una incompetente, según le dijo durante el pleito. Marcelino opinaba que ella lo consideraba poca cosa, y así se lo había reclamado antes de salir. Además, estaba el asunto de los dos hoteles. Era obvio que resultaba demasiado trabajo para ellos solos, pero Marcelino se negaba a vender el más pequeño porque éste era en parte suyo, no un simple legado de su suegro, y resentía que Rocío lo desatendiera. Ella insistía en que hacía lo mejor que podía sin descuidar a sus hijos, pero los ingresos seguían bajando. Ahora, si la mujer estaba siendo infiel... Eso cambiaba mucho las cosas.

–Yo pienso que tenemos que vigilarla antes de establecer una estrategia –sugirió Gina en un intento por ser justa.

Bruce asintió mientras curioseaba en un escritorio sobre el que descasaban varios folletos con información de las atracciones turísticas de la zona.

–Mira esto –el muchacho le mostró uno en el que aparecían pinturas prehistóricas –. Son las Cuevas de Altamira. Dicen que son como una capilla sixtina rupestre y están a sólo dos kilómetros de aquí.

–Podríamos ir a verlas si tuviéramos la computadora – apuntó Gina mirando el reloj.

–Hay que ser pacientes, hace sólo un par de horas que se fue.

–Dijo que volvería enseguida –replicó ella molesta –, en ese tiempo yo habría podido ir a México.

-Recuerda que prometió que era la última vez y que nos contaría todo cuando volviera. Además, también tenía que pasar a la oficina de Claudia.

Gina guardó silencio al recapacitar en algo. Tal vez Mario encontraría la foto que ella había visto, esa donde un tipo muy parecido a él, abrazaba a una Claudia pequeña con la ternura de un padre. El hombre no tenía la horrible cicatriz en la mejilla y eso la hacía dudar, pero algo en su sonrisa torcida resultaba inconfundible. Gina se sintió culpable por no haberlo mencionado, pero con todo lo sucedido en África no tuvo oportunidad, y además el "Oso" la sacaba de quicio. Ojalá con este viaje resolviera sus asuntos pendientes y se concentrara por primera vez en un caso. Si cuando volviera, él cumplía con su parte del trato, Gina le daría una noticia que podía ser la punta de la madeja de su pasado.

Las horas con Lucas pasaban volando. Los dos se instalaron en la explanada del "Rockefeller Center" para contemplar a la gente que pasaba mientras conversaban. Ahí estaba el ejecutivo con su traje caro y portafolio abultado, la chica sexy con un atuendo que le pararía los pelos de punta a su abuela, el "emo" con su aspecto triste y desadaptado, el renegado con su copete pintado de mil colores, la millonaria con su ropa de marca y un par de guaruras, todos caminando por la misma acera sin apenas notarse mutuamente.

El amplio caleidoscopio de seres humanos era fascinante y el muchacho tenía un comentario ocurrente para cada uno de ellos. Era ameno, inteligente y hablaba su mismo idioma. Si Mario hubiera tenido un hijo, le habría encantado que fuera como él.

El equipo de Lucas había terminado con su caso y empezaba a trabajar en el número cinco. Se encontraba ubicado en Italia, lo cual los hacía tener horarios similares y facilitaba su labor en común. Mario quería claudicar, pero Lucas se las ingenió para convencerlo de que tenían el deber de hacer todo el bien que pudieran mientras estaban en la Tierra. Aún así, Mario puso como condición que tomaran las cosas con calma y el joven aceptó, pero eso iba a crear conflictos con Bruce y Gina.

-No entiendo por qué se molestan, mis compañeras son muy comprensivas y me prestan la computadora sin condiciones -comentó Lucas -. Confían en mí aunque no les diga de qué se trata.

Mario explicó entonces que el problema era que les había prometido contarles la verdad y terminar con esto.

-Si vamos a usar mi aparato, no tienen motivos para ponerse pesados. No los vas a perjudicar en nada.

-Lo que pasa es que con el cambio de hora, las noches de Nueva York se convierten en medio día en España -Mario sacó mentalmente las cuentas: Eso significaba separarse de Gina y Bruce durante ocho horas de trabajo.

-De acuerdo, pero esta vez no se trata de un asunto tan delicado como el de África, ¿qué te vas a perder? ¿Otra discusión matrimonial?

Mario empezó a enfadarse con sus compañeros por tener que preocuparse por su reacción. No era que les tuviera miedo sino que odiaba las confrontaciones. Claro que si ellos fueran menos intransigentes... Lucas tenía razón, no había justificación para un pleito si ni siquiera iba a usar su aparato.

Estaba amaneciendo cuando se despidieron. Ambos grabaron sus respectivas coordenadas para localizarse con facilidad y crearon una cuenta de correo electrónico convencional para comunicarse. Esta tenía la ventaja de que podían accederla desde el aparato celestial o cualquier computadora terrestre, así que consultarla con frecuencia no provocaría problemas con sus compañeros. Mario todavía no decidía cómo iba a plantearles la situación, pero no era con un chino ni una latina latosa con quien debía quedar bien sino con los de allá Arriba.

CAPÍTULO 10

Luis llegó un par de horas después. Antes que Mario, Marcelino y el mismo Manolo. Rocío se encontraba supervisando la comida del día, pero suspendió sus actividades en cuanto lo vio. Era un hombre muy atractivo: Cabello oscuro, ojos claros y sonrisa radiante. Al igual que la pareja en problemas, andaba en la primera mitad de los treinta. Se saludaron como dos buenos amigos, y después se encerraron en el despacho donde ella le contó sobre el pleito que tuvo con su marido.

-No parecen amantes -comentó Bruce al notar que la proximidad entre ellos era prudente.

-Que no estén teniendo relaciones sexuales, no significa que no lo sean.

Bruce no protestó y se limitó a observar cómo el panadero confortaba a Rocío. Ella no sabía qué hacer, amaba a su marido y a sus hijos, pero tampoco estaba dispuesta a dejarse manipular por los celos absurdos de un hombre inseguro. O al menos eso fue lo que dijo.

-¿Quieres que hable con él? -el acento francés de Luis era otro de sus encantos.

-No, hombre, que eso sólo lo haría peor. Marcelino tiene la mecha corta y en un descuido acaban a puñetazos -replicó Rocío.

-Es que no tiene derecho a tratarte así, mira que te partes en dos para atender esta posada y a los críos. Y además lo haces muy bien. Si la temporada ha estado mala para todo el mundo. Hasta en la panadería se han bajado las ventas y eso que los bizcochos son una tradición.

–No sé por qué él no lo ve de esa forma.

Bruce cruzó una mirada con Gina. Ella asintió. No era necesario decirlo con palabras. Estos dos podían no estar siendo infieles con el cuerpo, pero acabarían siéndolo si las cosas seguían este curso. Rocío era una buena mujer pero sentía que su marido no la valoraba y Luis le daba el apoyo moral que ella necesitaba, tal vez no con tanta inocencia como aparentaba.

–¿Cuánto tiempo te gusta que tarden en cruzar la rayita? –preguntó Bruce preocupado.

–A mí me parece que ya la cruzaron –Gina hizo una mueca antes de agregar: –La infidelidad no es nada más algo físico, ¿sabes?

–¿Cómo es eso?

–Es tener una complicidad con alguien que no es tu pareja. Citarse a escondidas, confiarle tus penas, darle valor a su opinión... –Gina parecía tener mucha experiencia en el tema –La intimidad es una consecuencia lógica de todo eso.

–Pues tenemos que hacer algo antes que lleguen al punto de no retorno.

–¿Tienes alguna idea?

Bruce se encogió de hombros. Para nada. Esta vez no se trataba de arreglar un viaje ni de proteger la vida de una pareja, sino de influir en las emociones de dos adultos. De hacerlos ver que tenían todo para ser felices antes de que lo echaran a perder.

La situación de Rocío y Luis incomodaba a Gina más de la cuenta. Era como si algo se encendiera dentro de ella mientras los observaba hablar y rozarse levemente. Gina no podía explicarlo porque no estaban haciendo nada incorrecto, pero lo que le dijo a Bruce era cierto. Este tipo de relaciones empezaban con dos personas dejando pasar ciertas cosas que, poco a poco, se transformaban en algo más. Ella no podía entender cómo Rocío era capaz de poner el consuelo de un tipo que la miraba con evidente deseo por encima de su propia familia.

En cuanto a Luis... Él era muy hábil, de eso no le quedaba ninguna duda. Estaba jugando sus cartas con maestría. Se hacía pasar por el amigo incondicional, el hombre bueno y comprensivo que le brindaba apoyo desinteresado a la mujer cansada de la rutina. ¿Cómo podían competir diez años de realidad con una fantasía?

La respuesta se le vino a Gina a la mente casi sin pensarla. Si conseguían que Rocío refrescara en su memoria los detalles que la hicieron enamorarse de su marido, tal vez olvidaría lo que Luis la estaba haciendo sentir con su admiración.

–¡Tenemos que recordarle cómo se sentía! –anunció Gina satisfecha por su brillante idea pero Bruce la miró un tanto confundido.

–¿Cómo vamos a hacer eso si no sabemos lo que sucedió entre ellos?

Gina no tuvo que pensarlo demasiado. El proyector de Rafael tenía un botón para el pasado y si pudieran irse diez años atrás... Necesitaban comunicarse al Cielo lo antes posible.

Ella consultó el reloj de pared que colgaba en el despacho, era casi la una de la tarde, Mario llevaba cuatro horas ausente y eso que prometió regresar pronto. Primer punto en su contra.

–Oh, oh –la voz de Bruce la volvió a la realidad.

Manolo acababa de regresar a la Casona y se disponía a entrar al despacho, la cocinera le había dicho que su madre se encontraba ahí, y en este preciso momento Luis la tenía abrazada. Su expresión de dolor le rompió el corazón a Gina. Rocío no se dio cuenta que el chiquillo salió corriendo escaleras arriba bañado en lágrimas. Ellos lo siguieron y Gina volvió a abrazarlo. Tenían que resolver esto lo antes posible porque el pequeño estaba sufriendo y esa impotencia la llevó a exclamar:

–¿Dónde carajos está Mario?

Al regresar, las cosas estaban igual que cuando Mario se marchó. Gina volcada sobre un chiquillo que lloraba y Bruce mirándola como idiota. Él no podía creer que no hubieran hecho nada, así que se enfadó al escuchar la pregunta de su compañera.

–Aquí carajos estoy.

–¡Dijiste que no tardarías! –reclamó Gina airadamente.

–¡Y ustedes dijeron que iban a adelantar algo!

–Ya averiguamos algunas cosas –empezó Bruce, pero Gina lo interrumpió:

–Si no te hubieras llevado la computadora, habríamos avanzado más.

–No te preocupes, no me la voy a volver a llevar. A partir de ahora me moveré con un amigo– anunció Mario tratando de conservar la calma.

Ella frunció el ceño al escucharlo y soltó a Manolo para caminar hacia él.

–Se supone que ésta era la última vez que te marchabas.

–Tengo cosas importantes qué hacer.

Este era el momento de contarles de qué se trataba. No sabía por dónde empezar, pero el principio solía ser lo más conveniente así que Mario respiró hondo mientras trataba de recordar aquella noche en un callejón de Nueva York.

–¡Yo también tengo cosas importantes qué hacer! – explotó Gina antes que él elaborara ninguna oración – ¡Llevo días queriendo ir a México!

–No sé por qué no has ido, yo no tuve el aparato todo el tiempo –se defendió Mario caminando instintivamente hacia atrás.

–¡Porque el caso es más importante que mis propios intereses!

Mario se detuvo. No iba a permitir que esta bruja le gritara.

–¡Eso es porque tus intereses son más estúpidos que los míos!

Él alzó la voz también pero Gina no se amedrentó. Al contrario, parecía adquirir más fuerza conforme su enojo crecía.

–¿Y quién es ese amigo con el que te andas moviendo?

–Eso es algo que no voy a discutir contigo.

Lucas era asunto aparte. Mario había prometido contarles la razón de sus visitas a Nueva York y eso era lo único que pensaba cumplir. Dejar de ir ya no era negociable ni tampoco incluirlos en su amistad con Lucas. Después de todo, les iba a dejar la maldita computadora, ¿qué más querían?

–Eres un egoísta y un mentiroso.

–¡Y tú eres una amargada!

–Vamos a tranquilizarnos –intervino Bruce en actitud conciliadora –. Estoy seguro que Mario va a darnos la explicación que nos prometió si lo dejamos hablar.

Gina ignoró al chino por completo.

–¿Al menos fuiste a la oficina de Claudia?

–¡Con un carajo! –a Mario se le había olvidado, pero es que cuando estaba con Lucas, era difícil pensar en algo más.

–Eres el peor compañero que pudo habernos tocado, no sirves para nada y siempre estás creando problemas. Voy a llamar a Rafael.

Mario apretó un par de botones en la computadora que llevaba todavía en las manos y desapareció. No pensaba escuchar a esta neurótica ni un segundo más.

–¡Increíble! ¡Ese tipo es de verdad increíble! –Gina parecía fuera de sí cuando Mario desapareció de nuevo.

–Tú también –Bruce estaba molesto. Gina había recibido a Mario con la espada desenvainada y ahora él se había marchado de nuevo –¡No le diste oportunidad!

A pesar de que Bruce odiaba los gritos, no pudo evitar levantar la voz. Era una fortuna que Manolo no pudiera escucharlos porque el pobre ya tenía bastante con los pleitos entre sus padres.

–¿Oportunidad? –preguntó ella con sarcasmo –Le di una oportunidad cuando se marchó la última vez. ¿Y cuál fue el resultado? ¡Se tardó cuatro horas, no fue con Claudia, va a regresar a Nueva York y tiene un amigo misterioso del que no quiere decir palabra!

–Pero iba a explicarnos…

-¡Nos iba a venir con cualquier cuento! -lo interrumpió Gina histérica.

-Eso no lo sabes.

-¡Lo único que sé es que este niño nos necesita y no podemos ayudarlo por culpa de Mario! -ella señaló a Manolo, que seguía llorando sobre la cama.

-¿Ya olvidaste que él salvó a la pequeña Amalia?

Gina no contestó, sólo lanzó un gruñido y empezó a caminar de un lado a otro de la habitación. Bruce esperó unos segundos para que se calmara.

-Tienes que ser paciente, por el bien de todos. Seguir peleando con Mario sólo va a complicar las cosas.

-¡Es que no lo soporto!

-De acuerdo, pero vas a seguirlo viendo hasta que terminemos los seis casos.

Ella se detuvo en seco al escuchar estas palabras. Al comprobar que había dado en el blanco, Bruce suavizó el tono para decir:

-Por favor, Gina. Ya me estoy cansando de esta situación. Si te quejas en el Cielo, Mario va a quejarse también y entonces no vamos a acabar nunca.

-¿Te estás poniendo de su lado?

Bruce suspiró. No estaba del lado de nadie. Lo único que quería era trabajar en paz.

-No, pero si quieres convertir esto en una guerra, no cuentes conmigo.

Una mirada desafiante apareció entonces en los ojos de Gina.

-Muy bien, no te preocupes, yo puedo pelear sola. Tengo un arma secreta.

-¿De qué estás hablando?

-¿No acabas de decirme que no cuente contigo?

Él se encogió de hombros. No sabía mucho de mujeres pero aún así le quedaba claro que no iba a hacerla cambiar de opinión. Bruce, por su parte, iba a limitarse a hacer su trabajo de la mejor manera posible.

Manolo estaba más calmado cuando su madre lo llamó para que bajara a comer. Marcelino no iba a venir otra vez. Trabajaba sábados, domingos y días festivos, salía muy temprano y volvía tarde. Luis se había marchado de la Casona silbando. Bruce estaba enfadado y Mario no aparecía. Gina se enojaba más cada minuto que transcurría. Ojalá su compañero no descubriera la foto en la oficina de Claudia porque ella ya no pensaba decirle nada, ¡que viviera en la misma oscuridad que todos respecto a su pasado! Él era quien menos merecía recibir una buena noticia y, además, eso le daría un nuevo pretexto para escapar a Nueva York cada vez que le diera la gana.

Tratando de aminorar su rabia, Gina empezó a revolver cajones buscando pistas sobre la historia de amor entre Rocío y su marido. Un par de cajas llenas de fotografías retrataban incontables momentos de felicidad que le parecía increíble que ambos estuvieran olvidando. También había un fajo de cartas y notas llenas de ternura que la pusieron de mejor humor, además de una flor disecada dentro de un libro que tenía una dedicatoria que hizo asomar lágrimas a sus ojos: "Para la mejor parte de mí".

No era posible que un fulano que con seguridad hacía esto por deporte, consiguiera destruir un amor cimentado sobre los valores correctos. No era justo para ellos ni para sus hijos y Gina estaba decidida a salvarlos. A fin de cuentas, todas las parejas tenían problemas y los de esta familia no eran tan graves. Con un poco de esfuerzo de ambas partes podían salir adelante, pero si Rocío se decidía por una falsa salida, Marcelino nunca se lo perdonaría, o al menos eso pensaba Gina, porque si ella estuviera en su situación... Sintió nauseas de sólo pensarlo.

Aunque era muy temprano, la reportera ya estaba allí, discutiendo con un tipo que parecía ser su jefe. Se trataba del asunto de Cabinda y Mario comprendió de inmediato la situación. Tal y como había previsto, el caso era demasiado importante para alguien del rango de Claudia y ella estaba siendo relevada. A él le causó admiración verla pelear con una firmeza poco común en alguien tan joven. Durante el caso de Isaac se llevó la impresión de que era una muchacha linda y con ganas de triunfar, pero esta mujer valiente era toda una sorpresa. Acababa de anunciar que si sus superiores no resolvían algo en las próximas dos semanas, ella buscaría otro periódico dispuesto a publicar la verdad. Quizá no había sido un error mandarle el vídeo.

Mario iba a marcharse cuando el tipo salió y Claudia empujó una caja que estaba sobre su escritorio. Varios objetos salieron volando, entre ellos un porta-retratos que cayó boca abajo provocando que el vidrio estallara, cientos de clips, una grapadora, y decenas de papeles que tapizaron el piso de la diminuta oficina. Su primer instinto fue agacharse a ayudarla pero recapacitó enseguida porque no debía delatar su presencia. Claudia levantó el portarretratos primero y suspiró antes de decir:

–Me haría mucho bien tu consejo ahora, papá.

Acto seguido, ella volvió colocar la fotografía dentro de la caja. Por segunda vez, Mario decidió marcharse pero entonces sus ojos descubrieron unos papeles en el piso que llamaron su atención. ¿Estela Adams había hablado con Claudia?

Con el mayor cuidado posible leyó la entrevista donde la enfermera hablaba sobre su experiencia en el metro. Esto no sería nada del otro mundo, si no estuviera junto al artículo de Connie Fender ni a los nombres de otras dos mujeres a las que Mario ayudó. También había unas notas sobre el robo frustrado en el banco y los ladrones en la red de pescar. De alguna manera Claudia parecía haber establecido una conexión entre los extraños sucesos.

Él no quería publicidad. Si Rafael lo dejaba seguir operando, debía ser porque no había atraído demasiada atención, pero a Mario todavía no se le olvidaba que los sacó del caso de los Kimpa por una simple linterna. Y él no quería renunciar; no podía explicarlo, era como si tuviera algo que pagar... una vieja deuda con la sociedad que tenía que saldar antes de poder descansar. Claudia estaba ocupada recogiendo otras cosas así que Mario empujó los papeles debajo de su escritorio sin que lo notara. Con un poco de suerte, ella se olvidaba de esto.

Él respiró hondo antes de programar la computadora para regresar a España. No tenía ganas de encontrarse con Gina. Por un momento hasta coqueteó con la idea de buscar a Lucas, pero ni Bruce ni Manolo merecían que los abandonara de nuevo, así que Mario cerró los ojos y dejó que el zumbido comenzara.

Gina seguía buscando pistas para elaborar un plan que consiguiera salvar a la pareja y su irritación aumentaba en la misma proporción que la ausencia de su compañero se prolongaba, así que Bruce decidió escapar. Salió a la puerta de la casona tratando de poner sus ideas en orden, pero se distrajo observando a unos ancianos que pasaron caminando. Se apoyaban el uno en el otro de manera que parecían uno solo y eso lo conmovió tanto que se sobresaltó ante la súbita aparición de Mario.

–Lo siento, esto de las coordenadas es demasiado exacto –se disculpó su compañero con expresión apenada.

–¿Vienes de Nueva York otra vez?

–Fui a ver a Claudia.

A continuación, Mario le contó sobre la discusión de la reportera con su jefe.

–Yo creo que vale la pena darle tiempo, la chica es buena y anda buscando una historia que ponga su nombre en primera plana. Dos semanas no es tanto para un conflicto que lleva años. Bruce asintió. En este momento se encontraba más preocupado porque su equipo estaba a punto de desmoronarse que por Cabinda.

–¿Te parece si damos una vuelta? –preguntó el muchacho al escuchar que Gina lo llamaba desde la planta alta.

Mario la había escuchado también y aceptó de inmediato. Durante varios minutos caminaron por las calles de esta ciudad-museo en silencio. Eran las dos y media de la tarde, hora de la siesta, así que la agitación era menor. Pasaron frente a la casa de los Quevedo y Cossío, con su enorme escudo de piedra con dos leones grabados en la fachada; también frente a la Casa de la Archiduquesa, una construcción curiosa por sus ventanas y puertas rectangulares acomodadas en forma simétrica. Sin embargo, ninguno de los dos lo estaba disfrutando así que, cuando llegaron a la Plaza de las Arenas, Bruce empezó:

–Mario...

–Ya lo sé, Bruce –lo interrumpió –. Y tienes razón, pero esa loca no me dejó hablar.

–Es que... Mira, yo no quiero armar pleito, pero debes reconocer que hiciste algunas promesas que no vas a cumplir. Su compañero no lo contradijo y, para su sorpresa, le entregó la computadora.

–El aparato es tuyo, a partir de este momento no voy a volver a usarlo.

Bruce lo tomó con ambas manos sin poder evitar una sonrisa.

–En cuanto a lo que hago en Nueva York... ¿Todavía quieres saber de qué se trata?

Se sentaron en la escalinata de la Colegiata y Mario le contó sobre sus andanzas en la Gran Manzana. Bruce no podía creer lo que escuchaba. Su compañero era una especie de vigilante de la justicia, ¡con razón Rafael no hacía nada para detenerlo!

–¿No necesitas un ayudante?

–Ya tengo un ayudante.

Bruce se sintió un poco desilusionado al escuchar esto.

–Pero tal vez pueda llevarte en alguna ocasión –Mario hizo una breve pausa –. ¿Entiendes ahora por qué no puedo renunciar?

–Tienes que contarle a Gina.

A su modo de ver, esto cambiaba mucho las cosas. No había manera de que ella se pusiera difícil si sabía que Mario se dedicaba a hacer el bien. Después de todo, para eso estaban aquí y era estupendo que además de resolver seis casos pudieran ayudar a otras personas.

–Mejor cuéntale tú, Gina y yo somos como el agua y el aceite.

Eso era exactamente lo que Bruce pensaba hacer, así que regresó a la casona decidido a terminar con los pleitos entre sus compañeros de una vez por todas.

Bruce era demasiado ingenuo al creer las patrañas del "Oso". Ese hombre tenía más facha de villano que de héroe y Gina no iba a dejarse engañar por semejante estupidez. Después de todo, le importaba sorbete qué hacía en Nueva York mientras no se llevara el aparato y los dejara trabajar. Ella estaba decidida a salvar a esta familia, con o sin Mario.

–Tenemos que llamar al Cielo. Ya tengo idea de cómo empezar, pero hay algunos huecos que sólo ellos pueden llenar.

–Gina, no seas orgullosa. Tienes que reconocer que hemos estado equivocados respecto a Mario.

–Mira, Bruce –lo interrumpió –, tú puedes pensar lo que quieras de ese tipo, pero yo no le compro el cuento y tampoco voy a fingir que lo hago para llevar la fiesta en paz. ¿Por qué crees que no quiere llevarte?

–Porque trabaja con alguien.

–¡Ah! ¡Batman y Robin! – replicó ella sarcástica.

Gina no sabía dónde estaba el susodicho, pero era obvio que el muy cobarde se escondía detrás del muchacho para no darle la cara. Y mientras tanto, el pobre Manolo se había quedado dormido después de comer, agotado de tanto llorar.

–Es en serio. Mario no quiere hablar de él, pero es uno como nosotros. Van a usar su aparato para trasladarse –insistió Bruce.

–Yo más bien pienso que son el Guasón y el Pingüino – murmuró Gina asomándose por la ventana de la recámara de Manolo para buscarlo –. A fin de cuentas no tiene importancia. Mario va a marcharse a Nueva York medio día y eso nos viene bien porque vamos a trabajar mejor sin él.

Gina regresó a la cama y acarició la frente de Manolo con suavidad. Debía existir alguna ley que prohibiera que los padres hicieran llorar a sus hijos. Tenía tan sólo unas horas de conocer a este niño pero ya se le había metido tan adentro que Gina era capaz hasta de soportar la presencia de Mario para ayudarlo.

–Ve y dile que no tiene qué esconderse de mí. No voy a morderlo.

–¿Eso significa que vas a darle una tregua? –preguntó Bruce con voz esperanzada.

–Yo ni siquiera pienso dirigirle la palabra. Mi trabajo es resolver este caso y no andar de niñera de un tipo malcriado.

En algo tenía razón Bruce: Cuanto antes terminaran con esta misión, cuanto antes ella dejaría de lidiar con su conflictivo compañero.

–¿Y esa arma secreta que mencionaste hace un rato?

Gina sonrió. Esa era su pequeña venganza, su oculta retribución por las ofensas recibidas. Si Mario guardaba sus propios secretos, ella tenía todo el derecho de guardar los suyos.

La Guerra Fría debió ser algo parecido a lo que estaba sucediendo en su equipo. En los extremos, las dos potencias tratando de demostrar ser más poderoso que el otro, y en medio el pobre mundo sin saber a quién apoyar. Y es que a pesar de los esfuerzos de Bruce, Gina estaba empeñada en ignorar a Mario, lo cual no dejaba de ser un respiro para él. Tal vez esa era la mejor manera de trabajar.

Después de escuchar lo sucedido durante sus ausencias, Mario estuvo de acuerdo en llamar al Cielo para pedir información sobre la relación entre Rocío y Marcelino. Fue gracioso que esta vez les contestara San Antonio, porque según Gina, él era el encargado de conseguirles novio a las mujeres desesperadas. Mario no dudaba que ella fuera una de esas porque con ese temperamento era difícil creer que tuviera una pareja. Lástima, porque la verdad no era fea. Sus ojos oscuros eran grandes y expresivos, su nariz tenía la proporción adecuada para una cara cuyo mayor atractivo eran unos labios en forma de corazón. Con un poco de imaginación, Mario podía retroceder algunos años para verla como una muchacha vivaz, en vez de este manojo de nervios y culpas. Quizá si se arreglara mejor y borrara de su cara esa expresión malhumorada, todavía podía lucir atractiva.

¡Demonios! Eso de estar viendo la historia de amor de los Ansorena empezaba a afectarlo. San Antonio les había enviado a la computadora las imágenes del pasado de la pareja. Desde que eran adolescentes y Marcelino admiraba a Rocío a distancia sin atreverse a confesarle su amor, mientras ella gozaba de las atenciones de otros chicos. Después, la lucha del primero por sobresalir para tener algo que ofrecerle cuando la chica volviera de la universidad. El recelo inicial de Rocío pensando que el tímido muchacho intentaba robarle el afecto y la herencia de su padre. La paciencia de Marcelino para demostrarle lo contrario. Sus momentos de gloria, como cuando una de las Infantas visitó el pueblo y escogió la Casona de los Caballeros para pasar la noche. Sus descalabros, como cuando la posada estuvo a punto de incendiarse por un descuido de Rocío en la cocina. Sus encuentros en la Playa Santa Justa los fines de semana, lejos de las presiones del trabajo y con un Marcelino al que los años habían hecho embarnecer. Algunas flores y notas a escondidas del señor Echevarría. Su primer beso en un rincón de las Cuevas de Altamira. La complicidad para escabullirse de la vigilancia paterna y acariciarse cuando conseguían quedarse a solas.

Mario sintió un nudo en la garganta al contemplar la sencilla historia de amor de dos personas comunes y corrientes, sin grandes obstáculos ni dramas. Sólo cariño sincero, respeto, confianza... Y aún así, su vida era como un cuento de hadas. Bendecidos con dos pequeños, salud, y una situación económica estable, los Ansorena Echevarría tenían todo para ser felices. Se encontraban desgastados por la rutina, la mala comunicación y el exceso de trabajo, pero Gina tenía razón al decir que valía la pena salvarlos. Después de todo, ¿cuándo se ha visto que el villano se quede con la princesa?

CAPÍTULO 11

Cuatro días después comprendieron que no sería tan sencillo. Marcelino estaba demasiado herido, y encontrarse por "casualidad" las cartas de amor que había intercambiado con su esposa, aumentó su amargura. Tampoco ayudó que "apareciera" una vieja receta de un pastel que ella solía preparar cuando eran novios, porque Rocío la rompió en la cara de su marido cuando él le aventó las cartas a la cabeza durante una discusión. La visita a la playa que organizaron a través de notas cruzadas firmadas por Manolo, terminó con el niño castigado en su habitación. El libro con la dedicatoria y la flor disecada tuvo cierto efecto en Rocío, hasta que Luis le contó que había llevado flores frescas a la tumba de su padre.

–¡Ese hombre es el mismo diablo! –explotó Gina después de escucharlo.

–Yo creo que en verdad está enamorado de ella. –¡Pues no tiene derecho a estarlo, Mario! ¡Rocío es una mujer casada!

–Cierto, pero uno no manda en los sentimientos, Gina.

–¡Pero si manda en sus acciones!

Bruce titubeó. Por un lado temía que esto desembocara en un pleito, pero por otro, era la primera vez que sus compañeros cruzaban palabra desde el inicio de su ridícula Ley del Hielo. Sí, era mejor no intervenir, al menos hasta que no saltaran chispas.

–Si de verdad la quiere, debe retirarse –prosiguió Gina –. Rocío ama a su marido y a sus hijos. Tener una aventura va a hacerle mucho daño a todos, empezando por ella misma.

En ese preciso instante, como haciendo eco a sus palabras, Luis se despidió de Rocío con un beso en ambas mejillas, al estilo europeo. No obstante, a Bruce le dio la impresión de que el segundo había pasado demasiado cerca de los labios de la mujer.

-De acuerdo, pero no todo mundo tiene las cosas tan claras como tú.

La voz de Mario volvió a Bruce a la realidad. Sus compañeros seguían interactuando, lo cual suponía una discusión en potencia... No podía distraerse otra vez.

-¿Te estás burlando? -preguntó Gina a la defensiva.

-Para nada, no sé por qué siempre piensas lo peor de mí. La cicatriz de Mario empezó a palpitar y esa fue la señal de salida para Bruce.

-Tengo una idea -se le acababa de ocurrir en este momento -. Las fiestas de Santa Juliana.

Mario pareció no comprender a qué se refería Bruce.

-En el pueblo no se habla de otra cosa, los eventos empiezan este viernes -intervino Gina en tono de reproche.

-Así es -añadió Bruce de inmediato tratando de evitar que Mario reaccionara ofendido -, hay numerosos actos para todos los públicos, como actividades para niños, bailes tradicionales y muestras gastronómicas. El lunes veintiocho es el día de la Santa Patrona, así que el domingo está programada una procesión y misa en su honor.

-Si mal no recuerdo, ellos se comprometieron ese día -Mario lanzó una mirada un tanto arrogante a Gina al decir esto.

-¡Tienes razón!

Mario solía estar ausente durante muchas horas al día pero siempre se ponía al tanto al volver y, además, los tres habían visto el vídeo de la romántica noche en que Marcelino, disfrazado como caballero del siglo XIII, le pidió a Rocío que se casara con él.

-Tenemos que aprovechar esto de alguna manera.

Bruce paseó sus ojos de uno a otro de sus compañeros evaluando si los ánimos se habían calmado lo suficiente para trabajar en equipo. Mario estaba asomado a la ventana que daba a la calle fingiendo interesarse en la nada, y Gina contemplaba un cuadro con mal disimulado interés. Bruce estaba agotado de tanta tensión: entre Marcelino y Rocío, entre sus compañeros... Él era una persona pacífica y se encontraba viviendo en medio de dos tormentas. No podía soportarlo más.

–¿Por qué no nos tomamos un par de horas libres para analizarlo con calma?

Como esperaba, ninguno de los dos opuso resistencia. Gina moría por ir a México y Mario salió corriendo a Nueva York, como siempre. Un gran alivio se apoderó de Bruce al quedarse solo. Ahora sí podría pensar con claridad.

Por fin. El momento de ir a México había llegado. El primer lugar que Gina visitó fue la capital. La ciudad más grande del mundo. Contaminada, violenta, repleta de autos y gente, pero llena de colores, olores y música que le despertaron toda clase de sensaciones. El centro histórico, Bellas Artes, el Castillo de Chapultepec, pero sobre todo la Basílica de Guadalupe... la Virgen Morena cuya imagen entre estrellas y rosas era lo más hermoso que ella había visto en su vida. Gina estuvo sentada frente a Ella durante horas, sintiendo renacer su confianza en su fe. Tal vez había muchas cosas que no comprendía, pero con una Madre tan maravillosa, era fácil creer que todo iba a estar bien.

Salió de allí renovada y con fuerzas para seguir adelante con su misión. A pesar de Mario, de Luis, y de lo que viniera. La idea de aprovechar las fiestas del pueblo era buena, sólo faltaba encontrar una forma de encausarla para que tocara el corazón de los Ansorena.

Le hubiera gustado recorrer algo más de este país lleno de magia, pero su preocupación por el pequeño la hizo volver. Además, Bruce tenía rato deseando ir a Japón y era justo que lo hiciera; él trabajaba tan duro como ella, y aunque estuviera sentida porque últimamente se ponía del lado de Mario, Gina le tenía cariño sincero. No sabía si sería posible seguirlo viendo cuando todo esto acabara, pero el muchacho oriental era una amistad que le gustaría conservar.

En cuanto al "Oso"… el simple hecho de pensar en él afectaba su estado de ánimo. No se explicaba cómo alguien podía pasar de ser un apuesto padre amoroso al mayor exponente del egoísmo y la falsedad.

El zumbido de la transportación la molestaba cada vez menos, por no mencionar que se sentía muy orgullosa de sí misma por haber manejado la computadora por su cuenta. Bruce le había anotado las instrucciones y pudo volver a Santillana sin problemas.

Manolo estaba a punto de acostarse y Gina sintió que el corazón se le encogía al escuchar sus oraciones junto a la cama. Quería que su papá y su mamá volvieran a quererse, a cambio de lo cual estaba dispuesto a no comer dulces en todas las vacaciones. Ella acarició su cabello hasta que se quedó dormido, y esto le provocó una sensación tan cálida como la que experimentó frente a la Guadalupana.

A veces se preguntaba si habría tenido hijos, porque la intensidad con que vivió el dilema del bebé de los Kimpa, así como esta situación con Manolo, era una clara señal de que su instinto maternal estaba muy desarrollado. No comprendía cómo había podido olvidarlos de haber sido ese el caso, pero de una cosa estaba segura: ella tuvo que haber sido una madre estupenda.

Lucas no le dio importancia al asunto de Claudia West cuando Mario le contó sobre los papeles que encontró en su oficina. Esto no era raro si tomaban en cuenta que él estaba en su penúltimo caso. Sin embargo, Mario apenas estaba en el tercero y no pensaba arriesgarse porque quería concluir con éxito su misión. Isaac podía haber sido poca cosa, pero los Kimpa y el niño español eran gente buena que merecía que sus deseos se hicieran realidad.

Por esa razón Mario decidió bajar la frecuencia de sus intervenciones, y en los últimos días no habían visto más acción que evitar que un ciego cayera en una zanja. Él estaba tranquilo. Lucas, no; su mal humor era evidente y Mario empezó a contemplar la posibilidad de invitar a Bruce como su ayudante cuando terminara la misión de su actual compañero de aventuras. El chino era prudente y muy listo, sería menos divertido pero mucho más fácil de controlar.

–¡Mira eso! –la voz de Lucas interrumpió su reflexión.

Estaban en una zona conflictiva del Bronx, ya que Mario también prefería dejar descansar a las enfermeras de Harlem. Tantos sucesos "extraños" en un mismo lugar llamaban la atención de cualquiera. Además, gracias a que Bruce quiso tomar un descanso, Lucas y él hacían la ronda de día.

–¿A qué te refieres?

Mario no notó nada fuera de lo normal. Había poca gente en las calles porque era hora de trabajo; pero muchos niños que ya estaban de vacaciones jugaban en la banqueta. El calor era intenso, así que se desató gran algarabía cuando se escuchó la música del camión de helados. Los más pequeños corrieron a sus casas a buscar algunas monedas mientras los mayorcitos se les adelantaron con el cambio que llevaban en los bolsillos.

–Ese tipo no está vendiendo sólo helado, Mario.

Mario tuvo que observar dos transacciones para comprobar lo que Lucas decía. El mecanismo era tan sutil que resultaba difícil detectarlo. El vendedor preguntaba a los muchachos qué sabor querían, los que pedían alguno de los sabores listados en el pizarrón, recibían el cono correspondiente. No obstante, cuando alguien solicitaba el sabor "especial", el tipo se volvía hacia una nevera que se encontraba a sus espaldas, insertaba una pequeña bolsita con polvo blanco dentro del cono y servía encima una bola de helado de un sabor poco atractivo. Los muchachos pagaban con un billete enrollado que desde luego no correspondía al dólar que costaba el cono normal y luego se marchaban disimuladamente.

–Tenemos que hacer algo.

Mario asintió, y como si sólo hubiera estado esperando su aprobación, Lucas avanzó a grandes zancadas hacia el camión. Tardó unos segundos en reaccionar y cuando lo hizo fue demasiado tarde porque Lucas ya había atravesado el vehículo; lo único que Mario alcanzó a ver fue al vendedor de helados desplomarse ante la sorpresa de sus clientes.

–¡Hey! ¡Espera!

Mario detuvo el brazo de Lucas al ver que Iba a darle un segundo golpe en la cabeza al hombre tirado en el piso. En realidad no era un hombre sino otro adolescente igual a los que se asomaban por la ventanilla del camión llenos de curiosidad. –¿Estás loco?

Mario señaló a los incontables testigos que tenían enfrente.

–Hay que llamar al 911 –comentó alarmado uno de los chicos.

–Debe haber sufrido un infarto o algo así.

–Mejor salgamos de aquí –sugirió uno de los que llevaba un cono "especial".

En cuestión de segundos, todos habían escapado y Lucas le pasó a Mario el bote de aluminio con el que había golpeado al vendedor la primera vez.

–Ahora sí, Mario, es el momento, antes que llegue una ambulancia.

–No voy a golpear a un mocoso inconsciente.

–Tenemos que acabarlo. Si no, en cuanto despierte va a seguir haciendo lo mismo.

Mario titubeó, su amigo tenía razón, pero él nunca había lastimado a nadie a propósito. Sólo hacía lo necesario para detenerlos.

–Si lo acabamos, su patrón va a poner a otro igual que él.

Mario bajó el bote de aluminio y se agachó para asegurarse que el chico respiraba.

–¿De qué hablas?

–Míralo, ¿de verdad crees que este puberto es la cabeza del negocio?

Bruce recorrió Santillana tratando de contagiarse de la paz que ésta transmitía. Empezaba a oscurecer y las luces de los faroles le daban un aire todavía más medieval. Él intuía que en su corta vida no había tenido muchas oportunidades de viajar y jamás hubiera podido imaginar un lugar semejante. No en balde había sido elegido por votación popular como el pueblo más hermoso de España. La Plaza Mayor era espectacular, con El Ayuntamiento, la Torre Don Borja y la

Torre del Merino, el edificio más antiguo, llamado así por ser el lugar en que moraba el "Merino" o funcionario que representaba al Rey.

Después el Parador, con sus jardines al frente, y más adelante, el Palacio de Peredo. Bruce sentía como si con cada paso que daba se fuera sumergiendo más en la historia; lo malo es que el pueblo era tan pequeño que demasiado pronto se encontró ante una de sus últimas construcciones: El Museo Diocesano.

No titubeó en entrar a inspeccionar lo que fuera un Convento Dominico, con su campanario sobresaliendo a una construcción sencilla con techos de teja roja. Allí adentro encontró una gran variedad de obras religiosas, en platería, esmaltes y marfiles, pero lo que más lo impresionó fue una colección de Cristos. Este personaje de la religión de Gina lo atraía no sólo por su sacrificio sino por la fuerza de su mensaje. ¿Cómo era posible que dos mil años después de su paso en la tierra, su palabra fuera todavía fuente de inspiración para millones de personas por todo el mundo? ¿De qué otra manera podía explicarse esto sino por el hecho de que realmente fuera el Hijo de Dios?

Bruce volvió sobre sus pasos meditando en esto, y al llegar a la Casona, el reloj de la entrada le confirmó que eran casi las diez. Por un instante dudó si sus compañeros habrían regresado ya de sus respectivos destinos, pero entonces tropezó con Gina que salía de la habitación de Manolo.

–¿Se durmió?

Ella asintió y le entregó la computadora.

–Gracias. Quiero consultar algunos detalles sobre las fiestas de Santa Juliana –replicó Bruce tratando de disimular la culpa que sentía por no haber pensado en eso durante las últimas horas.

–¿Por qué mejor no te vas a pasear?

Él la miró sin dar crédito a lo que escuchaba.

–Es muy tarde y ya no vamos a hacer nada hoy. Rocío acaba de acostarse.

Bruce titubeó porque acababa de regresar, pero Gina insistió:

–A mí me hizo mucho bien ir a México.

–¿Descubriste si eres de allá?

–No tengo nada tangible, pero lo sé, lo siento... Nada más con ver a la Virgen de Guadalupe tuve suficiente para convencerme.

–¿La Virgen de qué?

–Luego te platico –dijo su compañera sonriendo–, ahora vete a Japón. Mario está en Nueva York y estoy segura que no va a volver hasta que amanezca.

–Pasado mañana empiezan las fiestas.

–Eso significa que todavía tenemos un día completo para resolverlo –Gina le dio una palmadita en la espalda –, no tienes que cargar con el peso de todo, Bruce, no es justo. Eres el más joven y quien actúa con mayor madurez. No sé qué sería de este equipo sin ti.

Bruce sonrió. Esta era la Gina que le gustaba. La mujer que no se cansaba de contarle historias, la compañera apasionada pero sensata, despistada pero tenaz… No la fiera enloquecida que peleaba con Mario.

–Extraño nuestras conversaciones nocturnas, ¿sabes?

–Yo también – reconoció ella con cierto pesar –. Cuando regreses hablamos de la Virgen, ¿de acuerdo?

Él seguía sin decidirse; moría por regresar a su patria, pero según la carpeta tenían hasta el día veintinueve para concluir el caso. Gina lo conocía ya tanto que añadió:

–También prometo darte un masaje de esos que te gustan.

Bruce soltó una carcajada al escucharla. En verdad había estado muy tenso estos últimos días y un viaje al lugar de sus sueños podía resultar buena terapia. Eran las seis de la mañana cuando llegó y los comercios de Akihabara se encontraban cerrados, pero aún así, él se sumergió en sus calles lleno de entusiasmo.

Marcelino regresó después de las once de la noche. Rocío estaba todavía despierta, pero fingió dormir cuando su marido entró en su habitación. Había pasado la tarde con Luis aprendiendo a hornear unos bizcochos que pensaba servir a sus huéspedes el fin de semana. Con motivo de las fiestas, esperaban lleno completo y ella quería aprovechar para demostrarle a Marcelino que era una inmejorable anfitriona. Gina sospechaba que ese había sido el pretexto para escuchar durante dos horas lo maravillosa que era, con acento francés, pero no podía saber a ciencia cierta lo que Rocío sentía. A veces pensaba que era sólo una niña mimada, pero también reconocía que los complejos de su marido no la ayudaban. Eso sin mencionar que, en su opinión, el orgullo los cegaba tanto a ambos que no veían lo que tenían enfrente de sus narices. Marcelino se metió entre las sábanas y llamó a su mujer en voz baja. Ella no respondió. Entonces el hombre levantó una mano y acarició su rostro con suavidad. A Gina le dio la impresión de que Rocío se estremecía. Tenía que hacer algo, el momento era perfecto para que se acercaran y dieran el primer paso de una reconciliación. Miró a su alrededor desesperada al tiempo que Marcelino se volvía para intentar conciliar el sueño.

¡La ventana del pasillo! Gina atravesó la pared de la alcoba y corrió hasta el final del largo pasillo para abrir el pasador. Había un viento ligero que empujó la ventana y la hizo azotarse contra el marco de madera. Ahora sí los dos no tendrían más remedio que levantarse, y cuando Bruce y Mario volvieran, Gina los recibiría con la novedad de que el caso estaba resuelto.

–¿Qué pasa? –preguntó Marcelino encendiendo la luz del buró.

–No lo sé –Rocío se incorporó en la cama y la sábana resbaló de su cuerpo dejando al descubierto un camisón ceñido.

Los ojos de Marcelino se posaron en su mujer y Gina se felicitó a sí misma por su brillante idea.

–¿Has cerrado la ventana del pasillo?

–Por supuesto, Luis dijo que iba a llover.

Gina se llevó una mano a la cabeza. Esto no podía estar sucediendo. Rocío era demasiado ingenua o demasiado idiota para mencionar ese nombre en este momento.

–¿Luis ha venido otra vez? –la actitud de Marcelino cambió como por arte de magia. Ya no miraba a su mujer con deseo sino con recelo.

–¿Para qué me lo preguntas si ya lo sabes? ¡Tienes espías por todos lados! –lo acusó Rocío poniéndose de pie.

–¿Y sólo por esa razón me lo has dicho?

-Te lo he contado porque no tengo nada que esconder. Sólo me ha enseñado a hacer unos bizcochos que pienso servir el fin de semana. Se lo puedes preguntar a la cocinera si quieres.

La ventana se azotó otra vez. Marcelino titubeó unos instantes, miró a su atractiva esposa como luchando consigo mismo. Gina sintió compasión por él. El pobre estaba soñando con hacerle el amor y al mismo tiempo quería sacudirla por haber recibido de nuevo al hombre que, con toda seguridad, protagonizaba sus pesadillas.

-¡A quién se le ocurre pensar que unos simples bizcochos van a hacer la diferencia!

Gina suspiró. Muy a su pesar, las pesadillas acababan de vencer a los sueños.

-¿No te parece sensato hacer un esfuerzo para sorprender a los clientes? -preguntó Rocío dolida por el comentario de su marido.

-Más sensato sería que te despabilaras en lugar de andar coqueteando con el panadero - la ventana volvió a golpear ¡Coño! ¡Que esa ventana está abierta!

El conductor del camión despertó con un buen chichón en la parte trasera de la cabeza. Sin embargo, como no había visto volar el bote de aluminio a sus espaldas, la explicación giró en torno a que se había desmayado y el golpe se lo hizo al caer. Sus signos vitales eran estables así que no fue necesario llevarlo al hospital, pero los paramédicos le hicieron prometer que se sometería a un chequeo.

Ninguno de ellos tuvo la precaución de revisar las neveras porque no había motivo para sospechar de un inofensivo vendedor de helados. Lucas estaba molesto con la decisión de Mario, pero él no podía matar a nadie a sangre fría y consiguió convencerlo de investigar más a fondo este asunto. Según su licencia, Cory Daniels tenía sólo dieciocho años, y en la computadora de Lucas pudieron comprobar que había abandonado la escuela antes de graduarse. Vivía con su padre, un veterano de guerra a quien le faltaba una pierna y no tenía reparo en que su hijo vendiera droga a menores de edad. Cuando el muchacho llegó a su casa asustado porque el "jefe" lo mataría por no haber terminado su ronda, su padre le asestó un par de golpes con su bastón.

Lucas empujó al tipo al ver que estaba a punto de propinarle un tercero y Cory corrió despavorido a su habitación. Revolvió un cajón y sacó algunos billetes de un fondo falso, donde escondió a su vez las bolsas de polvo blanco que no había alcanzado a vender. Después escapó por la salida de emergencia del antiguo edificio de departamentos. La cicatriz de Mario palpitaba como enloquecida cuando Cory condujo el camión hasta una vieja bodega cerca de Conney Island. Tal como imaginaba, allí había otros camiones iguales.

–Yo propongo que los volemos todos esta misma noche –propuso Lucas.

Mario le hizo una seña para que siguieran a Cory a la oficina del fondo. Allí se encontraban dos rufianes que recibieron su cuota del día sin entusiasmo. Entregaron al muchacho un pequeño porcentaje de las ganancias y éste se marchó de inmediato. Durante las siguientes dos horas, tres chicos más hicieron lo mismo. Uno de ellos recibió un golpe con un bate por haber vendido menos cantidad de la requerida.

–Muy bien, ya tenemos a los responsables –comentó Lucas –. Tú te encargas del gordo y yo del pelón. Podemos golpearlos con esos bates y a nadie le parecerá extraño que se hayan matado entre ellos.

–Yo tengo una idea mejor –replicó Mario –. Algo que no involucra hacerle daño a nadie. Sólo necesito una cámara fotográfica.

CAPÍTULO 12

A Bruce el tiempo se le fue sin sentir, pero es que cuando las calles se llenaron de gente, él no pudo resistir la tentación de mezclarse entre ellos. Había de todo. Desde el súper genio que arreglaba cualquier aparato que le pusieran enfrente hasta el adicto a los juegos de vídeo que pasaba horas sin hacer otra cosa. Bruce no se cansaba de escuchar sus conversaciones y descubrir lo último en tecnología entre los cientos de aparadores. Por alguna inexplicable razón, eso lo hacía sentir vivo.

Al regresar de Japón ya era de día en España, y su optimismo fue un duro contraste con el pesimismo con que Gina lo recibió.

—Yo creo que son un caso perdido, ninguno de los dos tiene la actitud necesaria para resolver esto —comentó desanimada por la escena que había presencia en la alcoba de los Ansorena —. Es como si estuvieran cerrados a todo lo bueno del otro, como si convertir a la pareja en alguien malo, los hiciera sentirse mejor, ¿comprendes?

—Puede ser una forma de aligerar su culpa —reconoció Bruce con tristeza.

—Nuestros poderes no sirven porque han endurecido sus corazones. Si tan sólo hubiera manera de abrirlos un poco y derribar esas murallas que han construido para protegerse de su propio dolor. No sé, algo así como las lenguas de fuego que te conté. Después de todo, debe ser más fácil hacer que una pareja vuelva a verse con amor que conseguir que unos pescadores se expresen en diferentes idiomas.

-¡Gina! ¡Eso es!

Bruce acababa de recordar algo que había dicho Rafael cuando concluyeron el caso número uno. No estaba seguro de las palabras exactas, pero se relacionaba con la Gracia, como cuando le mandaron a Isaac una actitud positiva para su viaje a Polonia.

-Pero esa Gracia viene de Dios, no de nosotros -replicó Gina cuando se lo dijo.

-Entonces tenemos que pedirle a Rafael que les mande una buena dosis a estos dos -insistió Bruce entusiasmado.

-Es que no entiendes, la Gracia no se usa para arreglar problemas matrimoniales.

-Rafael comentó que no se necesitaba hacer méritos para recibirla sino que dependía sólo del amor de Dios.

Su compañera titubeó y Bruce volvió a la carga: -Dios tiene que amar a este par de necios o no nos habría mandado aquí, ¿no crees?

-A estas alturas, estoy dispuesta a intentar cualquier cosa.

-¡Bien! -él no disimuló su entusiasmo -. En cuanto llegue Mario, llamamos al Cielo.

-Mejor vamos a hacerlo de una vez. Si no conseguimos ablandar a Rocío y Marcelino, las fiestas del pueblo no van a servir para nada.

En cuanto apretaron el número uno, Gina empezó a escuchar el clásico zumbido de la transportación. No se lo explicaba, ellos sólo querían pedir información sobre la Gracia, no aparecer de repente en la sala de espera. Sin embargo, a ella no le sorprendió encontrar allí a Rafael. Era como si el arcángel fuera siempre un paso delante de ellos.

-¿Dónde está Mario?

Bruce y Gina cruzaron una mirada culpable y empezaron a hablar al mismo tiempo:

-Él...

–Nosotros…

–¿Y bien? –cuestionó Rafael al ver que ambos guardaban silencio.

–Mario no estaba cerca cuando decidimos llamar – respondió Bruce finalmente –, la verdad no pensamos que fuera necesario subir.

–Lo que ustedes solicitan es algo que no se puede resolver por teléfono.

–Yo le expliqué a Bruce que la Gracia tiene como función ayudar al hombre a responderle a Dios, no a su pareja… –Gina movió la cabeza de un lado al otro –Lo siento, no debimos haberlos molestado tan temprano.

–En el Cielo no hay horas, Gina. El tiempo es uno de esos conceptos al que los hombres le dan demasiada importancia.

Ella tardó unos segundos en comprender. Cierto, varias veces había estado aquí y siempre era de día; o al menos siempre existía esa luz brillante que parecía salir de las paredes, las personas y los objetos. Además, nunca había visto un reloj o un calendario.

–En cuanto a lo otro… –prosiguió el arcángel –Hay muchos tipos de Gracia.

A continuación, Rafael los invitó a seguirlo hasta la puerta que decía "Envíos", ésa de donde Gina había visto salir a Fernando Castillo. Al entrar, su sorpresa fue muy grande porque encontraron un enorme salón con cientos de cubículos ocupados por personas parecidos a ellos. Seres humanos comunes y corrientes, vistiendo sus trajes blancos, operando una pantalla de cristal donde se reflejaba un mapa que cambiaba constantemente.

–¿Qué es esto?

Ella sonrió al contemplar la cara de fascinación de Bruce. Este lugar debía ser como el paraíso para él.

–Poca gente sabe que todos los sacramentos tienen su propia Gracia.

El arcángel empezó a guiarlos a través del salón.

–El bautismo, confirmación, penitencia, comunión… –Rafael señaló diferentes áreas donde la actividad era muy alta –Unción de enfermos, orden sacerdotal… En estas últimas, el ajetreo era menor.

–Matrimonio.

Su anfitrión se detuvo en una sección donde Gina pudo notar un par de cubículos vacíos.

–Hemos tenido que reubicar a algunos de nuestros ayudantes porque de un tiempo para acá se ha puesto de moda que las parejas vivan juntas sin casarse por la Iglesia. "No necesitamos un papel para validar nuestro amor", suelen decir. ¿Y la Gracia que se les concede con el sacramento? ¿Tampoco la necesitan?

–¿Eso significa que sí pueden mandarle un poco a los Ansorena? –preguntó Gina con cierta esperanza.

–¡Por supuesto que podemos!

Gina volteó a ver a Bruce complacida pero éste no le hizo caso porque seguía emocionado ante semejante despliegue de tecnología.

–¿Me pueden explicar cómo funciona?

–Claro que sí, Bruce –contestó Rafael divertido –. En realidad es muy sencillo. Una vez recibida la solicitud en el área correspondiente, estas almas nos ayudan a ubicar a los receptores para que el Espíritu Santo haga el envío. No deben olvidar que la Gracia es una consecuencia de SU presencia.

–¿Y qué hay que hacer para trabajar aquí?

–Nada, cuando termines tus casos puedes solicitar un puesto, Bruce. Con tus aptitudes no creo que tengas problema para conseguirlo.

Gina se escandalizó al escuchar estas palabras.

–¿Tenemos que seguir trabajando?

–Si así lo deseas, puedes hacerlo. Si prefieres dedicarte a otra cosa, no hay problema. En el Cielo cada quien hace lo que más le gusta.

–¡Wow! –Bruce se acercó a la pantalla y la tocó casi con veneración –¿Puedo?

Mario y Lucas tomaron ciento veintisiete fotos con una cámara "prestada" de una tienda de conveniencia. Después las imprimieron en un buffet de abogados y allí mismo elaboraron un reporte que dejaron dentro del auto del jefe de la policía de la zona. Con semejante evidencia, los rufianes no tenían manera de escapar. Mario estaba tan satisfecho que ignoró las protestas de Lucas respecto a que esos tipos merecían algo más que la cárcel.

–Nosotros no somos nadie para tomar esa decisión, amigo.

–¿Entonces quién? ¿ÉL? ¡Es demasiado débil! Si castigara con más energía a los que rompen sus leyes, el mundo sería un lugar muy distinto.

–De acuerdo, Lucas, la debilidad de Dios es su amor por los seres humanos, buenos o malos. Pero eso es algo que se agradece cuando no estás muy seguro de dónde caminas.

Mario consultó su reloj. Una de la mañana en Nueva York, las siete en España. Tenía que regresar cuanto antes. A veces le resultaba extraño que Lucas nunca sintiera prisa por irse, como si no tuviera ningún pendiente que resolver de sus casos. Además, siempre estaba disponible cuando lo buscaba.

–No me has contado qué es lo que haces en Italia.

–No tiene importancia, algo relacionado con un mafioso que se quiere regenerar –explicó Lucas vagamente –. ¡Como si eso fuera posible!

A continuación su amigo agregó que cuando se ha sido negro toda la vida, es imposible querer morir como blanco.

–Pues yo creo que si te arrepientes del mal cometido… Lucas lo interrumpió:

–¿Y todo el daño que hiciste? ¿Eso no cuenta?

–Mejor lo discutimos mientras devolvemos la cámara. Necesito regresar a Santillana y reportarme con mis compañeros.

–Te traen bien cortito, ¿no?

Mario suspiró. Por primera vez se sentía cansando de Lucas.

–Lo que pasa es que mañana empiezan las fiestas del pueblo y necesitamos organizarlo todo.

–Está bien, pero nos vemos al rato para comprobar si agarran a estos infelices.

Mario se negó. Esta vez pensaba poner lo mejor de su parte para resolver el caso de una buena vez.

-De acuerdo, yo voy a estar al pendiente - concedió Lucas de mala gana -. Si se ofrece algo, te mando un correo.

Bruce nunca había visto nada igual. La pantalla funcionaba al tacto, y la imagen en el cristal cambiaba conforme se delimitaba la zona donde vivía la persona que recibiría la Gracia: Empezando con el mapamundi hasta llegar a una casona en el centro de un pueblo pequeño. Eso significaba que podían localizar a todos y cada uno de los habitantes del planeta.

-¡Increíble!

-Sabía que te gustaría, Bruce -Rafael parecía muy satisfecho de que alguien apreciara la complejidad de semejante sistema.

- ¿Cómo clasifican las solicitudes?

-En realidad el medio por el que llega no es tan importante, puede tratarse de una oración, una intercesión, la recepción de un sacramento o un simple regalo de Nuestro Padre. Lo que cuenta es el tipo de Gracia que se solicita y por eso está dividido en diferentes secciones.

-¿Siempre se concede?

-¿Por qué negar algo que no causa daño y puede hacer mucho bien?

Bruce tuvo una idea al escuchar las palabras de Rafael. Miró a su alrededor para comprobar que Gina se había alejado un poco, seguramente aburrida por su interés en los aparatos y se acercó un poco más al arcángel.

-Entonces... -Bruce bajó la voz para evitar que su compañera escuchara desde donde se encontraba -¿Sería posible que yo la solicitara para algunos amigos?

-¿Tan desesperado te tienen?

Él asintió aliviado de que Rafal supiera de qué estaba hablando.

-Dalo por hecho.

El arcángel le guiñó un ojo antes de agregar:

-Nada más recuerda que su eficiencia depende de la humildad de receptor.

-¿Eso significa que no hay garantías? -preguntó Gina acercándose de nuevo.

-Nunca hay garantías con los seres humanos -respondió el arcángel -La acción de la Gracia no suprime la libertad del hombre. Rocío y Marcelino serán quienes decidan a final de cuentas si quieren seguir juntos o no.

Volvieron a Santillana poco después que Mario y lo pusieron al día de los últimos acontecimientos. Bruce le contó emocionado sobre su visita al salón de "Envíos" mientras vigilaban el despertar de los Ansorena. Tanto Rocío como Marcelino estaban muy ajetreados porque esperaban gran afluencia de visitantes para el fin de semana, así que apenas cruzaron palabra. Ni una mención al incidente de la ventana. Tampoco había señal de que hubieran suavizado su actitud y Gina no pudo evitar preguntarse cuánto tiempo tardaría la gracia en surtir algún efecto visible.

Pasaron la mañana haciendo una lluvia de ideas respecto a los planes para el fin de semana. Era mucho más complicado tratar de influir en el corazón de alguien de lo que imaginaban. Para sorpresa de Gina, la convivencia marchó sobre ruedas. Mario estaba de buen humor, Bruce ni se diga, y ella tuvo que reconocer que le gustaba trabajar en equipo. Además, se encontraban en su punto favorito de la ciudad: el techo de una de las torres de la Colegiata. Desde ahí alcanzaban a contemplar todo el pueblo y la actividad de los residentes que, como siempre, se detuvo por un par de horas a mediodía.

-Muy bien, resumiendo… -Gina echó un vistazo a sus notas antes de proseguir -El viernes por la tarde son los juegos padres e hijos y tenemos que encontrar la manera de que Marcelino asista.

-Con el hotel lleno, no estoy muy seguro de que vayamos a conseguirlo -apuntó Bruce.

-Si Juliana se lo pide, por supuesto que va -ella ya había notado que la pequeña era la debilidad de su padre.

-Hay que bombardear a esa niña y a sus amiguitas con información al respecto -sugirió Mario y Gina tomó nota de recoger algunos folletos en la oficina de Turismo.

-También podemos usar a Manolo - sugirió Bruce.

-No, ya ves cómo le fue al pobre la otra vez -Gina no podría soportar verlo pagar por algo que no había hecho de nuevo.

-Pero es que no podemos depender de una criatura de cinco años -insistió el muchacho.

-Eso te preocupa porque no eres papá y no sabes lo que un par de ojitos parecidos a los tuyos pueden lograr.

-¿Y tú sí lo sabes, Mario?

Ella se sintió incómoda por la pregunta de Bruce. El muchacho no la hizo en tono desagradable ni el "Oso" se molestó por ella. Al contrario, durante varios minutos, los dos debatieron sobre la posibilidad de que ese comentario, hecho sin pensar, fuera un destello del pasado de Mario. Gina prefería que cambiaran de tema.

-El sábado hay una exhibición culinaria a la que va a asistir Luis y debemos evitar que Rocío lo acompañe.

Bruce sugirió provocar un incidente en el hotel que la mantuviera ocupada, pero ella le hizo ver que eso le daría argumentos a su marido sobre su ineptitud. No, todo tenía que salir a la perfección en la Casona Ansorena Echevarría.

-Entonces podemos crear problemas en el hotel que él maneja. Nada muy aparatoso, sólo suficiente para darle una lección de humildad -propuso Mario de pronto.

-¡Buena idea!

-¿En serio? -preguntó Mario con incredulidad.

-Sí, me parece brillante. Podemos "alterar" su lavadora para que sea Marcelino quien tenga que pedir ayuda a su mujer.

-Genial, Gina.

Ella sonrió al escucharlo. Mario también sonrió. Bruce los miró a ambos con la boca abierta.

-¿Te sientes bien?

—Sí, claro —el muchacho titubeó unos segundos —pero si no les importa... Regreso en un rato.

—No hemos terminado, Bruce —comentó Gina extrañada por su actitud.

—Ustedes lo están haciendo de maravilla. Cuenten con mi apoyo para todas y cada una de sus sugerencias.

Mario estaba un poco nervioso ante la posibilidad de quedarse solo con Gina. Si mal no recordaba eso no había sucedido nunca y a pesar de que la mujer estaba actuando de modo razonable, él no podía evitar preguntarse si su actitud iba a durar.

—¿Qué le pasa a Bruce? –preguntó Mario extrañado de que el chino quisiera alejarse de nuevo.

—No sé... quizá sea mejor que vaya con él.

—No, déjalo —Mario detuvo a Gina suavemente del brazo –. Bruce siempre cumple mejor que ninguno. Si necesita tiempo o espacio, debemos respetarlo.

—Tienes razón.

Era increíble que ella se hubiera sentado sin discutir.

—¿En qué estábamos? –preguntó Mario deseando volver a los planes.

—El sábado por la noche. Durante la velada de bailes tradicionales, Rocío actúa en dos de las danzas y es importante que Marcelino vaya a apoyarla.

—¿Y si le mandamos un mensaje de texto desde el celular de su esposa? –sugirió él después de pensarlo unos instantes Algo comprometedor como: "Significaría mucho para mí que estuvieras ahí".

—Excelente —Gina tomó nota de su sugerencia con expresión complacida.

Mario empezó a relajarse. Si todo salía como esperaban, el plan no podía fallar.

—Nada más falta la procesión –comentó buscando demostrarle a su compañera que estaba al tanto de lo que seguía.

-Tenemos que desempolvar los disfraces que Rocío tiene en su closet.

-¿Los que usaron cuando se comprometieron?

Ella asintió.

-¿Y tú crees que se los pongan?

-Todo el mundo va disfrazado y yo no he visto que ninguno de los dos se haya preocupado por conseguir uno - explicó Gina.

-Tal vez no piensan asistir.

Era difícil que tuvieran humor para esas cosas en la situación en que se encontraban.

-Si para entonces no se han reconciliado, esa procesión será nuestra última carta. Tenemos que encontrar la manera de hacerles llegar el disfraz, Mario.

Gina se estiró y caminó un poco, mientras él la observaba de reojo. Apenas podía creer que se estaban tratando no sólo con amabilidad, sino hasta con cierta complicidad que resultaba agradable. El tiempo se había pasado volando. Los comercios empezaban a abrir de nuevo, lo cual significaba que eran las cuatro de la tarde, las diez de la mañana en Nueva York. Como cosa curiosa no había reparado en eso hasta ahora.

-¿Cómo ves si los llevamos a la tintorería nosotros mismos, hacemos una nota y dejamos el importe en la caja? - propuso Mario después de pensarlo un rato.

-Suena bien…

-Espera, no he terminado -replicó Mario -, si especificamos en la nota que los entreguen a domicilio, podemos mandarle el suyo a Rocío a la casa y el de Marcelino a la Casona de Los Caballeros.

-¡Así cada uno pensará que el otro se lo mandó! ¡De verdad estás inspirado el día de hoy!

Gina empezó a garabatear en su libreta y Mario no pudo reprimir las ganas de comentar:

-¿Sabes que es la primera vez que me haces un cumplido?

-Bueno… -ella se turbó un poco -Es la primera vez que tienes una actitud positiva respecto al caso.

Él no pudo defenderse de eso pero tampoco se molestó porque el tono de su compañera no había sido sarcástico ni acusador.

–¿Y si prometo que así va a ser de ahora en adelante?

–No te voy a creer.

Gina rió con una picardía que no le había visto nunca y, al hacerlo, una ligera chispa brilló en sus ojos oscuros. Mario contempló la posibilidad de que pudieran llegar a ser amigos.

–¿Qué te parece si hacemos un trato? Algo así como un pacto de no agresión.

–¿Y cuáles serían las cláusulas de ese pacto, Mario?

–Podríamos empezar por...

–¡Mario! –una voz lo tomó por sorpresa desde el atrio de la iglesia –¡Qué bueno que te encuentro!

–¿Lucas? –él se alarmó al comprobar que su amigo había aparecido delante de Gina –¿Qué haces aquí?

–¡Te he mandado media docena de correos!

Mario había estado tan entretenido que no se ocupó de revisar la cuenta.

–¿Sucede algo?

Lucas se reunió con ellos en la torre.

–Tienes que venir a verlo con tus propios ojos.

CAPÍTULO 13

Bruce acababa de presenciar un milagro. No uno espectacular como la caminata sobre las aguas, sino uno pequeño y ordinario. Dos personas que apenas podían cruzar palabra sin agredirse, se estaban tratando como camaradas. ¿De qué otra forma podía explicarse sino por la acción de la Gracia? Estaba tan contento que tuvo que alejarse de ellos para no ponerse a saltar. Si esta famosa Gracia funcionaba así con Marcelino y Rocío, él estaría más cerca de trabajar en el salón de "Envíos", o en algún otro, porque Bruce intuía que todavía no acababa de sorprenderse. Todo esto podía ser desconocido o inesperado, pero debía reconocer que estaba resultando una maravillosa experiencia. El Cielo, la fe Cristiana, lo arcángeles y sus herramientas ultra modernas... bueno, hasta la misma misión se le antojaba emocionante ahora que sus compañeros iban a llevarse mejor.

Aprovechando que ellos se encontraban en sincronía, Bruce decidió darse una vuelta por las Cuevas de Altamira. No tenía el aparato, pero estaba tan cerca que disfrutó hacer el recorrido a pie. Sin darse cuenta, se encontró entonando una canción. Tardó buen rato en comprender lo que esto significaba y entonces Bruce se detuvo a analizarlo. Era una especie de himno... en cuanto regresara lo buscaría en la computadora para ver si encontraba alguna pista sobre su pasado.

Siguió cantando durante el camino para no olvidarlo, pero

cuando llegó a las cuevas se quedó sin habla. Eran una obra arte. No nada más por los coloridos dibujos que adornaban el techo y las paredes, sino porque representaban una de las primeras impresiones artísticas de la raza humana. ¡De sólo pensar en la cantidad de años que llevaban esos bisontes allí!

Mario se levantó como impulsado por un resorte mientras Gina no atinó a hacer otra cosa que mirar al recién llegado con estupor. El amigo de Nueva York existía, y se trataba, en efecto, de alguien como ellos. ¡Hasta tenía un aparato idéntico al suyo!

–¿De qué se trata, Lucas? –Mario parecía estar incómodo por la llegada de su amigo.

–Mejor te cuento cuando lleguemos allá.

Gina comprendió que el joven no quería hablar enfrente de ella. Pues bien, Gina tampoco tenía interés en escucharlo así que se dispuso a alejarse de ahí.

–No tengo nada que esconder de mis compañeros, Lucas. Ya saben la verdad.

Ella se detuvo al escuchar estas palabras. Entonces… ¿era cierto? ¿En verdad Mario actuaba como guardián del orden en la Gran Manzana?

–Como quieras –Lucas no parecía convencido –, es sobre el policía al que le dejamos la evidencia del negocio de los helados "especiales." El muy desgraciado quiso sacar ventaja de ella.

–¿A qué te refieres? –preguntó Mario.

–Prefiero que lo corrobores por ti mismo, para que comprendas que no queda más remedio que tomar medidas radicales.

–¿Medidas radicales? –intervino Gina todavía confundida.

–Hay personas que no merecen ninguna consideración porque no tienen capacidad de reformarse, señora.

–Soy Gina.

No hubo apretón de manos. El joven solo movió la cabeza y se volvió hacia Mario de nuevo.

–Tenemos que irnos.

Mario la miró mortificado.

–Lo siento, se trata de una emergencia.

–Está bien, no te preocupes –replicó Gina enseguida –. Yo voy a empezar a trabajar a Juliana.

–Gracias, cuando regrese, seguimos donde nos quedamos.

Gina suspiró al verlo partir. Si mal no recordaba, se habían quedado justo donde Mario prometía que iba a concentrarse mejor en los casos. Ella contestó que no le creía y había hecho bien, porque ahora él acababa de desaparecer con Lucas. Lo raro era que esta vez Gina no se enfadó, más bien se sintió como… ¿Decepcionada? No, eso era absurdo porque Mario no le debía nada. Un rato de convivencia agradable lo tiene cualquiera. La palabra correcta era frustrada.

¡En fin! Al menos pudo comprobar que su amigo no era un invento, aunque hubo algo en Lucas que a ella no le gustó. A lo mejor era que se había llevado a Mario en un momento en que Gina empezaba a considerar que podían llevarse bien. ¿Y eso que dijo respecto a las medidas radicales? ¿Qué significaba? ¿Acaso Mario y Lucas estaban combatiendo violencia con más violencia?

Mario lamentó haberse marchado pero Lucas tenía razón. Las cosas se estaban complicando mucho. Su plan no consideraba que el policía encargado de la zona decidiera aprovechar el informe anónimo en su propio beneficio. Tampoco que fuera tan tonto como para intentar chantajear a los responsables, quienes en este preciso momento lo estaban torturando para sacarle el origen de una información que el tipo no tenía manera de conocer.

–¡Les juro que el sobre apareció en mi auto! –gritaba cada vez que le sacaban la cabeza de una cubeta de agua donde lo sumergían para obligarlo a confesar.

Mario no podía soportarlo. El policía podía ser alguien despreciable, pero él no estaba dispuesto a cargar con su muerte sobre su conciencia.

-Esto es lo que vamos a hacer -empezó después de que el tipo casi se ahoga -. Tú vas a crear una diversión allá afuera... Tal vez un pequeño incendio con algo de gasolina que podemos sacar de uno de los camiones. Cuando estos dos vayan a sofocarlo, yo libero al oficial. Se me ocurre que si aflojo sus amarres, él puede terminar de soltarlos para...

-¿Para qué, Mario? -lo interrumpió Lucas en tono molesto.

-Podemos dejar las llaves en la marcha de otro de los camiones para que pueda escapar.

-No me refiero a eso. Lo de menos es sacarlo de aquí.

Él miró a Lucas sin comprender.

-¿Qué crees que va a pasar cuando los rufianes se den cuenta de que escapó?

Mario no contestó. No le gustaba ninguna de las respuestas.

- Muy bien, ya entendiste. Estamos en un callejón sin salida. O matamos a El Pelón y a El Gordo, o sacrificamos al uniformado.

-Tiene que haber otra opción.

-No la hay -insistió Lucas -, estos tipos no van a descansar hasta averiguar cómo los descubrió. Si el fulano se esconde, lo van a encontrar. A mí me importa un pepino que lo corten en pedacitos. Se lo merece por escudarse tras una placa para romper la ley, pero me revienta que estos fulanos no reciban castigo.

-Necesito analizarlo con calma.

Mario tuvo que respirar hondo al ver que volvían a sumergir al tipo en la cubeta.

-El problema es que nuestro guardián del orden ya está en la cuenta regresiva.

-¡Lucas, por favor! Déjame pensar.

Mario se llevó las manos a la cabeza. Cuando tomó las fotos nunca imaginó que esto tuviera un fatal desenlace.

-Sólo sacúdete esos escrúpulos y vamos a acabarlos de una vez.

El policía llevaba demasiado tiempo debajo del agua; cuando lo sacaron, estaba morado y tardó tanto en reaccionar que Mario replicó:

-Creo que tienes razón.

Muy a su pesar, no encontraba otra solución, sobre todo antes de que acabaran con el oficial. Si sólo golpeaban a los maleantes, cuando se recuperaran cazarían a este hombre como a un animal, y aunque Mario tampoco era partidario de los policías corruptos, no podía permitir que le hicieran daño a alguien que estaba aquí por su culpa. Lucas no ocultó su entusiasmo y empezó a planear la mejor forma de hacerlo pero él no lo escuchaba. Su cicatriz palpitaba como gelatina. Pensaba en cómo iba a explicarle esto a sus compañeros, y a Rafael... casi sin pensarlo elevó una oración al arcángel pidiendo que lo ayudara.

-¿Estás listo, Mario?

Mario titubeó antes de responder, y justo entonces recibió una respuesta del Cielo.

Para regresar, Bruce se encaramó en el cofre de un taxi que llevaba a Santillana a unos turistas. Se sentía muy apenado con sus compañeros porque había estado flojeando más de la cuenta, pero es que las cuevas eran espectaculares. Lo más increíble que él había visto... Bueno, después del salón de "Envíos"... Y de Akihabara.

-Hola.

Gina lo estaba esperando sentada en la puerta de la posada.

-Deja que te cuente de las Cuevas de Altamira. No te puedes imaginar... -Bruce hizo una pausa al reparar en algo ¿Dónde está Mario?

-Adivina.

-¡No me digas que ya se acabó la magia! -expresó sin pensar en sus palabras.

-¿Cuál magia?

-La magia. Ustedes dos... -Bruce no se atrevió a confesar lo que había solicitado a Rafael -"Buena idea." "Genial, Gina" -los imitó.

-¿Por eso te fuiste? -preguntó su compañera con cierto reproche en la voz.

-¡Era eso o ponerme a gritar de felicidad! -reconoció Bruce

sonriendo.

-Pues controla tus impulsos, querido, porque no creo que vuelva a suceder.

-¡Ay, no! ¡Por favor!

Él se llevó las manos a la cabeza sin disimular su frustración.

-Hay algo muy raro en todo ese asunto de Nueva York.

-Gina, no empieces... – le advirtió Bruce con cautela porque tampoco quería pelear con ella.

-Espera que sepas lo que dijo el amigo de Mario.

-¿Lo viste?

Gina asintió y precedió a contarle el breve encuentro con Lucas.

-Es mejor que no hagamos conjeturas -recomendó Bruce después de escucharla -. Cuando llegue Mario le preguntamos y ya.

-¿Tú crees que nos va a decir si está haciendo algo indebido?

-Yo creo que le debemos el beneficio de la duda, Gina.

Ella se encogió de hombros y eso le causó gracia a Bruce porque se trataba de un gesto que él hacía con frecuencia. Habían convivido tanto que empezaban a copiar expresiones el uno del otro.

-¿Cómo vamos con los preparativos de Rocío y Marcelino? - preguntó buscando cambiar de tema.

-Ya llevé los disfraces a la tintorería -le informó Gina –. También dejé folletos sobre los juegos de mañana en el cuarto de Juliana y en el de la vecina con la que siempre juega. Las dos se emocionaron y la niña le pidió a la cocinera que llamara a su padre. Él accedió.

-¡Perfecto!

Ella movió la cabeza de un lado a otro.

-No tanto -dijo Gina haciendo una mueca –. Cuando Marcelino le preguntó a su hija por qué no la había comunicado su madre, la niña respondió que ella estaba en la panadería con el "tío Luis".

-¡Caramba! -suspiró Bruce.

-Luis quería que probara los bizcochos que va presentar el sábado en la muestra. -¿Y sucedió algo?

-Lo de siempre: él alimentó su ego y ella lo permitió.

Gina estaba más molesta de lo que quería demostrar. Bruce

adivinaba que era en parte por la conducta idiota de Rocío, pero también por la partida de Mario, así que le pasó un brazo por los hombros para confortarla.

–¿Qué te parece si me pagas el masaje que me prometiste mientras me pláticas sobre la Virgen que viste en México?

Bruce era como una esponja. Escuchaba las historias que Gina le contaba con la misma atención de un pequeño ante un cuento de hadas. Y su fe para creer en todo era tal que ella empezaba a comprender por qué se encontraba en el Cielo a pesar de no haber profesado ninguna religión.

–Después de ver con mis propios ojos cómo operan allá arriba, no me atrevería a dudar de lo que dices –comentó Bruce cuando ella se le dijo.

–Pues hay mucha gente que ha recibido pruebas contundentes del amor de Dios y aún así se atreven a cuestionarlo –en ese momento Gina descubrió a alguien a espaldas de su compañero – ¡Válgame! ¿Qué hora es, Bruce?

–Casi las ocho –respondió el muchacho después de consultar la computadora.

En ese momento Marcelino llegó a la puerta de la casona y Bruce lo vio también.

–¿Qué hace aquí tan temprano?

–Me quitaste las palabras de la boca.

Gina se puso de pie para seguirlo al interior de la casona. Lo más probable era que viniera a pelear con su mujer por su visita a la panadería y los niños todavía estaban despiertos. Si la discusión era grande, sus planes se arruinarían, por no mencionar que Manolo se dormiría llorando de nuevo. ¿Cómo era posible que los padres fueran tan egoístas como para poner sus problemas por encima del bienestar de sus hijos?

No obstante, al llegar a la cocina donde Rocío preparaba la cena, Marcelino saludó a sus hijos con un beso y se sentó a la mesa. Manolo no pudo ocultar su emoción cuando su madre le ofreció a su padre unas croquetas, Juliana no paraba de hablar sobre los juegos en los que iban a participar, y aunque ambos adultos se notaban incómodos, el rato transcurrió sin contratiempos.

–Esto de la Gracia es una maravilla –murmuró Gina y Bruce asintió con una expresión un tanto misteriosa en la cara.

Ella no le prestó atención porque Marcelino, para sorpresa de todos, acababa de ofrecerse a poner a sus hijos en la cama mientras su esposa supervisaba los últimos detalles para recibir a los huéspedes al día siguiente. Gina hubiera querido que se apurara para que subiera a la recámara donde su marido la esperaba despierto, pero la mujer se entretuvo revisando cada una de las habitaciones.

Rocío lucía agotada cuando por fin se retiró a descansar. Marcelino veía la televisión y, en lo que ella se preparaba para dormir, pareció que se armaba de valor para decir algo. Por desgracia, antes que abriera la boca, su esposa se adelantó:

–¿En verdad vas a asistir a los juegos de la plaza?

–Ya se lo he prometido a Juliana.

–Está por verse que ahora sí cumplas, Marcelino, no como el año pasado que la pobre se quedó esperando toda la tarde –le reprochó al tiempo que se metía en la cama sin mirarlo.

–¡Joder! Que el año pasado fue cuando los vecinos estaban remodelando y rompieron una tubería por accidente. Por poco se inunda todo el hotel.

Pues ojalá que no pase nada mañana porque los chavales están muy ilusionados –insistió Rocío.

Marcelino se quedó callado. Gina pudo ver en sus ojos que libraba una lucha interna. No sabía si pelear o extender una mano para tocarla. Rocío le daba la espalda pero era obvio que esperaba alguna reacción de su parte. La tensión podía palparse en el aire.

–Tenemos que hacer algo –sugirió Bruce.

–¿Qué?

A Gina no se le ocurría nada. A su modo de ver, la desilusión que esta mujer sentía respecto a su esposo y a su vida matrimonial no se arreglaba tan fácil. De la misma manera, no podía imaginar cómo borrar las dudas que atormentaban el corazón de Marcelino. Debía ser terrible vivir con el dolor de la traición y seguir amando a tu pareja a pesar de todo, tenerla a un lado pero sentirla tan lejos que no la puedes alcanzar.

—Buenas noches, Rocío.

—Que duermas bien.

Mario estaba seguro de que el arcángel envió a Cory Daniels en su auxilio. ¿De qué otra manera podía explicarse que el chico llegara a trabajar dos horas antes de que iniciara su turno?

—Eres muy ingenuo, Mario. El mocoso llegó temprano porque quiere vender lo que le faltó ayer —replicó Lucas cuando él confesó que había elevado una oración a Rafael solicitando su ayuda.

De cualquier forma, esto era una bendición y tenían que aprovecharla. El Gordo y El Pelón dejaron al policía amordazado dentro de la oficina mientras salían a la bodega a surtir el camión; éste se encontraba tan aturdido que no notó que su celular, que se encontraba en un rincón junto al resto de sus pertenencias, se estaba moviendo solo.

Mario había conseguido la inspiración que necesitaba: Cuando Cory Daniels se marchó conduciendo su camión de helados y los tipos regresaron a la oficina, él tenía en sus manos el teléfono del oficial. Marcó 911 y dejó que los hombres siguieran adelante con su interrogatorio. La operadora que contestó comprendió que debía guardar silencio después del primer grito de auxilio así que Mario se limitó a esperar. Un minuto para rastrear la llamada más lo que tardaran en llegar. Sin darse cuenta, él volvió a rezar ignorando las protestas de Lucas que insistía en que su plan no iba a funcionar.

Las sirenas tomaron por sorpresa a los delincuentes. En una zona como ésta no era raro escucharlas y ellos tardaron en comprender. Cuando los dos echaron a correr por la puerta trasera, Mario gritó:

—¡Encárgate de El Pelón, Lucas!

El Gordo iba tan aprisa que no vio una piedra que, literalmente, se atravesó en su camino con la ayuda de Mario. Después, al intentar ponerse de pie, su tobillo se torció de manera inexplicable. El Gordo grito furioso pero Mario lanzó un grito jubiloso cuando uno de los policías lo alcanzó. Sin embargo, gran parte de su alegría se desvaneció al descubrir que Lucas no pudo detener a El Pelón.

–¡Pero si el tipo no iba tan lejos y tú eres mucho más rápido que yo! –reclamó Mario exasperado.

–Lo lamento, de verdad –se disculpó Lucas y él tuvo que resignarse.

Mario contempló con cierta preocupación cómo desataban al policía y el hombre inventaba una historia que lo hacía parecer un héroe. Después de entregar la evidencia que Lucas y él prepararon, un simple cateo los llevó a confiscar grandes cantidades de cocaína. Para las dos de la tarde el lugar estaba infestado de policías; una hora después aparecieron los reporteros. La bodega era un caos, numerosos curiosos se amontonaban en los alrededores y Mario empezó a relajarse.

Estaba pensando volver a España cuando descubrió entre los espectadores a algunos de los jóvenes vendedores que había visto la tarde anterior. Ellos se presentaron a trabajar como de costumbre y parecían muy asustados ante semejante confusión.

–Deberíamos denunciarlos –comentó Lucas al descubrirlos.

–Son sólo unos muchachos.

Mario se acordó entonces de Cory Daniels. Tenía que ir a buscarlo.

CAPÍTULO 14

Marcelino dejó su casa a las seis de la mañana porque tenía un día agitado. Gina y Bruce también. Debían asegurarse que todo saliera a la perfección porque una tarde de armonía era justo lo que los Ansorena necesitaban.

Ninguno de los dos dijo nada cuando la ausencia de Mario se prolongó hasta mediodía y Bruce se encargó de mantener a Gina ocupada para evitar que pensara demasiado en él. Desde luego no era algo fácil de olvidar, pero entre arreglar las cosas para que Rocío y Marcelino pudieran despegarse de sus respectivos hoteles, entretener a Luis con algunas fallas "inexplicables" en su horno, y buscar en la computadora la canción que Bruce recordó el día anterior, no hubo mucho tiempo libre para enfadarse.

–¿Cómo dices que iba?

–"Por mi honor siempre daré lo mejor"–tarareó Bruce tratando de evocar las palabras exactas –. Algo así.

–¿Ya checaste el himno de Japón?

–Buena idea, Gina.

Él buscó en la computadora dicha información. La maravilla con este aparato, además de la transportación y el monitoreo de sus casos, era que podías consultar cualquier cosa y siempre te brindaba la información correcta. Nada que ver con los buscadores convencionales que presentan cientos de opciones. Era como si supiera lo que necesitabas encontrar, como ahora, que después de teclear las palabras "Himno Nacional de Japón", desplegó su letra en la pantalla.

Bruce se desanimó al comprobar que no era nada parecido a lo que había recordado.

–¿Te acuerdas de algo más?

–"Ayudar a otros siempre y..." –él se llevó las manos a la cabeza repitiendo la canción en su mente –. No sé, a lo mejor no significa nada.

–Bueno, no te preocupes. Si es importante, ya lo recordarás más adelante.

–Sí, creo que tienes razón.

Bruce cerró la computadora y miró a su alrededor. La plaza estaba lista, los turistas empezaban a acomodarse y los Ansorena se disponían a participar de las fiestas como una familia. Rocío se puso guapa y esperaba a su marido con cierto nerviosismo que había contagiado a los niños. Juliana se lanzó a los brazos de su padre jubilosa en cuanto llegó y los ojos de Manolo brillaron de emoción cuando los cuatro salieron juntos de la casona. Bruce y Gina los siguieron en silencio. Con Mario o sin Mario, esta tarde tenía que ser inolvidable para todos.

Con un poco de ayuda de su parte, Marcelino estaba teniendo un éxito arrollador. Había ganado varios juegos de destreza para beneplácito de sus pequeños que llevaban los brazos cargados de premios. En los concursos de velocidad y fuerza era muy difícil intervenir, pero Rocío y su hija coreaban su nombre con tanto entusiasmo que el pobre hizo un esfuerzo sobrehumano. Manolo estaba encantado. Le costaba creer que sus padres se rieran juntos, a pesar de que el contacto físico entre ellos era casi nulo.

–Hay que hacer algo al respecto –sugirió Gina al notar que ambos evitaban tocarse. Llevaban tanto tiempo defendiendo sus fortalezas, que era como si tuvieran miedo de la reacción del otro.

Ella elaboró un plan para remediarlo y Bruce estuvo de acuerdo. Claro que debían esperar el momento justo porque necesitaban que la distancia entre ellos permitiera que un leve movimiento los acercara.

-Ahora -replicó su compañero cuando Marcelino le extendió un bizcocho a su mujer.

Gina se encargó de Rocío. La mujer era tan delgada que ella consiguió que avanzara un par de centímetros con un leve empujón de una silla a sus espaldas. Bruce no fue tan sutil y por poco provoca que Marcelino la aplaste. No obstante, esto sirvió para que Rocío acabara enrollada entre los brazos de su marido. Por un segundo los dos contuvieron la respiración y Gina notó que la mujer se estremeció de pies a cabeza.

-¿Te hiciste daño? -le preguntó Marcelino a su esposa muy cerca de su cara.

-Perdona, no sé qué me ocurrido.

-Descuida... -ninguno de los dos se había movido un solo milímetro.

-¡Papi!

Juliana interrumpió el momento mágico con su inocencia y Gina lanzó un gruñido.

-Calma, la cosa va bien -aseguró Bruce -. Si todo sigue como hasta ahora, esta noche va a salir fuego de la casona Ansorena Echevarría.

La computadora que tanto alababa Bruce, tenía serias limitaciones desde el punto de vista de Mario. Aunque también era probable que en el Cielo la diseñaran así para evitarles distracciones, ya que te permitía monitorear de forma automática al sujeto de cada caso sin importar que se moviera de lugar. Lo malo era que, para localizar a cualquier otra persona, tenías que programar las coordenadas exactas dónde se encontraba.

El problema con Cory Daniels era que Mario no tenía idea de dónde se encontraba. Era como si se lo hubiera tragado la tierra. Llevaba casi dieciocho horas buscándolo cuando cayó en la cuenta de que las fiestas debían haber empezado en Santillana. Le hubiera encantado volver a España para ayudar a sus compañeros y a los Ansorena, pero primero tenía que resolver el enredo que había creado en Nueva York.

Cory recogió su camión veinticuatro horas antes y empezó su recorrido, que Mario asumió iba a ser el mismo del día anterior. Eso los hizo perder demasiado tiempo siguiendo una ruta incorrecta porque, después de volver a la bodega y consultar algunos papeles, comprendieron que los trayectos cambiaban todos los días. Para entonces ya era la hora en que debía estar de regreso, así que Lucas y él tomaron posiciones en las azoteas de edificios cercanos para descubrirlo antes que fuera demasiado tarde.

La bodega seguía sitiada por la policía y los reporteros así que no les extrañó que el chico no apareciera. Además, en los noticieros locales no se hablaba de otra cosa, pero Cory Daniels tampoco había ido a su casa ni dejó abandonado el camión en una calle cercana. Mario dio varias vueltas a las manzanas para asegurarse.

–¿Qué importancia tiene? –cuestionó Lucas cerca del amanecer.

–¿Cómo puedes decir eso?

Mario nunca se perdonaría que le hubiera pasado algo malo.

–El chico se lo merece, es un delincuente.

–Cory no tuvo muchas otras opciones, Luc.

–¿Cómo lo sabes?

No contestó la pregunta de Lucas porque no tenía una respuesta coherente. Era imposible explicar por qué Mario comprendía que Cory, o cualquier otro de los muchachos que manejaban esos camiones, habían elegido el camino equivocado. Sólo sentía muy adentro que necesitaba ayudarlo a salir de este lío.

–La policía no tardará en dar con él. Resígnate amigo, no hay forma de salvarlo de la cárcel.

Eso era precisamente lo que Mario quería evitar. Por eso había visitado las casas de todos los vecinos y amigos de Cory, por eso escuchaba con atención la radio de la policía con la esperanza de que alguien encontrara el camión faltante. Porque la cárcel era el último lugar en dónde un chico confundido debía estar.

Los fuegos artificiales fueron el final perfecto para una tarde perfecta. A las ocho, la gente empezó a retirarse y los Ansorena también. Marcelino llevaba cargada a Juliana porque ella se encontraba demasiado agotada para dar un paso, y Manolo caminaba de la mano de su mamá que, a su vez, iba muy cerca de su papá. Las miradas y las sonrisas se fueron haciendo más frecuentes conforme transcurrieron las horas, así que Bruce confiaba en que todo iba a resolverse esa noche.

Una vez que pusieron en la cama a los niños, Rocío entró en el baño a cambiarse mientras Marcelino hizo un par de llamadas a su hotel para asegurarse de que no se ofreciera nada. El hombre estaba silbando cuando sonó la campana de la entrada. Su esposa había dado instrucciones en la cocina para la cena y los huéspedes eran atendidos por su personal, de modo que Marcelino no se movió hasta que una voz agitada con acento francés llegó a sus oídos. Gina salió como bala atravesando paredes al reconocer a Luis.

–¿Qué sucede? –le preguntó Bruce al alcanzarla.

–Tiene una crisis con el horno.

–Tampoco es para tanto.

Bruce se había encargado de apagarlo un par de veces para mantenerlo entretenido durante la tarde, pero el horno funcionaba a la perfección.

–Yo creo que ya le fueron con el chisme de que estos dos estuvieron muy juntitos y quiere echarles a perder el momento.

Un destello de rabia brilló en los ojos de Gina al decir esto.

–¿Qué vamos a hacer?

Marcelino estaba al pie de la escalera y escuchaba con claridad que el francés suplicaba a la cocinera que llamara a Rocío. La mujer trataba de calmarlo, pero entonces el tipo empezó a gritar como un loco:

–¡Rocío! ¡Que se trata de una emergencia!

Gina estaba furiosa. Por un momento, Bruce pensó que iba a arrojarle algo al panadero para callarlo, pero antes sucedió lo que todos temían: Rocío escuchó los gritos y corrió escaleras abajo para encontrar a su marido espiando a su angustiado enamorado.

–¡Joder, Rocío! ¡Que no puedes recibirlo así! –reclamó Marcelino al contemplar el sensual camisón que ella se había puesto para él.

La mujer titubeó un instante, lo cual fue suficiente para que Luis los descubriera.

–¡Me encuentro desesperado! –exclamó el francés con expresión angustiada – ¡Mi horno es un desastre y mañana es la muestra culinaria! ¡Vosotros sois mi única esperanza! Luis era tan buen actor que tuvo la delicadeza de hablar en plural.

–¡Si pudieran prestarme su horno les estaría eternamente agradecido!

Marcelino no disimuló su desaprobación cuando Rocío accedió, pero al ver que ella se ofrecía además a ayudarlo, él tomó las llaves de su auto y salió rumbo a la casona Los Caballeros para pasar la noche allí.

Cuando el reloj anunció que el viernes estaba a punto de terminar, Rocío se quedó dormida llorando la ausencia de su marido, Marcelino no podía conciliar el sueño solo en un cuarto del otro hotel, y el maldito francés roncaba en su cama como un cerdo. Gina estaba tan consternada que ni siquiera había reparado en que la ausencia de Mario ya era alarmante.

–¿Y si le pasó algo? –Bruce sonó preocupado cuando abordaron el tema.

–¿Qué le puede pasar? Nosotros ya estamos muertos, nada puede dañarnos.

–No sé, yo creo que deberíamos ir a buscarlo.

–¿A dónde? –Gina sacudió la cabeza de un lado a otro Nueva York es enorme.

Por no mencionar que su caso estaba a punto de hundirse sin remedio. Si se marchaban ahora, el matrimonio de los Ansorena podía darse por perdido.

–¿No me contaste que el tal Lucas dijo que le mandaba correos?

–Sí, pero Mario debe tener una cuenta secreta que no vamos a poder acceder.

–Nunca subestimes el poder de un "nerd" –replicó Bruce sonriendo y empezó a apretar teclas en la computadora sin ton ni son.

Gina decidió hacerse a un lado. Estaba preocupada por Mario también, pero en este momento la mortificaba más el caso. Después de lo sucedido era poco probable que Rocío acudiera en auxilio de su marido cuando la lavadora de la Casona Los Caballeros amaneciera descompuesta. Además, si ella acompañaba a Luis en el evento del día siguiente, esa sería una humillación que Marcelino no iba a poder superar. Se le partía el corazón al pensar en el pobre Manolo, tan ajeno durante su sueño al drástico giro que habían tomado las cosas.

–¡Lo tengo! –el grito de Bruce la tomó por sorpresa –¡El correo! ¡Soy un genio!

Parecía tan orgulloso de sí mismo que Gina sonrió complacida. Era un alivio que hubieran asignado a su equipo a alguien tan brillante como él.

–Voy a mandarle un mensaje a Mario para saber si está bien.

Ella se sentó a su lado y, después de verlo apretar el botón de "Enviar", transcurrieron sólo pocos minutos antes de que llegara la respuesta.

–¿Qué dice?

–"Estoy bien. Me gustaría que me ayudaran pero deben seguir pendientes del caso. Volveré lo antes posible. Lo siento mucho."

–¡Vaya! –suspiró Gina sin saber qué pensar.

–No entiendo, ¿qué puede estar haciendo que sea tan importante?

Fue un lindo detalle que le escribieran. Tan lindo, que Mario estuvo a punto de pedirles que lo alcanzaran en Nueva York. Cuatro cabezas pensaban mejor que dos, o más bien que una, porque Lucas no cooperaba demasiado. Su amigo se encontraba molesto porque consideraba un desperdicio ayudar a alguien que, a su juicio, no lo merecía. De hecho, Mario sospechaba que, si no fuera porque él tenía acaparada la computadora celestial, tal vez ni siquiera le habría informado del correo de sus compañeros.

Sin embargo, no era justo involucrar a Gina y a Bruce en un problema que ellos no habían creado y alguien tenía que supervisar a los Ansorena. Aunque en España en este momento era de noche y no había mucho qué hacer… además, la intuición de Gina y el cerebro privilegiado de Bruce podían ser de utilidad para salir de este embrollo al que Mario ya no le encontraba ni pies ni cabeza.

–Es mejor así, amigo. Ellos no entenderían –replicó Lucas cuando lo sugirió.

Mario accedió de mala gana y volvió a concentrarse en lo que estaba haciendo antes de recibir el correo. Fue un golpe de suerte descubrir, gracias a una conversación entre algunos policías que llegaron a la bodega, que el Departamento de Tránsito de la ciudad de Nueva York tenía cámaras en la mayoría de los puentes, avenidas y túneles para grabar el movimiento vehicular. Como era natural, un par de guardias fueron asignados a revisar los del día para tratar de localizar el camión de Cory, y Mario decidió quedarse con ellos porque ya no sabía dónde buscar. En eso llevaban ya muchas horas sin ningún éxito pero él se negaba a darse por vencido, a pesar de que Lucas había dejado muy claro que lo consideraba una causa perdida.

Cory Daniels no se había reportado ni siquiera con su padre. La policía no tenía datos concretos sobre él porque los choferes no se conocían entre ellos y los tipos que los contrataban no guardaban un archivo por obvias razones, pero El Gordo estaba dando detalles suficientes para arrestarlos a todos. Además, Mario no podía olvidar que El Pelón había escapado y debía estarse preguntando quien los delató. La desaparición de uno de sus empleados el mismo día resultaba sospechosa y eso ponía a Cory Daniels en doble peligro.

–Mira eso.

Uno de los agentes detuvo el vídeo del Túnel Lincoln. El camión de helados lo había cruzado a las diez y media de la mañana.

–¿Para qué iría hacia Nueva Jersey si su turno era en Brooklyn?

Mario se preguntó lo mismo que los policías y empezó a revolver algunos papeles que reunió durante su intensa búsqueda. Registros escolares, familiares cercanos... la madre de Cory murió cuando él tenía siete años. Erika Daniels. Mario estaba tan desesperado que decidió consultar información sobre ella en la computadora de Lucas. Bruce decía que este aparato contenía la base de datos más precisa que existía así que tecleó el nombre mientras los policías buscaban el vídeo de la carretera de Jersey para tratar de seguir la ruta de Cory. Él necesitaba encontrar al chico antes que ellos.

Mario se sorprendió cuando apareció la fotografía de una mujer muy bonita, porque su aspecto no correspondía a la edad que ella debía tener al morir sino a la que tendría si viviera en la actualidad.

–¡Cielos! –exclamó Mario al comprender lo que esto significaba y empezó a leer: "Erika Daniels. Nombre actual: Erika Geller. Lugar de residencia: Vancouver, Canadá".

CAPÍTULO 15

Las primeras luces del sábado aparecieron en el horizonte sin que Bruce y Gina encontraran una solución. La ausencia de Mario ofuscaba sus buenas ideas para ayudar a los Ansorena, sobre todo por sus dudas respecto a qué detenía a su compañero en Nueva York. En lo personal, Bruce creía que no podía tratarse de algo malo, de otra forma Rafael ya habría tomado cartas en el asunto, pero tenía que reconocer que resultaba muy sospechoso que se ausentara por tanto tiempo. Además, estaba ese tal Lucas, misterioso y radical, según la percepción de Gina, la cual solía ser bastante acertada en sus juicios respecto a los seres humanos. Como por ejemplo, este ladino francés que, en cuanto amaneció, se presentó en la posada para agradecer a Rocío su ayuda de la noche anterior.

–Me sienta mal haber causado una trifulca con tu marido –se disculpó Luis mientras Rocío corría de un lado a otro de la cocina ultimando los detalles del desayuno.

–En tal caso, te vendrá bien saber que los problemas ya existían desde antes y que la apenada tendría que ser yo por su conducta irracional. ¡Menuda faena me ha hecho con eso de irse a dormir a otro lado! –ella se limpió las manos en el delantal que llevaba puesto y le hizo una seña para que salieran de ahí.

Bruce creyó percibir una chispa en los ojos de Luis mientras la seguía al despacho. Rocío cerró la puerta para evitar que la servidumbre escuchara y entonces agregó:

-Manolo se ha dado cuenta porque suele pasarse a nuestra cama a media noche, y he tenido que inventar una puñeta que no estoy segura que se haya creído.

-Eso sí que es la leche – replicó el francés en tono adorable –. Venga, que necesitas algo que te despeje la mente. ¿No te apetece hacerme compañía durante la muestra? Después de todo, el mérito de los bizcochos es tuyo también.

-Me sienta fatal... Hoy es un día ajetreado y para colmo tengo que bailar por la noche.

-Eres tremenda –Luis tocó la mano de Rocío suavemente –. Y quiero que sepas que si tu marido no aparece, yo haré sitio entre mis actividades para estar de tu acompañante.

-No es necesario...

-Nada, que no voy a dejar que hagas la pirula tú sola –él sonrió dulcemente –¿Qué hay de lo mío?

-¡Maldito! -murmuró Gina entre dientes -Eso es un vil chantaje, ¿cómo es posible que ella no vea su manipulación?

Bruce asintió sin decir nada para seguir con atención la conversación entre la pareja.

-¡Hombre!, que lo voy intentar -prometió Rocío con una sonrisa que indicaba que el encanto francés empezaba a surtir efecto.

-Te estaré esperando.

Gina hizo una mueca cuando Luis se llevó la mano de la mujer a sus labios antes de salir.

-¡Eso es un truco barato! -protestó indignada.

-Pero funciona -replicó Bruce -, y a menos que Marcelino haga algo pronto...

-Tiene que llamarla para lo de la lavadora.

-No estés tan segura, Gina, ese hombre es muy orgulloso.

El tiempo se les estaba agotando y en este momento las cosas no pintaban bien. La Gracia no parecía haber surtido efecto en Rocío y Marcelino, al menos no en el mismo grado que en Gina y Mario. Aunque a decir verdad, Bruce no podía saber a ciencia cierta si cuando ellos volvieran a verse seguirían en términos amigables o habría una explosión atómica.

Un par de horas después Gina comprobó que Marcelino era más duro de lo que pensaba. Bruce estuvo en lo cierto. Cuando no pudo echar a andar su lavadora, Marcelino no llamó a su mujer para pedirle ayuda sino que cargó las sábanas y se marchó él mismo a la casona en el centro de Santillana. Con tan mala suerte que, cuando llegó, Rocío se encontraba en la Plaza haciéndole compañía a Luis.

El hombre se puso furioso, preparó una maleta y regresó a la Casona Los Caballeros dejando sus sábanas sucias. Su mujer hizo que las lavaran y fue personalmente a dejarlas después de que Marcelino no se presentó a comer, pero él la recibió con la espada desenvainada. La discusión adquirió un volumen tan alto que algunos de los huéspedes se asomaron al pasillo para ver qué sucedía. Rocío salió de allí muy ofendida y su marido se quedó herido de muerte.

–Yo no creo que esto tenga remedio –murmuró Gina más desanimada que nunca –¿Vamos a mandarle de todas maneras el mensaje al celular?

Bruce se encogió de hombros. Como no tenían otra cosa mejor que hacer, enviaron el mensaje desde el celular de Rocío pero Marcelino ignoró la invitación de su mujer para que fuera a verla bailar. Menos mal, porque se hubiera topado con el panadero aplaudiendo entusiasmado en primera fila. Por segunda noche consecutiva, Rocío y Marcelino se fueron a dormir en camas distintas.

En cuanto a Mario, durante el día habían recibido un par de correos tan escuetos como el primero: "No hay de qué preocuparse". "Volveré pronto y explicaré todo". Gina no estaba segura de que quisiera escuchar esa explicación. No quería verse inmiscuida en nada de lo que Mario hacía en Nueva York. Lo había pensado con detenimiento y, si Rafael no le creaba problemas al respecto, ella tampoco lo haría. No obstante, su misión no involucraba jugar a la Liga de la Justicia. Gina estaba aquí para resolver seis casos, seis casos que le darían el pase a la felicidad eterna y no pensaba hacer nada que la pusiera en peligro.

Después de más de cuarenta y ocho horas de que esta pesadilla empezó, Mario pudo darla por terminada. La historia era conmovedora. Erika Daniels no estaba muerta. De hecho, nunca existió. Su marido la inventó.

Todo empezó cuando el tipo regresó de la Guerra del Golfo para reencontrarse con una mujer y un pequeño que no consiguieron calmar la amargura que le dejó tan terrible experiencia. Atado a una silla de ruedas y atormentado por constantes pesadillas, se convirtió en un alcohólico con el que era imposible vivir. Erika lo intentó todo hasta que, cuando Cory cumplió siete años, no pudo más y le pidió el divorcio. El padre de Cory no pensaba con claridad, así que tomó a su hijo y se marchó a Nueva York, donde decidió cambiarse el nombre para que su mujer no los encontrara. Ella los había buscado durante once años y, apenas unas semanas atrás, un detective localizó a Cory y a su padre a través de unos contactos en el ejército. Erika contactó a su hijo, le contó la historia y juntos urdieron un plan para ayudarlo a escapar.

La mañana del jueves, Cory había manejado el camión de helados hasta un cementerio de autos chatarra donde la policía acababa de encontrar el vehículo. De allí, caminó un par de cuadras y tomó un taxi al aeropuerto de Newark donde abordó un avión con destino a Seattle. Allí lo recogió su madre, con un nuevo pasaporte a nombre de Cory Geller, apellido de soltera de ella, y juntos cruzaron la frontera rumbo a Vancouver, donde Mario acababa de verlos juntos.

El señor Daniels estaba convencido de que su hijo había escapado debido a la redada en la bodega, y la policía no tenía idea de que Erika Geller existía, así que Cory estaba seguro. La intervención de Mario y Lucas le había dado la coartada perfecta.

—Es una coincidencia tremenda que todo sucediera de esta manera —comentó Lucas cuando discutieron el punto.

—No, no es una coincidencia, Luc. Es una "Diosidencia" — replicó Mario sonriendo. Él estaba convencido de que nada de esto era fruto de la casualidad.

—¿Tú de verdad crees que ÉL está tan pendiente de todos? —No veo otra forma de explicarlo.

De hecho, Mario cada vez se sorprendía más de la forma en que operaban allá Arriba. Al principio había creído que era un desorden, pero ahora no le quedaba ninguna duda de que sabían lo que hacían.

–Pues yo creo que te equivocas, Mario. Después de todo, las cosas sí se complicaron para los demás. Dos de los chicos ya fueron arrestados.

–Esos dos chicos están negociando cambiar su testimonio por libertad condicional –le recordó Mario.

–¿Y los otros? ¿Por qué Dios no los ayudó a ellos también?

–Yo no sé si ellos se lo pidieron.

Mario consultó su reloj. Poco menos de las seis de la tarde. En España, el sábado vivía sus últimos minutos. Era increíble lo mucho que ansiaba volver a la tranquilidad de ese pueblo suspendido en el tiempo y las ganas que tenía de ver a sus compañeros. Todo este asunto lo tenía tan cansado que Mario pensaba abortar el proyecto de salvar a la humanidad de una vez por todas. Miró a Lucas de reojo y evaluó si éste era el mejor momento para decírselo. Sin saber por qué, su cicatriz empezó a temblar.

Mario apareció alrededor de las tres de la madrugada. Gina no estaba porque habían acordado que ella se quedaría en la Casona Los Caballeros para tratar de suavizar a Marcelino, mientras Bruce hacía lo mismo con Rocío. Si no conseguían que ambos asistieran a la procesión disfrazados como el día en que se comprometieron, todo estaría perdido.

–¿Qué sucedió? –le preguntó Bruce a su compañero al verlo llegar.

Durante las siguientes horas, Mario le contó con lujo de detalles sobre sus experiencias en Nueva York. Bruce estaba anonadado. Algunas cosas que su compañero había hecho le parecían heroicas, pero él no estaba seguro de que hubieran venido a la Tierra para eso y así se lo dijo.

–Yo pienso lo mismo –reconoció Mario –. Por eso decidí

dejarlo.

Bruce no ocultó su escepticismo porque no era la primera vez que escuchaba esas palabras.

—Acabo de pasar una Eternidad tratando de convencer a Lucas de que es lo mejor.

—¿Y él aceptó?

—Bueno... Digamos que, si quisiera volver, ya no cuento con ningún ayudante.

Mario no parecía dispuesto a hablar más de eso, así que Bruce no insistió. El sol empezaba a nacer en el horizonte, lo cual les recordó a ambos que tenían algo pendiente.

—¿Y aquí cómo vamos, Bruce?

—Fatal.

A continuación, le contó a Mario todo lo sucedido en los últimos dos días mientras la ciudad salía del letargo en el que se sumía durante la noche. Algunos comercios empezaban a abrir y el olor a bizcocho recién horneado inundó el ambiente en cuestión de minutos.

—Me siento culpable por no haber estado aquí para ayudar —comentó Mario cuando Bruce terminó con su triste reseña.

—Tu presencia no habría hecho ninguna diferencia. Después de los juegos yo estaba seguro que ambos habían reflexionado pero... No sé, es como si todo lo que hemos hecho les hubiera pasado de noche.

—No lo creo, nadie puede ser tan duro. Estoy seguro que los efectos están ahí y sólo hace falta algo que los haga salir a la superficie.

—Ojalá...

Bruce suspiró y los dos esperaron en silencio a que la casona terminara de despertar. Sus pensamientos divagaron a lo que acababa de descubrir sobre su compañero y en cuál sería la reacción de Gina al verlo. Ella había tomado las cosas con calma durante su ausencia, pero ni toda la Gracia del mundo podía evitar que se sintiera molesta con Mario.

Poco después fueron testigos de la llegada del disfraz de Rocío y su emotiva reacción al recibirlo. Las lágrimas que derramó al ponérselo parecían tan sinceras que Bruce albergó la esperanza de que Mario tuviera razón y todos sus esfuerzos por ablandar su corazón por fin dieran resultados.

Marcelino no durmió en toda la noche, así que la llegada del disfraz no lo puso de buen humor. De momento pensó que se trataba de una broma pesada, pero entonces encontró la nota que Gina había escrito: "Lo siento mucho. Te amo."

Ella había pensado en decenas de palabras más elocuentes que consiguieran convencerlo de ponerse el disfraz y asistir a la procesión, pero al final llegó a la conclusión de que nada era mejor para un corazón roto que una sincera disculpa. Gina estuvo trabajando en igualar la letra de Rocío durante varias horas y al parecer no hizo tan mal trabajo, porque el hombre derramó un par de lágrimas después de leerla. Aún así, no tomó la decisión de ir a la procesión hasta que Manolo lo llamó para contarle que su mamita se había puesto un disfraz de "princesa". Los niños esperarían en casa porque los tumultos en las estrechas calles del pueblo no eran seguros para ellos, pero el chiquillo deseaba que su papito la acompañara para cuidarla. Marcelino accedió y Gina suspiró aliviada.

Ella se quedó con Marcelino durante el camino porque temía que se arrepintiera, y no fue sino hasta que él se bajó del auto ataviado como un caballero del siglo XII, que Gina usó el aparato para regresar con Bruce.

Como habían quedado, su compañero la estaba esperando frente a la Casona. Sin embargo, Bruce no estaba solo y Gina se quedó sin habla al ver a Mario. Una parte de ella se alegraba de que hubiera vuelto, pero la otra quería agarrarlo a patadas. No era justo que él desapareciera por tres días y ellos lo recibieran como si nada.

Mario se sorprendió tanto al ver aparecer a Gina que sólo atinó a decir:

-Hola, Gina.

-Hola, Mario -ella forzó una sonrisa al saludarlo y se volvió hacia Bruce: -Marcelino ya viene para acá. ¿Dónde está Rocío?

-Va caminando con el grupo por la calle Cantón -informó el muchacho.

-¿Y Luis?

-No lo he visto.

Ella no disimuló su incredulidad así que Bruce trató de justificarse:

-Sin el aparato no puedo cuidarlos a ambos.

-¿Y Mario? - Gina se volvió a mirarlo -¿No puede él vigilar a alguien?

Su merecido reclamo los hizo sentir mal a ambos. Ella tenía razón, no había tiempo que perder porque esta procesión era su última esperanza de cumplir el deseo de Manolo.

-Nosotros... -empezó Mario con humildad -El tiempo se fue sin sentir.

-Sí, me imagino que así se te fueron las últimas setenta y dos horas.

-Voy a buscar a Luis -anunció Bruce al tiempo que le quitaba la computadora de las manos a su compañera.

Era obvio que el muchacho quería dejarlos a solas para que aclararan las cosas así que, en cuanto desapareció, Mario decidió tomar cartas en el asunto.

-Gina, si me dejas explicar...

-No quiero que me expliques -lo interrumpió ella -. No me interesa si quieres jugar al hombre araña o convertirte en Terminator.

-Tienes razón, pero quiero que estemos bien.

Mario no sabía por qué estaba diciendo esto, pero ya no se sentía cómodo si las cosas se quedaban así. Después de la discusión que tuvo con Lucas, Bruce y Gina eran los únicos amigos que le quedaban y no quería estar distanciado de ellos.

-Por mí no hay problema. Estamos bien. Nada más no me metas en tus broncas.

-Esas broncas se terminaron. No voy a seguir, aún y cuando

dos de los responsables…

–¡No me digas nada! -replicó Gina bruscamente –¡No quiero saber!

–No es lo que piensas.

–¿Cómo sabes tú lo que yo pienso?

Mario suspiró. Esto estaba resultando más difícil de lo que imaginaba.

–   Bruce me contó que tú crees que Lucas y yo…

Como invocado por sus palabras, el muchacho apareció en ese instante a su lado.

–Lamento mucho interrumpirlos, pero tienen que venir a ver esto.

Luis había abordado a Rocío durante la procesión y acababa de acorralarla en un callejón donde estaba alabando lo hermosa que lucía. Ella parecía disfrutarlo, como siempre, pero entonces el francés se acercó a besarla y Bruce corrió a buscar a sus compañeros.

–¡No puede ser! ¡Esta mujer tiene pájaros en el cerebro! -exclamó Gina al verlos.

–Espera un momento… -Bruce fue el primero que notó que Rocío no estaba participando de las caricias con la misma intensidad que Luis.

–Eso es… chica buena, tú puedes -la animó Gina y Bruce se acercó a tocar su hombro para transmitirle un poco de lucidez.

–No… apártate -susurró la mujer empujando al francés con expresión confundida.

–Yo te amo, Rocío -explicó el panadero –. Eres la mujer que he buscado toda mi vida: Hermosa, inteligente, divertida… No sé cómo Marcelino no lo valora, pero yo jamás he de tratarte como lo hace él, no… Para mí siempre serás una reina.

– Luis…

Rocío flaqueó por unos instantes y entonces el francés la volvió a besar.

-Marcelino viene para acá -anunció Mario después de asomarse a la calle Cantón.

La procesión ya había avanzado hacia la plaza dejando a los amantes rezagados en el callejón, y Marcelino avanzaba a pasos agigantados tratando de alcanzarlos sin imaginar lo que iba a encontrar. Bruce empezaba a vislumbrar que este caso iba a terminar mal, pero entonces Rocío hizo algo inesperado.

-No, Luis, que esto no está bien. Lamento mucho haberte dado la impresión equivocada pero... -ella hizo una pausa, durante la cual el francés volvió a intentar besarla -¡Yo estoy enamorada de mi marido!

Marcelino escuchó el grito de su mujer y se detuvo un par de metros antes del callejón. Mario corrió a su lado y puso las manos sobre su espalda para calmarlo.

-¡Pero si él te trata como a un mueble!

-Tal vez -reconoció Rocío con cierta amargura -hala, pero no siempre fue así. Y estas noches que no ha dormido en casa me han puesto a considerar lo que sería vivir sin él. El disfraz... Todas las emociones de los últimos días... Yo lo amo y sé que él también me ama. Juntos podemos encontrar la manera de resolverlo.

-El amor no se resuelve, sólo se disfruta -insistió Luis -. Lo que yo te ofrezco no tiene condiciones ni cadenas, no tendrías que dejarlo siquiera. Entiendo que tu lugar está con él y tus hijos, pero déjame amarte... es lo único que te pido.

-Es bueno -murmuró Gina entre dientes - ¿Marcelino sigue escuchando?

Bruce asintió después de voltear hacia donde se encontraba Mario. Marcelino estaba tranquilo gracias al contacto de su compañero. Tal vez todavía tenían una posibilidad, todo dependía de que Rocío tomara la decisión correcta.

-No, yo no puedo -la mujer escapó de los brazos del francés -. Mi familia es lo más importante que tengo y nunca les causaría un daño tan grande.

Gina lanzó un grito jubiloso al escuchar estas palabras. Bruce sonrió. Mario y Marcelino exhalaron aliviados casi al mismo tiempo.

-Si somos discretos, nadie tiene por qué enterarse -el francés se acercó de nuevo.

–No, yo tengo que ir con Marcelino. Él ya debe estar buscándome.

–Él jamás podrá hacerte sentir así –Luis volvió a besarla y Rocío empezó a forcejear.

–¡Que me sueltes te digo!

Antes de que ninguno de los tres alcanzara a reaccionar, Marcelino apareció en el callejón para abalanzarse sobre el francés. Para su mala fortuna, Luis era más joven y ágil, así que Marcelino se encontró pronto en el piso con el panadero sobre él.

–Tenemos que hacer algo –Bruce miró a su alrededor desesperado. Si no se apuraban, el pobre hombre iba a acabar en el hospital.

–¡Deja a mi marido en paz! –el grito de Rocío debía haberse escuchado hasta la plaza porque le salió de las entrañas al ver manar sangre de una cortada en la ceja de Marcelino. Como si estuviera poseída por un demonio, se encaramó en la espalda de Luis y le jaló los cabellos con fuerza.

El francés lanzó un alarido de dolor y trató de sacudírsela, pero ella estaba prendida de su cuello con tal fuerza que no lo logró. Esto le dio tiempo a Marcelino para ponerse de pie y soltar un par de golpes que terminaron por quebrar a Luis.

Marcelino lloraba como un niño al acercarse a abrazar a su esposa. Luis se encontraba tirado quejándose mientras los dos se besaban con la ternura y pasión que habían guardado durante demasiado tiempo. Gina no pudo evitar que un suspiro escapara de su garganta y entonces encontró la mirada de Mario. No estaba enojada con él. Al menos no con la rabia que sentía en un principio. Sólo prefería guardar distancia. Era lo mejor. Después de todo ya iban a mitad del camino, y si habían conseguido resolver tres casos sin ser amigos, bien podían resolver otros tres.

–¿Y ahora qué? –preguntó Bruce cuando los Ansorena emprendieron el regreso a su casa abrazados.

-Rafael ya debía haber llamado -reflexionó Gina. -¿Por qué no marcas tú? -sugirió Mario y el muchacho obedeció.

Para sorpresa de todos, la grabadora contestó.

-¿Será que nos falta resolver algo? -Gina se volvió a mirar a Rocío y Marcelino que se detuvieron a besarse otra vez. No, esto era un caso cerrado -Insiste un poco, Bruce. Dos intentos más hasta que se escuchó una voz desconocida. Era una voz de mujer.

-¿Equipo ciento cuarenta y nueve? -los tres respondieron afirmativamente al mismo tiempo -De momento Rafael no puede atenderlos. Estamos pasando por una crisis, hubo un atentado en Medio Oriente y la actividad en la Terminal B es tan alta que se vieron obligados a solicitar refuerzos.

-¿Quién es usted? -quiso saber Gina.

-Mi nombre es Isabel, trabajo en la guardería con nuestra Santa Madre, pero ahora estoy ayudando con el conmutador. Si quieren puedo traerlos y esperan aquí a que vuelva Rafael.

En ese momento Gina recordó algo y le pidió a Isabel que le diera diez minutos. Después le pidió a Bruce la computadora para transportarse a la casona, concretamente a la habitación de Manolo. El niño estaba pintando cuando ella se acercó y lo abrazó con dulzura. Gina no podía irse sin despedirse de él.

Este pequeño se le había metido muy dentro del corazón.

CAPÍTULO 16

Aparecieron dentro de la sala de "Archivos" donde, cosa rara, la pantalla estaba apagada. La luz de la habitación era tan brillante como siempre, pero aún así Mario experimentó una sensación de oscuridad. No podía explicarla. El caso había sido resuelto con éxito y eso los situaba a mitad del camino. Además, las cosas en Nueva York se resolvieron favorablemente, de hecho, él sospechaba que se habían desarrollado tal y como estaba planeado en el Cielo. Ese asunto de Cory Daniels era una clara prueba de la Mano Divina y Mario debía estar contento.

No obstante, se sentía frustrado por la actitud de Gina y, sobre todo, por la de Lucas. Él no tomó nada bien su intención de renunciar, y cuando Mario anunció que no volvería, el joven aseguró que seguiría adelante sin él. Después de todo, El Pelón todavía estaba libre y el policía corrupto recibía tratamiento de héroe. Eso le preocupaba a Mario porque los métodos de Lucas no eran confiables y en cierta forma se sentía responsable por él.

–¿Cómo creen que funcione esto?

La voz de Bruce lo sacó de sus pensamientos.

–Mejor no toques nada –aconsejó Gina al ver que el muchacho examinaba el proyector.

–No parece complicado –Bruce apretó algunos botones y la pantalla se iluminó, pero en lugar del acostumbrado paisaje, aparecieron las palabras: "Equipo 149".

Tal parecía que Rafael los estaba esperando porque tenía su expediente listo.

–Veamos...

Bruce apretó otros botones y entonces apareció Isaac Freeman. Las imágenes familiares del Parque Central y el camión de basura hicieron sonreír a Mario. A él le costaba creer que eso hubiera sucedido apenas un mes antes, porque de alguna manera parecía mucho más. Mario se avergonzó al verse actuar de forma agresiva con sus compañeros y entonces Bruce adelantó la acción. La despedida de Isaac era lo último que ellos habían visto pero, para su sorpresa, ahora aparecían algunas escenas de su llegada a Polonia.

–¡Espera! –gritaron Gina y Mario al unísono.

Bruce regresó las imágenes hasta el punto donde terminaron su caso número uno, y así pudieron contemplar al anciano emocionado en las calles de su Varsovia natal, visitando la antigua casa donde había nacido y llorando frente a la tumba de sus padres. Después lo vieron regresar a Nueva York y reportarse en una sinagoga cercana a su humilde departamento, donde ofreció sus servicios en beneficio de la comunidad.

–Un momento –Bruce detuvo la imagen de pronto –, ¿no les parece que son demasiadas cosas para unos cuantos días?

–Creo que sí –Gina dudó unos instantes antes de agregar: –, Isaac salió de viaje el día siete de Junio, ¿no?

–Así es –y si Mario no recordaba mal, el vuelo de regreso estaba planeado para tres semanas después. Si sacaba las cuentas... No, algo estaba mal aquí –Nosotros dejamos Santillana el veintisiete, ¿cómo es posible?

Los tres se miraron asombrados antes de que Bruce asentara lo increíble:

–Lo que estamos viendo es el futuro de Isaac.

Bruce no dejaba de sorprenderse nunca con las maravillas que tenían en el Cielo. ¡Un aparato donde podían ver el futuro de los humanos!

–Quiero ver a los Kimpa –le pidió Mario después de ser testigos de un Isaac de ochenta y dos años que moría rodeado de personas a las que había ayudado desde su regreso de Polonia.

–No sé si esto sea correcto –titubeó Gina.

–¿No te interesa ver a Amalia?

La mujer no pudo negarse a esta sugerencia así que Bruce lo tomó como una afirmación. Casi enseguida aparecieron las escenas del nacimiento a orillas del Río Congo. La emoción de ese momento volvió a enmudecerlos a todos y después presenciaron la lucha de la pequeña por su vida en el hospital de Brazaville. Tres meses después, la familia Kimpa emprendía el viaje de regreso a su aldea.

–¡No! –Gina lanzó un grito al ver que un comando de soldados los interceptaba cerca de la frontera.

–Calma, quizá sólo quieren revisar sus papeles.

Las palabras de Bruce se perdieron por el ruido sordo de las balas perforando los cuerpos de Jonas y Amalia. Después, los soldados se lanzaron sobre Beatriz y él tuvo que apagar el proyector. Un silencio pesado los embargó.

–Esto todavía no sucede –les recordó Mario con voz grave.

–Pero va a pasar... no podemos detenerlo.

–No, Gina, no digas eso. Siempre hay una manera – insistió Mario.

–¿Crees que tienes en tus manos la capacidad de cambiar el futuro? –ella estaba desencajada.

–Tal vez si conseguimos atrasar el viaje de los Kimpa un par de días...

–Me parece que jugar al súper héroe te ha trastornado – Gina interrumpió a Mario bruscamente –. Esto no depende de ti. ¡Es lo que está escrito!

Mario iba a decir algo más pero ella lanzó un gruñido y salió de la habitación. Bruce presenció el intercambio sin alcanzar a articular una sola palabra. Su compañero se volvió hacia él.

–¿Tú también piensas eso?

Bruce no contestó. Estaba demasiado aturdido. Si cerraba los ojos, todavía podía escuchar los gritos de Beatriz Kimpa.

–¿Estás de acuerdo en que nuestro destino está marcado y no

podemos hacer nada para cambiarlo?

–Yo ya no sé ni qué pensar –él se encogió de hombros antes de derrumbarse en una butaca.

Se negaba a aceptar lo que acababa de ver. Tenía que haber un error. Ese Cristo que tanto admiraba Bruce no podía permitir algo así.

Gina tampoco lo entendía. Es más, no quería entenderlo. ¿Para qué los mandaron a ayudar a los Kimpa a hacer un viaje que terminaría con su muerte? ¿No habría sido más justo dejarlos en su aldea aunque perdieran a la niña? ¿Qué clase de Cielo era éste si personas buenas y devotas como Beatriz y Jonas recibían semejante castigo?

Ella estaba tan consternada que decidió ir a buscar a Rafael. Isabel había dicho que se encontraba en la Terminal B. Eso era a la izquierda. Sin embargo, después de avanzar pasillo arriba, el final parecía igual de lejano que en un principio. Era como si Gina estuviera caminando en una banda estacionaria. Regresó sobre sus pasos pensando tomar la dirección contraria para ver si encontraba a alguien sobre quien volcar su indignación, y entonces sus ojos se posaron en la puerta de la "Guardería". Isabel trabajaba allí.

Abrió la puerta y se encontró una salita de espera cuyas paredes llenas de luz parecían tener pintadas diminutas nubes en forma de animales. Lo curioso es que estas formas cambiaban con cierta frecuencia. Gina se acercó a tocarlas y comprendió que no eran dibujos, sino nubes reales que se movían como por arte de magia. Estaba todavía tratando de asimilar esto cuando escuchó el llanto de un bebé. Su corazón saltó como un loco y su mirada siguió el sonido hasta una puerta que se encontraba a su derecha y decía "Salidas". ¿Sería posible que este lugar fuera lo que ella estaba pensando?

La puerta se abrió antes de que alcanzara el picaporte. Una mujer, de alrededor de unos cincuenta años y aspecto bondadoso, salió en medio de una luz tan brillante que le impidió echar un vistazo al interior de la habitación.

–Lo siento, Gina, pero todavía no estás lista para entrar ahí. Esa área ya no forma parte del purgatorio sino del Cielo. Ella se quedó maravillada al escuchar estas palabras. ¿El Cielo estaba tan cerca?

–Claro que sí, recuerda que ustedes están a sólo un paso de Él.

Gina no pudo evitar sonreír. Esa idea era reconfortante. De hecho, había algo en esta mujer que le provocaba cierta paz. Era como si emanara serenidad de cada uno de sus poros.

–¿Usted es...?

–Isabel. Prima de María –aclaró cuando Gina no dio muestras de reconocerla.

–¡Ah, claro! Mucho gusto.

–Igualmente –una sonrisa agradable iluminó la cara de Isabel al estrechar su mano –. Nuestra Madre también arde en deseos de conocerte, pero debes resolver algunas cosas antes que eso sea posible.

–¿Ella...? –Gina tuvo que respirar hondo para completar la oración –¿La Virgen María está ahí adentro?

–¿Quién mas querías que se hiciera cargo de atender a nuestros angelitos?

Ella miró a Isabel sin disimular su confusión. La mujer la tomó del brazo y la invitó a sentarse antes de señalar la puerta a su derecha.

–De este lado son las salidas, de los pequeños que van a nacer... nuestra Madre los despide personalmente. Siempre se encarga de susurrarles algunas pistas para que no les sea tan difícil encontrar el camino de regreso.

–El camino de regreso –repitió Gina despacio.

–¿No es esa la razón por la que los humanos bajan al mundo?

Ella no supo cómo responder así que se encogió de hombros, al estilo de Bruce. Sentía tantas emociones bullendo dentro que era imposible pensar con claridad.

–En fin, todavía te falta mucho por descubrir –Isabel la miró con ojos dulces –¿En qué estábamos?

–Las salidas...

–Sí, las salidas. Bueno, ésa es sólo la mitad de trabajo. La otra parte son las entradas.

Isabel señaló la puerta a su izquierda y Gina tardó unos

segundos en comprender. Unas risas se escucharon en esa dirección.

-Los niños tienen paso directo siempre y nuestra Madre recibe a cada uno entre sus brazos. Aquí los cuidamos hasta que sus familiares pueden reunirse con ellos.

-¿Tampoco puedo...? -empezó Gina esperanzada pero se calló al ver la expresión de Isabel -Entiendo.

-Pero cuando termines con tu misión, si quieres venir a ayudarnos te estaríamos muy agradecidas. Un par de manos amorosas siempre son bien recibidas en este lugar.

Mario empezó a urdir un plan en cuanto Bruce salió a buscar a Gina. Él estaba convencido de que podía cambiar el destino de los Kimpa si actuaban con rapidez. Los acontecimientos que acababan de ver no sucederían hasta dentro de dos meses y medio, lo cual les daba suficiente tiempo para que Claudia hiciera público el vídeo que ellos filmaron. Si conseguían despertar algunas conciencias tal vez pudieran forzar una reubicación de las tropas o hasta un retiro definitivo. Todo dependía de la magnitud del revuelo que provocaran. El problema era que, para saberlo, Mario necesitaba conocer los pasos de la reportera.

No sabía cómo manejar el proyector pero no podía ser tan difícil, Bruce había encontrado la forma en cuestión de segundos. A ver, estaban los tres botones grandes: "Pasado", "Presente", "Futuro", esos se encontraban al lado derecho. Del lado izquierdo había cuatro flechas apuntando hacia los distintos puntos cardinales. Cuando oprimió la flecha hacia abajo, la imagen regresó a Isaac Freeman. Caso número uno. Mario oprimió entonces la flecha contraria y avanzó hacia el caso dos. Antes de llegar a las imágenes que los habían horrorizado, volvió a oprimirla y entonces pudo ver a los Ansorena. Rocío acababa de despertar en brazos de su marido que la miraba como un adolescente enamorado. Eso debía estar sucediendo en este momento porque el botón de "Presente" se encontraba iluminado. Los niños brincaron en la cama de sus padres cuando Mario apretó el botón de "Futuro" y las risas infantiles inundaron el salón. Poco después, pudo ver cómo la pareja tomaba la decisión de vender la casona pequeña y mudarse a la casona Los Caballeros. Esto les permitió hacer algunas reparaciones importantes en el viejo hotel para convertirlo en el mejor parador de la zona. Rocío lucía radiante en la re-inauguración, con una enorme barriga que denotaba que su reconciliación había dado frutos.

Mario volvió a oprimir la flecha hacia arriba pero la oscuridad llenó la pantalla. Nada de pistas sobre el caso número cuatro. Entonces decidió oprimir la flecha izquierda. La imagen de una enfermera acorralada en un callejón no era lo que esperaba. La escena era tan desagradable como familiar así que decidió adelantarla. Después fueron pasando cada una de sus aventuras en Nueva York: Connie Fender, Estela Adams, Frank Reynolds... En este punto Mario decidió hacer una pausa y apretó el botón de "Futuro". Frank salía del hospital decidido a dejar las drogas. La experiencia que había vivido, donde estuvo a punto de morir o matar a alguien, era suficiente para espantar a cualquiera. Después de algunos años de lucha, Frank Reynolds moría como un hombre limpio a la edad de setenta y seis años. Mario sonrió. Una vez más, su participación en la vida de alguien tenía un propósito más grande de lo que él hubiera imaginado. Era parte de un plan maestro.

Siguió adelante hasta llegar al último episodio en la Gran Manzana. Cory Daniels regresó a la escuela en Vancouver y, con el apoyo de su madre, logró ingresar a la Universidad. Una vez titulado, visitó a su padre que vivía en un asilo para veteranos de guerra. Él apenas logró reconocerlo. Mario sintió que un nudo oprimía su garganta cuando padre e hijo se abrazaron, pero la emoción se desvaneció al apretar de nuevo la flecha y ver aparecer a Lucas en la pantalla.

Su joven ayudante estaba rondando al oficial corrupto que había sido ascendido después del caso de los camiones de helados. El tipo se encontraba esperando a alguien en la azotea de un edificio abandonado, alguien que con toda seguridad no formaba parte del cuerpo de policía. Un auto oscuro se detuvo en la acera y dos hombres armados bajaron de él. El oficial se asomó para hacerles una seña y... Mario contuvo la respiración al ver que Lucas lo empujaba.

¡No, eso no podía ser!

Bajó la mirada al proyector para comprobar cuál era el botón encendido: "Futuro". Bien, todavía podía hacer algo para evitarlo. Mario apretó la flecha una vez más y entonces se encontró con una escena similar en la que el protagonista era El Pelón. Al parecer el tipo se encontraba escondido en una casucha en la frontera con México y hasta allí llegaba Lucas a terminarlo. ¡No podía creer lo que sus ojos veían! Tenía que regresar a Nueva York y localizarlo. No estaba seguro de que conseguiría detenerlo porque no se habían despedido en buenos términos, pero Mario tenía la obligación moral de resolver esto.

Gina no aparecía. Bruce había buscado en la sala de espera y después siguió el pasillo hacia la Terminal C. Cuando comprendió que no iba a llegar a ningún lado, volvió sobre sus pasos para tomar la dirección contraria. Todo este asunto de las terminales no le quedaba muy claro. Según dijo la señora Isabel, en la Terminal B tenían mucha actividad por culpa de un atentado en el medio oriente. ¿Significaba eso que los musulmanes llegaban allí?

Movido por la curiosidad, Bruce se encaminó hacia allá. El pasillo era interminable y estaba a punto de claudicar otra vez cuando una puerta llamó su atención: "Asesorías". No la había visto antes, pero lo cierto es que era la primera vez que llegaba tan lejos. Se le quedó mirando unos instantes sin saber qué hacer y a su mente llegaron con claridad las palabras de Rafael: "Aquí contamos con gente capacitada para darles asesoría."

Entonces escuchó una voz que lo llamaba desde el interior:

–Puedes pasar, Bruce.

Abrió la puerta despacio sin tener la menor idea de lo que iba a encontrar. Tal vez otro salón tan fabuloso como el de "Envíos", después de todo el nombre era muy elegante. Su desilusión fue evidente al descubrir una pequeña oficina con un simple escritorio en el centro. Ahí se encontraba sentado un hombre mayor, con lentes gruesos, que parecía estarlo esperando.

–¿No soy lo que imaginabas?

–Yo… –Bruce titubeó –Lo lamento. No estoy familiarizado con nada de esto.

–Lo sé, muchacho. Toma asiento.

Una silla apareció frente al escritorio cuando el anciano dijo esto.

–¿Cómo sabe mi nombre?

–Todos aquí lo sabemos.

Bruce no disimuló su sorpresa.

–Te estábamos esperando con ilusión porque eres un chico especial. Fuiste criado como ateo y llegaste a un Cielo cristiano. No recibimos muchos casos así.

–¿Usted sabe por qué?

–Primero deja que me presente. Mi nombre es Pablo.

Bruce buscó en su memoria alguna historia de las que Gina solía contarle. Sí, había una vez un soldado que se dedicaba a perseguir cristianos. Un día, mientras iba montando su caballo, una luz lo tumbó al suelo y una voz potente le dijo: "Pablo, ¿por qué me persigues?"

El hombre se quedó ciego. Después de seguir las instrucciones divinas, recuperó la vista y decidió convertirse. A partir de ese momento fue uno de los principales responsables de la expansión del cristianismo en el mundo.

–El mismo –dijo el apóstol leyendo sus pensamientos.

–¡Genial! –esa expresión era de Mario pero describía a la perfección lo que Bruce sentía. ¡Por fin conocía a alguien muy importante!

–¿Querías ir a la Terminal B?

–En realidad sólo estaba buscando a Gina…

–Pero sientes curiosidad por lo que hay allá, ¿verdad?

Bruce asintió. Era inútil mentirle a alguien que conoce cada palabra que pasa por tu mente.

–No tiene mucha ciencia –explicó Pablo –. El Cielo no es exclusivo para nosotros. En algunas otras religiones lo llaman "Paraíso", "Nirvana"… A fin de cuentas, todo es lo mismo.

–Entonces… ¿Cada terminal es para una religión diferente?

-Eso es sólo para los recién llegados. Tú sabes, para que no se sientan demasiado confundidos. Pero una vez que se instalan, el Cielo se vuelve uno solo.

Bruce meditó un poco en esto antes de preguntar:

-¿Eso quiere decir que llegué aquí por casualidad?

Pablo sonrió al escucharlo. Una sonrisa cálida que lo hizo sentir seguro.

-¿No has aprendido que las casualidades no existen?

-Es que... no entiendo. Le juro que la religión cristiana me parece muy interesante. Gina me ha contado historias maravillosas que creo al pie de la letra pero...

-Ahí está la clave -lo interrumpió el santo amablemente.

-¿En mi ingenuidad?

-En tu fe -corrigió Pablo -, ya quisiéramos que muchos cristianos creyeran con esa convicción.

-¿Me está queriendo decir que mi fe fue lo que me trajo aquí?

El anciano asintió, pero Bruce no estaba del todo convencido.

-Pero si yo no había tenido oportunidad de conocer nada de esto antes.

-¿Estás seguro de eso?

No, en realidad no estaba seguro de nada. Justo cuando empezaba a creer que entendía cómo funcionaban las cosas, todo se había venido abajo al conocer el futuro de los Kimpa.

-Aguanta Bruce, ya falta poco. Confía en Dios y en lo que has aprendido durante este tiempo. El día en que conocerás todas las respuestas está más cerca de lo que imaginas.

Cuando Gina regresó al salón de "Archivos" se sentía más tranquila. No podía olvidar lo que iba a suceder con los Kimpa, pero la perspectiva de trabajar en la guardería algún día era maravillosa. Tal vez podía estar ahí para recibir a la pequeña Amalia, o quizá el abrazo cariñoso de Isabel había obrado la clásica magia en su estado de ánimo.

Mario se encontraba solo y parecía tan concentrado que no

reparó en su presencia. Ella iba a preguntar por Bruce, pero entonces escuchó la voz de Claudia West:

–Vengo a ver a Keith West.

Gina fijó sus ojos en la pantalla y pudo ver a la reportera que se identificaba con un guardia que la miraba con cierta insolencia. Tal parecía que iba a entrar a un edificio de alta seguridad porque revisaron su bolso y hasta la catearon.

–¿Dónde está? –preguntó Gina acercándose a Mario.

– En prisión –respondió él sin apartar los ojos de la pantalla –. Ese es el "Corredor de la Muerte."

Gina se estremeció al escuchar estas palabras y, antes que formulara la siguiente pregunta, Mario se adelantó con la respuesta:

–Estaba tratando de averiguar si sus jefes decidieron apoyarla con el asunto de Cabinda, pero me detuve porque esto me pareció muy interesante.

Mario apretó un botón para adelantar la acción y Gina recordó lo que se había estado guardando. Las cosas entre ellos no estaban bien, pero era absurdo seguir reteniendo esa información.

–Mario… Tengo que decirte algo.

–Ahora no –él estaba muy pendiente de las acciones en la pantalla.

–Es importante.

–Esto también es importante, Gina. No podemos desperdiciar un solo día si queremos salvar a los Kimpa.

Mario soltó el botón cuando Claudia entró a la sala de visitas. Un hombre corpulento y de gran parecido al de la fotografía que Gina había visto en la oficina de la reportera, la esperaba del otro lado del cristal. Los dos se miraron sin atreverse a levantar la bocina para establecer comunicación.

–Debe ser su padre –murmuró Mario y, en ese momento, ella reparó en el botón encendido en el proyector.

Decía "Futuro". Eso significaba que estaban viendo algo que todavía no sucedía. Y si Claudia estaba con su padre… Entonces Mario no era su padre, porque él estaba muerto.

–Buenos días.

La voz enérgica de Rafael los hizo saltar. El arcángel acababa de entrar a la habitación y venía acompañado de Bruce. Sin decir nada, avanzó hasta el proyector y lo apagó. Los tres intercambiaron una mirada culpable.

Rafael encendió la luz con un leve movimiento de cabeza y a Mario le dio la impresión de que parecía más alto que de costumbre.

−¿Alguien me puede informar qué fue lo que vieron? Ninguno se atrevió a contestar. Era la primera vez que el arcángel lucía en verdad enfadado y la sensación no era muy agradable.

−¿Bruce?

El muchacho bajó la cabeza al escuchar su nombre.

−¿Gina?

Ella desvió la mirada, pero Mario comprendió entonces que Rafael no esperaba una respuesta sino que leía sus pensamientos.

−Si quieres saberlo todo, yo soy el indicado −dijo en voz alta.

Él era quién más utilizó el proyector y sus compañeros no debían pagar por esto. Cualquiera que fuera el castigo, Mario estaba dispuesto a asumirlo.

−¿Me lo vas a contar? −preguntó Rafael fijando sus ojos en él.

−Con lujo de detalles.

Mario se concentró en todo lo que había visto sin decir palabra. No tenía caso, sería mucho más lento y complicado que dejarlo entrar a su mente.

−Gracias, Mario.

El arcángel pareció satisfecho y entonces les hizo una seña para que se sentaran en las butacas. Gina y Bruce obedecieron con expresión asustada; Mario trató de tranquilizarlos con una sonrisa. Rafael explicó:

−Es muy peligroso ver el futuro porque es incierto. Puede modificarse en cualquier momento. Eso que vieron ahí, es lo que va a suceder de acuerdo con las condiciones actuales. No sé si me explico... Cada vez que las decisiones de las personas involucradas cambian, su futuro cambia también.

−¿Eso quiere decir que...?

–¿No está escrito? –Bruce completó las palabras de Gina.

–Si estuviera escrito, ¿cuál sería el sentido de la libertad?

–¿Y eso de que Dios lo sabe todo no es cierto? –preguntó Mario asombrado.

–ÉL sí lo sabe. Es el único. Conoce con anticipación las decisiones que van a tomar sus hijos, pero respeta demasiado su privacidad como para compartirlo con los demás.

Bruce se lo pensó unos instantes antes de hablar:

–Pero... si Dios sabe que alguien va a tomar una decisión equivocada, ¿por qué no hace algo para impedirlo?

–¡Claro que lo hace! –aseguró Rafael –Manda señales, avisos... pero cuando una persona no quiere escuchar, tampoco se le puede obligar. Nuestro Padre sufre mucho al ver a sus hijos equivocarse, pero los ama tanto que nunca se atrevería a decidir por ellos.

–¡Entonces todavía podemos salvar a los Kimpa! –Gina no disimuló su emoción.

–Sí, todavía pueden... Pero no será fácil –explicó el arcángel –. Las cosas están acomodadas de cierta manera y no deben convertir eso en su prioridad. Ustedes están por empezar un nuevo caso y necesitan concentrarse en él.

CAPÍTULO 17

Las molestias de la transportación eran cada vez menores, en los trayectos cortos hasta pasaban desapercibidas, y en esta ocasión los tres venían tan mortificados que ninguno se quejó. Bruce no tuvo que abrir la carpeta para identificar el país en que aparecieron, gracias a sus visitas a Akihabara, él podía reconocer el tipo de escritura a la perfección. No obstante, este lugar era muy distinto a la también apodada "Electric Town", de hecho, ni siquiera se parecía a la bulliciosa capital.

–Estamos en Otaru, una ciudad de la prefectura de Hokkaido – informó Gina mientras Bruce contemplaba el maravilloso paisaje desde lo alto de la colina.

Otaru estaba ubicada en una llanura a la orilla del mar, con un hermoso puerto y tenía construcciones repartidas en pendientes moderadas. Al fondo, varias cordilleras de escarpadas montañas le daban un marco espectacular y el azul del mar era tan intenso que invitaba a contemplarlo durante horas.

–¿En dónde? –Mario se acercó a estudiar la carpeta junto con su compañera.

–En Japón –de eso no le quedaba ninguna duda a Bruce.

–Hokkaido es una de las islas que componen Japón – corrigió Gina y empezó a leer: –. "La segunda en tamaño. El estrecho de Tsugaru la separa de Honshu, la más grande y conocida porque ahí se encuentra Tokio, pero en realidad permanecen unidas a través de un túnel ferroviario submarino."

–¡Wow! –exclamó Bruce sin pensar.

Gina continuó su lectura:

"Otaru tiene menos de 140,000 habitantes y es un centro de tráfico comercial, en especial con Rusia. Durante algunos años fue la estación terminal del sistema de ferrocarril porque era prácticamente el puerto de Sapporo, la capital de Hokkaido. Los recursos naturales y productos agrícolas de la isla se cargaban aquí para enviarlos al resto de Japón y otros países. Pero en la segunda mitad del siglo XX, Otaru sufrió un estancamiento económico porque sus calles no asimilaron el rápido florecer de la economía japonesa. El crecimiento de la ciudad fue limitado debido a la falta de terreno llano y el desarrollo de otros puertos terminó con su monopolio."

–¿Alguien sabe en qué día estamos? – preguntó Mario en tono preocupado.

Bruce consultó la computadora que llevaba en las manos antes de responder:

–Miércoles treinta de junio.

Sólo tres días después de su salida de España.

–Menos mal –replicó su compañero –, como el clima está tan fresco pensé que nos habían adelantado más de la cuenta.

–"Hokkaido es conocida por sus veranos frescos y sus inviernos helados" – intervino Gina leyendo con eficiencia –. "Las temperaturas promedio en Agosto son de alrededor de 20° C, y a diferencia de otras islas de Japón, no se ve afectado por la estación lluviosa. En Enero la temperatura alcanza los –12°C y las grandes nevadas en sus abundantes montañas la convierten en una de las zonas más populares para deportes de invierno."

–Muy impresionante –bromeó Mario como para provocarla y, para sorpresa de Bruce, Gina sonrió.

–¡Y eso que no les he dicho que Hokkaido cuenta con el grado más alto de despoblación en Japón!

–¿Algo más? –preguntó Bruce contento de verlos convivir en armonía.

–Dame un segundo –Gina consultó la carpeta una vez más antes de contestar –. "En el mundo ficticio de Pokémon, la región de

Sinnoh está basada en esta isla y, curiosamente, su ciudad más grande está emplazada en el mismo lugar que Sapporo."

-¿Estás hablando en serio? -Bruce no podía creer lo que acababa de oír porque él era el fanático número uno de ese programa de televisión animado.

El muchacho pasó la siguiente media hora explorando cada detalle de Hokkaido en la computadora. Mario y Gina, mientras tanto, aprovecharon para hablar del tema que los inquietaba más que ninguna otra cosa.

-¿Qué vamos a hacer respecto a los Kimpa? -preguntó ella mortificada por las violentas escenas que presenciaron en el salón de "Archivos."

-No estoy seguro -respondió Mario -, pero lo primero es sacar un gran número de copias de nuestro video y repartirlo. Lo siento por Claudia, pero ya no podemos depender sólo de ella. Necesitamos que alguien lo haga público lo antes posible y por esa visita que hizo a su padre me parece que tiene cosas más importantes en qué pensar.

-¿Tú crees que de verdad sea su padre? -Gina recordó entonces al hombre que se encontraba en el "Corredor de la Muerte".

-Debe serlo. El nombre concuerda, y hasta tenía cierto parecido con Claudia.

-Es que yo vi una foto en su oficina el otro día... -titubeó ella sin saber por dónde empezar.

-En realidad eso no importa ahora.

Gina suspiró. Tal vez Mario estaba en lo cierto. El hombre en prisión era muy parecido al de la foto, incluso más que el "Oso", y además no tenía ninguna cicatriz. Ella debía dejar de sentirse culpable por un secreto que no tenía relevancia comparado con la tragedia que se avecinaba.

-En cuanto Bruce salga de su trance tienes que ir con él a buscar el video original que escondimos en el Banco de Nueva York -replicó Mario sacándola de sus pensamientos.

-¿Tú no vas a acompañarnos? -a pesar de sus buenos

propósitos, Gina no pudo evitar que cierto reproche asomara a su voz

-Esto es más grave que cualquiera de tus asuntos.

-No necesariamente -Mario clavó sus ojos en los de ella y entonces Gina pudo ver la agonía en su mirada.

-¿Qué pasa?

-Estuve viendo algunas cosas en el proyector que… -la voz de su compañero se quebró.

-Me estás asustando, Mario.

-No tiene nada que ver con ustedes. Son problemas que yo creé y yo tengo que resolverlos. Tenías razón cuando dijiste que no debo involucrarte.

Gina recordó entonces lo valiente que fue cuando Rafael los descubrió y decidió seguir adelante. Mario podía no ser santo de su devoción, pero de unos días para acá su actitud había mejorado y, además, era su compañero de equipo. Le gustara o no, estaban en esto juntos.

-¿Tienen que ver con Lucas?

-¡Dios! -él se derrumbó en ese instante -Tengo que detenerlo, Gina. No sé cómo, pero tengo que detenerlo.

Mario empezó a hablar sobre lo que había visto en el proyector y Bruce dejó la computadora a un lado cuando lo escuchó. Como Gina no estaba enterada de muchas cosas, Mario tuvo que explicar algunos detalles de sus últimas aventuras en Nueva York. Fue muy agradable que ella no lo interrumpiera ni le hiciera reclamos por su conducta irresponsable, los cuales estaban justificados en esta ocasión. Él comprendía ahora que había estado caminando sobre la rayita que divide el bien del mal durante demasiado tiempo y, por desgracia, estaba a punto de caer hacia el lado equivocado.

-Ese Lucas suena como el mismo diablo -murmuró Gina.

-Para nada -lo defendió Mario -, es un buen muchacho, sólo que es demasiado intenso.

-Lo que va a hacer no tiene nada que ver con la intensidad sino con la maldad, amigo.

-Bruce tiene razón -intervino Gina -, eso se parece más a la venganza que a la justicia.

Mario lo meditó unos instantes. Sí, era bastante extremo, aún para el mismo Lucas.

-Si fuera malo, no estaría en el Cielo, ¿no creen? - preguntó con menos confianza que antes.

-Nosotros no estamos en el Cielo sino en el Purgatorio - le recordó su compañera -, somos almas en tránsito, no Ángeles. Pero coincido contigo en que deben tener alguna especie de control de calidad.

-Quién sabe, si un ateo como yo o un repelón como Mario estamos aquí... cualquiera puede lograrlo -apuntó Bruce -. Además, no sabemos cómo fue Lucas en vida o qué hizo para merecer esta oportunidad. A lo mejor algún familiar intercedió por él, como en el caso de Isaac.

-Eso de que el Cielo sea tan democrático a veces no es conveniente -comentó Gina.

-De verdad lo siento mucho, amigos -Mario no hubiera querido pasarles esta angustia, pero necesitaba de su comprensión para desaparecer un par de días.

-Lo sé -Gina lo miró con intensidad antes de agregar -. Escucha, lo vas a arreglar, así como también vamos a cambiar el destino de los Kimpa. Sólo hay que mantenernos unidos y no perder ni un segundo.

-No olviden que Rafael insistió en que la prioridad es el caso -intervino Bruce -, y el tiempo límite es dentro de cinco días.

Los tres guardaron silencio durante unos segundos, pero entonces Gina anunció con una firmeza poco común en ella.

-Mario, tú tienes que encárgate de Lucas. Mándale un correo ahora mismo y ponte de acuerdo para verlo en Nueva York. Yo me voy contigo y saco el video para hacer las copias.

-Hay que enviarlas a distintos lugares del mundo, no nada más a Estados Unidos -sugirió Mario gratamente sorprendido por la determinación de su compañera.

-Excelente idea -concedió Gina -, pero para eso tenemos que coordinarnos con la computadora. Después de tu entrevista con

Lucas, vemos como le hacemos.

–¿Y yo?

–Tú tienes que quedarte en este lugar y ver como avanzas en el caso, Bruce. No podemos descuidar ninguno de los tres frentes.

Después de que Mario mandó su correo, los tres bajaron a la ciudad, que estaba dividida por una canal del siglo XIX bordeado de construcciones de piedra y ladrillo que se reflejaban en el agua como un espejo.

–Este lugar tiene un cierto aire… –Mario hizo una pausa, como si buscara la palabra adecuada.

–Nostálgico –completó Bruce, que sentía exactamente lo mismo.

El estilo arquitectónico era en su mayoría occidental, con techos a dos aguas para que la nieve se deslizara sin problemas durante el invierno. Bruce casi podía imaginarla cubierta de blanco y con cristales de hielo pendiendo de sus ventanas.

Sin embargo, al entrar a cualquier establecimiento, el estilo oriental recuperaba su fuerza. Bruce disfrutó en especial la visita a un restaurante donde servían cerveza de Sapporo y ramen típico con sabor a miso. Era la primera vez que lamentaba no poder comer.

Después de un rato de exploración, en el que descubrieron algunas pinceladas de la típica arquitectura japonesa y muchas construcciones modernas, se sentaron en el murete junto al canal para concentrar su atención en la carpeta número cuatro. No había otra cosa qué hacer mientras esperaban la respuesta de Lucas.

Bruce empezó a leer en voz alta:

"Shigeru Rayano fue una de las figuras dirigentes del pueblo Ainu en Japón. Se le reconoce por ser el primer político de este grupo étnico en sentarse en la Dieta, como se le conoce a la cámara alta japonesa."

–¿Cómo son esos Ainus? –preguntó Gina.

–"De orígenes muy antiguos, a los Ainus se les han atribuido ancestros de tipo caucasoide" –leyó Bruce –. "Sin embargo, actualmente se les relaciona con la expansión de los primeros pobladores de Asia y los pueblos actuales de Siberia, aunque ellos tienen características genéticas propias que demuestran su diferenciación de las demás poblaciones de la región. Se cree que fueron los primeros pobladores de Hokkaido y arribaron durante la última glaciación hace más de 18 mil años. Las figuras geométricas que decoran la ropa tradicional, similares a las que aún hoy usan los Ainu en sus ceremonias, se han encontrado en ruinas muy antiguas."

–¡Vaya! ¡Esto sí que es interesante!

Bruce asintió complacido. No esperaba que Mario apreciara una cultura milenaria. Animado por esto, él volvió a la lectura:

–"Las relaciones con los japoneses fueron en cierto grado tirantes desde que los integraron al país en siglo XIX. Durante el siglo XX, su cultura empezó a decaer no sólo por su influencia, sino también por una mayor vinculación socioeconómica con los estadounidenses a partir de 1945. En la actualidad hay unos 15,000 japoneses con alguno de sus padres o ambos pertenecientes a los Utari, como prefieren ser llamados hoy en día."

–¿Practican algún tipo de religión? –quiso saber Gina.

–Déjame ver… –Bruce cambió la página y paseó la vista hasta llegar a lo que buscaba –. "Los Ainus tienen creencias animistas, según las cuales todo tiene un "kamui" o espíritu divino en su interior. No tienen sacerdotes, pero creen que sus espíritus son inmortales y serán recompensados después de la muerte con el ascenso a la tierra de los Dioses o castigados en el infierno."

–No son tan diferentes de nosotros entonces.

–Eso creo, Gina –Bruce siguió leyendo en silencio –. No, espera, sí lo son.

–¿Por qué lo dices?

–"La cultura tradicional Ainu es muy distinta de la japonesa. Al alcanzar determinada edad dejan de afeitarse, así que los más viejos tienen enormes barbas y bigotes. Hombres y mujeres por igual se cortan el pelo de los lados de la cabeza a nivel de los hombros, pero en la parte posterior el corte es semicircular. Al comenzar la pubertad, las mujeres se tatúan la boca, los brazos y los órganos genitales externos" –leyó Bruce provocando expresiones de incredulidad en sus compañeros –. "Su vestimenta tradicional es una capa tejida de mangas largas que casi llega hasta los pies y se atan al cuerpo con un fajín del mismo material. Cazan con flechas envenenadas y nunca comen nada crudo. Habitan en chozas techadas con cañas con un lugar para fuego en el centro y un agujero en el techo. En vez de utilizar muebles, los Ainus se sientan en el suelo cubierto con alfombra".

–¿En esta época? –Mario parecía en verdad azorado.

–Sólo los muy apegados a la tradición –explicó Bruce –. Al parecer hay una reservación cerca de aquí y viven en un concepto de comunidad absoluta donde comparten todos sus bienes e ingresos.

Esto empezaba a ser fascinante para él. En un principio, Bruce se sintió un poco relegado por tener que ser él quien se ocupara del caso mientras sus compañeros se aventuraban en empresas más importantes, pero ahora que lo pensaba... definitivamente era lo más conveniente. Se encontraban en Japón, en una región tan maravillosa que había sido la fuente de inspiración de su programa favorito, y sus compañeros se estaban llevando de maravilla. ¿Qué más podía pedir?

–Y ese señor... Shigeru... ¿qué tenemos que hacer por él? – preguntó Gina ajena a los pensamientos de Bruce.

–Por él nada, Shigeru Rayano murió de neumonía en un hospital de Sapporo en el 2006.

Gina miró a Bruce sin comprender lo que eso significaba. Si Shigeru Rayano estaba muerto, ¿cómo podían cumplirle un deseo?

–El que está en problemas es su único hijo, Tokuwaga – explicó el muchacho percibiendo su confusión –. Tiene unas deudas tremendas y está vendiendo todo para pagarlas. Al parecer son gastos de hospital.

–¿Y nosotros qué podemos hacer al respecto?

–Espera, Mario –Bruce tecleó algunos datos en la computadora antes de continuar –. Sí, el nieto de Shigeru murió después de una larga enfermedad que dejó a su familia en la ruina. No les queda más remedio que retirarse a una reservación Ainu. Los Rayano han sido bastante más moderados desde hace varias generaciones así que están sufriendo por esto, en especial Minami, la hija menor.

–¿Otra niña en apuros? –Gina no creía tener el corazón tan fuerte como para soportarlo. Ya bastante había sufrido con Amalia y Manolo.

–Minami tiene dieciséis años, pero no es ella quién está pidiendo ayuda.

–¿Entonces quién?

Bruce volvió a enfocar su atención en la carpeta.

–No dice –concluyó el muchacho después de un rato.

–Eso es lo de menos –apuntó Mario –, lo importante es saber de cuánto estamos hablando.

Bruce les dio una cantidad que los sumió en un profundo silencio. Era imposible pretender reunir semejante capital en cinco días. Eso, sin considerar todas las otras cosas que debían resolver durante ese tiempo.

–Esto cada vez se pone más complicado.

–¿Por qué no nos damos una vuelta por su casa para evaluar mejor las cosas?

La casa de los Rayano era pequeña pero muy agradable. Su estructura era de madera, con paredes delgadas y puertas corredizas hechas de papel japonés. De esta manera, la única estancia realmente dividida del resto de la casa era la entrada, que estaba a un nivel ligeramente más bajo que el resto del piso y donde se encontraba un zapatero para que las personas se descalzaran al llegar de la calle.

El mobiliario era distinto a lo que Mario estaba acostumbrado: las mesas eran muy bajas porque estaban pensadas para que los comensales se sentaran a su alrededor en cojines cuadrados. Lo mismo pasaba con otros muebles como el sofá o las estanterías. El suelo estaba hecho de madera, despidiendo un olor que invitaba al reposo, pero como cosa curiosa, en las habitaciones no había camas. Bruce explicó que dormían en fotones, que eran una especie de colchones de algodón, que guardaban en los armarios durante el día.

No obstante, el cuarto que más lo sorprendió fue el baño, ya que en él había una bañera estrecha pero profunda en la que una persona se podía sumergir cubierta hasta los hombros. Al parecer, los japoneses tomaban una ducha antes de meterse en ella porque sólo la utilizaban para relajación. Si Mario no hubiera estado tan preocupado porque Lucas llevaba varias horas sin contestar, hasta hubiera bromeado con el chino al respecto.

Además, en la casa tampoco estaban haciendo ningún progreso. La familia había salido y la mayoría de sus pertenencias se encontraban empacadas en cajas. Los muebles, blancos y accesorios portaban pequeños letreros con precios de venta y había muchos artículos amontonados por todos lados. Bruce, como siempre, se mostraba entusiasmado con cada pista que descubría pero Mario no podía concentrarse. No tenía idea de cuándo iban a suceder los acontecimientos que había presenciado, así que necesitaba darse prisa.

–¿Nada? –preguntó Gina después de verlo consultar la computadora una vez más.

Mario no contestó, sólo sacudió la cabeza despacio de un lado a otro.

–¿No tienes otra forma de localizarlo?

–Tengo las coordenadas de su último caso grabadas –respondió sin mucho entusiasmo –, el problema es que no sé si ya lo terminó. Y sólo le faltaba uno más.

–¿Y si le preguntamos a Rafael?

–Si Rafael quisiera ayudarme, ya lo habría hecho –Mario no le ocultó nada cuando leyó sus pensamientos en la sala de "Archivos".

Gina suspiró.

–Este es uno de esos casos donde respetar la libertad de las personas no resulta tan buena idea.

Los dos guardaron silencio durante varios minutos mientras contemplaban a Bruce que revolvía emocionado las pertenencias de esta familia que estaba a punto de perderlo todo.

–Creo que debemos ir a buscarlo –murmuró Gina después de un rato –. ¿Dices que estaba trabajando en un caso en Italia?

-Sí, pero si nos llevamos el aparato...

Mario ni siquiera reparó en que estaba hablando en plural, lo cual asumía que su compañera lo acompañaría. Resultaba egoísta de su parte dejar a Bruce solo, pero él realmente deseaba ir con Gina. No sabía explicarlo, tal vez era porque no quería enfrentar a Lucas por su cuenta, o quizá porque empezaba a disfrutar la compañía de esta mujer.

-En la casa hay una computadora que Bruce puede usar sin problema, y nosotros podemos utilizar el correo para comunicarnos cualquier emergencia.

-¿Y lo del video? -preguntó Mario.

-Después de ir a Italia pasamos a Nueva York y ponemos manos a la obra. Para serte sincera, no creo que vayamos a ser de mucha ayuda en estas circunstancias.

A Bruce no le importó que sus compañeros se marcharan porque comprendía la urgencia de resolver los otros dos asuntos pendientes. Además, estaba disfrutando sumergirse en la vida de una familia con una cultura tan maravillosa. Ardía en deseos de conocerlos, porque debido a que casi todo se encontraba empacado, no había ninguna foto de ellos para darse una idea de su aspecto. No obstante, había incontables cosas que le daban una idea de la personalidad de los miembros, empezando por la pulcritud y minuciosidad con que ordenaron las cajas y los artículos disponibles para la venta. Era impresionante el control detallado que llevaban, de modo que cada cosa, por pequeña que fuera, se encontraba registrada en una hoja con su respectivo precio.

Empleó la primera hora estudiando esta relación tratando de encontrar algo que tuviera suficiente valor para que la familia Rayano liquidara sus deudas. Después, revisó los papeles de las cuentas del hospital de Sapporo donde el hijo estuvo internado durante meses buscando algún error que pudiera salvarlos. Más tarde, regresó a la lista, abrió algunas cajas y entonces lo encontró... El mayor tesoro que él hubiera visto jamás.

En la hoja se encontraba inscrito como "Libros de Yoichi", sin precio, lo cual debía significar que eran de las pocas pertenencias de las que no pensaban deshacerse. Por eso Bruce no le prestó atención al principio. Sin embargo, cuando abrió la caja... La colección completa de cómics de Pokémon apareció frente a sus ojos.

Bruce perdió la noción del tiempo hojeando uno tras otro y estaba tan ensimismado que no escuchó la puerta abrirse. Las voces de dos mujeres, una más joven que otra, llegaron hasta sus oídos cuando se encontraban demasiado cerca así que apenas alcanzó a recoger los libros y meterlos en la caja. Era imposible intentar regresar la caja a su lugar.

–Necesito que me ayudes con la cena porque tu padre no tarda en llegar –la voz de la madre era dulce y aterciopelada.

–Ya voy –la hija tenía un timbre más agudo y alegre –, sólo déjame llevar esto a...

Bruce contuvo el aliento cuando ella tropezó con la caja de los cómics. Más por instinto que porque resultara de utilidad, él hizo el intento de detenerla para evitar que cayera hasta el piso. Su grito de dolor al golpearse no impresionó tanto a Bruce como la belleza de la muchacha.

–¡Minami! –la señora Rayano corrió hacia donde estaba su hija para ayudarla –¿Estás bien?

Una sensación muy extraña recorrió el cuerpo de Bruce al ver a la madre. Era una réplica madura de la chiquilla que se levantaba con expresión asombrada.

–Esta caja... ¿Tú la moviste?

Minami abrió la tapa después que su madre negó con la cabeza y las dos cruzaron una mirada sorprendida al ver el contenido.

–¿Tú crees que...?

–No, hija, no lo creo, hace un mes que murió tu hermano y hasta ahora no nos ha visitado. Tal vez la movió tu papá.

–¿Y eso?

La chica señaló algo a espaldas de Bruce así que él se volvió para ver de qué se trataba y maldijo su torpeza al comprobar que uno de los cómics se había caído al piso.

–Papá nunca olvidaría uno, lo sabes. Y tampoco dejaría la caja fuera de lugar.

–Lo que pasa es que tú lo extrañas tanto que…

–Mamá, debes tener fe. Yoichi nunca nos abandonaría. Él está aquí, lo sé, ha venido a salvarnos.

Lucas no estaba en Italia, al menos no en los alrededores de las coordenadas que Mario tenía grabadas. Era probable que ya hubiera terminado su caso, lo cual los dejaba con el dilema de dónde iba a aparecer ahora. Gina volvió a sugerir que pidieran ayuda al Cielo, pero Mario parecía decidido a resolver esto por su cuenta. Ella admiraba su determinación pero temía que acabara convertido en cómplice involuntario de dos crímenes si no lo lograba, porque Lucas no parecía ser una fuerza fácil de detener.

–Entonces tengo que ir Nueva York y resolver la situación de estas personas antes que él.

–¿Cómo? –preguntó Gina asombrada de que Mario se tomara tan en serio la seguridad de dos delincuentes.

–No lo sé. Voy a buscarlos y encontrar la manera de entregarlos a la policía.

–Eso puede ser muy complicado.

Gina no imaginaba cómo Mario podría conseguirlo. En realidad todavía tenía dificultad para digerir todo lo que él había hecho. Ella estuvo tanto tiempo pensando lo peor de su compañero, incluso hasta se negó a creerle cuando se lo contó por primera vez, que tenía que reconocer que se sentía culpable. Tal vez si Gina no hubiera sido tan intransigente, Mario habría confiado en ellos desde el principio y entonces nunca se hubiera enredado con alguien como Lucas.

–Tengo que hacerlo, Gina.

–Yo te ayudo.

–No, es mejor que lo haga solo, por si las cosas no salen bien…

Ella iba a protestar.

–No quiero hacerte partícipe de algo que puede poner en peligro tu salvación. Te lo digo por experiencia, a veces uno empieza con la mejor intención y todo se va complicando sin que puedas hacer nada para evitarlo.

Gina sintió que un nudo le cerraba la garganta al escuchar sus palabras. Mario estaba tratando de protegerla, eso era lo más hermoso que alguien había hecho por ella hasta este momento. Sin detenerse a pensarlo se acercó a su compañero y lo abrazó.

–Si necesitas cualquier cosa, lo que sea… –le dijo ella con la mirada nublada por las lágrimas que estaba tratando de contener.

–Te mandaré un correo, no te preocupes.

Gina se separó un poco y entonces experimentó cierta vergüenza por su arrebato.

–Será mejor que nos vayamos a Nueva York de una vez.

–Sí, necesitas ponerte a trabajar para salvar a los Kimpa.

Curiosamente, ninguno de los dos se movió hasta que el timbre de la computadora, anunciando la llegada de un correo electrónico, los interrumpió.

El correo era de Bruce, no de Lucas. El pobre estaba muy mortificado porque la familia Rayano parecía creer que el alma de su hijo había regresado del "Más Allá" a través de unos cómics que solían ser su fascinación, así que Mario y Gina se transportaron a Japón de inmediato.

–Los Ainus piensan que las almas de los seres humanos no mueren junto con su cuerpo sino que habitan objetos animados e inanimados –les explicó Bruce cuando se reunieron con él.

–Bueno, eso no va a hacerles daño –replicó Gina.

–El problema es que esa colección es lo más valioso que he encontrado en la casa hasta el momento. Si los Rayano la pusieran a la venta podrían liquidar parte de sus deudas pero, gracias a mi descuido, ahora menos que nunca querrán deshacerse de ella.

–Tiene que haber algo más, Bruce –intervino Mario al notar su desolación –. Si ese chico coleccionaba cómics tal vez tenga otras cosas de valor por ahí.

Los tres estuvieron de acuerdo con que Bruce debía seguir

buscando. Después decidieron sincronizar sus relojes para no caer en errores por las diferencias de horario entre los países que iban a visitar. En Japón, en este momento, eran las ocho de la noche del miércoles treinta de junio. En Nueva York, las seis de la mañana del mismo día. Catorce horas de diferencia significaban que, en muchos momentos, estarían viviendo en diferentes fechas.

Después, Gina y Mario se marcharon a Nueva York. Las primeras luces del día que estaba terminando del otro lado del mundo los recibieron y, antes de que las cosas volvieran a ponerse intensas, él decidió despedirse de su compañera.

No podía explicar el momento que vivieron antes que Bruce los mandara llamar, pero Mario tenía que reconocer que nunca había experimentado algo así. Una emoción tan fuerte lo asustaba, sobre todo porque se trataba de Gina, alguien con quien solía intercambiar más gritos que palabras amables. No obstante, cuando ella lo dejó en Conney Island, Mario se sintió como un niño perdido.

CAPÍTULO 18

Bruce continuó explorando la casa durante toda la noche. Abriendo cajas, analizando cada objeto tratando de encontrar algo de valor, pero fuera de los cómics no había nada que pudiera ayudar a los Rayano. En medio de esta búsqueda, dio con unas fotos donde estaba toda la familia reunida, Yoichi era un niño regordete y de aspecto simpático que hacía muecas cada vez que lo retrataban. No se trataba de fotos actuales porque en ellas Minami era apenas una chiquilla, pero algo muy dentro de él se removió al notar lo dichosos que parecían.   No podía explicar la razón pero este caso le estaba afectando más que los otros, tal vez porque se trataba de gente como él, de su misma raza. Cuanto más averiguaba sobre ellos, más identificado se sentía con esta familia y más se obsesionaba con encontrar una manera de resolver su situación.

Gina regresó al amanecer. Había dejado a Mario en Nueva York y después fue a buscar el video de Cabinda para sacarle copias y enviarlo de forma anónima a diferentes medios de comunicación alrededor del mundo. Alguien tenía que interesarse lo suficiente para hacer algo al respecto así que ahora debían estar pendientes de las noticias. Ninguno de los dos externó su preocupación por Mario pero ésta era evidente en los rostros de ambos porque, hasta el momento, Lucas no contestaba el correo y tampoco habían recibido ninguna comunicación de su compañero. Bruce trató de distraer a su amiga hablándole sobre el caso, pero no lo consiguió hasta que la familia despertó y Gina tuvo oportunidad de conocerlos.

-Es una familia hermosa -reconoció ella mientras los Rayano desayunaban en la cocina hablando sobre las actividades del día.

-¿Llamaste a Naoto? -preguntó Tokuwaga a su hija y ella asintió.

-¿Avanzó algo?

La voz de la madre seguía siendo como música a los oídos de Bruce.

-Naoto no es tan brillante como Yoichi, está haciendo lo mejor que puede.

-¿De qué están hablando? -quiso saber Gina, pero él se encogió de hombros porque no tenía idea de quién era Naoto.

-La fecha límite para entrar al concurso es el lunes, si no consigue terminarlo para mañana, no habrá manera de que llegue a tiempo -la madre suspiró -, lo peor es que todo el trabajo de Yoichi se desperdicie.

- ¡Si tan sólo hubiera tenido una semana más!

Los tres guardaron silencio y a Bruce le pareció que los ojos del padre se llenaban de lágrimas con sus últimas palabras.

Su hija se acercó a abrazarlo y murmuró:

-Voy a ir a verlo ahora mismo.

Él y Gina cruzaron una mirada significativa. También ellos iban a ir a ver a Naoto.

La casa de Naoto debía estar cerca porque Minami tomó su bicicleta para hacer el recorrido. Ellos la siguieron con ayuda del aparato y, en el camino, pasaron frente a una Tomioka, o Iglesia Católica, de estilo tan europeo que daba la impresión de estar en el continente equivocado. Gina quiso entrar un par de minutos y Bruce la esperó con evidente impaciencia porque no quería perder a la chica.

Por fortuna, las pendientes de las calles impedían que Minami avanzara a gran velocidad y llegaron al mismo tiempo a una casa de madera de dos plantas, de color blanco, donde un chico delgado y alto como una garrocha recibió a la muchacha en una cochera que más bien parecía un laboratorio electrónico. Bruce parecía haber llegado al cielo. Gina no lo había visto tan entusiasmado desde que descubrió Akihabara.

Ella no entendía nada así que salió del cuarto para escribirle a Mario. Ya había transcurrido demasiado tiempo sin tener noticias de él, y aunque Gina estaba consciente de que no le resultaba tan fácil como a ellos tener acceso a una computadora, ya estaba desesperada. Para su mala suerte, ella no era buena con eso de los correos así que, después de dos intentos fallidos, decidió pedir ayuda a Bruce. Estaba a punto de ir a buscarlo cuando la campanita que avisaba de un correo entrante la detuvo. Gina lo abrió deseando con toda su alma que fuera de Mario.

"Hola chicos" –empezó a leer –. "Aquí son las ocho de la noche y al fin cerró la tienda de computadoras. Es increíble cuánto se complican las cosas cuando no tienes el aparato. La verdad nos hemos hecho muy flojos y se nos olvida que la gente común y corriente tiene que depender de los medios de transporte tradicionales. El día fue bastante productivo. Pasé casi todo el tiempo en la estación de policía buscando información acera del caso. No hay muchas pistas respecto a El Pelón pero el policía corrupto parece estarlo buscando con más intensidad que nosotros. Imagino que quiere comprar su silencio porque El Gordo aseguró en su declaración que él no estaba ahí para detenerlos sino para extorsionarlos. Hasta este momento no lo han procesado porque es la palabra de un delincuente contra la suya, pero si aparece el otro involucrado y declara lo mismo, no va a poder sostenerse. Su jefe ha abierto una investigación en Asuntos Internos sin que él lo sepa, así que es cuestión de esperar. El problema es que no sabemos cuánto tiempo tenemos antes que Lucas regrese a la tierra y decida actuar. ¿Han tenido alguna noticia de él?"

Gina suspiró. Eso de que Lucas estuviera tan perdido la preocupaba.

"Espero que todo vaya bien en Japón y que Gina no haya tenido problema con los videos" –ella volvió a leer –. "Saludos. Mario"

Gina se sentía un poco idiota al preocuparse tanto por él, pero ella no quería ni pensar en que todo este enredo de Lucas no tuviera final feliz.

Mario se conmovió cuando la respuesta llegó casi enseguida. Eso demostraba que sus compañeros estaban pendientes de él, o al menos Gina que fue quien le contestó.

"Hola Mario" –sus ojos recorrieron las líneas con avidez –. "Estaba tratando de escribirte cuando llegó tu correo pero soy medio torpe con la computadora y Bruce anda ocupado. Claro que apretar el botón de "Responder" no es tan difícil, pero aún así no estoy segura de que te llegue. Por favor avísame si lo recibes o voy a tener que pedirle a nuestro "nerd" de cabecera que te escriba por mí. No sabes el alivio que sentí al saber que todo va bien. Creo que sería buena idea que te le pegaras a ese oficial. Él mismo puede llevarte con El Pelón y así matarías dos pájaros de un tiro. En sentido figurado, desde luego."

Mario sonrió ante la aclaración de su compañera. Después volvió a la lectura:

"De Lucas no hemos sabido nada pero supongo que eso significa que está Arriba y no ha visto tu correo. Ya sabes cómo es ese asunto del tiempo, a veces vamos allá por un rato y aquí pasan varios días. Sobre los videos te aviso que saqué cincuenta copias y las envié a más de veinte países. Bruce ya me enseñó cómo monitorear algunos canales con esta cosa y voy a estar al pendiente. Si en un par de días no sale ninguna noticia, voy a hacer otra remesa."

Esta nueva Gina no dejaba de sorprender a Mario con su determinación. ¿Dónde estaba la criatura temblorosa que había llegado al purgatorio al mismo tiempo que él?

"Con respecto al caso" –continuó leyendo Mario –, "seguimos más o menos en lo mismo, ahorita estamos en casa de un amigo del difunto que parece el doctor chiflado, pero Bruce tiene las pilas tan cargadas que no dudo que vaya a encontrar algo. Cuídate mucho y seguimos en contacto. Te extrañamos. Gina"

Mario sintió húmeda la mirada al leer la última frase. "Te

extrañamos". Era muy agradable que alguien se preocupara por él.

Yoichi Rayano era un genio. Muchos de los artefactos que se encontraban en este cuarto habían sido creados por él y su amigo Naoto. Según lo que Bruce comprendía por la conversación entre éste y Minami, los dos dedicaron los últimos meses de vida del muchacho a crear un videojuego que pensaban presentar en un concurso. Yoichi sabía que los gastos por su enfermedad iban a hundir a sus padres y su intención era que usaran el premio en efectivo para liquidarlas. Por desgracia, murió poco antes de terminarlo y su amigo no conseguía hacerlo sin su ayuda.

Bruce sintió que una punzada se le clavaba en el pecho cuando Minami confortó con ternura a Naoto y él la besó con suavidad en los labios. Era una estupidez sentir celos de alguien estando muerto, así que decidió ponerse a trabajar. El famoso videojuego se encontraba sobre la mesa del fondo y los tortolitos no notaron que empezó a inspeccionarlo.

Era en verdad algo muy creativo. Una especie de Guerra de las Galaxias combinada con artes marciales de una calidad gráfica fuera de serie. Bruce se emocionó tanto que no reparó en que algunos de los sonidos llegarían a oídos de Naoto y Minami.

–¿Qué fue eso?

Los dos chicos se acercaron al juego y Naoto pareció sorprendido al notar que se encontraba en el nivel dos.

–Yo lo dejé apagado.

–¿Estás seguro, Naoto?

–Desde anoche estoy trabajando en ese algoritmo.

El joven señaló la computadora en cuya pantalla estaban desplegadas decenas de fórmulas.

–Si consigo resolverlo, puedo tenerlo listo en cuestión de horas.

–Entonces debe haberlo encendido Yoichi. Ayer regresó, ¿sabes?

A continuación, Minami le contó a su novio sobre el asunto del cómic fuera de lugar y la caja con que tropezó. Bruce se sintió como un fraude. Esta muchacha amaba tanto a su hermano que estaba convencida de que había regresado del más allá para ayudarlos. Por un lado, era casi trágico que fuera el fantasma de un desconocido quien alimentara esta falsa esperanza, pero por otro, tal vez fuera el milagro que estaban esperando porque Bruce era la persona indicada para ayudarlos. No sabía cómo, pero él comprendía ese algoritmo.

Bruce estaba como loco cuando Gina volvió. A grandes rasgos le contó lo que acababa de descubrir y, sin darle tiempo a ella para contarle sobre los correos de Mario, anunció que tenían que ir a Akihabara. El concurso donde Yoichi Rayano pensaba inscribirse era en ese barrio de Tokio, y Bruce quería verificar ciertos datos relacionados con las especificaciones del videojuego.

El barrio era impresionante. La vez pasada que estuvieron allí era de noche y Gina no estaba preparada para el ajetreo que reinaba durante el día. Mientras Bruce se desconectó del mundo real para averiguar lo que necesitaba, ella buscó en la computadora información al respecto. "Akihabara: Zona ubicada en el distrito de Chiyoda en Tokio, famosa por ser la meca de los "geeks" de Japón. La mayoría de los comercios se dedican a la venta de electrónicos, computadoras, accesorios y gadgets, además de entretenimiento audiovisual, como anime y videojuegos. Es uno de los pocos lugares del mundo donde puedes encontrar encargados que hablan hasta ocho idiomas. Es tal la afluencia extranjera que ofrecen productos libres de impuestos a los turistas."

Gina miró a su alrededor notando que había compradores de muy diversas nacionalidades. Después regresó a la lectura:

"En tiempos de la primera era Edo, la zona solía albergar comercios de armas de mala calidad. En 1869 un incendio la destruyó, y en 1890, cuando los trabajos de ferrocarril se completaron, se bautizó a la estación con su nombre actual. En 1951, comenzaron a establecerse tiendas y puestos bajo la protección de los rieles".

Ella levantó la vista de la pantalla otra vez para echar un vistazo por la Avenida Chou, repleta de gente, comercios, anuncios, ruido y luces. Bruce había entrado a una tienda llamada AKKY, pero Gina no pudo evitar notar que muchos jóvenes a su alrededor se parecían a su compañero. No sólo en el físico, sino en la personalidad: pulcros y con aspecto intelectual. Si Mario estuviera aquí hasta podrían bromear al respecto.

–Listo –Bruce llevaba una gran sonrisa en el rostro al salir.

–¿Lo encontraste?

–Aquí tengo todo lo que necesito –él le mostró un pequeño folleto que llevaba en las manos –. Hay grandes posibilidades de ganar ese concurso.

–¿Crees que podrás conseguirlo?

–Si me pongo a trabajar enseguida y sin interrupciones…. - Bruce la miró dulcemente antes de agregar –Quizá sería mejor que te fueras a Nueva York con Mario.

–¿De verdad?

–Yo necesito concentrarme. En cuanto termine me pongo en contacto con ustedes.

Gina no pudo contenerse y se acercó a besarlo en la mejilla. El muchacho rió divertido.

–Nada más que primero tienes que ayudarme a deshacerme de Naoto.

–Deshacerte de Naoto –repitió ella sin comprender.

–Sólo necesito que se quede dormido. Tú sabes… Para que no me estorbe.

–¡Ah! - suspiró Gina aliviada –Entonces ya sé exactamente a dónde tenemos que ir.

Mario se sentía como un idiota al estarla esperando como si se tratara de una cita. Gina le había avisado que venía porque Bruce necesitaba concentrarse en terminar un videojuego que podía ser la clave para salvar a los Rayano, y quedaron de verse en el Parque

Central. Eran poco más de las once de la noche de un día demasiado largo y él tenía que reconocer que lo que revoloteaba en su estómago no se relacionaba con el hambre. Ella apareció de repente a sus espaldas y lo asustó tanto que los dos se echaron a reír. Esto sirvió para que calmara los nervios absurdos que sentía de encontrarse con una mujer a la que había visto hasta el cansancio en el último mes.

Se transportaron a SoHo y pasaron la primera media hora conversando sobre el caso de Japón mientras caminaban por las calles adoquinadas. Los balcones de hierro forjado de la antigua zona de bodegas, convertida ahora en Barrio Ecléctico, no eran tan comunes en la ciudad como las escaleras de emergencia que dominaban sus fachadas. Todo a su alrededor eran Galerías de Arte, tiendas de diseñadores o antigüedades, y Cafés tipo Bistro, con las mesas en la banqueta al estilo Europeo.

Mario encontró muy gracioso que Gina se hubiera encargado de echar algunas hierbas que consiguió en un mercado de México al café de Naoto para que se quedara dormido y Bruce pudiera trabajar.

–¿Estás segura de que va a despertar?

–Con un poco de dolor de cabeza nada más - respondió ella con tranquilidad.

–¿Quién eres y qué hiciste con mi compañera? –bromeó Mario al recordar nuevamente a la Gina de los primeros días, tan agobiada por miedos y culpas que lo desesperaba.

Después evaluaron las alternativas que tenían para el caso de los Kimpa y terminaron con los pormenores de su propio dilema. Gina insistió en que consiguieran una cámara de video para montar guardia afuera de la casa del policía corrupto. Gracias al aparato, resolvieron las dos cosas en cuestión de minutos y se instalaron en la patrulla que se encontraba estacionada en la cochera del oficial.

Mario había obtenido algunos documentos en la estación de policía respecto al caso de los camiones de helado y juntos se pusieron a analizarlos. Cuando las primeras luces del día aparecieron en el horizonte, él se sorprendió. Las horas se le pasaron volando.

–Gina… no sabes cuánto te agradezco todo esto.

–¡Ay, Mario! No es nada, tú harías lo mismo por Bruce o por mí.

–Hasta hace poco no –reconoció él con cierta vergüenza –, pero después de la manera en que se han portado conmigo… Te juro que no voy a fallarles nunca.

Ella sonrió. Sus ojos brillaban de manera muy especial cuando lo hacía.

–¡Ahí está! –gritó Gina inesperadamente al descubrir algo a sus espaldas.

El policía acababa de salir. Mario consultó el reloj: las seis con doce de la mañana.

–¿A dónde irá tan temprano?

Naoto despertó cerca de las ocho de la noche, cuando su madre entró a buscarlo para llevarle la cena. Durante toda la tarde nadie lo molestó porque sus familiares y amigos sabían que trabajaba contra reloj. El pobre tardó un rato en espabilarse lo suficiente para volver al algoritmo. Se sentía mal por haberse dejado vencer por el sueño, pero llevaba tanto tiempo subsistiendo a base de café y paletas de caramelo que no sospechó absolutamente nada.

Su sorpresa fue tal al encontrarse con los cambios que Bruce había realizado que llamó a Minami para informarle. Ella estaba convencida de que su hermano Yoichi era el responsable y hasta sugirió que Naoto volviera a dormirse para que lo dejara trabajar. El muchacho no estaba tan convencido y regresó a la computadora. Bruce aprovechó este tiempo para hacer algunos ajustes en el videojuego, con el volumen apagado desde luego. Cuanto más se metía en el programa, más se sorprendía de la habilidad del chico que lo había creado. De hecho, tenía que reconocer que Naoto era bueno, pero nada que ver con la creatividad de Yoichi Rayano. Bruce estaba seguro que si conseguían terminarlo a tiempo, este juego sería el ganador absoluto del concurso.

Esto significaría un gran cambio de vida para la familia Rayano, no sólo por el premio en efectivo que era suficiente para liquidar sus deudas, sino porque sería todo un éxito en un mercado como Akihabara y eso se traduciría en cuantiosas ganancias por regalías. Era increíble pensar que el sueño del hijo moribundo podría realizarse después de que él se marchó, y Bruce sentía que este caso era la razón por la que Rafael lo había asignado a este equipo. Muy pocas personas podían hacer un trabajo así y, una vez más, se maravilló de la precisión con que trabajaban allá Arriba.

Cerca de la medianoche decidió que necesitaba volver al algoritmo y entonces recurrió de nuevo a las hierbas de Gina. Por un instante, mientras Naoto luchaba contra el sueño, pensó en sus compañeros y una sensación placentera lo invadió. Algo estaba pasando con esos dos, algo que iba mucho más allá de la Gracia que habían recibido del Cielo. Sólo bastaba recordar la emoción de Gina cuando se despidió para comprobarlo.

El chico cayó sobre el teclado y esa fue la señal de salida para Bruce. Antes de hacerlo a un lado, tomó nota de dejarlo en el mismo lugar para que Naoto no se sintiera tan mal. Quizá hasta podría convencerse de que había sido él mismo quien resolvió el algoritmo. Como la señora Rayano dijo, necesitaban terminar el juego esta noche para que alcanzara a llegar a Tokio antes del lunes. Ese día era también la fecha límite para resolver el caso. Bruce lo tomó como un buen augurio y puso manos a la obra.

Después de acompañar al tipo durante seis horas, contaban con pruebas suficientes para hundirlo ante sus superiores. No obstante, Gina no quería usarlas todavía porque estaba segura que él iba a llevarlos hasta El Pelón. Hasta el momento esa era su mejor carta y no pensaba gastarla a menos que no tuvieran ninguna otra alternativa.

Muy a su pesar, ella tenía que reconocer que esto de jugar al súper héroe era muy emocionante. Empezaba a comprender la razón por la que Mario no podía renunciar y terminó metiéndose en tanto lío. Había hasta algo generoso en todo esto y Gina se arrepintió de los malos ratos que le hizo pasar. En un momento de confianza, hasta le confesó que solía llamarlo "Oso" porque la primera impresión que tuvo de él fue que se trataba de una bestia grande y oscura.

Su compañía resultaba tan agradable que era muy fácil trabajar en equipo. Se encontraban sentados cómodamente en el asiento trasero de la patrulla del policía que, por supuesto, no tenía la menor idea de que estaban ahí. La cámara de video viajaba escondida debajo del tapete porque, a diferencia de la computadora celestial, ésta sí era visible para los seres humanos.

Lo bueno era que podían grabar el sonido desde allí. Además, cuando llegaban a algún lugar y el tipo bajaba del auto, la colocaban en la ventanilla para seguir sus movimientos. En alguna ocasión Mario se las ingenió para esconderla entre las ramas de un arbusto cercano y filmarlo mientras recibía un soborno de un fulano que manejaba un grupo de prostitutas en su zona. Gina nunca había apreciado su inteligencia, tal vez porque siempre consideró a Bruce como la materia gris del equipo, pero lo cierto era que Mario tenía una habilidad para resolver las cosas que no dejaba de sorprenderla.

Ella empezaba a convencerse de que no había manera de que Lucas pudiera salirse con la suya, cuando llegaron a un sitio tan tenebroso que la hizo experimentar cierto miedo. Era un complejo industrial abandonado donde este hombre no debía estar tramando hacer nada bueno.

—Enciende la cámara —le recomendó Mario al ver que se detenían.

Acto seguido, el policía confirmó su ubicación por radio con unas personas que le contestaron que llegaban en cinco minutos. Gina hubiera preferido que no se bajaran del auto pero Mario saltó detrás del hombre sin avisarle.

—Es mejor que te quedes aquí —apuntó Mario al ver que se disponía a seguirlo –, es importante que sigas grabando y una cámara de video no puede andar flotando sola por ahí.

Ella sintió un frío intenso recorrer su cuerpo al verlos internarse dentro de una nave desvencijada. No le gustaba perderlos de vista, pero tenía que concentrarse en buscar la forma de acomodar la cámara para alcanzar a filmar la llegada de los acompañantes. En eso estaba, cuando vio aparecer a alguien unos cuantos metros adelante: Lucas. Le temblaron las piernas al comprender lo que eso significaba. ¡Tenía que avisarle a Mario!

Justo cuando iba a bajar de la patrulla, escuchó el sonido de un motor que se acercaba. No tuvo que mirar por el espejo retrovisor para saber que el auto era de color negro. El momento había llegado, antes de lo que esperaban y a plena luz del día. Rápidamente evaluó sus alternativas tratando de recordar cada detalle de lo que Mario le había contado. Lucas iba a empujar al policía desde la azotea. Gina miró hacia arriba y tomó una decisión.

Mario reconoció el lugar al llegar a la azotea. Para su mala suerte, era demasiado tarde. Lucas apareció casi enseguida y el motor del auto negro podía escucharse a lo lejos. Su cicatriz empezó a saltar como si tuviera vida propia.

–No lo hagas, amigo, no está bien.

Lo único que le quedaba era abogar a su cordura porque, a pesar de su peso, él no tendría oportunidad de detenerlo. Lucas era fuerte y mucho más ágil que Mario, podía llegar al policía en un par de zancadas.

–¿Qué sabes tú lo que está bien, Mario? –le preguntó Lucas en un tono que nunca le había escuchado antes.

–Matar a alguien no está bien. Hay otras maneras de resolverlo. Yo tengo pruebas para encerrar a este tipo por mucho tiempo.

–Eso dijiste la vez pasada.

–Esta vez es diferente –aseguró Mario tratando de mantener la calma –, si le damos un tiempo, puede llevarnos hasta El Pelón.

–¿Y cuánto daño van a hacer los dos mientras tanto? ¿Te has puesto a pensar en eso?

Mario no contestó porque el auto negro parecía acercarse cada vez más.

–Es el momento de definirse, Mario. ¿Quieres seguir jugando o de verdad te interesa hacer una diferencia?

–Esta no es la forma correcta.

Dio un paso al frente despacio, tratando de ganar terreno entre el policía y Lucas. Sin embargo, el joven lo percibió e hizo exactamente lo mismo.

–Mario, Mario... Siempre tan débil, tan gris... ¡Pobre de ti!

El policía se acercó a la orilla y se asomó para hacer una seña a los ocupantes del auto que acababa de estacionarse. Mario ya había visto esta película así que se abalanzó sobre Lucas tratando de detenerlo. Como esperaba, el joven fue más rápido y Mario terminó en el piso. El resto sucedió como en cámara lenta. Lucas tomó un pedazo de madera que se encontraba tirado en la azotea y golpeó al policía por la espalda.

El hombre perdió el equilibrio y cayó desde el tercer piso.

—¡No! —gritó Mario desesperado.

En ese momento, Lucas desapareció

.

CAPÍTULO 19

Bruce terminó de arreglar el juego cuando el sol anunciaba el amanecer del viernes dos de julio. Había algunos detalles que Naoto tendría que pulir, pero eso serviría para que el pobre aliviara la culpabilidad que experimentó al comprobar que se había quedado dormido otra vez.

Minami apareció tan temprano que Bruce adivinó que había pasado la noche en vela. Era en verdad muy bonita, sobre todo cuando reía, y ahora estaba feliz porque el juego quedaría listo en cuestión de horas. Fue a buscar a sus padres después de besar a su novio y Bruce la siguió. Había algo en esa chica, en esa casa, en esa familia que lo atraía. No tenía idea de cómo había sido su vida en la tierra pero le hubiera encantado que fuera parecida a la de Yoichi Rayano. Cuando Gina volviera, consultaría su biografía en la computadora.

Era una pena que este caso se resolviera tan pronto, aunque todavía necesitaba asegurarse de que el videojuego llegara a AKKY a tiempo. De hecho, Bruce pensaba prescindir del servicio de paquetería y llevarlo personalmente para no correr ningún riesgo, pero como para eso necesitaba el aparato, Bruce entró a la casa de los Rayano para mandar un correo desde su computadora.

"Hola" -escribió -. "El juego está listo. No es urgente que regresen, pero sí resultaría conveniente que se reportaran para llevar el paquete a Tokio antes del lunes. Espero que todo vaya bien por allá. Saludos. Bruce."

Gina no estaba segura de que su plan funcionara. Tuvo muy poco tiempo para mover la patrulla antes que el carro negro llegara y era difícil calcular el lugar exacto desde abajo, pero es que cuando ella comprendió que las cosas iban a suceder tal como Mario lo había visto en el proyector, Gina decidió que no tenía caso seguirlo.

Los hombres se apearon del auto sin sospechar que alguien grababa sus rostros con un acercamiento digno de un anuncio de televisión e hicieron una seña al policía que los esperaba. Ella enfocó la matrícula del auto tratando de que sus manos dejaran de temblar y entonces el grito de Mario la estremeció:

–¡No!

El golpe seco sobre el techo de la patrulla llegó casi enseguida. Era la primera vez que Gina se sintió afortunada de estar muerta porque un pedazo de lámina la atravesó y, muy a su pesar, ella se encontró gritando también, más como un reflejo por el golpe que por el dolor.

–¿Estás bien? –   Mario apareció a su lado al mismo tiempo que los delincuentes del auto negro huían despavoridos.

–Todavía muerta, ¿y tú?

–Eres una chica muy lista.

Su sonrisa fue tan hermosa que por unos instantes Gina se olvidó de la gravedad de la situación. Los quejidos del hombre la hicieron reaccionar y salió del vehículo para alcanzar a su compañero, que ya estaba checando los signos vitales del policía.

–¿Está vivo?

–Sí, pero tenemos que darnos prisa.

Gina entró en la patrulla y encendió la radio; la operadora de la policía comprendió que debía mandar ayuda cuando el herido empezó a quejarse con más intensidad. El problema era cómo hacer que los localizara lo antes posible porque el oficial necesitaba atención inmediata. Mario tuvo una idea brillante y reprodujo la parte que habían grabado al llegar, cuando el policía confirmó la cita con sus cómplices. La señorita no hizo preguntas y ellos se quedaron acompañando al hombre hasta que llegó la ambulancia. Según los paramédicos estaba grave pero, gracias a que había caído en el auto y no sobre el pavimento, tenía posibilidades.

Ellos dejaron el material grabado dentro de la patrulla y se subieron a la ambulancia para trasladarse al hospital. Las primeras horas eran las más delicadas y la espera se les hizo eterna. Mario no se cansaba de darle las gracias por su lucidez, pero Gina tenía cosas mucho más importantes en la cabeza.

–No puedo creer que Lucas de verdad lo haya hecho.

–Y si hubieras visto la frialdad en su rostro, en su voz… Su compañero parecía tan impresionado que la conmovió.

–Mario… He estado pensando, este Lucas no puede ser uno de los nuestros.

–¿Cómo dices?

–Ya sé que se ve como nosotros y tiene un aparato igual, pero eso no significa nada.

Había formas de conseguirlo. Gina podía pensar en una específicamente.

–¿Te acuerdas de Alicia? –preguntó ella terminando de armar el rompecabezas dentro de su mente.

–¿La del equipo con las siamesas?

Gina asintió sin sonreír, a pesar de la acertada descripción de las chicas orientales que completaban el grupo que encontraron en el Parque Central durante su primer caso.

–Les robaron su computadora. Una chica llamada Lucy.

–Sí –recordó Mario –, un asunto muy raro. Ella les dijo que había perdido a su equipo, y cuando le prestaron el aparato para que los localizara desapareció con él, ¿no?

–Siempre me dio la impresión de que había algo más en esa historia.

–No sé a qué te refieres.

–Me refiero a que ambos incidentes pueden estar relacionados. Lucas, Lucy… –Gina hizo una pausa deliberada porque le costaba trabajo ponerle palabras a lo que estaba pensando - Lucifer.

Al principio Mario pensó que Gina se había vuelto loca. Lucas no podía ser el diablo. En primer lugar no lucía como tal, pero entonces su compañera le recordó que el personaje rojo con cola y cuernos sólo existía en la fantasía popular.

–El diablo suele tomar muchas formas, la mayoría muy atractivas –replicó Gina –. Bien puede ser una mujer hermosa tentando a un hombre casado, un ejecutivo elegante proponiendo un negocio fácil, o un muchacho inofensivo vendiendo algo más que helado. Te dice lo que quieres oír y se identifica contigo.

A Mario eso le sonó familiar. Lucas, en un principio, casi le ponía palabras a sus pensamientos. Era el compañero perfecto.

–Una vez que le compras su juego, te va poniendo trampas para hacerte caer – añadió su Gina.

Sí, el muchacho solía retarlo con frecuencia, reconoció Mario, pero siendo sinceros nunca lo obligó a hacer nada.

–No puede forzarte –replicó Gina cuando se lo dijo –, aunque sí suele recurrir a artimañas como la mentira, la presión y la manipulación.

Él empezó a recordar entonces las incontables veces que Lucas trató de disuadirlo de hacerle daño a alguien: A Frank Reynolds, a los hombres de la bodega, hasta al mismo Cory Daniels.

–Lo peor es que resulta muy difícil salir de sus redes, aunque trates de zafarte siempre se las ingenia para envolverte de nuevo.

–¡Caramba!

De repente Mario sintió que le faltaba el aliento. Él tenía mucho rato tratando de escapar de Lucas, prácticamente desde la persecución, pero una y otra vez el joven lo convenció de seguir adelante.

–Mira, no lo tomes así –intervino Gina al notar su angustia –. Puedo estar equivocada, pero me parece que si ese muchacho fuera un prospecto de ángel descontrolado, ya habrían hecho algo al respecto Allá Arriba.

–Lo que pasa es que ahora que lo pienso…

Lucas cumplía con todo lo que su compañera acababa de

describir. Siempre presentándole la tentación de hacer algo incorrecto con el argumento de hacer un bien mayor. Ahora mismo, antes de empujar al policía corrupto hizo un último intento por convencerlo de que hiciera justicia con su propia mano. Y cuando dejó escapar a El Pelón de esa manera tan absurda... Debió haberlo hecho para tener un pretexto para mantenerlo a su lado porque sabía de sobra que Mario estaba cansado y no pensaba seguir.

–Creo que tienes razón. ¿Cómo pude estar tan ciego?

Él escondió la cabeza entre sus brazos. Sentía rabia, tristeza, vergüenza... Gina se acercó y empezó a darle un masaje en los hombros antes de continuar:

–Si tengo razón, entonces el problema nos rebasa. Por ahora pudimos evitar que matara a este tipo, pero no creo que vaya a detenerse. Quiere comprometer tu alma, Mario.

–A lo mejor ya lo hizo.

Ella se estremeció al escucharlo.

–Yo soy responsable de que este hombre se encuentre luchando por su vida –agregó Mario agobiado por los sonidos de los aparatos conectados al policía que hicieron que los segundos de silencio entre ambos parecieran eternos.

–Tenemos que hablar con Rafael –insistió Gina.

–¿Y Bruce?

–Bruce estará bien. En su último correo dice que sólo falta llevar el paquete a Tokio. Eso podemos hacerlo en cuanto regresemos y sólo nos tomará un par de segundos con el aparato.

Mario asintió. No tenía caso pensar que podía resolverlo solo porque su presencia en este cuarto de hospital demostraba que no era así. Él apenas podía controlarse a sí mismo, era imposible creer que tuviera la fuerza para controlar a Satanás.

Bruce empezó a preocuparse cuando transcurrieron las horas sin recibir respuesta de sus compañeros, pero esa preocupación se intensificó al ver pasar todo el viernes en la misma situación. Ya había mandado varios correos y no podía dejar de pensar que algo terrible tenía que haber ocurrido para que no se comunicaran.

Y, por si fuera poco, Naoto tardó más de lo previsto en terminar los detalles que faltaban y no pudieron hacer el envío hasta media tarde. El chico de la paquetería aseguró que sería entregado a tiempo, pero Bruce no quiso dejar algo tan delicado en manos de mortales así que tomó el paquete y se dispuso a llevarlo a Tokio usando la computadora.

Como era un hombre precavido, empezó a elaborar un plan de acción en caso de que ellos no aparecieran, pero la situación no era nada sencilla porque tenía que cargar con un paquete que no era invisible y utilizar los medios de transporte convencionales.

En cuanto la familia se fue a dormir, Bruce utilizó su computadora para buscar las diferentes alternativas para llegar a Tokio, pero como Otaru era una región tan remota, eso involucraba cambiar al menos tres veces de vehículo. En un momento de desesperación, él regresó a la oficina de paquetería para dejar el juego donde los Rayano lo habían registrado, pero era demasiado tarde. Los otros paquetes del día ya no estaban ahí y la oficina se encontraba cerrada. Si lo dejaba para que lo mandaran hasta el sábado, no llegaría a tiempo para el concurso.

Bruce regresó a la casa lamentando haber intervenido en las decisiones de la familia y se acostó en el cuarto de Yoichi tratando de poner en orden sus ideas. Le gustaba la austeridad de esta casa porque ponía de manifiesto los conceptos espirituales y estéticos de la cultura japonesa, además que le provocaba una sensación de tranquilidad. Era mejor tomar las cosas con calma, después de todo apenas se estaba acabando el viernes y todavía tenía tiempo de sobra para que sus compañeros aparecieran. Bruce podía relajarse y disfrutar de este maravilloso lugar porque, con toda seguridad, Gina y Mario no tardarían en llegar.

Los peores temores de Gina se convirtieron en realidad cuando Rafael los recibió. Lo más sorprendente era que él no parecía en absoluto alterado.

–Lucifer trabaja con tanta energía como algunos de nuestros mejores ángeles y siempre se ha caracterizado por ser seductor e inteligente. Sabe por dónde llegarle a cada quién.

–¿Y por qué lo permiten? –ella no disimuló su indignación.

–Porque las tentaciones son parte de la formación de los seres humanos, ¿cuál sería el objeto de mandarlos a la tierra si no es para que enfrenten un par de pruebas?

–Pues al menos podían haberle echado una mano a Mario.

–Lo habríamos hecho con gusto si él lo hubiera pedido – el arcángel miró al aludido con intensidad antes de agregar: –, tuviste muchas oportunidades de solicitar ayuda y no lo hiciste. Nosotros no podemos intervenir en contra de tu voluntad.

–Entiendo.

–Yo no –Gina estaba furiosa –. Nosotros ya superamos una vida entera de tentaciones y si conseguimos llegar al purgatorio debe ser porque no fuimos un completo fracaso. No es justo que tengamos que seguir luchando por nuestras almas mientras los ayudamos, ¡les estamos haciendo un favor y así es como nos pagan!

–Gina… tranquilízate

–No, Mario, no me parece. Yo siempre fui una católica devota y se me enseñó que cuando llegas al Cielo todo es hermoso.

–Tienes razón –intervino Rafael –, en el Cielo todo es hermoso. Ustedes podrán escoger su apariencia, su lugar de residencia, sus actividades… Y además podrán cambiarlo cada vez que se les antoje. Pero una vez más les recuerdo que no han llegado al Cielo. Si hubieran hecho méritos suficientes no estaríamos teniendo esta discusión.

–¡Por favor, Rafael! ¡Ya basta de hablar en clave! –Gina estaba cansada de escuchar verdades a medias –Creo que nos merecemos una mejor explicación.

–De acuerdo –el arcángel ni siquiera pestañeó ante sus exigencias –. Las personas que tienen pase directo no tienen que preocuparse por nada de esto, ni tampoco los que toman el expreso hacia abajo. Ustedes son los que estaban en medio, algunos puntos a favor, otros en contra… Por eso llegaron aquí y se les ha dado una segunda oportunidad para definirse.

Gina guardó silencio unos instantes, esa era una respuesta que no esperaba. Ella pensaba que los estaba ayudando y ahora resultaba que eran ellos quienes recibían la ayuda.

–¿De eso se trata? –preguntó Mario –¿De compensar lo que no hicimos en la tierra?

–Se trata de que ustedes resuelvan algunas cosas que dejaron sin resolver, que descubran en qué fallaron y demuestren que realmente merecen el premio eterno.

–¿Y si no? –las palabras salieron de la boca de Gina sin pensarlas porque, en realidad, ella no quería saber qué sucedería si fallaban.

–¿Te refieres a si van a recibir algún castigo?

Gina asintió.

–Esto no funciona así, Nuestro Señor no los pone en un elevador que sube o baja a Su antojo. Él nunca los guía al pecado y el hombre no tiene a nadie más a quien culpar por esto sino a sí mismo.

Gina experimentó cierto alivio al escucharlo.

–Por eso mismo –añadió Rafael –, el camino de regreso lo tienen que encontrar ustedes solos. Deben decidir si quieren subir aunque sea más difícil, o si quieren tomar la bajada para no batallar.

Mario se estremeció al escuchar esas palabras. Él estuvo muy cerca de caer en el abismo y este descubrimiento lo afectó tanto que durante varios minutos no dijo nada. Gina siguió discutiendo con Rafael, no estaba de acuerdo con que no les hubieran dicho nada de esto desde el principio, y su vehemencia no sólo resultaba admirable en alguien que solía temblar ante la posibilidad de contrariar a un arcángel, sino conmovedora porque Mario intuía que en el fondo sólo trataba de defenderlo.

No obstante, él sabía que Rafael estaba en lo cierto. Si hubieran sido dignos del Cielo, eso es lo que habrían recibido; pero durante su paso por la vida terrena no se ganaron el viaje directo y necesitaban completar su misión con éxito para probar que su lugar estaba Arriba. Mario veía ahora, con toda claridad, que no se trataba de sólo seis casos por resolver.

-Tengo que salvar a El Pelón.

-¿Qué dijiste?

Él no se dio cuenta que lo dijo en voz alta así que la pregunta de Gina lo tomó por sorpresa.

-No tienes que hacerlo -Rafael, a pesar de estar en medio de un debate con Gina, lo había escuchado a la perfección.

-Sí... Es importante. No puedo dejar ese cabo suelto.

-Mario, escucha... Ya has hecho bastante -intervino Gina -. El policía va a sobrevivir y al lograr eso, de alguna manera ya venciste a Lucas.

- Bastante, Gina, pero no suficiente.

Ella iba a protestar, pero Mario se le adelantó:

-Tengo la impresión de que para eso estoy aquí.

El arcángel no lo contradijo.

-Tal vez en vida no siempre fui más fuerte que las tentaciones. El mismo Lucas me lo dijo en esa azotea. Tengo que definirme, no puedo seguir siendo gris.

-Tampoco eres más fuerte que él -anunció su compañera con voz grave.

-Satanás no tiene más fuerza que tus propias debilidades, Gina.

Los dos se volvieron a mirar a Rafael.

-No tiene ningún poder sobre ustedes si ustedes no se lo conceden. Así como la Gracia de Nuestro Señor no actúa sin la voluntad del receptor, la tentación se topa con pared cuando la persona se fortalece en su fe.

-¿Me ayudarías? -preguntó Mario con humildad.

Rafael esbozó la sonrisa más amplia que le había visto desde el día en que lo conoció.

-Creí que nunca ibas a pedirlo.

CAPÍTULO 20

Bruce entró en pánico al llegar el domingo sin tener noticias de sus compañeros. Había pasado los últimos dos días en casa de la familia Rayano, envidiando la armonía que reinaba entre ellos y devorando los "comics" de Yoichi. Eso, tenía que reconocerlo, fue placentero, pero se encontraba de verdad angustiado porque el futuro de estas personas permanecía escondido en uno de sus armarios.

Lo peor era que todo se debía a la arrogancia de Bruce, así que no le quedaba más remedio que tomar una decisión. Si se marchaba, sus compañeros podían volver y no sabrían dónde encontrarlo; pero si ellos no aparecían, el juego no llegaría a tiempo y eso era algo que él no se perdonaría jamás. Después de tanta inactividad, tenía un plan bastante estructurado, así que escribió otro correo con los detalles de la ruta que pensaba tomar para que Gina y Mario lo alcanzaran donde pudieran. Si eso no era posible, los citaba en la tienda AKKY el lunes antes de la hora del cierre, que era la fecha límite para resolver este caso.

Bruce decidió viajar durante la noche para llamar menos la atención, después de todo una caja flotando sola no era algo que se viera todos los días; pero al salir de la casa tuvo que caminar varias cuadras y fallar dos veces antes de encaramarse a la cajuela de un auto sin llamar la atención.

"Debí haberme esforzado más en la clase de deportes" –se

lamentó Bruce agobiado porque su falta de habilidad atlética le provocara retrasos.

De ahí siguió hasta a una avenida donde tomó un camión de ruta que lo dejó en la estación de autobuses; lo malo es que estaba lloviendo y el recorrido llevó más tiempo del que había calculado.

"Es un alivio que haya viajes a Sapporo cada hora porque así todavía puedo llegar antes del amanecer" –pensó al abordar el siguiente autobús hacia la capital de la Prefectura de Hokkaido.

El trayecto entre montañas fue más largo de lo que esperaba, así que tan pronto llegó a su destino, utilizó el tren rápido al aeropuerto. Para su mala fortuna, no alcanzó el avión que planeaba tomar y tuvo que esperar otro que salía hasta dentro de tres horas. Había sido muy ingenuo de su parte pensar que todo iba a salir conforme a sus planes, y una vez más lamentó no haber confiado en los medios tradicionales para el envío del paquete. Claro que tampoco podía imaginar que sus compañeros iban a desaparecer de la faz de la tierra, lo cual a estas alturas ya había transformado su preocupación en coraje.

Aún así, Bruce aprovechó la demora para escabullirse hasta una oficina de la aerolínea y utilizar una computadora para mandarles un mensaje con las actualizaciones del viaje. Después se coló al compartimiento de equipajes sin llamar la atención. El problema era que, para cuando aterrizara en la capital del país, sería de día y resultaría muy complicado moverse con el paquete. Él no encontraba una forma segura de hacerlo, así que decidió que era el momento de rezar algo de lo que Gina le había enseñado. Necesitaba con urgencia la ayuda Divina.

Rafael se llevó a Mario a "Asesorías". Gina nunca había estado ahí y en este momento se sentía tan confundida que podía serle de mucha ayuda. Todo este asunto de Lucas le ponía los pelos de punta, no entendía cómo su compañero se atrevía a seguir adelante. Para ella era un riesgo demasiado grande y no estaba segura si podía correrlo con él.

Sin embargo, la oportunidad de quedarse sola en el salón de "Archivos" también era digna de aprovecharse. No tenía idea de cómo usar el proyector y después de varios intentos no pudo encontrar el momento que todos temían: la muerte de los Kimpa. Necesitaba saber si las medidas que habían tomado tendrían algún efecto en ese trágico acontecimiento.

Estuvo apretando varios botones sin ningún éxito, y ya empezaba a considerar la posibilidad de desistir cuando aparecieron algunas imágenes que la confortaron. Sus videos estaban siendo reproducidos en varios países de Europa y la opinión pública se encontraba escandalizada. El representante de China en las Naciones Unidas hasta exigía que se convocara una junta urgente del Consejo de Seguridad para tratar este asunto. Por desgracia, el gobierno de Estados Unidos guardaba silencio. Tal vez necesitaban otro apretón de tuercas.

Su cabeza empezó a contemplar la manera de hacerlo cuando, después de oprimir otros botones, apareció en la pantalla la imagen de Claudia West. Gina se alejó del proyector como si su cercanía pudiera provocar que éste se detuviera y fijó su atención en la reportera. La escena era una continuación de lo que antes había visto con Mario. Ella se encontraba en la cárcel, hablando a través de un teléfono con el hombre que parecía ser su padre.

–Es que no sé, todo resulta tan parecido –dijo la reportera con expresión preocupada.

–Yo pienso que se trata sólo de una coincidencia, cariño. Gina no podía comprender de qué hablaban, pero el hecho de que la llamara "cariño" bien podía confirmar la teoría de Mario.

–Y yo pienso que es una señal de que no podemos darnos por vencidos. Tenemos que volver a intentarlo, se lo debemos.

–¿Gina?
La voz de Rafael la hizo saltar.

–¿No les quedó claro que no es conveniente andar hurgando en el futuro?

El arcángel apagó el proyector antes de que ella pudiera ver algo más.

–Si ese asunto te inquieta tanto, busca una manera de

resolverlo en el presente –le recomendó con voz severa.

–¿Qué quieres decir?

–Has avanzado tanto que me parece increíble que no lo comprendas. Durante los últimos días me he sentido muy orgulloso de ti, de la manera en que has ayudado a Mario. Sigue por ese camino, Gina, no dejes que nada ni nadie te desvíe una vez más.

A pesar de que era una de las pocas personas que recordaba muy bien, Mario no esperaba encontrarse en "Asesorías" con el Ministro de la Iglesia a la que iba con su abuela cuando era niño. De acuerdo, él solía darle buenos consejos, pero si era sincero, ni siquiera podía explicarse porque se acordaba de alguien que no era parte de su familia.

–Eso es porque ya estoy muerto –le explicó el Ministro después de invitarlo a tomar asiento.

–¿Perdón? –a veces todavía Mario se olvidaba de que todos aquí podían leer sus pensamientos.

–Me recuerdas porque ya no puedes hacer nada por mí en la Tierra –explicó el hombre con mirada bondadosa –, no puedo convertirme en algo que te distraiga del principal objetivo de tu misión.

–¿Significa eso que no puede darme ninguna pista sobre mi pasado?

–Lo lamento –el hombre sacudió la cabeza de un lado a otro –, pero las respuestas que buscas no están ahí sino dentro de tu corazón. Él siempre nos dice lo que debemos hacer, sólo que a veces no le prestamos mucha atención.

Mario lo miró con incredulidad, en este momento él no sentía que tuviera ninguna solución en su interior. Todo era confusión y, tenía que reconocerlo, bastante miedo.

–No tienes por qué temer –replicó el Ministro –. El primer paso es reconocer humildemente tu error. Mientras se está buscando algo o alguien sobre quién echar la culpa, resulta inútil tratar de combatir la tentación. Pero ese no es tu caso, porque tú ya has aceptado con valentía que tomaste algunas malas decisiones.

–¿Y cómo puedo evitar volver a equivocarme?

–Mientras te mantengas del lado correcto, todo estará siempre bien.

A continuación, empezó a hablarle sobre la línea que divide el bien y el mal. Le explicó que, muchas veces, cuando alguien se la brinca, inventa un montón de pretextos para justificarse. Es decir, pretende mover la rayita a su conveniencia. El problema es que cuando uno empieza a darse esos permisos, la línea se sigue moviendo hasta que terminas por perder de vista el lugar donde estaba en un principio.

–En tu caso, el mal está representado por Lucas, y el bien por tus compañeros.

Mario asintió, eso lo tenía muy claro y debía ser la razón por la que, a últimas fechas, se sentía tan cómodo con Gina. Esto lo puso a pensar en que no era justo seguirles causando problemas. Bastante con las complicaciones que ocasionó por su obsesión de trabajar en Nueva York y el lío tan grande en que acababa de meter a Gina. Lo que tenía por delante era responsabilidad suya, y aunque estaba consciente de que no sería fácil mantenerlos al margen, era necesario encontrar la forma de hacerlo.

El vuelo fue estupendo, pero sus nervios aumentaron conforme la velocidad del avión disminuyó. Se le hicieron eternos los minutos hasta que hizo alto total y la puerta del compartimiento de equipajes se abrió. Bruce hubiera podido atravesarla, pero el paquete no, y él no pensaba perderlo de vista ni por un segundo.

Mientras el carrito con las maletas avanzaba con un muerto invisible sentado arriba de ellos, Bruce repasó mentalmente su nuevo plan. El primer paso era escabullirse hasta la salida de uno de los aeropuertos más concurridos del mundo. Para esto tuvo que ir saltando entre varios carritos de equipaje. Una señora que llevaba cinco maletas fue el conducto ideal hasta que se detuvo a saludar a sus familiares que la esperaban. De ahí, saltó a otro que era empujado por un hombre que hablaba por su celular. Éste no reparó en el paquete hasta que colgó su llamada.

Por fortuna, Bruce reaccionó antes que él y empujó el carrito de una muchacha que besaba a su novio contra la espalda del señor del celular. La reacción no se hizo esperar, y mientras los tres discutían, él consiguió esconder el paquete en un basurero cercano. Cuando ambos se marcharon, lo sacó en el momento exacto en que una jaula de mascota pasaba por ahí empujada por su dueña. Para su mala suerte, se trataba de un perrito que empezó a roer la envoltura con sus filosos dientes.

Bruce no tuvo tiempo de pensar antes de saltar de ahí y el paquete terminó a media calle.

–¡No!

Su grito de terror al ver que los enormes neumáticos de un camión estaban a punto de aplastarlo no fue escuchado por nadie, pero él podía jurar que llegó hasta el Cielo. Ojalá que sus compañeros lo oyeran porque Bruce se encontraba desesperado. Los incontables Padres Nuestros que había rezado no surtían efecto y comenzaba a pensar que la aparición de Mario en el Río Congo fue producto de la casualidad. ¡Necesitaba otro milagro! Y lo necesitaba pronto o todos los esfuerzos de Yoichi Rayano serían en vano.

Mario regresó cuando Gina iba a pedirle a Rafael que fuera más claro. Venía tan pensativo que ella se preocupó. El arcángel le había ofrecido su ayuda para prepararlo para enfrentar a Lucas y era importante concentrarse en eso, ya habría tiempo de aclarar sus propios asuntos después.

–¿Todo bien?

Su compañero asintió y entonces Gina se volvió a Rafael.

–¿Vas a darle armas o algo así?

–Claro que sí, vamos a darle las mejores.

Ella sonrió satisfecha. Si Mario estaba decidido a correr un riesgo tan grande, era lo menos que podían hacer. Tal vez una armadura como la de Miguel y una espada estarían bien, o a lo mejor algo más sofisticado y moderno; en alguna película había visto unas pistolas láser que servían para matar a los demonios.

–No se trata de esa clase de armas, Gina –apuntó el arcángel al leer sus pensamientos –, sino de herramientas espirituales.

–¿Cómo? –ella no pudo disimular su desilusión ante estas palabras.

–¿No me escuchaste decir que la única forma de vencer al demonio es fortaleciendo la fe?

Sí, Gina lo había escuchado perfectamente, pero no tenía idea de cómo se podía hacer eso.

–Con práctica, con oración y, sobre todo, con mucho amor y confianza en el Señor.

Ella lo miró con cierto recelo. Eso sonaba muy bonito, pero no estaba segura de que fuera suficiente para luchar contra alguien tan poderoso.

–Sólo dime cuál es el siguiente paso –intervino Mario. A diferencia suya, él parecía convencido de que ése era el camino a seguir.

–Sería recomendable una sesión de entrenamiento en el "Gimnasio".

Gina se hubiera reído si el semblante de Rafael no fuera tan serio. ¿Tenían gimnasio en el Purgatorio?

–Sí, tenemos "Gimnasio", pero mucho me temo que eso va a tener que esperar. Bruce está en problemas y necesita su ayuda.

Mario se conmovió al contemplar en la pantalla los apuros que enfrentaba su compañero. El pobre estaba en el aeropuerto de Tokio, tratando de colarse en un taxi que lo llevara a su barrio favorito sin que nadie reparara en una caja que mantenía escondida dentro de un basurero.

–¿Por qué está ahí? –preguntó Gina extrañada – se supone que iba a esperarnos para llevar el paquete con el aparato.

–Lo que pasa es que en la Tierra ya es lunes – les informó Rafael y los dos se alarmaron. Este asunto del tiempo era un verdadero problema.

En ese preciso momento, el conductor del primer auto de la fila le preguntó su destino al siguiente cliente y Mario contuvo el aliento al escuchar la palabra "Akihabara". Bruce también lo oyó y sacó el paquete del basurero para encontrar la oportunidad de abordarlo junto con él. El problema fue que el conductor sólo tardó un par de minutos en subir el equipaje y había decenas de personas esperando su turno, convirtiendo lo que Bruce intentaba en una misión imposible.

-Tengo que ayudarlo -anunció Gina al ver que el muchacho rezaba en voz baja casi con desesperación.

-Debes darte prisa, es cuestión de horas para que se cierre la convocatoria del concurso -dijo el arcángel antes de apagar el proyector.

-Vamos los dos -Mario experimentaba un gran culpa por haberlo abandonado a su suerte. Era por él y por su estupidez que habían tenido que subir sin avisarle a Bruce.

-Quizá sería mejor que te quedaras y siguieras tu entrenamiento -sugirió Gina.

-Primero tengo que ayudar al chino.

El muchacho siempre había sido bueno y solidario con él, aún y cuando Mario no se lo merecía.

-No es necesario -insistió su compañera -, sólo tengo que transportarlo a Akihabara y volver aquí.

-Siempre puede surgir un imprevisto.

-¿Y si Lucas ataca a El Pelón durante ese tiempo?

La pregunta de Gina era buena, de modo que él se volvió hacia Rafael. El arcángel supo enseguida lo que estaba pensando.

-Hay tiempo suficiente para que resuelvan este caso y regreses a terminar tu preparación.

Ella ya no protestó, le entregó el aparato y Mario programó las coordenadas del aeropuerto para bajar. Cuando el zumbido comenzó, Gina tomó su mano y a él le pareció ver otra sonrisa en el rostro del Rafael.

Lo más fácil habría sido usar el metro hasta Akihabara, pero pretender que el paquete pasara inadvertido entre la masa de gente que se movía por ese medio a esta hora, era una locura. Después de su experiencia para salir del aeropuerto, Bruce desistió del plan A.

El plan B consistía en tomar un taxi. Lo difícil fue encontrar uno con destino a Akihabara en el que pudiera escabullirse con todo y paquete. Tras dos horas de frustraciones e intentos fallidos, decidió brincar al plan C.

El plan C resultó improvisado. Un camión de una empresa de renta de autos se detuvo frente al sexto basurero donde escondía el videojuego. La cajuela estaba abierta y el chofer tan ocupado en subir maletas de diferentes pasajeros que no reparó en la caja que se coló entre ellas. Bruce se encaramó al camión, y al llegar a las oficinas, el mismo procedimiento le permitió bajar el videojuego y esconderlo debajo de una banca. Aquí había mucho menos gente y podría moverse con más libertad, así que sólo quedaba esperar algún pasajero que tuviera Akihabara como destino.

Una hora más transcurrió antes de que eso sucediera, pero él no quiso arriesgarse a subirse a otro auto y terminar perdido por las calles de Tokio. Para su buena suerte, resultó tratarse de un hombre joven que viajaba solo así que Bruce pudo acomodarse con todo y paquete en el asiento trasero. El trayecto fue tan placentero que casi olvidó las peripecias que había pasado.

Tokio era maravilloso, con sus colores espectaculares, sus grandes edificios, pantallas gigantes, y hasta sus ruidos casi ensordecedores. A lo mejor todo sería más sencillo de ahora en adelante; si sus oraciones eran escuchadas, este hombre se detendría cerca de la tienda AKKY y caso resuelto.

Se sintió desmoralizado cuando esto no sucedió. Necesitaba caminar cinco cuadras al norte para su destino final y las calles estaban tan abarrotadas que suspiró. Nunca conseguiría hacerlo sin ser visto y, por primera vez, sintió ganas de renunciar. ¿Cómo era posible que nadie allá Arriba se compadeciera de él y de los Rayano? ¿Es que acaso no estaban tan pendientes de sus movimientos como había creído?

Una moneda en la banqueta llamó su atención. Recolectando dinero tirado en las calles, era cómo solían solventar los artículos que necesitaban en casos anteriores. No obstante, no había nada que Bruce pudiera comprar para resolver esto. No supo por qué, en ese preciso momento se acordó de las palabras de Pablo: "Aguanta, ya falta poco. Confía en Dios y en lo que has aprendido durante este tiempo."

Sus ojos se posaron en un aparador frente a él. Un control remoto del tamaño de una cajetilla de cigarros era mucho más fácil de esconder. Sólo necesitaba moverse con velocidad y guardar el paquete en un lugar seguro mientras juntaba la cantidad suficiente para pagarlo.

Al llegar al aeropuerto, Bruce no se veía por ningún lado. Debía haberse marchado mientras ellos hicieron el viaje. Gina sugirió llamar a Rafael para que les comunicara el lugar exacto donde estaba su compañero en este momento, pero no obtuvieron respuesta.

–Quiere que lo resolvamos solos –ella miró a Mario con el remordimiento reflejado en el rostro.

–Muy bien, Bruce tiene que ir a Akihabara. La última vez que lo vimos estaba intentando abordar un taxi, si lo consiguió ya debe andar en camino.

–Vamos para allá.

Después de dos horas de recorrer la zona sin ningún éxito, volvieron al aeropuerto. Nada. Gina empezó a sentir un gran peso sobre sus hombros. No debió haber dejado solo al muchacho, soltarle la responsabilidad del caso para andar jugando a Bati-chica fue muy injusto.

Regresaron al barrio favorito de Bruce y empezaron a recorrerlo cuadra por cuadra. La avalancha de gente parecía crecer cada minuto y ellos no tardaron en comprender que la búsqueda sería inútil. De acuerdo con las instrucciones del correo de su compañero, si no se encontraban, él los esperaría en la tienda AKKY a la hora del cierre.

Se dirigían hacia allá cuando algo inesperado sucedió: Un

vehículo a control remoto, de esos con los que juegan los niños pero bastante más grande y sofisticado, la atravesó. Llevaba un paquete que parecía haber pasado por alguna explosión por el estado en que se encontraba. Gina miró a su alrededor, no veía ningún pequeño llevando el control. Sin embargo, un poco más lejos, escondido detrás de un anuncio, alcanzó a ver a Bruce.

Mario se emocionó tanto al encontrar a Bruce que se escondía para evitar que nadie en la ajetreada calle se asustara al descubrir un control remoto volando, que corrió hacia él y lo abrazó sin pensar. Gina lo imitó deshaciéndose en un millón de disculpas. Bruce sólo pidió que se marcharan de allí enseguida, así que tomaron el vehículo donde descansaba el maltratado paquete para desaparecer en el acto.

La tienda AKKY estaba en pleno apogeo y nadie notó cuando el muchacho depositó el videojuego junto a los otros que aspiraban a ganar el concurso de una reconocida marca que los sacaría de la pobreza y el anonimato. Bruce tenía lágrimas en los ojos y eso reforzó aún más la resolución de Mario. Esta había sido la última vez que ponía en peligro a sus compañeros.

A Bruce le hubiera gustado quedarse hasta conocer el resultado del concurso, pero el tiempo límite de la carpeta había llegado y tuvieron que subir. Durante un rato esperaron a Rafael en la salita mientras ellos le contaron por qué se desaparecieron; pero como no apareció, sus compañeros se ofrecieron a ir a buscarlo. Los pobres estaban tan mortificados por el lío que se armó durante su ausencia que Bruce no podía enfadarse con ellos. Además, después de saber todo lo que habían pasado, tampoco podía culparlos.

Le daba tristeza pensar que no volvería a ver a los Rayano, a disfrutar de la risa de Minami, la ternura de su madre y la sabiduría de su padre. Sólo esperaba que sus esfuerzos hubieran sido suficientes para resolver su situación porque se trataba de una familia muy especial.

Sin poder contener su curiosidad, entró al salón de "Archivos" y encendió el proyector. Fue muy sencillo encontrar lo que buscaba y su corazón dio un salto enorme dentro de su pecho al comprobar que el videojuego de Yoichi resultaba ganador. El premio en efectivo más las regalías serían suficiente para resolver las preocupaciones que agobiaban a sus familiares, pero lo curioso era que ellos parecían más felices porque el sueño del muchacho se convertía en realidad que por ninguna otra cosa.

La mañana siguiente fueron a visitarlo al panteón y los tres platicaron con Yoichi como si él estuviera vivo. A Bruce se le hizo un nudo en la garganta al escucharlos decir lo orgullosos que se sentían y lo mucho que lo extrañaban. Antes de marcharse, el padre entonó una canción. Una especie de himno. Tal vez una antigua tradición Ainu. Él empezó a repetir las palabras casi sin pensarlas y tardó varios segundos en comprender que se trataba de las que había recordado en España.

Confundido, adelantó el video hasta el momento en que el premio era entregado a la familia en una elegante ceremonia. Ahí estaba Minami, Naoto, los padres…. Y una enorme foto de Yoichi Rayano. Bruce tuvo que recargarse contra la pared para no desvanecerse. ¡Era él! ¡El chico de la fotografía era Bruce!

CAPÍTULO 21

Gina no encontró a Rafael hacia el lado izquierdo del pasillo, pero en el camino encontró la puerta de "Asesorías" y se detuvo frente a ella. Las últimas palabras de Rafael en el salón de "Archivos" la confundieron y todo este asunto con Lucas la mortificaba demasiado. El momento de tomar la decisión de seguir o no ayudando a Mario estaba cerca, y Gina dudaba. No quería fallarle a su compañero, pero había muchas otras cosas qué hacer. El asunto de los Kimpa, por ejemplo, ella estaba segura de que si presionaban podían cambiar las condiciones de Cabinda en el tiempo que les quedaba hasta que Jonas y Beatriz iniciaran el viaje de regreso a casa. Después de todo, sólo necesitaban que un grupo específico de tropas se alejara de la frontera.

Y el nuevo caso... No podían volver a cargarle a Bruce semejante responsabilidad otra vez. Él era apenas un muchacho y resolver la misión era la prioridad del equipo. Estaban tan cerca de alcanzar el Cielo que resultaba descabellado distraer su atención para poner a prueba su propia fe.

Desde luego también contaba el hecho de que se tratara de algo tan peligroso. A pesar de que Rafael asegurara que ellos tenían en sus manos las armas para vencer a Lucifer, Gina temblaba de sólo pensarlo. Era fácil para un arcángel sentirse capaz de hacerlo, pero ella era una mujer común y corriente.

–¡Entra de una vez! –gritó una voz conocida desde adentro y

Gina se asustó tanto que estuvo a punto de salir corriendo -Siempre fuiste muy indecisa, hijita.

Cuando la puerta se abrió, ella se quedó sin habla al ver al hombre que la llamaba.

-¿No me reconoces?

Su abuelito Inocencio sonrió. O al menos este señor se parecía a su abuelito Inocencio, pero se veía muchos años más joven de lo que Gina recordaba.

-¡Ay, lo siento! Espera un segundo.

El hombre cerró la puerta y la volvió a abrir casi enseguida. Ahora sí lucía como su abuelito Inocencio.

-Se me olvidó que estaba instalado en mis treinta.

Ella no podía creer lo que acababa de presenciar.

-¿Cómo...?

-¿No te lo han explicado todavía?

Gina sacudió la cabeza de un lado a otro.

-No, si eso de que sean tan misteriosos es un problema. Yo les digo todo el tiempo que si hablaran claro desde el principio se ahorrarían muchos dolores de cabeza, pero se toman demasiado en serio eso de darles libertad. En mi época, los mayores no teníamos tantas consideraciones y los niños crecían mejor con autoridad, demasiadas contemplaciones hoy en día hacen que...

-¡Abuelito! -lo interrumpió Gina divertida. También sonaba como su abuelito Inocencio.

-A mí también me da gusto verte, hijita.

Ella se lanzó a sus brazos. ¡Esto era increíble! Su abuelito había muerto cuando Gina cumplió doce años y ella le tenía mucho cariño.

-Bien, bien, basta de tonterías, tenemos mucho de qué hablar -murmuró su abuelito pero a Gina no le pasó desapercibido que sus ojos estaban húmedos cuando la soltó.

Mario encontró a Rafael hacia el lado derecho del pasillo y se alegró de tener la oportunidad de hablar con él a solas porque necesitaba pedirle algo. Algo que le dolía en el alma, pero que sabía que era lo mejor para Gina y para Bruce.

–¿Estás seguro? –preguntó Rafael mirándolo a los ojos.

–Completamente –respondió Mario sin titubear.

–Va a ser más difícil hacerlo solo –insistió el arcángel.

–Por eso quiero prepararme lo mejor que pueda.

Rafael asintió, dio media vuelta y Mario lo siguió hacia donde ellos no habían ido antes. Las puertas en este lado tenían letreros como "Enfermería", "Oratorio", "Almacén" y "Gimnasio". Frente a esta última se detuvieron.

–Muy bien, aquí es dónde vas a practicar.

El botón de "Pasado" llevó a Bruce a un recorrido maravilloso. Yoichi Rayano fue un niño muy feliz. Adorado por sus padres y por su hermana, viviendo en una comunidad tranquila donde la tradición y el honor eran tan importantes como comer y dormir. Shigenu Rayano, su abuelo paterno, fue su héroe y el de muchos otros Ainus. Bruce empezó a recordar.

Cuando tenía siete años, acompañó al abuelo a Tokio. Él tenía una junta en "La Dieta", así que tuvo que dejarlo con unos amigos durante un par de horas. Esta pareja tenía una tienda en Akihabara y así fue cómo Yoichi descubrió un mundo que sólo había visto en sueños. A partir de ahí su afición por la electrónica se convirtió en una verdadera pasión. Y él solía desarmar cualquier aparato de su casa para volver a armarlo sólo por diversión. A la edad en que muchos pre-adolescentes empiezan a descubrir los videojuegos, Yoichi creó el suyo utilizando la moda Pokémon como fuente de inspiración.

Nunca fue muy sociable ni bueno para los deportes, además, su natural timidez lo limitaba mucho respecto a las chicas, pero él era feliz en su mundo. Su familia, su amigo Naoto y la comunidad Ainu, era todo lo que necesitaba. Desde luego, los viajes a Akihabara también ayudaban porque ahí Yoichi podía dejar volar su imaginación.

El Concurso Anual de Búsqueda de Talentos era una meta

cotidiana para un chico que inventaba videojuegos con la misma facilidad que otros hacen travesuras, y a los catorce años Yoichi se convirtió en el concursante más joven en calificar dentro de los diez primeros lugares. A los dieciséis llegó al sexto, a los diecisiete quedó tercero, y a los dieciocho se enfermó.

La larga agonía que sufrió durante año y medio no minó su entusiasmo de volver a entrar al concurso. Entre quimioterapias, radiaciones y recaídas, trabajaba en el taller con Naoto creando el videojuego que iba a grabar su nombre en la memoria de sus compatriotas. Conforme sus fuerzas disminuían y las cuentas se acumulaban, más crecía su espíritu porque Yoichi comprendía que era la única oportunidad que tenía de salvar a su familia. Los últimos meses estuvo internado en un hospital de Sapporo, luchando por mantener la lucidez mental suficiente para resolver el último algoritmo. No lo consiguió. Una tarde, él se quedó dormido de agotamiento en brazos de su madre y no volvió a despertar.

Bruce volvió al proyector y trató inútilmente de contener las lágrimas al contemplar la desolación de su familia después de su muerte. No estaba seguro de cuánto tiempo había transcurrido desde entonces, pero él calculaba que debían ser sólo unas cuantas semanas. De acuerdo con lo que estaba viendo, durante ese tiempo ninguno de sus seres queridos se quejó de la precaria situación en que se encontraban por su culpa. Al contrario, sus únicos lamentos se relacionaban con lo mucho que tardaba en volver.

Un nuevo significado adquirió para Bruce el momento en que Minami descubrió el "comic" en el suelo, convenciéndose así de que su hermano estaba de regreso. No era ningún engaño como Bruce pensó en un principio. Yoichi, él mismo, en verdad había retornado del más allá para cumplir SU último deseo.

–De acuerdo, yo estaba equivocado respecto a muchas cosas, criatura, pero… ¿Qué quieres? Eso es lo que me enseñaron, y como tú comprenderás no había manera de imaginarse nada de esto.

Gina tuvo que reconocer que su abuelito tenía razón. Todo lo que había vivido desde su muerte parecía una película de ciencia ficción.

–Qué chistoso eso de "lo que has vivido desde tu muerte".

–¿Tú también puedes leer la mente? –preguntó ella sorprendida.

–Nosotros leemos la mente y los sentimientos. Así es como nos comunicamos en el Cielo. No hay necesidad de palabras.
Gina sonrió al escucharlo.

–¿En verdad es tan maravilloso como dicen?

–¡Mejor!

Ella volvió a sonreír. Era estupendo pensar en un lugar así.

–Pero no vas a llegar ahí a menos que arregles tus asuntos de una vez por todas.

–¿Por qué dices eso? –preguntó Gina preocupada. Ella era una buena persona y, sobre todo, una buena cristiana.

–Porque tienes que soltar algunos viejos hábitos que te hacen mucho daño. Si tienes algo que decirle a tu compañero, díselo de una vez, y no te atrevas a abandonarlo ahora que te necesita porque lo vas a lamentar para siempre.

–Lo que pasa es que no sabes con quién se está poniendo –replicó Gina en un vano intento por defenderse.

–¡No hay peor demonio que el que tenemos dentro, niña! –el tono de su abuelito no dejaba lugar a discusión –No seas cobarde ni rencorosa, mi amor. No vale la pena. Siempre has sido una mujer piadosa y no es posible que vayas a perderlo todo por necedades.

Ella se lo pensó por unos instantes. Tal vez su abuelito podía resolverle algo que todavía no alcanzaba a comprender.

–¿Tú sabes por qué estoy aquí? –quiso saber Gina.

–Por desgracia, hay cosas que no puedo decirte. Sólo te pido que confíes en mis palabras y que hagas lo que sabes que debes hacer.

El "Gimnasio" era un lugar espectacular. Mario no encontraba palabras para describirlo. Desde luego no era como un gimnasio común y corriente, sino como todo aquí Arriba: Diferente e inesperado. Un montón de cabinas individuales, cada una con un aparato parecido a un medio casco con visor y audífonos integrados.

Al llegar, los recibió Miguel y él se encargó de darle las instrucciones básicas para utilizar el equipo. Después los dos arcángeles, dejaron a Mario solo en una cabina.

Al ponerse el casco experimentó algo muy extraño. Fue como si todo a su alrededor desapareciera y Mario se encontrara de pronto en Nueva York, junto a Lucas, hablando sobre la manera en que funcionaba el Cielo.

–La fe es cosa del pasado, amigo –escuchó decir al demonio mientras él guardaba silencio y dejaba que esas palabras se filtraran a su corazón. Algo parecido a una suave corriente eléctrica recorrió sus miembros y entonces se escuchó a sí mismo responder:

–Claro que no. La fe no tiene nada que ver con la época ni las modas.

La sensación de hormigueo desapareció. Después de una docena de ejercicios parecidos, pasaron al nivel dos: Los hechos.

Mario tuvo que rectificar muchas acciones que realizó junto a Lucas que calificaban como pequeñas infracciones a la rayita de la que le habló el ministro en "Asesorías". Cuando terminó, estaba tan agotado que comprendió porque llamaban "Gimnasio" a este lugar. Se sentía como si hubiera corrido un maratón.

–Todavía te falta la segunda mitad.

Las palabras de Miguel al salir al pasillo dejaron a Mario helado. Por fortuna, no tuvo que esperar mucho para averiguar de qué se trataba porque el arcángel se detuvo en la puerta contigua.

–¿Oratorio? –preguntó Mario extrañado.

–¿No has oído hablar del poder de la oración?

–Pero si yo no he rezado en mucho tiempo… –ni siquiera recordaba cuando había sido la última vez.

–Razón de más para que empieces a hacerlo.

Una mano se posó sobre el hombro de Bruce para sacarlo de la avalancha de recuerdos: Minami y él jugando en la nieve afuera de su casa, su madre acariciando su cabello para que se quedara dormido en el hospital, su padre mirándolo con orgullo mientras entonaba el himno Ainu en la reservación cuando Bruce era apenas un niño. Momentos hermosos que llenaban su corazón de alegría y que nunca más lo iban a abandonar.

–Bruce… – la voz de Rafael tenía un tono cálido y paternal – ¿Estás bien?

–Es Yoichi. Yoichi Rayano –replicó Bruce con orgullo.

–Lo sé - el arcángel sonrió.

–Es… –él todavía no podía hablar por la emoción–¡Wow!

–Quise dejarte solo para que pudieras asimilarlo.

Bruce asintió. Rafael lo conocía bien.

–Si quieres regreso más tarde.

–No –suplicó Bruce –, por favor. Tengo muchas preguntas.

Y la verdad no sabía ni por dónde empezar.

–No te preocupes, yo voy a darte las respuestas.

A continuación el arcángel explicó que, efectivamente, el último deseo de Yoichi antes de morir había sido terminar el videojuego y ganar el concurso para asegurar el futuro de su familia. Por desgracia, la enfermedad venció a su cuerpo y su alma no iba a estar tranquila hasta conseguirlo. El equipo 149 fue el medio perfecto para lograrlo, sobre todo después de tres casos anteriores.

–Entonces esos casos son como… –Bruce titubeó buscando la palabra adecuada –Como un ensayo.

–Esos casos son la ayuda que nos dan a los de aquí Arriba porque en verdad estamos saturados –reconoció Rafael –. Los otros tres, son la ayuda que nosotros les damos a ustedes para que descansen en paz.

–Eso quiere decir que… Los dos que faltan…

Bruce calló al pensar en Mario y Gina, quienes no podían imaginar lo que les esperaba.

–Es mejor que no les digas –pidió Rafael adivinando lo que pensaba –. Tú no hubieras podido actuar con la objetividad que necesitabas sabiendo que se trataba de tu propio deseo, ¿o sí?

Bruce no lo contradijo. En efecto, jamás habría podido lograrlo con las emociones que experimentaba ahora.

-Me siento muy orgulloso de ti, Yoichi -escuchar su verdadero nombre en boca del arcángel fue algo extraño Superaste la prueba con éxito y no perdiste la fe. A pesar de que tus ruegos tardaron en ser escuchados, no te rendiste y seguiste adelante sin desfallecer. Eso es lo que Nuestro Señor esperaba de ti y no lo defraudaste.

-¿Eso quiere decir que estoy listo para ir al Cielo?

-Casi. Primero necesitas completar tu misión y ayudar a tus compañeros en su propio proceso. Además, vas a sufrir algunos cambios. Poco a poco, empezarás a ser como nosotros.

Él lo miró sin comprender. ¿Iba a convertirse en arcángel?

-No -Rafael sonrió -, pero podrás escuchar algunos pensamientos, y más adelante hasta los sentimientos de tus compañeros.

Bruce lo meditó unos instantes antes de preguntar:

-¿Cómo se escucha un sentimiento?

-Debo reconocer que es más complicado y necesitarás práctica para diferenciar lo que sale del corazón de lo que sale de la cabeza, pero poco a poco vas a resolverlo. Además, si decides seguir trabajando con nosotros podrás desarrollar otras habilidades.

-¿Habilidades? -esto empezaba a ponerse más interesante.

-Como estar en varios lugares al mismo tiempo.

-¿Tú puedes hacer eso? - cuestionó Bruce con incredulidad.

-¿De qué otra forma podría atender tantas cosas?

Él tardó en asimilar estas palabras. Era algo tan irreal que le provocaba hasta cierto miedo. ¿Y si...?

-No, no te va a doler.

Bruce rió divertido cuando Rafael leyó sus pensamientos.

-Gracias -él suspiró aliviado. Ahora que había recuperado la memoria, también recordaba con claridad los dolores terribles que tuvo que padecer en sus últimos meses de vida.

-Ya nada te va a doler nunca más -aseguró el arcángel.

Bruce estaba tan aturdido ante tantos descubrimientos que no sabía qué más preguntar. Le interesaba ese asunto de las habilidades extraordinarias y la clonación, también quería saber más sobre el futuro de su familia. Además, había algo que todavía no acababa de comprender…

La voz del arcángel interrumpió sus cavilaciones:

–Sí, ya sé… Sigues cuestionando por qué estás aquí. Tu familia no era cristiana sino animista. No obstante, como Pablo te dijo, el Cielo es universal. Las terminales se clasifican por religiones para hacer más fácil la transición.

–¿No hay una terminal animista?

–Sí la hay, cuando quieras puedo llevarte. Pero hay una razón por la que tú no llegaste ahí y eso es algo que tienes que descubrir por tu cuenta.

–Está bien –si se trataba de algo tan increíble como esto, Bruce no tenía objeción –. Sólo una cosa… ¿Puedo verlos una vez más?

–Puedes bajar hasta…

El arcángel consultó un reloj de bolsillo que era muy diferente a cualquier otro que Bruce hubiera visto antes porque contaba el tiempo en dos formas distintas: La celestial y la terrenal.

–Las dos de la tarde, tiempo de Otaru, por supuesto. Eso es lo que voy a tardarme en arreglar algunas cosas con Gina y con Mario.

–¿Nada más? –él no disimuló su desilusión.

–Por ahora.

La mirada comprensiva de Rafael lo tranquilizó.

–Cuando todo termine, podrás estar con ellos para siempre.

Gina salió de "Asesorías" con la cabeza clara. Sabía lo que tenía qué hacer y en cuanto viera a Mario, lo haría sin titubear. Necesitaba decirle, en primer lugar, que iba a acompañarlo en todo momento, contra Lucas o contra quien fuera. También le contaría sobre la foto en la oficina de Claudia, le importaba muy poco si el tipo de la cárcel resultaba ser el padre o no, su compañero debía saberlo y Gina quería pedirle perdón por haber callado durante tanto tiempo.

En cuanto a Bruce, ella estaba decidida a no volver a dejarlo solo por ningún motivo. Si trabajaban juntos los tres, como el equipo que eran, podían vencer a Lucifer, salvar a los Kimpa y resolver los dos casos que faltaban para alcanzar ese Cielo maravilloso del que hablaba su abuelito Inocencio.

A Gina le extrañó no encontrar al chico en "Archivos", de modo que salió al pasillo y empezó a caminar hacia el otro lado. Nunca había estado ahí así que cada puerta engendraba un nuevo misterio: "Enfermería". ¿Acaso alguien podía enfermarse en el Purgatorio? Ella hizo el intento de abrir la puerta pero una luz intensa, parecida a la que salía de la guardería, la cegó por completo. Al parecer Gina tampoco estaba lista para entrar ahí.

Siguió avanzando y entonces llegó al "Oratorio". A ella le encantaba rezar. Empujó la puerta y cerró los ojos esperando el flashazo pero, para su sorpresa, no sucedió. Gina abrió los ojos y se encontró ante el lugar más hermoso que hubiera visto jamás: Un pequeño río en medio de un frondoso bosque cubierto de blanco. Como la baja temperatura no la afectaba, ella entró fascinada y comenzó a jugar con la nieve. Siempre había querido conocerla, o al menos eso recordó Gina en este momento. Después de un rato, se sentó sobre una roca a escuchar el murmullo del agua y entonces... Así, sin pensarlo, ella empezó a orar.

El "Oratorio" para Mario fue un lugar muy distinto: La punta más alta de una formación rocosa desde donde sólo alcanzaba a ver un árido pero impresionante paisaje. Las rocas de diferentes alturas y formas, la tierra rojiza y el cielo azul intenso sin una sola nube. De momento se quedó tan impactado que no pudo elaborar una oración coherente. Sin embargo, después de unos minutos, su corazón empezó a hablar por él: A sacar sus miedos, sus aflicciones... Mario no supo cuánto tiempo transcurrió, pero cuando salió de ahí, Rafael lo esperaba en el pasillo. Cómo hacía el arcángel para aparecer por todos lados era algo que él no entendía, pero a estas alturas ya muy pocas cosas lo sorprendían así que ni siquiera se lo preguntó.

–¿Listo?

–Sí –Mario se sentía renovado, fuerte.

–Vamos a buscar a tus compañeros para que te despidas.

–No, espera –suplicó temiendo que eso fuera demasiado difícil.

–No puedes marcharte sin decir nada –replicó Rafael.

–Prefiero dejarles un mensaje contigo.

El arcángel hizo entonces algo muy curioso: Extendió su mano y se la puso sobre la cabeza.

–Adelante.

Mario cerró los ojos al comprender que sólo tenía que pensar en las palabras para que Rafael pudiera repetirlas con Gina y Bruce.

"Lo siento mucho, pero este asunto no es responsabilidad de ninguno de ustedes. Es algo que debo resolver por mi cuenta y no es justo ponerlos en peligro ni seguir interfiriendo con nuestra misión. Por favor, no se olviden de los Kimpa ni de que tienen un compañero que los va a echar mucho de menos."–pensó Mario.

–Muy bonito –comentó el arcángel cuando él terminó –, pero sigo creyendo que sería mejor que lo dijeras de frente.

–Si los veo, no voy a poder dejarlos.

–De acuerdo –Rafael hizo una breve pausa y después le extendió a Mario una carpeta similar a la de los casos, pero un poco más pequeña.

–Aquí tienes la información necesaria para encontrar a Roger Kovak.

–¿Roger Kovak? –preguntó extrañado.

–El Pelón –aclaró el arcángel y él sonrió.

–No puedo darte otro aparato así que al bajar estarás por tu cuenta. Si necesitas ayuda, tendrás que recurrir a la oración.

–No es tan mala después de todo –bromeó Mario, pero Rafael no se rió.

–Cuando termines, yo mismo me encargaré de reunirte con tus compañeros.

–Ese será mi mejor premio.

Ahora sí, el arcángel esbozó una sonrisa complacida.

El tiempo transcurrió demasiado rápido en Otaru. No obstante, cuando Bruce tuvo que marcharse no lo lamentó. Había podido besar y abrazar a sus padres, había visto reír a Minami, y ahora que tenía la certeza de que no iba a perderlos, no le pesaba separarse de ellos por unos días.

Dos casos no llevarían más que eso y sus compañeros iban a necesitarlo. Ni Gina ni Mario tenían idea de lo que les esperaba así que él estaba decidido a ayudarlos. Era increíble lo mucho que habían avanzado desde ese primer día en que se conocieron en la "Recepción". Esos dos desconocidos que fueron ligados a su persona de una forma impositiva, eran ahora sus mejores amigos y Bruce sabía que iban a serlo por siempre. Sería difícil callar tantas emociones que llevaba dentro, pero comprendía que era por el bien de sus compañeros. Además, todavía tenía que descubrir la otra mitad. La razón por la que él llegó a una terminal a la que creía no pertenecer pero que, de alguna manera, se había convertido en su segundo hogar.

Rafael lo guió hasta el salón de "Archivos" cuando regresó y allí estaba esperando Gina. Algo en su semblante reflejaba una paz que Bruce no le había visto nunca. Entonces el arcángel les dio una noticia que la cambió por completo. Él no necesitaba leer sus pensamientos para comprender lo mucho que le afectaba que Mario se hubiera marchado sin ellos.

CAPÍTULO 22

Gina estaba triste, frustrada, desilusionada... Todo al mismo tiempo. Mario la había traicionado. Ella iba dispuesta a seguirlo hasta el mismo infierno, y el muy cretino ni siquiera le dio la oportunidad de decírselo; se marchó sin preguntarle su opinión y sin valorar la ayuda que podía brindarle. Mario no merecía su cariño ni su preocupación, mucho menos su sinceridad. La próxima vez que lo viera, lo mandaría al diablo, si es que el diablo no se lo llevaba primero, desde luego. Este pensamiento le provocó a Gina una risa histérica cuando aparecieron en la tierra. Caso número cinco. Ella se sentía tan mal que no le interesaba.

–Déjame ver dónde estamos...

Bruce apretó algunos botones mientras Gina miraba alrededor. Era una ciudad grande, rodeada de cerros, uno de ellos con una forma curiosa. La verdad a ella le importaba sorbete si se trataba de la India o Australia porque no pensaba involucrarse con estas personas. Gina acababa de decidir que no dejaría entrar en su corazón a nadie más. Mario había sido el último que la lastimaba.

–¡Gina! ¡No lo vas a creer! –gritó Bruce emocionado ¡Estamos en México!

La frontera entre México y Estados Unidos no es uno de los

lugares más bellos del mundo. Las ciudades son sucias y el paisaje no tiene ningún atractivo; la gente parece la misma a ambos lados de la frontera pero ninguno siente el menor aprecio por el otro. Del lado mexicano suelen decir que los "gringos" se creen superiores, y del lado americano desconfían de los "mojados" sin detenerse a pensar que son hermanos de sangre.

Mario pudo darse cuenta de esto después de deambular por Matamoros, el último punto que conecta ambos países antes de que el Río Bravo desemboque en el Golfo de México. La carpeta que llevaba en las manos decía que Roger Kovak se encontraba aquí. Tal vez huyendo de la policía, quizá escondiéndose de sus patrones o buscando reactivar el negocio. Mario no estaba seguro, pero sabía que debía encontrarlo antes que Lucas y buscar la forma de entregarlo a la justicia sano y salvo.

Era increíble lo mucho que extrañaba a sus compañeros, la falta que le hacía el entusiasmo de Bruce y la compañía de Gina. Cuando todo esto empezó, él nunca hubiera imaginado que esos dos personajes tan distintos entre sí y, sobre todo, diferentes del mismo Mario, se iban a convertir en sus mejores amigos. Ojalá comprendieran los motivos que lo llevaron a tomar la decisión de no involucrarlos y pudiera reunirse pronto con ellos.

Mientras tanto... Detuvo su camino abruptamente al descubrir algo que llamó su atención. Más bien, alguien: Una mujer de alrededor de 35 años, hermosa y de aspecto dulce, que vestía un traje blanco igual al suyo y llevaba una computadora celestial en las manos. Mario dudó antes de acercarse por su experiencia con Lucas, pero entonces ella lo descubrió y una enorme sonrisa asomó en su rostro.

–Hola, me llamo Luz.

Gina pretendía no escucharlo, pero Bruce sabía que a ella sí le interesaba lo que él leía. Eso era un alivio, porque este era SU caso y Gina necesitaba concentrarse más que en ningún otro.

–"Monterrey es la tercera ciudad en tamaño de la República

Mexicana pero la primera a nivel industrial" –siguió leyendo Bruce en voz alta –. "Es cuna de algunas de las fortunas más grandes del país y una ciudad de primera categoría. Se encuentra a dos horas de la frontera con Texas y a cinco del Golfo de México."

–Yo quería ir a la capital –suspiró Gina con el desánimo que parecía embargarla desde que descubrió la partida de Mario.

–Esa es la Sierra Madre Oriental –Bruce señaló una cordillera impresionante tratando de animarla –. Este es el cerro de las Mitras y el de allá, el cerro de la Silla. ¿Lo ves? Parece una silla de montar.

Gina se encogió de hombros.

–La razón por la que estamos aquí es un hombre: Eliseo Rodríguez –informó Bruce –. Acaba de volver después de muchos años para encontrarse con una terrible noticia: El amor de su vida ha muerto.

–¿En serio?

–Sí, al parecer él se fue a trabajar a los Estados Unidos siendo muy joven –explicó Bruce contento de haber capturado la atención de su compañera –. Tú sabes, tratando de alcanzar el "sueño americano". Aquí dejó una novia por la que prometió regresar cuando pudiera ofrecerle un futuro mejor. Lo que Eliseo no sabía era que la muchacha estaba embarazada.

–¿Y ella lo dejó marcharse así?

–Mmmm… –Bruce consultó la siguiente hoja –No, ella tampoco lo sabía. Al parecer sucedió la noche que se despidieron. El caso es que, cuando los meses pasaron sin que el muchacho mandara por ella, la chica decidió ir a buscarlo. Estaba en su sexto mes de embarazo y deseaba tener al padre de su hijo a su lado cuanto éste naciera.

–¿Cómo se llamaba ella?

–Lourdes –él la observó detenidamente tratando de descubrir alguna reacción ante el nombre –, pero todos sus amigos le decían Lulú.

–Suena como alguien valiente.

Gina se sentó a su lado y entonces Bruce sonrió. Su compañera estaba de vuelta.

–Lo era –él se acercó un poco más para que ella pudiera

consultar la carpeta pero Gina no demostró ningún interés en leer así que Bruce continuó: –. Invirtió todos sus ahorros en el viaje y emprendió una aventura en la que muchos pierden la vida. Tuvo que cruzar el Río Bravo a pie y encaramarse a un tren en movimiento, además de pasar muchas horas dando tumbos escondida dentro de una camioneta.

–¿Y lo encontró?

–Por desgracia, sí.

–¿Por desgracia? – cuestionó ella confundida.

–Así es, porque cuando lo encontró, Eliseo no estaba solo.

Gina volvió a enfadarse al escuchar el resto de la historia. Todos los hombres eran iguales. El maldito Eliseo se había enredado con una fulana mientras la pobre Lulú se jugaba el pellejo para alcanzarlo. El coraje y el esfuerzo tan grande del viaje la mandaron al hospital donde dio a luz a una niña prematura que vivió sólo unas cuantas horas.

–Georgina –Bruce dijo el nombre como si se tratara de una celebridad –, así bautizó Lulú a la pequeña.

–¿Hace cuánto sucedió todo esto?

–Veinte años –respondió su compañero después de consultarlo en la computadora –. Eliseo tenía veintidós, y Lulú, diecinueve.

"Una niña", pensó Gina. Una chiquilla enamorada que no merecía que le rompieran el corazón de esa forma. Pero además, perder a su bebita... Ella sintió crecer su indignación al pensar en esto.

–¿Qué sucedió después?

–Lulú culpó a Eliseo por la muerte de su hija y...

–Bien hecho –intervino Gina sin poder evitarlo.

–...Y regresó a Monterrey, donde pasó el resto de su vida odiándolo por eso –concluyó Bruce tristemente.

–¿No volvió a enamorarse?

–Aquí dice que no. Tal parece que Lulú se convirtió en una persona amargada, resentida y desconfiada. Hubo un tiempo que se entregó a la bebida y tardó mucho en enderezar el camino. Pasó por varios trabajos hasta que encontró uno como masajista en un club deportivo.

–¿Y Eliseo? –preguntó ella con la esperanza de que el desgraciado hubiera tenido una vida miserable. Al menos más miserable que la de Lourdes.

–Él trató de buscarla y Lulú lo rechazó –la explicación de Bruce provocó cierta satisfacción a Gina –. Unos años después se casó con una americana pero no fue feliz. Tuvo dos hijos y se divorció hace poco. Su corazón solitario empezó a suspirar por aquel amor de juventud y quiso buscarla de nuevo. Demasiado tarde. Lulú acababa de fallecer.

–¿Y entonces qué es lo que quiere?

–El pobre hizo el viaje para verla, aunque fuera en su tumba, y volver a suplicar su perdón.

Luz era muy agradable, y la desconfianza inicial de Mario desapareció cuando le presentó a sus compañeros: Teo, un chaparrito platicador y George, un tipo desgarbado que apenas hablaba. El equipo 297. Los tres estaban confundidos, era su primer caso y no tenían noción de por dónde empezar. A Mario le causó gracia recordar cuando sus compañeros y él aparecieron en el Parque Central sin poder aceptar siquiera que estaban muertos. Parecía haber transcurrido un siglo desde entonces y una vez más se maravilló de lo mucho que habían avanzado.

–Lo peor es que hemos estado llamando al Cielo y nos contesta una grabadora –replicó Teo con una amargura que a Mario también le sonó conocida.

–Hay que seguir insistiendo –intervino George.

–No tiene caso, sólo van a contestar cuando lo consideren conveniente –comentó Mario buscando tranquilizarlos –, por el momento quieren que ustedes se esfuercen un poco más.

–¿Quieres decir que estamos solos en esto?

Él sonrió al detectar el pánico en la voz de Luz.

–No, por supuesto que no están solos –explicó Mario con calma –. Desde allá ven todo lo que hacen y saben mandar lo que necesitan cuando lo necesitan. Además, son un equipo de tres personas con habilidades que se complementan y cuentan con ese aparato que es una verdadera maravilla.

–¿En serio? –Teo miró el transportador con cierto escepticismo.

–Mi compañero, Bruce, sabe usarlo mejor que yo, pero les aseguro que es su mejor herramienta. Por ejemplo, aquí podemos monitorear al sujeto de cada caso –Mario apretó el botón correspondiente y una niña de alrededor de doce años apareció en la pantalla.

–Es Molly –explicó Luz –. Su papá es lo único que tiene en el mundo pero ahora están separados y ella anhela reunirse con él.

–Es duro cuando se trata de niños –reconoció Mario recordando a Manolo y lo mucho que Gina se había encariñado con ese pequeño.

–El problema es que el padre está aquí, en Matamoros, y la pequeña en Nueva York, viviendo con unos vecinos que aceptaron cuidarla mientras él regresa –prosiguió Luz –. Por desgracia, parece que el tipo está metido en líos y es poco probable que vuelva así que debemos encontrar la forma de traer a una menor de edad a este país.

–Suena muy complicado para ser el primer caso – comentó Mario extrañado.

–Eso es lo que yo digo –espetó Teo molesto.

–A lo mejor es más fácil arreglar los líos del padre – sugirió Mario – ¿Saben de qué se trata?

–A ver... –Luz buscó algunos datos en la carpeta –El señor se llama Roger Kovak y...

–¿Qué dijiste? –la interrumpió Mario alarmado y le quitó la carpeta de las manos.

¡Tenía que haber un error! No. Ahí lo decía con toda claridad: el padre de Molly era Roger Kovak.

Las señales eran tan obvias que a Bruce le parecía increíble que

Gina no las viera: México, masajista, el nombre de la niña... Sin embargo, él tenía que reconocer que tampoco sospechó nada en el caso anterior. Japón, joven enfermo y videojuegos nunca lo llevaron a Bruce a pensar que se tratara de él. Ni siquiera cuando todo a su alrededor resultaba familiar.

–¿Ése es su deseo? ¿Que ella lo perdone? –preguntó Gina con incredulidad.

Bruce asintió a pesar de que no era cierto. El deseo era en realidad de ella, de una Lulú que murió con el alma llena de resentimiento y necesitaba perdonar a Eliseo para descansar en paz.

–¿Y cómo se supone que vamos a hacerlo si la mujer está muerta?

–La verdad no lo sé –eso era algo en lo que él no había pensado.

–Pues a mí no me importa si no se lo concedemos. El tipo es un imbécil, no merece el perdón de alguien que le dio lo mejor de su vida.

Bruce sintió cierta pena al escucharla. La historia de su compañera era muy triste: Un amor traicionado, una hija perdida, y una vida entera desperdiciada en lamentos. Ahora que él estaba enterado de su verdad podía comprender mejor muchas cosas, como la intensidad con que Gina se esforzó en salvar al bebé de los Kimpa y su angustia durante el viaje; o su vehemencia para condenar la actitud de Luis y Rocío. Hasta el apego por Manolo cobraba sentido al saber de su frustrada maternidad. A Bruce le daban ganas de abrazarla y hacerle sentir el cariño sincero que le profesaba. Lo malo era que tenía que disimular y por eso tardó unos segundos en elaborar un argumento sensato.

–Acuérdate que nuestro problema no es determinar si el deseo es válido, sólo resolverlo.

–¿Cuánto tiempo tenemos?

–Déjame ver...

Bruce consultó primero qué día era: jueves, ocho de Julio. Según la carpeta debían terminar a más tardar el lunes doce.

–Muy bien, hay tiempo para pensarlo –replicó Gina cuando se lo dijo –. Por lo pronto, es mejor ir a Nueva York, las dos semanas de

Claudia ya terminaron desde el sábado y necesitamos saber cuáles son sus planes.

–Creí que ya no íbamos a depender de ella.

–No vamos a depender de ella, pero hay que tratar de ayudarla –insistió su compañera –. Además, allá Arriba vi algo que vale la pena considerar. Creo que debemos grabar un nuevo video de Cabinda, la opinión pública se sacudió con el primero, pero para mover la conciencia de los políticos se necesita más que eso.

–De acuerdo, pero volviendo a Eliseo… –Bruce no quería que Gina se olvidara del caso.

–Eliseo me tiene sin cuidado. En lo que a mí respecta, bien podría ser éste el primer caso que dejemos sin resolver.

Claudia estaba en su oficina cuando llegaron, con el escritorio cubierto de papeles, pero el video de Cabinda brillaba por su ausencia. Claro que, para estas alturas, ya no tenía importancia si había sido ella la primera en hacerlo público o no, ni tampoco lo que pensaba hacer de ahora en adelante. Gina no había venido aquí por eso.

La reportera ya estaba instalada en su nueva oficina así que la fotografía se encontraba sobre una repisa. A ella le llamó la atención que el vidrio estuviera roto. La analizó unos instantes mientras Bruce espiaba sobre el hombro de la reportera. Como Gina bien recordaba, el tipo se parecía a Mario, sin cicatriz, más joven y más delgado, pero también se parecía a Keith West.

–¿Quién es Keith West? –preguntó Bruce de pronto.

–¿Perdón?

Gina se volvió a ver a su compañero azorada. ¿Cómo sabía él de Keith West?

–Todo esto –el muchacho señaló los papeles que la chica estudiaba afanosamente –, es sobre un tal Keith West.

Ella dejó la foto y fue al escritorio. En efecto. Claudia estaba sumergida en los expedientes de Keith West. Recortes de periódicos, transcripciones del juicio… Tal vez ahí estaba la respuesta que Gina buscaba.

El tipo está condenado a muerte.

–Lo sé.

Bruce la miró sin comprender así que Gina le contó lo que había visto en "Archivos". Tanto la primera vez con Mario, como la segunda.

–Si se trata de su padre, esta mujer no va a tener cabeza para ayudarnos con los Kimpa. La fecha de la ejecución está muy cerca –comentó Bruce preocupado.

–Lo mismo dijo Mario.

–¿Y entonces para qué quisiste venir? –preguntó su compañero con cierto recelo.

–Para asegurarme.

Gina regresó la mirada a la fotografía de la repisa.

–Mira eso –el muchacho señaló unos papeles que salían de abajo del escritorio –, se le debe haber caído. Tal vez sea algo importante.

–Ten cuidado –recomendó ella al adivinar la intención de su compañero.

No debían hacer nada que delatara su presencia, pero Claudia se encontraba tan concentrada que no notó que Bruce sacó las hojas hasta donde él alcanzaba a leerlas.

–Es del reportaje que escribió hace tiempo, el que llamó nuestra atención cuando decidimos buscarla, ¿te acuerdas? –le informó su compañero enseguida.

Gina movió la cabeza de un lado a otro.

–El del fantasma que ayudó a una enfermera a… ¡Cielos! –Bruce levantó la mirada asustada –Acabo de caer en la cuenta que se trata de Mario.

–¿De qué hablas?

Gina se agachó para leer los papeles junto a su compañero. En efecto, todos eran sobre cosas que hizo Mario. ¿Qué significaba esto? Podía ser una coincidencia pero… Si algo había aprendido en los últimos tiempos, era que las coincidencias no eran cosa del azar sino de Dios.

–¿Por qué una reportera que quiere sobresalir se ocuparía de algo así?

–Ni idea –Bruce se encogió de hombros –, aunque también se ocupó de Isaac.

–De acuerdo, pero eso fue una vez. Y le valió un ascenso. Estas tonterías – ella señaló los reportajes en el suelo –, no le interesan a nadie y hasta parece que los hubiera buscado.

–A lo mejor no es tan buena como creemos.

–O a lo mejor hay algo que se nos está escapando.

Gina miró a su alrededor. El fantasma de Harlem. Keith West. El corredor de la muerte. La foto. ¿Cuál era la conexión?

–Muy bien, Sherlock Holmes, ya fue suficiente –intervino Bruce –. Con Claudia no vamos a llegar a ningún lado, y si quieres ir a Cabinda a grabar un nuevo video para repartirlo por todo el planeta, debemos darnos prisa. Recuerda que tenemos que volver con Eliseo.

–Por mí que se pudra Eliseo, querido Watson.

Mario se hundió en la más profunda meditación. ¿Por qué estaba pasando esto? Roger Kovak, el hombre que venía a buscar para entregar a la justicia, era nada menos que el papá de la pequeña que Luz y compañía debían ayudar. Si no supiera mejor, pensaría que esto era cosa del mismo demonio.

Sus ojos se pasearon despacio por los confundidos prospectos de Ángeles, ninguno de ellos se parecía a Lucas. Además, eran tres, y lo miraban con una admiración que era imposible calificar como algo malo. No, esto debía ser cosa del Cielo. A Mario le hubiera encantado tener cerca a sus compañeros para contar con su opinión, tal vez... Miró el aparato del equipo 297 con aprehensión. Si supiera dónde localizarlos... No, él había decidido no involucrarlos y no iba a hacerlo.

El problema era que cumplir con su cometido significaba que este equipo fallara, por no mencionar que dejaría sola a una criatura inocente. Por otro lado, reunir a la pequeña con un delincuente huyendo de la justicia tampoco parecía buena idea, y no hacer nada implicaba dejar que Lucas lo matara. Mario no estaba preparado para esto, allá Arriba lo entrenaron para que resistiera la tentación, no para que se enfrentara a semejante dilema. Aunque, si lo analizaba con calma... Vencer la tentación podía significar también hacer lo correcto, aun cuando resultara difícil.

Si él recordaba las cosas que El Pelón había hecho con esos niños a los que utilizaba para envenenar a otros por dinero... no, por duro que fuera, Molly tendría que salir adelante sin su padre porque Roger Kovak debía pagar su deuda con la sociedad. Quizá después de hacerlo se convirtiera en un mejor ser humano y estuviera capacitado para criar una hija. El detalle era... ¿Qué hacer con el equipo 297?

Mario tenía que decir la verdad. Si eso hubiera hecho desde el principio, no estaría metido en este lío, y estaba tan decidido a enmendarlo todo que era la única opción. No obstante, ellos no se mostraron tan comprensivos como él esperaba.

–Si fuera algo malo, en el Cielo no nos habrían dado el caso –replicó Luz –. Es ilógico que manden un equipo de tres personas a reunir a una niña con su padre si no es lo mejor para ella.

–Y una contradicción que hayan mandado a tu equipo a entregarlo a la justicia –completó Teo con el ceño fruncido.

–En realidad... No mandaron otro equipo para eso –reconoció Mario al escuchar sus protestas.

–¿Cómo dices?

Ellos lo miraron confundidos.

–Esta misión, no es un trabajo de mi equipo. De hecho, mis compañeros no están aquí sino en algún lugar del mundo resolviendo nuestro caso número cinco.

–¿Eso se puede? –cuestionó George uniéndose a la conversación por primera vez.

–Bueno, no es lo ideal –reconoció Mario –, por desgracia ciertas circunstancias nos han obligado a separarnos.

–Gabriel dijo que teníamos que permanecer juntos siempre.

–Sí, George, pero... –Mario suspiró –Yo no quiero poner a mis compañeros en peligro.

–¿Ponerlos en peligro? ¿De qué estás hablando? ¿Qué peligro podemos correr? –Luz parecía asustada otra vez.

Esto no funcionaba, el equipo 297 no iba a cooperar con él.

–Olvídenlo, no me hagan caso, ya no sé ni lo que digo.

–De acuerdo –la mujer suspiró aliviada –, entonces ayúdanos a hacer lo único que es oficialmente la voluntad del Cielo: Reunir a Molly con su papá.

CAPÍTULO 23

Bruce y Gina tardaron más de veinticuatro horas en volver a Monterrey porque después de Nueva York fueron a África, y de ahí a recorrer medio mundo enviando copias anónimas de su nuevo video. A Bruce le dio la impresión de que Gina estaba haciendo tiempo deliberadamente, pero no quiso presionarla para no levantar sospechas con su insistencia por el perdón de Eliseo. No obstante, ya era hora de ponerse a trabajar.

–¿Sabes que la mamá de Lulú se llama Guadalupe? – preguntó con la esperanza de despertar el interés de Gina.

Ella lo miró sin comprender de qué estaba hablando.

–Como la Virgen que tanto te gusta.

–¡Qué emocionante! –apuntó su compañera con evidente sarcasmo.

–Gina…

–¿Crees que después de ver lo que está pasando en Cabinda me dan ganas de mover un dedo para tranquilizar la conciencia de un traidor?

Bruce no tuvo argumentos para rebatirla. En verdad había sido muy duro regresar a ese país y volver a ser testigos de los abusos del ejército contra la población.

–Préstame el aparato –pidió Gina cambiando el tema –, quiero ver si alguien ya decidió divulgar el nuevo video.

–Es demasiado pronto.

–La primera vez tardaron más porque necesitaban verificar que no se tratara de un fraude. Ahora ya saben que es real. El problema está documentado y las cadenas siempre se pelean por ganar las exclusivas.

Bruce le extendió la computadora sin protestar, esperando poder capturar su atención para el caso después de eso.

"Me interesan en especial los Chinos, ellos tienen el poder suficiente para hacer que las Naciones Unidas muevan su enorme y norteamericano trasero".

Su compañera no dijo nada. Al menos no en voz alta y, sin embargo, él había escuchado esas palabras con tanta claridad como si lo hubiera hecho.

"Nada. Maldita sea. Y Bruce no me va a dejar regresar con Claudia. Ese asunto de los artículos sobre Mario me tiene muy intrigada. Es mucho más importante que ayudar al tal Eliseo."

Bruce tuvo que hacer un esfuerzo por conservar la calma. ¡Estaba escuchando los pensamientos de Gina! ¡Era impresionante! Si no fuera porque ella no movía la boca, él podía jurar que la voz de su amiga llegaba hasta sus oídos con la normalidad de siempre.

"Ahora entiendo cómo se sentía Mario cuando ayudamos a Isaac. Es horrible tener que trabajar para alguien que no lo merece habiendo tantas personas buenas en este mundo".

"Muy bien, esto será de utilidad", pensó Bruce. Gina cooperaría si conseguía convencerla de que Eliseo no era malo sino sólo un hombre que cometió un terrible error.

"Mario, Mario… ¿Dónde estarás? Me gustaría seguir enfadada contigo pero me preocupas tanto que…"

Silencio. Los pensamientos de Gina callaron de pronto. No obstante, al mirarla detenidamente y notar su semblante triste, Bruce lo comprendió. Ella ya no estaba pensando, estaba sintiendo, y él todavía no estaba listo para escuchar sus emociones todavía.

A pesar de la indiferencia de Gina, Bruce insistió en que acompañaran a Eliseo en su visita a los padres de Lourdes. Ella no encontró un buen pretexto para evitarlo y, además, se le ocurría que si le daba gusto en esto, Gina conseguiría que la dejara darse otra vuelta por Nueva York más tarde.

Lupita era una mujer mayor. Madre de siete hijos, de los cuales Lourdes era la sexta. Abuela y a punto de ser bisabuela por primera vez. Su semblante era dulce, pero detrás de sus ojos oscuros se adivinaba una gran entereza. Joaquín, su esposo, era todo lo contrario, de apariencia dura y mirada noble. Los dos eran gente sencilla, de poca cultura y nivel económico medio; el hombre estaba jubilado de una empresa donde laboró como obrero durante cuarenta años y en la actualidad ayudaba a su mujer a vender los tamales que ella preparaba.

Su casa era sencilla y estaba en una zona cerca de unos cerros impresionantes a los que, según Bruce le explicó, se les llamaba la Huasteca. Sin embargo, lo que más impactó a Gina no fue la vista espectacular sino el olor a masa recién hecha y a frijoles de olla que salía de la abarrotada cocina. De alguna manera, se sintió transportada a su infancia y eso le provocó un gusto inmediato por Lupita y Joaquín.

Ellos eran gente piadosa, su casa estaba llena de imágenes de la Virgen y el Sagrado Corazón de Jesús. Cuando Eliseo llegó se encontraban a la mitad de un rosario, que no interrumpieron por la inesperada visita, y al hombre no le quedó otro remedio que unirse a las oraciones. Después, lo enfrentaron con una valentía que despertó la admiración de Gina.

–Mi hija no te perdonó nunca, Eliseo –explicó Lupita –. Yo traté de convencerla de que lo hiciera, por la tranquilidad de su alma, pero Lulú no quería ni hablar de eso... No la entendí hasta que la perdí.

–Ver morir a una hija es algo muy duro, muchacho – intervino Joaquín con voz serena.

Eliseo parecía muy afectado.

–¿Cómo sucedió? –preguntó con un hilo de voz.

-Un accidente en su auto. Iba para el trabajo -explicó Lupita -. Era el aniversario de la muerte de Georgina y debe haber andado distraída. Siempre la pasaba mal ese día.

-Cuando llegué ya era demasiado tarde. Mi niña se murió solita.

A Gina se le hizo un nudo en la garganta al escuchar las palabras de Joaquín. Quería sacudir a Eliseo para que pagara por el dolor de estas maravillosas personas.

-Yo la amaba... De verdad -el hombre empezó a sollozar -. No sé qué pasó. Estaba solo y lejos, me iba muy mal... Me sentía agobiado por la llegada del bebé. Nosotros... Nosotros sólo estuvimos juntos una vez, la noche anterior a mi partida. Los muchachos allá se burlaban de mí, decían que a lo mejor no era mío. Yo era joven, inmaduro... Idiota.

-Lulú nunca amó a nadie más que a ti. Tuvo sus pretendientes, no creas que no, pero ella no quiso volver a enamorarse.

La conversación se vio interrumpida unos instantes por el llanto de Eliseo. Curiosamente, eso no hizo sentir mejor a Gina.

-Quise ayudarla, pedí dinero prestado para pagar los gastos de hospital y el traslado de la niña... Pero Lulú no quiso ni verme.

-Ella estaba muy dolida -intervino la madre -, había hecho ese viaje por ti y pasó tantas cosas... Así con esa pancita que tenía y que se esforzaba en que nadie notara por la vergüenza que le daba.

-La culpa me llevó a hacer muchas tonterías y tardé en enderezarme... -prosiguió Eliseo -. Cuando lo hice me convencí de que no era digno de su amor. Traté de salir adelante... Y entonces volví a llamarla. Habían pasado tres años y Lulú me mandó al diablo.

Gina sintió una ligera pena por él. Muy ligera.

-Por ese entonces ella andaba mal -reconoció Lupita afligida -, le dio por tomar, ¿sabes?

-Se quedó sin chamba y estuvo rato sin hacer nada. La doctora nos dijo que tenía depresión -agregó Joaquín -. Tardó mucho en curarse lo suficiente para trabajar otra vez.

-Yo perdí la esperanza, me casé tratando de olvidarla. No funcionó.

-Sí, nos enteramos... Mi Lulú lloró mucho, se volvió como...

-Amargada -el padre de Lulú completó las palabras de su esposa conteniendo las lágrimas -. Se la pasaba rezando, leyendo... Nunca fue la misma después de ese viaje, no señor. Fue como si se marchara una niña ilusionada y regresara una mujer herida de muerte.

Gina no era tan fuerte como Joaquín y las lágrimas corrían ya libremente por sus mejillas. Aún así, se acercó a los padres de Lulú para tratar de calmar su angustia con su contacto y entonces una cálida sensación recorrió su propia piel. Fue algo muy curioso, como si ellos tuvieran el poder de transmitirle la paz que necesitaba su alma y no al revés. Gina no podía explicarlo, pero en ese momento comprendió que era inútil seguir pretendiendo que no le interesaba el caso número cinco.

Por más vueltas que le dieron, entre los cuatro no encontraron una forma segura de reunir a Molly con su papá. Además, desde el punto de vista de Mario, era una locura traer a la niña a México, sacarla de su entorno para convertirla en una fugitiva también.

-Entonces la única alternativa es arreglar las cosas para que Roger Kovak pueda volver a Nueva York y ser un padre para su hija - apuntó Luz.

-Sólo que sea desde la cárcel -el pelón sería detenido en cuanto entrara de nuevo al país.

-Tú sabes a lo que me refiero, Mario -aclaró ella con una dulce sonrisa.

-No, no lo sé, ¿qué estás proponiendo?

-Tiene que haber una forma de alterar los registros, si nos damos una vuelta por la estación de policía...

Mario no podía creer lo que escuchaba, así que interrumpió alarmado:

-¿Quién es su responsable? ¿Gabriel?

-Él fue quien nos dio la carpeta -reconoció Teo -, no sé si eso signifique que sea nuestro responsable.

-¿Gabriel no les explicó que está prohibido hacer nada ilegal?

-No estamos hablando de nada ilegal -Luz parecía ofendida por semejante insinuación.

-¿Ah, no?

-Lo que Luz quiere decir es que estamos desesperados... -intervino Teo -Esa niña no merece pagar por los errores de su padre, ¿no crees?

-Miren, yo no voy a participar en eso -replicó Mario -. Si quieren ir a Nueva York y borrar los pecados del tipo, ése es su problema, pero ustedes tendrán que dar las explicaciones a Gabriel.

-Necesitamos tu ayuda. Eres el que tiene mayor experiencia -suplicó la mujer.

-También soy el único que ha visto a Roger Kovak en acción y sabe de lo que es capaz.

-A lo mejor está arrepentido -insistió Luz.

-Todos merecemos una segunda oportunidad.

Teo tenía un buen argumento allí y Mario dudó unos instantes antes de agregar:

-Sea lo que sea, hay que darnos prisa. Ya hemos perdido demasiado tiempo en discusiones y, como les dije antes, hay alguien decidido a hacerle daño a Roger Kovak.

-¿Qué te parece si vienes con nosotros a Nueva York y Teo se queda aquí cuidándolo?

Bruce había vivido con Gina los altibajos de la conversación. Sus pensamientos eran claros, sus sentimientos lagunas que no era difícil comprender dadas las circunstancias. Él mismo tenía ganas de golpear a Eliseo al escuchar la historia completa, y el candor de los padres de Lourdes al perdonarlo en nombre de su hija, fue tan emotivo que terminó llorando también.

Durante las siguientes dos horas, algunos hermanos de la mujer fueron apareciendo por la casa. El menor de ellos, Paco, no fue tan condescendiente y le exigió a Eliseo que no volviera nunca más. Gina lo celebró. Parecía contenta al ver departir a una familia tan numerosa como unida y Bruce albergó la esperanza de que esto tocara las fibras de su corazón.

-Muy bien, estuvo más fácil de lo que esperábamos - comentó ella al salir de la casa.

-¿Cómo dices? -Bruce la miró sin comprender a qué se refería.

-Ya terminamos. El tipo consiguió su perdón así que podemos marcharnos. Con un poco de suerte hasta convencemos a Rafael de que nos diga dónde está Mario para ir a ayudarlo.

Su compañera parecía no haber entendido nada.

-Gina... Eliseo vino aquí a buscar el perdón de Lourdes, no de sus padres.

-¡Pero ella está muerta! -exclamó ella escandalizada.

-Ese es precisamente el meollo del asunto -y Bruce no tenía la menor idea de cómo resolverlo. Especialmente si Gina no deseaba cooperar.

-No, te equivocas, marca el uno y verás cómo nos transportamos al Cielo.

No tenía caso pelear así que Bruce hizo lo que su amiga decía. Oprimió el uno y... Nada.

-Te lo dije.

-¡Aaaaag! -Gina se llevó las manos a la cabeza con desesperación -¿Qué vamos a hacer?

-No estoy seguro, pero creo que podríamos empezar por averiguar donde vivía Lulú.

Monterrey era en verdad una ciudad hermosa. No sólo por sus montañas que parecían rodearla como si fueran las murallas de un castillo medieval, sino por sus contrastes. Gina estaba azorada al pasar por un hermoso paseo junto a un río que a su vez desembocaba en un parque llamado "Fundidora", construido en los terrenos de una antigua fábrica de hierro y acero que fue el orgullo de la ciudad, y donde unos gigantescos hornos quedaban como testimonio de su grandeza. También disfrutó mucho de la Macro-Plaza con su palacio de Cantera y la sobria Catedral, pero lo que más le gustó fue el edificio del Obispado, situado en lo alto de una colina desde dónde podía contemplar la magnitud de esta urbe mientras Bruce trataba de localizar el domicilio de Lourdes.

–No lo vas a creer –replicó su compañero con un aire de falsa inocencia que no la engañó –, toda esta vuelta la dimos para nada porque Lulú vivía muy cerca de casa de sus papás. Gina no protestó, en realidad había disfrutado el recorrido y no se le antojaba nada invadir la privacidad de una difunta. Tal vez era eso lo que Bruce había pretendido en primer lugar, despejarle la mente, pero al llegar a la casa de Lourdes, a ella la invadió una sensación muy extraña.

El apartamento era sencillo. Constaba de sólo dos habitaciones, una sala-comedor-cocina, y una recámara con baño. Al parecer se trataba de una propiedad que ella rentaba, así que su familia se encargó de desocuparlo enseguida. Sus cosas fueron rematadas o repartidas entre sus hermanos, y los objetos de valor sentimental debían estar en posesión de su madre. Lourdes había fallecido seis semanas antes.

–No tiene caso, Bruce. Es mejor resignarnos a que este caso no tiene solución.

Su amigo la miró escandalizado y Gina hizo una mueca. No entendía ese afán del muchacho por resolverlo todo a como diera lugar.

–¿A dónde iba Eliseo después de ver a los padres de Lourdes? – le preguntó.

"No sé, ni me importa", pensó Gina, pero no lo dijo en voz alta porque Bruce ya estaba buscando al sujeto en su computadora.

–No seas grosera, aunque el hombre te caiga mal, yo sé que te importa. Hubo un momento durante la conversación que hasta te inspiró cierta pena.

–¿Cómo supiste? –cuestionó ella azorada por su comentario.

–Se te notaba en la cara.

–No, me refiero a ahorita. Hace un momento –Bruce había preguntado a dónde iba Eliseo y ella pensó que no le importaba. Después él había dicho: "No seas grosera." –. Yo no contesté a tu pregunta

–Claro que lo hiciste.

–No, Bruce, no lo hice.

Gina estaba segura. El chico se hizo loco y abrió la computadora. Había algo raro en todo esto pero ella no alcanzaba a comprender de qué se trataba.

–Mira…. –su amigo señaló el monitor –Eliseo está llegando al panteón.

–¿Y?

–Nosotros vamos a ir con él.

–Bruce…

Gina no quería hacerlo. Por más cinismo que pretendiera, todo ese asunto empezaba a afectarla.

Mario se negó a ir a Nueva York por dos motivos: El primero ya lo había dicho, no pensaba participar en nada turbio; y el segundo era que necesitaba vigilar a Roger Kovak para asegurarse de que Lucas no apareciera por allí. Teo y Luz se marcharon a regañadientes, dejando a George con él. El tipo no hablaba mucho así que no causaba problemas, pero Mario hubiera preferido que se marchara también. En especial, cuando siguieron a El Pelón hasta una casa abandonada donde se encontró con un narcotraficante. Mario no podía creer lo que estaba viendo pero una cosa acababa de quedar clara: Este tipo no estaba capacitado para ser el padre de nadie.

–Tenemos que hacer algo, George.

–No veo qué podemos hacer.

–Necesitamos una cámara.

Mario salió de la casa lamentando no contar con el aparato, todo sería más fácil si pudiera transportarse de un lado a otro en cuestión de segundos. No obstante, corrió con suerte, porque un par de casas más adelante, encontró una cámara de fotos un poco anticuada guardada en un cajón.

–No puedes hacer eso, es robar –replicó George cuando él probó si funcionaba.

–Sólo la estoy tomando prestada.

–De todas maneras, no está bien.

George trató de quitarle la cámara de las manos antes de volver al lugar donde se encontraba Roger Kovak.

-Déjame ver... -Mario guardó la cámara en el bolsillo de su saco -¿No te mortifica que tus compañeros se encuentren en este momento buscando el modo de alterar los archivos de la policía de Nueva York, pero te molesta que tome prestada una cámara?

-Yo no estoy de acuerdo con ninguna de las dos cosas. Por eso no fui con ellos.

-Pues no escuché que te opusieras al plan -comentó Mario con sarcasmo.

-Porque no es mi problema, ellos son los que están obrando mal.

-El concepto de trabajo en equipo no significa nada para ti, ¿eh?

-¿Y para ti sí? -lo desafió George -Después de todo, estás aquí solo, en una misión que nada tiene que ver con tu equipo.

-Tú no entiendes...

Mario empezó a caminar. No tenía tiempo de dar explicaciones.

-No voy a permitir que lo hagas, Mario.

-¿Cuál es tu problema? Lo que yo haga te incumbe todavía menos que lo que hagan Luz y Teo. Si no quieres convertirte en mi cómplice, vete, yo no te necesito para nada.

El corazón más duro tenía que conmoverse al ver a Eliseo llorando como un niño frente a la tumba de Lourdes. Allí mismo estaban enterrados los restos de su pequeña y sus pensamientos empezaron a llegarle a Bruce con claridad.

"Ustedes fueron lo mejor de mi vida" -lo escuchó pensar y entonces él tomó una decisión.

-Gina, tengo que confesarte algo.

-Ahora no...

Por su expresión, Bruce comprendió que su compañera empezaba a ablandarse. Sin embargo, él temía que eso no fuera suficiente.

–¿Recuerdas cuando me preguntaste como supe lo que pensaste?

–Bruce...

–"No es el momento de hablar de eso" –dijo él en voz alta antes de que Gina le pusiera voz a sus pensamientos.

Ella se volvió a verlo con expresión sorprendida.

–¿Cómo hiciste eso?

–No lo sé –aún con sus grandes conocimientos sobre electrónica y computación, Bruce no podía explicarlo.

–¿Desde cuándo...?

–Hace poco, después de llegar a México.

Bruce escuchó entonces los pensamientos de Gina: "¿Por qué yo no puedo hacerlo?".

–No tengo idea – mintió consciente de que no podía contarle la verdad todavía –tal vez más adelante.

–¡Dios!

–Sí, por eso no quería decírtelo, a mí también me da un poco de miedo.

"Debe ser porque eres más bueno que yo" –pensó ella.

–No lo creo, tú eres una persona muy buena, y bastante más piadosa que yo.

–¿Puedes...? –Gina se interrumpió y terminó la frase dentro de su cabeza: "¿... Escuchar sólo mis pensamientos o los de todo el mundo?"

–Acabo de empezar a escuchar los de Eliseo. Por eso te lo estoy contando. Este hombre en verdad está arrepentido.

–¿Qué piensa?

–"Nuestra vida habría sido maravillosa, los tres... Juntos... Lo eché todo a perder" –Bruce repitió las palabras que le llegaban con una claridad impresionante.

Los ojos de Gina se llenaron de lágrimas al escucharlo así que él prosiguió:

-"Por lo menos ustedes ya están descansando, no que yo... Tengo que vivir el resto de mis días con este vacío, con esta culpa".

Eliseo volvió a sollozar así que, por unos segundos, sus pensamientos cesaron.

-"Creo que sería mejor morirme de una vez para reunirme con ustedes" -completó Bruce cuando el hombre se recuperó.

-¿Tú crees que sea capaz de hacerse daño? -preguntó Gina angustiada.

Bruce guardó silencio para escuchar nuevamente los pensamientos de Eliseo.

-No, no va a cometer ninguna locura, al contrario, quiere ser una mejor persona para alcanzar el Cielo y buscarlas allí.... -él hizo una breve pausa porque su voz se quebró -Para pedirles perdón.

-Muy bien. Es suficiente. Sácame de aquí.

"No puedo soportarlo más" - terminó Gina dentro de su cabeza.

Cuando regresaron al mirador en el Obispado, Gina tardó en recuperarse para pensar con claridad. Eran demasiadas cosas para asimilar al mismo tiempo. Primero, el descubrimiento de que Bruce podía leerle la mente, y después... Eliseo podía no ser santo de su devoción, sin embargo, era obvio que su arrepentimiento era sincero y Gina no estaba hecha de piedra. Si bien no había manera de reparar el daño tan grande que le había causado a Lulú y a Georgina, tampoco era justo dejarlo torturarse por el resto de su vida. Ella no tenía idea de lo que habría hecho Lourdes si estuviera viva, pero al menos sabía lo que tenían que hacer ellos.

-El problema es... ¿Cómo? -le preguntó a Bruce sintiéndose más fuerte.

-Yo tengo una idea. Se me acaba de ocurrir, no sé si sea posible, tenemos que consultarlo con Rafael y...

"Apúrate, Bruce", pensó Gina y el muchacho sonrió.

-Esto es lo más extraño que nos ha pasado desde que nos morimos.

–Sí, creo que sí –su amigo la miró con cariño y entonces ella sonrió –. A Mario le va a dar un ataque cuando lo sepa.

Los dos empezaron a reír al pensar en eso, lo cual sirvió para que dejaran salir las emociones que habían acumulado durante este largo día. Después, Bruce le contó la idea que tenía. Era buena, como todas sus ideas, pero implicaba volver al purgatorio.

–Si Mario nos necesita, no podrá localizarnos –apuntó Gina preocupada.

–Mario va a estar bien. Rafael no va a dejarlo desamparado.

–¿Por qué no le mandamos un mensaje y esperamos a ver si lo contesta?

–Gina... Mario tiene que resolver esto solo. Esa fue su decisión y nosotros debemos respetarla.

"Pues no me gusta su decisión", pensó ella.

–Tampoco te gusta que yo pueda escuchar tus pensamientos y tú no puedas escuchar los míos, pero ni modo. Así es y no puedes cambiarlo, querida.

–Empiezas a desesperarme, muchachito –lo amonestó Gina sonriendo.

–La pregunta aquí es... ¿Crees que puedas hacerlo?

Gina lo meditó unos instantes: Si seguían adelante con el plan, el éxito o fracaso de este caso dependería exclusivamente de ella. No obstante, al recordar la manera en que Bruce resolvió el asunto de Yoichi Rayano por su cuenta... Gina no podía negarse. Además, no encontraba otra solución y el viernes estaba a punto de terminar, lo cual les dejaba sólo dos días para resolver el caso, pero... Con el problema del cambio en el tiempo, cuando volvieran a bajar sería demasiado tarde para Mario. Y eso suponiendo que Rafael estuviera de acuerdo porque a lo mejor...

–¡Ay, Dios! –Bruce se llevó las manos a la cabeza como agobiado por sus pensamientos –¿Por qué las mujeres son tan complicadas?

Mario tuvo que buscar un punto desde donde nadie pudiera ver la cámara y lo encontró detrás de una pila de cajones de madera vacíos que se encontraban amontonados cerca de la puerta. Hubiera sido mucho más efectivo contar con algo que grabara también el sonido pero él no disponía de tiempo suficiente para conseguirlo. Por fortuna, George se había marchado molesto después de su discusión y Mario podía hacer su trabajo en paz.

–El sistema es muy sencillo, si funcionó en Nueva York, puede funcionar en cualquier lado, y la ciudad de México es tan grande que podemos operar docenas de camiones.

Roger Kovak le estaba vendiendo su idea a este tipo como si se tratara de jarabe para la tos y eso hizo que Mario reafirmara su decisión. Lo sentía mucho por Molly, pero El Pelón tenía que ir a prisión.

Él empezó a tomar las fotografías y estaba tan concentrado que no reparó en que alguien lo observaba a la distancia. Era lógico que George no se hubiera ido lejos, pero Mario nunca creyó que fuera capaz de cumplir su amenaza. El muy cretino esperó el momento justo para abordarlo por la espalda y, antes de que él pudiera reaccionar, le dio una patada que hizo volar la cámara por los aires. Mario contuvo el aliento al verla aterrizar a los pies de Roger Kovak.

–¡¿Qué diablos...?!

Los dos hombres se pusieron de pie como impulsados por resortes. El narcotraficante hizo una seña a los gorilones que estaban a su lado para que fueran a investigar y él se volvió furioso a enfrentar a George.

–¿Estás loco?

–Te dije que no iba a permitirlo –la expresión de George era desafiante.

–¿No te das cuenta de lo que vas a provocar?

El narcotraficante estaba mirando a El Pelón con desconfianza. Era natural. Mario tuvo que tomar una decisión inmediata y empujó los cajones de madera provocando un estruendo que llamó la atención de los dos hombres. El mexicano sacó su pistola y empezó a disparar. Roger Kovak entendió que el siguiente blanco era él así que aprovechó el momento para saltar por una ventana. El otro giró para apuntarle y Mario aventó otra vez los cajones, los disparos lo atravesaron justo cuando los matones regresaban a ayudar a su jefe.

Destrozaron la madera en cuestión de segundos y se miraron intrigados al no encontrar a nadie en su interior. Mario comprobó a través de la ventana que Roger Kovak había doblado la esquina pero él no se engañaba, a partir de este momento la cabeza de El Pelón tenía un precio en este país.

En cuanto a George.... Mario se volvió para enfrentarlo furioso pero ya no estaba. Salió a la calle para alcanzarlo porque Luz y Teo se habían llevado su computadora y no podía transportarse. Sin embargo, el entrometido prospecto de ángel no apareció por ningún lado. Mejor, porque cuando Mario lo viera de nuevo, la conversación entre ambos no sería placentera.

CAPÍTULO 24

Tal y como Bruce esperaba, Rafael no opuso resistencia a su solución. De hecho, no tenían otra porque, para que Gina obtuviera su deseo, tenía que ser ella quien otorgara el perdón a Eliseo. Lo único que el arcángel recomendó fue que lo hicieran de tal modo que no aterrorizaran al pobre hombre.

–¿De cuánto tiempo disponemos? –preguntó Gina –No podemos tardarnos tanto aquí Arriba. Mario puede necesitarnos en cualquier momento.

–No se preocupen por eso, todo sucede cuando tiene que suceder –respondió Rafael con una seguridad que no dejaba lugar a dudas.

Eso les permitió planear las cosas con calma. Cuando estuvieron listos, Rafael los llevó a un cuarto donde no habían estado nunca antes, del lado derecho del pasillo, un poco más delante de la "Enfermería", el "Oratorio" y el "Gimnasio". En la puerta decía: "Almacén".

Al entrar se encontraron con un mostrador de cristal detrás del cual estaba una cara familiar. Bruce la reconoció enseguida porque se trataba de Alicia, la mujer que conocieron durante su primer día de estancia en la Tierra.

–¿Qué haces aquí? –quiso saber Bruce después de saludarla.

–Trabajando. Es de lo más divertido, ¿quieren ver?

Él asintió. No había nada alrededor más que Cielo azul así que esto apuntaba para ser interesante.

–¿Qué es exactamente lo que necesitan? –preguntó Alicia mirando a Gina.

–Yo… –Gina se detuvo insegura.

Bruce pudo leer en la mente de su compañera que ella no estaba cien por ciento convencida de seguir adelante pero él prefirió ignorar ese pensamiento.

–Dame tus manos.

Gina obedeció a Alicia y la mujer las entrelazó con las suyas apoyándolas sobre el mostrador de cristal.

–Ahora cierra los ojos y piensa en lo que quieres.

"Quiero salir de aquí" –pensó Gina.

–No, me refiero a cómo te imaginas el resultado final. Alicia había leído los pensamientos de Gina también.

–Recuerda lo que hablamos –apuntó Bruce para darle ánimos.

Gina asintió y cerró los ojos. Bruce la vio respirar hondo un par de veces antes de formar en su mente una imagen y él lanzó un grito al observar la transformación que ocurrió frente a sus narices.

Gina abrió los ojos asustada por su exclamación.

–¿Qué sucede?

–¡Mírate!

Ella gritó también al darse cuenta de que su ropa era distinta. Ahora llevaba un atuendo muy al estilo de los ochenta, el cual combinaba a la perfección con su peinado, pero lo que Bruce no podía creer era que Gina había rejuvenecido veinte años en un instante.

–Aquí hay un espejo –Alicia soltó la carcajada ante la expresión sorprendida de Gina al contemplarse reflejada en el espejo que había aparecido de quién sabe dónde.

–¿Cómo hiciste eso? –preguntó Gina azorada.

–No es nada, tú también podrás hacerlo cuando llegues al Cielo –explicó Alicia –. Yo sólo ayudo a los novatos a conseguir lo que necesitan cuando todavía no pueden hacerlo por ellos mismos.

–Yo no te pedí… esto –Gina se tocó la cara con incredulidad.

–Ya sé, pero fue cortesía de la Casa, por el favor que me hicieron aquel día en el Parque Central.

"Me veo hermosa" - escuchó pensar Bruce a su amiga.

-No, Gina, eres hermosa -comentó él con toda sinceridad.

-Creo que nada más te falta esto.

Alicia tocó la cabeza de Gina y apareció un velo transparente sobre ella. Era de un material que Bruce no había visto nunca y le daba a su compañera un brillo un tanto... Sobrenatural.

-Listo -Alicia parecía muy complacida con su creación , y no se preocupen por devolverlo, cuando bajen a la Tierra todo regresará a la normalidad.

La pantalla tridimensional estaba lista. Eliseo descansaba en la penumbra de la habitación de su hotel tratando de conciliar el sueño. El día que se metieron a la playa, Rafael les explicó que esa pantalla era un portal al mundo real, lo cual significaba que los seres humanos podían verlos si lo cruzaban. También les dijo que eso sólo se autorizaba en casos muy especiales y Gina nunca imaginó que ella iba a tener necesidad de usarlo.

-No puedo -murmuró agobiada por cargar con semejante responsabilidad sobre sus hombros. Además, en cierta forma le parecía un engaño porque Eliseo quería que fuera Lourdes quién lo perdonara, no Gina.

-Sí puedes -aseguró Bruce con evidente expectación.

"No quiero" -pensó y su compañero hizo una mueca.

-Ya habíamos superado ese obstáculo.

-Es que...

Eliseo se volvió en ese instante y algo resbaló de su mano. Era un retrato descolorido donde lo abrazaba una muchacha vestida exactamente igual a como ella estaba vestida ahora. Gina se acercó un poco para apreciarla mejor.... ¡No podía ser!

-¿Bruce?

Ella miró a su amigo buscando que él dijera que estaba viendo visiones. La chica de la foto debía ser Lourdes y era absurdo que fuera idéntica a Gina. La ropa, de acuerdo, Alicia era genial... ¿Las facciones? ¿El cabello? ¿El cuerpo?

–¡Oh, Dios! No deberías haber visto eso hasta después – Bruce parecía desencajado.

–¿De qué hablas?

La alarma en el rostro del muchacho la asustó todavía más. Él era siempre muy controlado y en este momento parecía estar a punto de desmayarse.

–¿No lo comprendes?

Gina sacudió la cabeza de un lado a otro. No entendía nada, se sentía tan confundida como el primer día que llegó a este lugar.

–Eres tú. Lourdes, la novia de Eliseo, eres tú, Gina.

Las cosas con Roger Kovak no podían estar peor y ahora Mario no sabía cómo proceder. Cuando llegó, pensó que era complicado protegerlo de Lucas, pero eso no era nada comparado con lo que tenía que resolver ahora: Teo y Luz en Estados Unidos tratando de eliminar sus datos de la lista de hombres buscados, un capo mexicano convencido de que se trataba de un espía, un prospecto de ángel idiota interponiéndose en su camino, y el mismo demonio dispuesto a matarlo. Mario extrañó a sus compañeros más que nunca. Entre los tres, con toda seguridad, podrían encontrar la forma de salir de este atolladero.

Fue tanta su desesperación, que se coló a un café cibernético al anochecer para usar una computadora y mandarles un correo. Lo más probable era que Mario no tuviera oportunidad de ver su respuesta, si es que se dignaban a contestar después de que él los abandonó, pero al menos lo confortaba saber que recibirían noticias de su parte. No quería que pensaran que no los necesitaba porque nunca antes se había sentido tan solo.

Tal vez era mejor renunciar y pedirle a Rafael que lo reuniera con ellos, después de todo el arcángel dijo que no era indispensable que Mario resolviera este asunto. No obstante, él sentía que ésta era la única forma de vivir tranquilo consigo mismo. El problema era… ¿Cómo?

Después de un rato de ver la pantalla en blanco, decidió rezar.

Justo entonces las ideas empezaron a llegar. Bruce siempre recurría a las computadoras para resolver las cosas y Mario estaba frente a una. Necesitaba acceder a la base de datos de la policía de Nueva York antes que Teo y Luz la alteraran porque la lista de los prófugos de la justicia estaba al alcance del público en general para solicitar su colaboración. Una fotografía de Roger Kovak era lo único que necesitaba.

La técnica de Gina de repartir copias de su video a diestra y siniestra era la mejor opción en este caso porque alguien, en cualquier lado de la frontera, podría identificarlo. Mario puso manos a la obra enseguida: Antes de que amaneciera, El Pelón sería el tipo más popular de los alrededores.

Bruce no tenía idea de que alguien que estuviera muerto pudiera sentirse mal pero Gina acababa de probarlo. Su impresión al comprender la verdad había sido tan grande que ella empezó a temblar hasta el punto en que él tuvo que salir al pasillo a buscar ayuda. Lo primero que encontró fue la puerta de "Enfermería". Perfecto, con toda seguridad alguien podría acompañarlo hasta "Archivos" para ayudar a su amiga. Una luz brillante lo cegó en cuanto abrió la puerta. Era tan intensa, que tardó varios segundos en distinguir la silueta de un hombre joven que lo miraba con una extraña dulzura.

–Hola, Yoichi. Soy Juan.

–¿Quién?

–El apóstol, amigo de Jesús.

Bruce lo miró sin comprender todavía.

–Algunos dicen que era su favorito –el hombre sonrió con cierta modestia –, yo sólo sé que fui el único que tuve el privilegio de estar junto a ÉL en la cruz.

–¡Ah, ya recuerdo!

Gina le había contado algo sobre eso. "¿O no fue ella sino alguien más?", dudó Bruce por un instante. No, eso era absurdo, con nadie hablaba de esas cosas, sólo con Gina.

-Mi compañera necesita atención -explicó Bruce esperando que Juan pudiera ayudarlo -. Acaba de descubrir quién es y se encuentra muy alterada.

-Tu compañera sabrá resolverlo; tú estás aquí por otra razón.

-No, no entiendes, ella está sola en…

-Ustedes nunca están solos, Yoichi.

Lo interrumpió Juan y entonces Bruce descubrió algo detrás de él que llamó su atención. Era una sombra, una sombra que se movía a lo lejos, como al fondo de una persiana de esas que no dejan pasar la luz. El detalle era que la luz parecía venir precisamente de allá.

-No estás listo para verlo en su esplendor todavía -dijo el apóstol poniendo una mano en el hombro de Bruce y, acto seguido, la visión se aclaró un poco.

Entonces él pudo ver a una mujer acostada en una habitación rodeada de seres queridos… ella tenía la apariencia de estar enferma porque su cara reflejaba la angustia propia del dolor. La sombra se le acercó y su semblante cambió a una paz absoluta que coincidió con su último aliento. Después, la sombra caminó hacia un anciano, postrado en una cama rodeado de cables y aparatos como únicos acompañantes, le tomó la mano y se sentó a su lado. El anciano suspiró. Bruce también. De alguna manera esto era muy hermoso.

-Nuestro Señor siempre acompaña a los enfermos.

Él no dijo nada. La sombra estaba ahora con un pequeño, en un hospital muy moderno. Su madre sollozaba a su lado porque el niño respiraba agitadamente. La sombra se inclinó y le besó la frente con una ternura que hizo que el corazón de Bruce se encogiera. Los signos vitales del chiquillo empezaron a estabilizarse. La mano de Juan se separó de su hombro y la visión volvió a nublarse. No, él no quería que terminara.

-Puedes volver cuando quieras. Lo importante es que pienses en lo que esto significa.

Al quedarse sola, el temblor aumentó y Gina tuvo que sentarse en el piso con las rodillas dobladas contra su cuerpo para controlarlo.

Poco a poco, los recuerdos empezaron a aparecer, primero de una manera un tanto aislada: Eliseo en su juventud, cortejándola, haciéndola sentir la mujer más hermosa del mundo. Y después, el día de su partida, la tristeza por dejarlo ir y la dicha que alcanzó en sus brazos cuando se entregó a su amor por primera vez. Ella lo hizo pensando que así no iba a olvidarla, y seis meses después, tras arriesgar su vida para alcanzarlo… Lo encontró en brazos de otra.

Gina tuvo que rodear sus piernas con sus brazos para tratar de mantenerse quieta mientras esas imágenes empezaban a convertirse en una avalancha de memorias y de emociones. Con los ojos cerrados, era como si pudiera ver la película dentro de su propia mente. Empezando por tener que cruzar el Río Bravo a media noche, junto con otras siete personas y el "pollero" al que le había entregado casi todos sus ahorros, la maleta sobre la cabeza y el agua hasta la cintura. Sin darse cuenta, sus dientes empezaron a castañear al revivir cómo se arrastraba durante varios kilómetros a través del campo con las piernas entumidas por el frío que le provocaba la ropa mojada. También fue testigo del miedo que la invadía cada vez que descubría el reflejo de unas luces en la oscuridad, temiendo que se tratara de la patrulla fronteriza que arruinaría su esperanza de reunirse con el amor de su vida, y eso provocó que un gran nudo se formara dentro de su garganta.

Cuando por fin alcanzaron la carretera, una camioneta los estaba esperando, pero el sentimiento de alivio que ella experimentó entonces se vio rápidamente opacado por la incomodidad al tener que compactarse todos en la parte trasera. A Gina la embargaron las náuseas al evocar los olores, y la sensación de asfixia fue tan real como si estuviera allí otra vez. Hasta se estremeció al recordar que, al llegar a su destino, tuvieron que sacarla entre dos hombres porque estaba medio inconsciente. Ella tardó en recuperarse lo suficiente para darse cuenta que se encontraban junto a unas vías y se sintió desfallecer cuando escuchó que tenía que subirse a un tren en movimiento. Por desgracia, no pudo usar su embarazo como excusa porque, al igual que en Monterrey, lo había ocultado con éxito vendándose el vientre porque ningún "pollero" habría querido llevarla en esas circunstancias. Gina empezó a sudar por la mortificación y entonces recapacitó en algo: Su cuerpo estaba experimentando cosas que no eran comunes para un alma en tránsito. El hambre y cansancio eran normales en una jornada como la que estaba reviviendo, pero no aquí, en un salón dentro del purgatorio.

No obstante, no tuvo tiempo de analizarlo porque el viaje al pasado se reanudó dentro de su memoria con una carrera desenfrenada para alcanzar el primer tren. Una sensación de derrota la invadió al no lograrlo y, después de tres intentos fallidos, estuvo a punto de claudicar. Acurrucada como estaba, sintió arder sus rodillas y sus manos empezaron a sangrar por los raspones que se hizo al caer. Con aterrado asombro, Gina vio uno de sus tobillos inflamándose y lanzó un grito ante la intensidad del dolor físico provocado por estas heridas.

Era claro lo que pasaba: Sus recuerdos la estaban afectando en el presente. Gina quería detenerlo pero no sabía cómo, y cuando a su mente llegó la imagen del "pollero" advirtiéndole que el tren de las dos era el último del día y debía subir a como diera lugar, ella se descubrió dándose ánimos porque ese tren llegaba a Dallas y en Dallas la esperaban los brazos de Eliseo.

Todavía ahora no se explicaba de dónde sacó fuerzas para treparse a un vagón de carga vacío, pero sí podía entender la terrible fatiga que la llevó a quedarse dormida a pesar del agitado movimiento del tren. Después de todo, la estaba padeciendo en carne propia. Una punzada de dolor la despertó entonces y Gina gimió al sentirla en su vientre en este momento. Igual que veinte años atrás, ella se encogió tratando de convencerse de que no volvería a suceder. Otra punzada, más fuerte que la anterior, empezó a preocuparla, y la tercera punzada la asustó porque fue más intensa que las demás. El resto del viaje a Dallas se convirtió en una verdadera pesadilla; Gina podía sentir el dolor y la angustia de esas interminables horas con tanta claridad que el temblor regresó.

No quería seguir adelante, no… Lo que faltaba era lo peor y ella no tenía fuerzas para vivirlo de nuevo. Sin embargo, al cerrar los ojos, volvió a encontrarse con el momento en que, a pesar de sus dolores, decidió hacer su primera parada en la dirección a dónde había dirigido sus cartas durante los últimos meses. Como no quiso avisarle a Eliseo de su llegada para darle una sorpresa, allí sufrió la peor decepción de su vida. Él ni siquiera la vio porque estaba demasiado ocupado besando a otra fulana en la banqueta. Como si quisiera detener el fatídico desenlace, Gina abrió los ojos al verse sangrando desde antes de llegar al hospital.

El dolor por la pérdida de su hijita la abrumó con tanta intensidad que volvió a odiar a ese hombre con toda su alma. Se levantó sintiendo que algo dentro de ella iba a explotar. No podía seguir con esto, necesitaba arrancarse estos recuerdos de alguna manera o acabaría por volverse loca. Gina empezó a caminar de un lado a otro tratando de pensar en algo más, en sus compañeros, en la sonrisa de Bruce o la mirada de Mario, en los Kimpa, en Manolo... Lo malo era que no podía detenerlo. En su cabeza giraban sin descanso los primeros días en el hospital, sola, aterrada y agobiada por la culpa... Su regreso a casa, con el cuerpo de la pequeña y el corazón hecho pedazos, con la vergüenza y el miedo que había hecho pasar a sus padres, con las deudas que les ocasionó para seguir a alguien que no lo merecía, alguien que la había traicionado y a quien pasó el resto de su vida culpando. Su abandono a una fuerte depresión que la llevó a la bebida, y por consiguiente a perder su empleo... Y cuando tuvo oportunidad de amar de nuevo y lo rechazó por temor a ser lastimada... Todo era culpa de Eliseo. Él era responsable de su soledad, de su amargura, de su frustración... De esa tristeza que la fue apagando lentamente, matando sus sueños y dejando morir un espíritu que merecía mucho más.

—Cada quien debe enfrentar las consecuencias de sus propias decisiones, Lulú.

La voz de Rafael la hizo levantar la mirada, y entonces, como por arte de magia, todo el dolor físico desapareció. No más ardor, ni hambre, ni frío, sólo esa rabia que atormentaba su alma.

—Eso es algo que empezaste a entender casi al final de tu vida.

—¿Quieres decir que lo perdoné? —preguntó Gina con incredulidad.

—No... Eliseo llegó demasiado tarde.

—Entonces no puedes saberlo con seguridad.

Y de acuerdo con lo que sentía en este momento... ¡Era

imposible que entrara en esa pantalla y le cumpliera su deseo a quien le había destrozado la vida!

–Es que no es él quien más lo necesita, sino tú.

–No, te equivocas, Rafael –replicó Gina desafiante –, yo estoy bien. No necesito nada que tenga que ver con ese hombre.

–Y esa actitud es precisamente lo que te trajo aquí. A pesar de tantos rosarios y las incontables misas... Ese rencor envenenó tu alma y no la dejó respirar hasta el último momento.

Ella no podía dar crédito a lo que escuchaba, después de todo lo que había padecido por ese maldito... ¿Era Gina quién estaba siendo juzgada?

–Nadie te está juzgando, sólo queremos que resuelvas esto de una vez por todas.

–¿Significa eso que si no lo perdono me voy a ir al infierno? –preguntó escandalizada.

–Significa que la única manera de que descanses en paz, es dejar ir ese dolor. Ya desperdiciaste veinte años odiándolo, ¿De verdad piensas dedicarte a lo mismo por toda la Eternidad?

–Es que tú no sabes... –ella se puso de pie. Rafael era un arcángel, su esencia era pura y divina, no podía comprender el torbellino que Gina sentía por dentro.

–Yo sólo sé lo que tú misma pediste antes de morir, lo que fue tu último deseo y, por lo tanto, la razón por la que estamos sosteniendo esta conversación.

A continuación la pantalla se encendió y ella pudo presenciar el accidente que le quitó la vida. Era dramático observarse a sí misma siendo atendida por unos desconocidos que no alcanzaron a comprender lo que Gina balbuceaba casi con desesperación:

–Te perdono, Eliseo.

Ella comenzó a temblar otra vez y Rafael tuvo que acercarse a poner una mano sobre su hombro para calmarla.

–Tal vez te haga bien ver el otro lado de la moneda.

El Internet era una maravilla. La fotografía de Roger Kovak llegó a miles de personas en cuestión de horas. Además, Mario imprimió cientos de hojas que "aparecieron" no sólo en la policía de Matamoros y Brownsville, sino en estaciones de radio y televisión. Era increíble lo que él había logrado en tan poco tiempo, y ahora sólo era cuestión de esperar. Las ratas suelen salir de sus escondites cuando el agujero apesta, así que Mario necesitaba estar alerta para descubrir a El Pelón antes que el capo o Lucas, el cual, si lo pensaba, era raro que brillara por su ausencia. También le extrañaba que Teo y Luz no hubieran vuelto, o que no se tropezara con George durante su recorrido por ambas ciudades. No era que Mario quisiera verlos ni nada por el estilo, pero ellos habían sido, de una manera o de otra, un obstáculo para lograr su objetivo desde que llegó.

La revelación fue tan grande que él tuvo que sostenerse de un poste para no caer. Se lo dijo Gina desde el principio: "El diablo toma muchas formas, la mayoría muy atractivas, te dice lo que quieres oír y se identifica contigo". Y después Rafael: "Lucifer siempre se caracterizó por ser seductor e inteligente. Sabe por dónde llegarle a cada quién".

Lo que Mario más quería cuando llegó a este lugar era a su equipo, a sus compañeros... ¡Por eso se le presentaron así! Si hubiera tomado la forma de Lucas, habría sido demasiado obvio. En cambio, mostró una cara amable, haciendo que Mario se sintiera importante, y empezó a envolverlo con ese asunto de Molly... Tratando que él desistiera de su objetivo e hiciera algo indebido. Mario repasó en su mente las conversaciones y comprendió que estaba en lo cierto. Por fortuna, también se dio cuenta de que los ejercicios de Miguel surtieron efecto porque se mantuvo firme en sus convicciones ante la tentación. Y ellos no podían hacer nada contra eso.

"Satanás no tiene más fuerza que tus propias debilidades". Esas palabras de Rafael hicieron sonreír a Mario en este momento. Ni Teo, ni Luz, ni George pudieron vencerlo y por esa razón desaparecieron. Lucas también. En esa azotea, él titubeó y por eso el demonio empujó al policía. Si Mario hubiera sido más contundente.... Menos gris...

–Te sientes muy seguro de ti mismo, ¿no?

La voz que interrumpió su reflexión no le produjo el miedo que hubiera esperado y él se volvió para enfrentarlo. Lucas estaba al otro lado de la acera. Frente al puente que unía a dos países tan distintos como ellos mismos.

–No tengo nada que temer –dijo Mario tranquilamente . Te he vencido y lo sabes.

–No necesariamente.

En ese preciso instante, Roger Kovak apareció caminando por la calle. Se escondía bajo un gorro y unos lentes oscuros porque su cara era el tema de conversación de esta mañana: Un fugitivo buscado por la policía por delitos contra la salud había sido visto en la ciudad. Un tipo tan desalmado que le vendía drogas a menores de edad en camiones de helado.

–Sus amigos lo andan buscando –le informó Lucas en tono burlón.

Mario vio entonces a los gorilones del capo que venían siguiendo a El Pelón. Lucas empezó a reír, una risa fría y grotesca que provocó que la cicatriz de Mario palpitara.

–A ver cómo resuelves esto.

Bruce salió al pasillo aturdido. Aturdido y emocionado. ¡Había visto a Jesús! A través de una sombra o lo que fuera, pero lo había visto confortando a los enfermos. A los enfermos como él.

Una sensación de bienestar invadió su cuerpo al pensarlo y entonces recordó… Una cara… Una chica… Cerró los ojos tratando de evocarla mejor pero sólo consiguió escuchar una voz dulce y cristalina que le hablaba de Dios. No era Gina, era alguien más… Esa joven… Ella le enseñaba oraciones y le contaba historias que lo llenaban de esperanza mientras convalecía. Y Bruce empezó a creer, a enamorarse de una religión que hasta el momento no conocía, y de ella… Sí, de ella también. Su risa… Su risa lo hizo reír al acordarse de las largas tardes en que conversaban, uno junto al otro en el hospital. Porque ella estaba ahí, en una cama contigua de la que sólo lo separaba una cortinilla. Era una enferma también.

Una vez, Bruce pasó casi todo la tarde en el segundo piso

porque tuvieron que hacerle unos estudios y cuando regresó... La cortinilla estaba cerrada. Ellos siempre la mantenían abierta, de día y de noche, desde que se hicieron amigos. Había muerto sola, sin que nadie la acompañara, ni siquiera él que había jurado no abandonarla nunca. Bruce gimió, nada fue igual desde ese momento, hasta el videojuego y las cosas maravillosas que ella le había contado perdieron sentido.

Esa fe de la que le habló Pablo desapareció junto con la presencia de su amada. Después de todo, si el Dios amoroso del que ella hablaba fuera real, no la habría dejado irse así.

Ahora Bruce comprendía que se equivocó, Jesús había estado con ella; la acompañó en todo momento y él había venido a este lugar para descubrirlo. Bruce no llegó a la terminal Cristiana por error sino para buscarla... Para encontrar a la muchacha que se había ido al Cielo con su corazón.

CAPÍTULO 25

El otro lado de la moneda era la vida de Eliseo. Rafael la dejó sola para que Gina la viera en la pantalla, pero ella se sentía tan confundida que hubiera deseado que se quedara. Por un lado, estaba consciente de que había sido SU deseo perdonar a Eliseo, lo cual era lógico después de veinte años de odiarlo, pero en este momento Gina sentía el dolor con tanta intensidad que no estaba segura de poder hacerlo.

Sin embargo, por extraño que pareciera, su alma estaba tranquila. Tal vez era sólo por el efecto del contacto de Rafael, pero ella también tenía que reconocer que la intensidad de esta experiencia había sido, de algún modo, purificadora. Las heridas en su cuerpo habían desaparecido y ya no quedaban rastros físicos de la catarsis vivida durante su recorrido por el pasado, pero Gina sabía que nunca iba a poder olvidarlo.

Aún así, encendió el proyector con miedo, no estaba segura de poder soportar revivir la misma historia otra vez, pero observar a Eliseo enamorado de ella cuando eran jóvenes, fue muy hermoso. Gina pudo comprobar que su amor era sincero y que el deseo de ser digno de ella era lo que había llevado a su novio a enfrentar incontables penas. Desde el viaje inicial, dónde se encontró en medio de una balacera que puso en peligro su vida, hasta los incontables cambios de trabajo y noches a la intemperie con el estómago vacío, todos los movimientos del muchacho estaban motivados por su devoción hacia Lourdes.

Al ser testigo de la ilusión que lo embargó cuando supo que iba a ser padre, ella sintió algo parecido a lo que le ocurrió en el cementerio: Eliseo tomó una dimensión humana que hacía mucho más difícil juzgarlo con dureza. Ya no era un villano desalmado sino una persona de carne y hueso, con defectos y virtudes, fuerzas y debilidades, aciertos y errores... El peor de ellos, dejarse llevar por la soledad y la incertidumbre.

Eliseo no supo de la odisea de su novia hasta que ella iba de regreso a Monterrey. Después de varios días de llamarla sin obtener respuesta, se encontraba tan preocupado que intentó localizar a todos y cada uno de los miembros de la familia Mena. Paco, el hermano menor, fue el único que se molestó en darle la explicación al incomprensible silencio.

Gina empezó a llorar al ver a Eliseo derrumbarse entre el dolor de perder a su bebé y la culpa por haber lastimado a quién más amaba en este mundo. Él no titubeó ni un solo instante en gastar los ahorros de los últimos meses de franca explotación, en un viaje de regreso a casa para alcanzar a Lourdes y suplicar su perdón. Hasta pidió dinero prestado para pagar a Lupita y Joaquín los gastos del hospital, pero ella no quiso ni verlo. Los hermanos Mena lo sacaron casi a empujones y, después de dos semanas de guardia infructuosa frente a la puerta de la casa de sus padres, Eliseo comprendió que necesitaba darle tiempo.

Pasó los siguientes tres años entre borracheras y trabajo duro. Quería triunfar para tener algo que ofrecerle a su amada, algo que compensara el daño tan grande que le había causado, pero era joven y se encontraba solo en un lugar donde el "sueño americano" parecía una pesadilla. Sus caídas y esfuerzos fueron como un bálsamo para las heridas de Gina, ¡si tan sólo ella hubiera sabido todo esto! Cuando Eliseo volvió a buscarla no lo habría rechazado con la dureza con que lo hizo y entonces... ¡Todo habría sido tan distinto!

La luz que este descubrimiento arrojó sobre Gina fue tal que comprendió que ella era la única responsable de su fracaso en la vida. Eliseo sólo cometió un error que, ahora que adquiría la dimensión correcta, cambiaba por completo su perspectiva. Gina ni siquiera estaba segura que tuviera algo que perdonarle, más bien era ella quien tenía que perdonarse a sí misma tanta amargura, rencor e intransigencia. Las palabras de Santa Teresa: "Si el odio es veneno, el perdón es la cura", llegaron a su memoria al tiempo que la proyección terminó con un Eliseo adulto atormentado por la culpa y la frustración de un amor que murió antes de empezar a crecer.

Gina sabía exactamente lo que tenía qué hacer. No obstante, no era una cuestión de deber sino de querer: Eliseo era un hombre bueno y ya era justo quitarle de encima un peso que nunca debió cargar. Sólo así, los dos podrían por fin descansar en paz.

Bruce apareció en ese momento con un brillo en los ojos que ella no le había visto nunca. Antes de que Gina pudiera preguntarle la razón, él la abrazó. Durante varios minutos ninguno de los dos pudo abrir la boca.

–Sé cómo te sientes –le dijo su amigo al fin.

–No creo; necesitarías estar adentro de mí para comprender.

–Sí lo sé –Bruce la abrazó con más fuerza –, estoy escuchando tus sentimientos.

Gina se sintió mal de que este chico cargara con un equipaje tan pesado como el que ella llevaba.

–Está bien, me gusta compartir esto contigo –murmuró Bruce en su oído –. Mi abuelo decía que el rencor es como un saco de piedras que cargamos sobre la espalda: A quien más daña es a uno mismo.

–¿Cuándo te acordaste de eso? –ella lo separó un poco para mirarlo a la cara.

–Ya casi me acuerdo de todo –explicó su compañero sonriendo –. Yo soy Yoichi Rayano, Gina. Estuve en el hospital durante seis meses y ahí conocí a una chica cristiana que me hizo enamorarme de su religión y de ella. Cuando murió, perdí el interés en la salvación de mi familia y dejé de luchar contra mi enfermedad. Hace un rato acabo de descubrir que mi novia no murió sola sino en brazos de Jesús y yo tuve que pasar por el purgatorio para recuperar mi fe. Si no fuera por eso, ya estaría en el Cielo con ella.

Gina hizo un esfuerzo por asimilar lo que esto significaba: Si Bruce era Yoichi Rayano y ella era Lourdes, por lógica el siguiente caso era sobre Mario.

-Así es -Bruce había leído su mente -, pero primero tenemos que concentrarnos en resolver este para que tú puedas alcanzar lo que te mereces.

Gina lo estudió detenidamente. Este muchacho tenía apenas veinte años y era el hombre más sabio que había conocido en su vida.

-No es para tanto -replicó Bruce con modestia después de conocer sus pensamientos - ¿Estás lista?

- Por supuesto -ella miró la pantalla donde Eliseo se había quedado dormido. Nunca antes se había sentido mejor.

Roger Kovak empezó a caminar sobre el puente internacional en dirección a los Estados Unidos, y cuando pagó la cuota de salida del andador peatonal, los gorilones aceleraron el paso. Mario evaluó sus alternativas. Podía no hacer nada. Rafael dijo que no tenía que resolverlo pero entonces cargaría con la muerte de este hombre sobre su conciencia por toda la Eternidad. También podía tratar de detenerlos, pero no se le ocurría cómo. Roger Kovak acababa de descubrir a sus perseguidores, y al comenzar a correr, ellos lo imitaron. Teo, Luz y George aparecieron junto a Lucas y se burlaron de su desesperación. Mario sintió unas ganas ridículas de golpearlos, pero eso no resolvería nada. Rafael había dejado claro que la única forma de vencer al demonio era fortaleciendo le fe. Podía rezar, eso le sirvió la última vez, pero los gorilones estaban a punto de alcanzar a El Pelón. Necesitaba con urgencia la intervención divina.

-Ayúdame Rafael, por favor. Miguel, Jesús... Se los suplico - musitó en voz baja recordando que no podían hacerlo si no lo solicitaba.

En ese instante, uno de los matones sacó una pistola y Mario volvió a repetir su petición. Las risas fueron opacadas entonces por unas sirenas. Dos patrullas de la policía de Texas acababan de llegar al punto exacto donde empezaba su jurisdicción. La pistola del gorilón volvió a su lugar y su portador se detuvo en seco; su compañero lo imitó. Roger Kovak corrió al encuentro de los policías.

–¿Es usted la persona que llamó diciendo que tenía información sobre el fugitivo? –preguntaron los uniformados.

El Pelón titubeó unos instantes. Miró hacia atrás. Los gorilones empezaban a retroceder pero era obvio que lo estarían esperando si decidía volver sobre sus pasos. Mario comprendió entonces que los policías estaban ahí porque tenían una cita con un supuesto informante; su estrategia había acorralado tanto a este hombre que prefirió entregarse.

Roger Kovak se quitó la gorra y los lentes. Fue arrestado enseguida. Mario gritó jubiloso al verlo subir a la patrulla sano y salvo. Giró sobre sus talones para enfrentar a Lucas y compañía pero no había nadie; en su lugar estaba nada más un transportador. Mario se acercó a levantarlo y marcó el número uno. Todo había terminado.

Eliseo abrió los ojos al escuchar su nombre, pero estaba tan agotado que, con toda seguridad, recordaría todo esto como un sueño. Gina se veía inmaculada con el vestido blanco que llevaba en la foto, y el aspecto que le daba el velo impidió que el pobre hombre se atreviera a tocarla. Bruce se sintió muy orgulloso de su compañera al verla avanzar hacia su ex novio con paso decidido y contuvo el aliento cuando ella empezó a hablar:

–Tú no tienes la culpa, Eliseo. Yo tomé la decisión de hacer ese viaje sin consultarlo con nadie, ni siquiera contigo, y nunca pensé en las consecuencias que podría tener en nuestro bebé –la voz de Gina sonaba tan dulce que inspiraba serenidad –. Tampoco eres responsable del dolor que consumió mi vida. Yo tenía otras opciones y no las tomé por cobarde, era más fácil odiarte que salir adelante asumiendo mi responsabilidad.

El hombre experimentó una especie de sacudida al escuchar esto y su compañera prosiguió:

–Te agradezco el cariño que me has tenido durante todos estos años, pero es momento de superarlo. Yo estoy bien, y después de esta conversación voy a estar todavía mejor así que duerme tranquilo.

El llanto de Eliseo debía ser contagioso porque Bruce se encontró de pronto derramando unas lágrimas que nunca vio aparecer en sus ojos.

–Debes volver con tu familia y ser feliz, tus hijos te necesitan – concluyó Gina sabiamente.

El hombre juró que lo haría y ella se dio la vuelta para salir de la pantalla.

–¿Cómo te sientes? –le preguntó a Gina en cuanto ella llegó a su lado.

–Dímelo tú.

Bruce cerró los ojos. A diferencia de los pensamientos, los sentimientos no llegaban con palabras sino con una fusión absoluta que le permitía sentir lo que ella estaba sintiendo. Él sonrió satisfecho al descubrir que lo embargaba una gran dicha, una total plenitud que brotaba de lo más profundo de su alma.

–¡Felicidades! –Rafael apareció en ese momento sin disimular su entusiasmo –Has hecho algo muy grande, otorgar el perdón sincero no es nada fácil.

–Lo sé –reconoció Gina con el alivio reflejado en la cara - , pero se siente muy bien.

–Y se va a sentir todavía mejor cuando sepas que, gracias a tu consejo, ese hombre va a regresar a su casa para ser un padre excepcional –informó el arcángel satisfecho.

–Hablando de padres...

Bruce supo lo que Gina iba a pedir antes que ella terminara la oración: Quería ver a su hija. Rafael también se anticipó a la solicitud.

–No es posible. Todavía.

Gina no ocultó su decepción así que el arcángel agregó:

–Georgina está bien. Es una niña encantadora. Nuestra Madre e Isabel la adoran, ya ves que ellas se encargan de los chiquitos que se adelantan a sus padres. Tu abuelito la visita con frecuencia y tiene muchos amigos en la guardería. Ella sabe que está cerca el día que vas a ir a buscarla y te espera con ilusión.

–¿Qué más tengo que hacer para poder ir a abrazarla? – preguntó Gina sin disimular su desilusión.

–Eso tú lo sabes mejor que yo.

–No, Rafael, háblame claro –suplicó ella seguramente agotada por todo lo que acababa de vivir –, dime qué esperan de mí porque no puedo correr el riesgo de equivocarme.

El arcángel iba a decir algo pero guardó silencio al escuchar unos golpes suaves en la puerta. Bruce los miró a los dos extrañado, ¿quién podía ser?

–¿Se puede?

Una cabeza familiar se asomó y Bruce lanzó un grito al descubrir de quién se trataba.

Bruce corrió a abrazar a Mario, pero Gina se quedó petrificada. Estaba segura de que su llegada en ese preciso instante no había sido una coincidencia. Rafael la miró con una sonrisa misteriosa al pensar en esto y ella comprendió. Mario tenía su caso pendiente y necesitaba ayuda, en especial la suya.

–¡Santo Cielo, Gina! ¿Qué te pasó?

La impresión de Mario al verla de cerca fue tal que Gina no pudo menos que sonreír porque había olvidado lo bien que lucía.

–Me quité un gran peso de encima –reconoció ella con toda sinceridad.

–Pues te ves…. –Mario titubeó –Te ves muy bien.

Sus miradas se cruzaron unos instantes y Gina se inquietó un poco.

–¿Cómo te fue? –intervino Bruce entusiasmado –¿Resolviste el asunto de El Pelón?

–Con rotundo éxito –Rafael contestó por él –. Muchas felicidades, Mario. Pocos pueden presumir de ganarle al mismo demonio.

–Me siento tan poderoso como Miguel –bromeó Mario y todos soltaron la carcajada.

Ni siquiera ella podía seguir enfadada con él por haberlos dejado. Era como si al perdonar a Eliseo, Gina se hubiera liberado no sólo del resentimiento que le inspiraba su ex novio, sino de todos los otros rencores que llevaba guardados.

–¡Ah!, y también traje esto –Mario le entregó a Rafael un transportador.

–Es de Alicia y su equipo. Satanás se presentó ante ellas como Lucy y tardaron más que tú en darse cuenta.

–Yo conté con muy buena asesoría –Mario la miró con intensidad al decir esto y Gina bajó los ojos. Con ése, eran dos piropos seguidos.

–Entonces, ¿se acabó? –preguntó ella para disimular su turbación –¿Ya no tenemos que preocuparnos por Lucas?

Mario empezó a contarles lo sucedido y Gina se quedó muy impresionada al escucharlo. Era increíble lo que su compañero había vivido.

–Lo siento por Molly –concluyó Mario tristemente.

–Molly no existe, Mario –aclaró el arcángel para sorpresa de todos –Satanás utiliza cualquier recurso a su alcance y, en este caso, la historia de una pequeña que quedaría desamparada sin su padre, era la única forma de hacerte dudar.

–¿Él también puede leer los pensamientos?

La pregunta de Bruce era muy interesante.

–No, él más bien se deja guiar por las debilidades de cada persona. Eso es lo que sabe leer a la perfección, de ahí que no podía hacer nada cuando Mario reaccionaba con firmeza.

–¿Y por qué sólo se acercó a él? –quiso saber Gina.

–¿Estás segura de eso?

–Bueno... –ella titubeó –Nosotros no hemos tenido ninguna tentación, ¿o sí?

–El diablo no toma siempre forma física, a veces es más sutil. Analicen si ninguno de ustedes dos se ha dejado llevar por algún sentimiento negativo, si ha hecho algo de lo que tenga que arrepentirse y ahí tienen su propia respuesta.

Gina adquirió una expresión preocupada después de escuchar las palabras de Rafael. Conociéndola, Mario imaginaba que debía estar reviviendo en su cabeza cada minuto desde que bajaron a la Tierra por primera vez para descubrir si había caído en la tentación. La verdad es que él no podía dejar de mirarla, no sólo porque lucía increíble, sino porque quería descubrir si estaba enfadada por su abandono.

-Muy bien, creo que estamos listos para el caso número seis -escuchó decir a Bruce y, muy a su pesar, Mario tuvo que distraer su atención.

-¿Cómo? ¿Ya resolvieron el cinco?

-¿Para qué crees que Gina se disfrazó? -preguntó Bruce pero Mario seguía sin entender - Un tipo quería que su difunta novia lo perdonara por haberla engañado y provocar de manera indirecta la muerte de su bebé. No encontramos otra forma de solucionarlo más que hacer que Gina se le apareciera.

-¿Y funcionó?

-Con ayuda de la pantalla y este velo -explicó su compañero.

-¿Y eso fue todo? -Mario volvió a mirar a Gina pero ella no contestó. De alguna manera, este caso sonaba demasiado fácil para ser real.

-Sin embargo -intervino Rafael -, les aviso que el último caso será un poco más complicado.

-Genial - bromeó Mario pero Gina tampoco sonrió.

Seguía concentrada en sus cavilaciones.

-Ustedes no tendrán ningún problema para resolverlo si trabajan en equipo.

-¿Y Cabinda? -Bruce siempre parecía estar al pendiente de todo.

-Cabinda ha obtenido buena atención en los últimos días gracias a la segunda ronda de videos -el arcángel avanzó hacia el proyector y apretó el botón de "Presente".

Las escenas de transmisiones en distintos idiomas aparecieron una tras otra y eso sí despertó la atención de su compañera. La ONU acababa de emitir un comunicado diciendo que debatirían sobre este asunto en la siguiente sesión ordinaria.

-Eso puede ser demasiado tarde para los Kimpa - murmuró Gina entre dientes.

Era muy difícil para Bruce mantener el hilo de la conversación mientras escuchaba los pensamientos y sentimientos de sus compañeros al mismo tiempo. En especial porque éstos eran confusos. Gina pasaba de su preocupación por los Kimpa al intenso deseo de ver a su hija, con la misma facilidad que cambiaba de su alivio por haber perdonado a Eliseo a una mortificación por algo relacionado con Claudia West que él no alcanzaba a comprender.

En cuanto a Mario…. A Bruce le causaba gracia comprobar que no podía dejar de apreciar a Gina. Estaba obsesionado con verla, y al mismo tiempo desconcertado porque no comprendía su seriedad. El pobre pensaba que ella estaba molesta por su abandono sin sospechar que todo se debía a las intensas emociones que había vivido un rato antes. Desde luego, ellos no podían contarle la verdad porque entonces resultaría obvio que el último caso estaba relacionado con él.

Bruce recibió la carpeta sintiendo curiosidad porque siempre se había preguntado cuál era la historia detrás de la personalidad de Mario. Además estaba ansioso por terminarlo para alcanzar por fin el Cielo y volver a encontrarse con… Hiromi. El nombre llegó a su mente de repente, así como la imagen de una joven de cabello lacio oscuro, ojos dulces y hermosa sonrisa.

Esa imagen lo animó tanto que no sintió ninguna incomodidad durante la transportación. Era preciosa, Bruce apenas podía creer que alguien así pudiera haberse enamorado de él, y entonces recordó cómo solía envidiar el amor de los Kimpa. Su dulzura y entrega para con el otro era algo que lo había conmovido hasta lo más profundo y ahora Bruce tenía la oportunidad de vivir algo similar por toda la Eternidad. Ése era el mejor Cielo que él podía imaginar.

–¡No puede ser! –la voz de Mario lo volvió a la realidad Estamos exactamente dónde empezamos.

–El Parque Central –reconoció Bruce al mirar a su alrededor.

–Gina… –Mario la estaba mirando con la sorpresa reflejada en el rostro –Tú…

–¿Qué pasa? –preguntó Gina con cierta preocupación.

Mario guardó silencio pero completó la frase en su mente "Eres la misma de antes".

–Alicia dijo que todo volvería a la normalidad al bajar a la Tierra –explicó Bruce.

–Es una lástima –ella suspiró resignada.

–Te ves muy bien de todas maneras.

Lo más increíble para Bruce al escuchar este comentario, fue saber que Mario en verdad sentía lo que estaba diciendo. Y Gina se ruborizó. De plano Bruce no entendía lo que estaba pasando entre esos dos.

–¿Qué dice la carpeta? –Gina se turbó tanto por las palabras de Mario que decidió ponerse en acción.

Además, este último caso la tenía muy inquieta, en especial porque después de meditar lo que dijo Rafael había llegado a la conclusión de que ella también fue víctima de la tentación. Cuando descubrió la foto de Claudia y su padre, calló motivada por la rabia que sentía contra su compañero en ese momento. Después Gina pensó decir la verdad pero no lo hizo, con el pretexto de que tal vez se había equivocado, y ahora… Ahora ella quería descubrir si estaba en lo cierto y para eso necesitaba leer la información de la carpeta.

–Aquí está –Mario la abrió y empezó a leer en voz alta: –"Keith West se encuentra condenado a muerte por el crimen de Jeff Willis, un policía de Connecticut" –su compañero hizo una pausa –. Keith West… ¿por qué me suena ese nombre?

–Es el hombre que Claudia fue a visitar a prisión –replicó Gina impaciente.

–Claro, su padre…

Ella no estaba segura de eso. Ahora menos que nunca y necesitaba decirlo o iba a explotar.

–¡Cielos!, esto sí que es una coincidencia –intervino Bruce –. Hace poco estuvimos en la oficina de Claudia y ella tenía sobre su escritorio información sobre este asunto.

"No es una coincidencia" –pensó Gina mirando al chico para que la escuchara –. "Hay una foto en la oficina de Claudia en la que aparece con un tipo muy parecido a Mario"

-Déjame ver -Bruce le quitó la carpeta a Mario cuando ella terminó de contarle sus sospechas por telepatía -. Sí, aquí dice que Keith West es tío de la reportera. Es hermano del padre de Claudia: Thomas West.

"Thomas West debe ser Mario".

El muchacho asintió después de escuchar los pensamientos de Gina otra vez.

"Tengo que decírselo".

-¡No! -gritó Bruce enseguida.

-¿Perdón? -Mario miró extrañado a su compañero.

-No es nada... Sólo... Estaba pensando. No podemos descuidar el asunto de Cabinda, si la ONU ya despertó tal vez sea el momento adecuado para dar un último empujón.

-Bruce... -ella no estaba dispuesta a seguir callando pero el chico siguió adelante:

-Gina y yo podemos empezar en el caso mientras tú filmas un nuevo video, algo que demuestre que la situación es urgente. Imagino que los soldados deben estar molestos por la inesperada publicidad y pueden estar tratando de encontrar a los responsables utilizando métodos nada convencionales.

-Mario... -empezó ella mirando a su amigo a la cara.

-Gina, por favor -la interrumpió Bruce -, cuando Mario se vaya a Cabinda podemos hablar de las instrucciones precisas de Rafael respecto a los casos cinco y seis.

"A mí no me dijo nada" -pensó ella.

-La verdad yo preferiría quedarme con ustedes, es el último caso y debemos trabajar en equipo -apuntó Mario ajeno a la discusión que mantenían Bruce y Gina.

-Tampoco podemos descuidar a los Kimpa -insistió Bruce -. Es nuestra última visita a la Tierra y si no lo resolvemos ahora...

Si no lo resolvemos ahora... Esas palabras repiquetearon en el cerebro de Gina por varios segundos antes de que tomara una decisión. A pesar de lo que Bruce alegaba, ella sabía lo que tenía que hacer así que respiró hondo y se volvió hacia Mario:

-Claudia es tu hija.

-¡Gina! -Bruce parecía en verdad escandalizado.

–¿Qué dijiste? –Mario la miró desconcertado.

–Claudia es tu hija. Yo lo sé desde hace tiempo pero no te dije nada porque soy una imbécil rencorosa.

Mario tuvo que apoyarse en un árbol cercano.

–Bruce es Yoichi Rayano y yo soy Lourdes Mena, la difunta del caso cinco. Toda esta misión es precisamente para eso, para resolver nuestros últimos deseos y, aunque no sé todavía de qué se trata, puedo asegurarte que tú eres Thomas West.

CAPÍTULO 26

Mario no entendía nada. Gina debía haberse vuelto loca y Bruce también, porque la estaba reprendiendo como si ella hubiera cometido un pecado mortal.

–Basta... los dos. Silencio –Mario los interrumpió confundido por su discusión –. Necesito que me expliquen las cosas con calma.

Gina fue la primera en reaccionar:

–Lo siento mucho, Mario, debí haber dicho algo antes sobre la foto.

–¿Cuál foto, Gina?

–En la oficina de Claudia hay una foto donde ella aparece con su padre –ella hizo una breve pausa antes de agregar: –Un hombre muy parecido a ti.

–Yo he estado en su oficina y no hay ninguna foto.

–Tiene el vidrio roto –explicó Gina –, aunque la primera vez no estaba así.

Mario ya no la escuchó. Estaba recordando su visita a Claudia para comprobar que hubiera recibido el video de Cabinda. Acababa de tener un pleito con Gina y él también se encontraba molesto; Claudia aventó una caja y un portarretratos cayó boca abajo en el piso. Mario se estremeció al recordar las palabras de la reportera: "Me haría mucho bien tu consejo ahora, papá".

–Quiero verla.

–Mario, no tiene caso, lo importante es que Gina no debió

haberte dicho nada porque...

–Bruce, por favor. Ya lo hizo –el muchacho calló después de escucharlo –. Y en lo que a mí respecta ya iba siendo hora de que fuera sincera.

Mario miró a su compañera con cierto reproche. No podía creer que se hubiera guardado una verdad tan delicada, por muy enojada que estuviera.

–Necesito el aparato.

–Mario...

–¡Por Dios, Bruce! –exclamó Gina –¡Dale el aparato!

Cuando Mario lo tuvo en las manos, oprimió un par de botones y se transportó a la oficina de la reportera. Solo. Si esto era verdad, necesitaría tiempo y espacio para meditar las cosas.

Claudia no estaba en su escritorio pero la fotografía sí. Mario se acercó sintiendo que las piernas le flaqueaban y miró al hombre que abrazaba a una pequeña. Era más delgado, más joven y no tenía cicatriz, pero el parecido era claro. Eso significaba que Gina tenía razón. Claudia West era... Entonces la chica entró a la oficina en ese momento y él se quedó paralizado. Esta hermosa y brillante mujer era su hija.

–Espero que tu indiscreción no vaya a costarnos el éxito de nuestra misión –reclamó Bruce preocupado en cuanto Mario desapareció.

–Si Rafael no ha hecho nada, quiere decir que no violé ninguna regla. ¿No te acuerdas lo que pasó cuando Mario utilizó esa linterna en Cabinda?

–Es que...

Gina lo interrumpió:

–Tú también me dijiste antes.

–Porque viste la foto y no me quedó otra alternativa –se defendió el muchacho.

–A mí tampoco. Ahora que lo pienso todos me han estado aconsejando lo mismo, mi abuelito Inocencio, Rafael... Yo creo que esto tenía que pasar, por alguna razón era necesario que Mario supiera la verdad para resolver su caso.

Bruce lo meditó unos instantes. "Todo sucede cuando tiene que suceder". Esa frase se las había dicho el arcángel hace poco. Tal vez Gina no andaba tan perdida después de todo.

–Por eso era importante que yo viera esa foto –prosiguió su amiga –, el detalle es que no sé si él vaya a perdonarme

–Dale tiempo.

Bruce regresó a la carpeta para continuar leyendo la historia de Thomas y Keith West. Era terrible. Tom era el mayor y su padre los abandonó poco después del nacimiento de Keith. La madre, una enfermera del hospital de Harlem, había sido violada y asesinada una noche al volver a casa cuando ellos tenían once y nueve años respectivamente. Su abuela, una mujer muy devota de la religión Bautista, tomó las riendas de su educación a partir de ese momento. Su situación económica fue siempre precaria, crecieron entre pandillas, drogas y violencia, pero la fe y firmeza de la abuela los mantuvo alejados de todo eso.

Cuando Tom cumplió veintiún años emprendió una cruzada que iba a cambiar su vida para siempre. Apoyado por el ministro de su Iglesia y con la ayuda de su hermano, armaron lo que ellos llamaron el "Operativo Limpieza". La intención era buena. Muy buena. Se trataba de tomar acciones para detener el crimen en su comunidad. Empezaron haciendo rondas nocturnas para proteger a las enfermeras que tenían el turno de noche en el mismo hospital donde trabajó su madre y organizaron eventos deportivos para alejar a los jóvenes de la presión callejera. Varios vecinos se les unieron y, de esa manera, el número de actividades fue en aumento constante. Después de unos años el proyecto creció tanto que otras comunidades comenzaron a copiarlo y los hermanos West se convirtieron en una especie de héroes locales en Harlem.

A los veinticinco años, Tom conoció a Elaine, la madre de Claudia, y se casaron casi enseguida. La niña nació doce meses después y Tom se alejó un poco de las actividades de "Operativo Limpieza" para concentrarse en su familia y en su empleo como obrero. Keith se quedó a cargo del operativo, y el equipo siguió creciendo tanto en miembros como en extensión.

Era difícil controlar a numerosos individuos con mentalidades y modos de actuar distintos, así que no fue extraño que en algunos lugares, integrantes del movimiento fueran protagonistas de hechos violentos. Ni Tom ni su hermano apoyaron estos actos, sin embargo, tampoco supieron actuar con la fuerza necesaria para detenerlos.

En Queens, un grupo de chicos se lió a golpes con dos tipos que vendían marihuana en las escuelas, dejándolos gravemente heridos. En Nueva Jersey, otros seguidores fueron arrestados por haber incendiado una bodega donde se filmaba pornografía infantil. En East Hampton, una joven perteneciente al "Operativo Limpieza" fue atacada por el hijo de un rico empresario que se encargó de que el fiscal no presentara cargos. El junior apareció flotando en el Río Hudson una semana después.

En Danbury, Connecticut, una pequeña ciudad casi pegada al estado de Nueva York, el jefe de policía no vio con buenos ojos la formación de un "Operativo Limpieza" en su comunidad. Sus integrantes contactaron a Keith para solicitar ayuda porque estaban siendo acosados debido a sus actividades. Tom acompañó a su hermano en una primera visita y trataron de calmar a los exaltados muchachos. No lo consiguieron. Dos semanas después, tres de ellos recibieron una golpiza de parte de un grupo de encapuchados.

Los hermanos West decidieron investigar y descubrieron que en la zona operaba una banda que se dedicaba a desmantelar autos robados en la ciudad de Nueva York. Tom sugirió no intervenir, pero Keith no estuvo de acuerdo porque el sheriff mismo era quien les brindaba protección.

–Bruce… ¿Me estás oyendo?

La voz de su compañera interrumpió la lectura de Bruce.

–Te estaba diciendo que debemos ir a buscar a Mario. No creo que sea un buen momento para dejarlo solo.

Gina y Bruce tomaron el metro y después caminaron un par de calles hasta las oficinas del "Times." No era tan rápido como transportarse pero, aún así, cuando llegaron se encontraron a Mario sentado en un rincón del privado de Claudia. Gruesas lágrimas rodaban por sus mejillas, las cuales limpió con la palma de su mano al verlos llegar.

–Ella se acaba de ir... Es muy bonita, ¿verdad?

–Debe parecerse a la madre –bromeó Bruce sentándose a su lado.

Gina no se atrevía a acercarse, así que se quedó junto a la puerta.

–He estado recordando algunas cosas... –comentó Mario –Como esa foto... La tomamos el día de su cumpleaños número cinco. El último que pasamos juntos.

–¿Sabes qué sucedió después?

–Claudia tiene el escritorio lleno de papeles sobre eso, Bruce –explicó Mario poniéndose de pie –. Mi hermano y yo fuimos a dar a la cárcel por el asesinato de un policía.

–¿Tú no lo recuerdas?
Mario sacudió la cabeza de un lado a otro.

–Poco a poco va a regresar... –le aseguró Gina con voz débil porque le dolía ver a su compañero tan vulnerable pero, al parecer, él no la escuchó.

–Recuerdo que su madre se la llevó lejos y no la vi en mucho tiempo. Un día se presentó a visitarme en la cárcel siendo casi una mujer. Quería conocer mi versión de la historia.

Mario cerró los ojos unos instantes. Dos nuevas gotas salieron de ellos y descendieron despacio por su cara. Gina se sentía responsable de esto porque había sido ella quien le abrió de golpe la puerta de su pasado.

–Después decidió estudiar Leyes para tratar de sacarme. No lo logró. Entonces se puso a estudiar periodismo, según ella la prensa tiene más poder que los abogados defensores.

Gina sonrió al escucharlo y no pudo evitar comentar:

–Es una gran chica.

–Sí, lo es –Mario le dirigió una breve mirada –; ahora mismo está tratando de salvar a su tío.

–¿Sabes cuándo es...?

Bruce no terminó la pregunta pero todos sabían a qué se refería: La ejecución de su hermano.

-En una semana -dijo Mario -. Claudia tiene siete días para presentar sus argumentos ante la Junta Estatal de Perdones porque ellos tienen la autoridad exclusiva para otorgar la clemencia en el estado de Connecticut. El problema es que no cuenta con ningún argumento nuevo.

-Entonces ya sabemos exactamente para qué estamos aquí -concluyó Bruce antes de volver a abrir la carpeta.

"La noche que cambió su vida" -empezó a leer Bruce -, "Tom West manejó junto con su hermano la corta distancia que separaba a Danbury de la ciudad de Nueva York. En las últimas semanas habían hecho ese trayecto con frecuencia porque, desde que descubrieron la corrupción de Jeff Willis, él y Keith decidieron hacerse cargo. Ayudados por integrantes del "Operativo Limpieza" local, armaron un expediente que estaba ya en manos de las autoridades correspondientes, pero las investigaciones de Asuntos Internos siempre se mueven más lento que los delincuentes, y este caso, con un oficial de larga trayectoria y múltiples condecoraciones, no fue la excepción. El sheriff no era tonto y decidió contra-atacar sembrando fuertes cantidades de droga en el auto de uno de los líderes del operativo, el cual se encontraba arrestado" - continuó Bruce -. "En un intento por desprestigiar al enemigo antes de tener que refutar sus afirmaciones, el sheriff empezó a atacar al movimiento desde su cabeza apuntando contra los mismos hermanos West. Todos los asuntos sobre violencia innecesaria volvieron a salir a la luz así como informes absurdos sobre malos manejos de los donativos."

-Espera un momento.

Mario interrumpió la lectura de Bruce.

-¿Qué pasa? ¿Recordaste algo?

-No, pero me gustaría llamar a Rafael para ver esto en el proyector.

-¿Estás seguro? -preguntó Gina en tono preocupado.

-Puede ser muy duro, Mario -la apoyó Bruce.

-Quiero ser testigo de cómo ocurrieron las cosas -Mario prefería no imaginar nada sino descubrir la verdad y así se los dijo a sus compañeros.

Ellos titubearon unos instantes.

-Por favor, Bruce, sólo llama y pregunta si es posible.

El muchacho obedeció y, al oprimir el número uno, Rafael atendió enseguida.

-Está bien -aceptó el Arcángel después de que Mario explicó su deseo -, pero yo voy a estar con ustedes todo el tiempo.

-No quiere que vayamos a espiar en el futuro -murmuró Gina en voz baja.

-No importa, en este momento lo que me interesa se encuentra en el pasado.

Rafael no protestó por el hecho de que Mario supiera la verdad así que Bruce concluyó que Gina estaba en lo cierto. Todo pasa por una razón, y aunque a veces resulte difícil comprenderlo, siempre forma parte del plan de Dios.

-¿Desde cuándo quieres ver? -preguntó el arcángel al verlos llegar.

-La noche del asesinato, por favor.

Después de la solicitud de Mario, los tres tomaron asiento. Bruce estaba escuchando los pensamientos de su compañero y sabía lo nervioso que estaba, pero a excepción de las palpitaciones de su cicatriz, Mario no dejaba traslucir ninguna emoción.

La acción empezó con los dos hermanos discutiendo en el auto. Keith estaba muy molesto y quería que fueran a ver al sheriff en actitud desafiante.

-¡Willis tiene que retractarse públicamente de sus difamaciones, Tom!

-Es mejor actuar de manera conciliadora y dejar que las autoridades apliquen la ley -sugirió el mayor de los hermanos, quien todavía no tenía ninguna cicatriz.

Al llegar a Danbury, un grupo de cinco muchachos y tres chicas los esperaban afuera de la comisaría. Los padres del joven arrestado también estaban ahí; sobra decir que la madre les suplicó entre sollozos que salvaran a su hijo y eso aumentó la rabia de Keith. Jeff Willis escuchó el alboroto y salió a la banqueta para exigirles que se largaran.

–¡Todos son una bola de delincuentes y yo me voy a encargar de que alcancen a su compañero en la cárcel!

La discusión se intensificó y algunos oficiales salieron a apoyar a su jefe. Tom trató de calmar los ánimos pero Keith acabó gritando a voz en cuello:

–¡Te juro que esto lo vas a pagar muy caro, Willis!

Todos se retiraron a casa de los padres del afectado a estudiar con calma las pruebas en su contra. Los hermanos West salieron de ahí poco después de la medianoche; Keith seguía muy alterado y Tom se encontraba demasiado cansado.

–Todo esto me rebasa, Keith; tú sabes que tengo trabajo de tiempo completo y un montón de obligaciones familiares.

–¿Y eres capaz de dejar que un inocente se pudra en la cárcel por haber seguido nuestro ejemplo?

Tom no contestó.

Bruce escuchó a Mario pensar: "Ojalá lo hubiera hecho". Eso indicaba que su amigo empezaba a recordar y él pudo notar que la cicatriz palpitaba con más fuerza.

Intrigado por lo que seguía, Bruce regresó su atención a la pantalla. A las afueras del pueblo, una patrulla detuvo a los hermanos West cerca del límite estatal. Jeff Willis les hizo señas para que bajaran del auto y Keith se negó.

–Va a hacernos lo mismo que al chico y acusarnos de posesión de drogas.

Tom titubeó, pero cuando el oficial sacó su arma para amenazarlos, él bajó del lado del copiloto esperando que su hermano hiciera lo mismo. Keith levantó las manos en señal de sumisión pero, al salir del auto, golpeó al sheriff tan fuerte que éste cayó al suelo.

–¡No, Keith, no! –el horror en la voz de Tom hizo eco en la mente de Bruce.

Lo demás sucedió demasiado rápido: Jeff Willis apuntó hacia el menor de los hermanos y éste se lanzó sobre él. Forcejearon. Tom corrió hacia ellos pero se detuvo en seco al escuchar una detonación.

–¡Keith! –el grito desgarrador retumbó en las paredes y la tensión era palpable en todos los rostros.

Unos segundos después, Keith se puso de pie con la ropa manchada de sangre pero no estaba herido. El policía murió casi enseguida. Mario gimió y Gina también. Bruce hubiera querido decir algo pero no pudo, el silencio en la pantalla y en el cuarto de "Archivos" era sepulcral.

Los sucesos que siguieron iban a marcar el destino de la familia West para siempre. Tom quería llamar a las autoridades para contar la historia tal y como había sucedido. Después de todo, Keith actuó en defensa propia. Éste no estuvo de acuerdo, había amenazado a Jeff Willis delante de medio pueblo unas horas antes, y en Connecticut, la pena por el asesinato de un policía era la muerte. Si subían el cuerpo al auto y cruzaban la frontera del estado de Nueva York, las cosas serían mucho más sencillas porque allí no había pena capital.

–No resultará creíble que el sheriff nos haya detenido fuera de su jurisdicción –opinó Tom con sensatez.

–Siempre podemos alegar que tardamos en detenernos buscando ponernos a salvo de su acoso –insistió Keith –. Tú puedes manejar la patrulla y reconstruimos la misma escena cuatro millas más adelante.

Gina no era ninguna experta pero podía darse cuenta de que cada cosa que hacían agravaba su situación, empezando por mover el cuerpo de lugar, utilizando los tapetes plásticos del auto para no mancharlo. Después, limpiar la sangre del pavimento con el saco de Tom para desaparecer la evidencia, y manejar un vehículo oficial. Aún así, todo hubiera salido perfecto de no ser por unas luces que aparecieron en sus respectivos retrovisores. Keith estaba tan nervioso que aceleró de manera descontrolada llamando la atención de la patrulla que, en otras circunstancias, hubiera dado la vuelta para regresar al pueblo.

Los cargos se acumularon uno tras otro. Todo indicaba que no sólo habían asesinado al policía a sangre fría sino que planeaban deshacerse del cuerpo. Por si fuera poco, Keith perdió la cabeza y trató de resistirse al arresto. La evidencia circunstancial era apabullante, el sheriff presentaba un golpe en la mandíbula que la fiscalía utilizó como prueba del momento en que el menor de los West lo desarmó. Las huellas de Keith estaban en el arma y había restos de pólvora en sus manos y en su ropa porque el disparo fue a corta distancia.

Thomas fue sentenciado a cadena perpetua y su hermano a morir por inyección letal. El sheriff Willis recibió un funeral de héroe, el chico arrestado tuvo que pasar tres años en libertad condicional y el "Operativo Limpieza" fue acusado de incitar a la gente a hacer justicia con sus propias manos. Ni la esposa de Tom ni el corazón de la abuela pudieron soportar la presión.

Gina lloraba como una niña cuando Rafael detuvo la proyección. Quería abrazar a Mario pero éste tenía la cabeza entre sus manos y, en cuanto ella lo tocó, pudo escuchar con claridad que le dijo:

"No. Quiero estar solo."

Sin embargo, la boca de Mario no se había movido, así que Gina volteó a ver a Bruce confundida. Su amigo le lanzó una mirada significativa y casi la sacó arrastrando de allí.

Mario tenía treinta y dos años al ingresar al penal de Somers, uno de los dos únicos en Nueva Inglaterra donde la pena de muerte es legal. En Connecticut, ésta se reinstaló en 1973 y desde entonces, sólo una persona ha sido ejecutada: Un asesino en serie acusado de matar a cuatro mujeres. Keith tenía treinta años, nunca se casó y no tuvo hijos porque había dedicado su vida a ayudar a limpiar las comunidades más conflictivas de la zona. No obstante, fue el décimo miembro en ingresar al corredor de la muerte de Somers.

Los dos fueron juzgados por separado así que Tom se enteró de la sentencia de su hermano estando ya en prisión. Esa fue la gota que derramó el vaso para Elaine, quien se marchó a Florida con su familia buscando un ambiente más seguro para su hija. Al principio, se mantuvieron en contacto, pero con el tiempo sus visitas se hicieron menos frecuentes y él no se sorprendió al recibir la demanda de divorcio. Cinco años después de esa noche trágica, su ex esposa se volvió a casar y con eso terminó su contacto con Claudia.

–¿Ella es feliz? –le preguntó Mario a Rafael al recordar esto.

–Tu mujer sí, tu hija…. Bueno, Claudia ha dedicado toda su energía a esta causa. Estudió dos carreras y no ha contado con mucho tiempo libre para su vida personal, pero tiene sólo veintiséis años, le falta un largo camino por recorrer.

–¿Por qué permitiste que la involucráramos con el caso de Isaac?

–Porque ella necesitaba esa oportunidad para obtener el trabajo que deseaba y ustedes eran los indicados para hacerlo. Su paso por Nueva York no era nada más para ayudar a Isaac sino a muchos otros: Claudia, Frank Reynolds, Cory Daniels… Por mencionar algunos.

–¿Y su interés en los fantasmas?

Claudia sólo había publicado un artículo, pero Mario vio en su oficina recortes sobre las notas de la sección local, entrevistas con algunas enfermeras y otros papeles que demostraban su interés en seguir sus actividades.

–¡Ah! –el arcángel sonrió –En eso no tuvimos nada que ver. La historia es un poco larga, ¿quieres oírla?

Mario asintió. En este momento lo que más deseaba era llenar los huecos del rompecabezas que su memoria todavía no alcanzaba a completar.

–La primera mujer que salvaste se asustó tanto que no comentó el asunto más que con su familia. Luego ayudaste a Connie Fender y ella llamó al periódico pero nadie le hizo caso. Nadie, excepto Claudia, a la cual le pareció interesante por dos razones: Uno, como ya te dije antes, estaba desesperada, y dos, porque se trataba del Hospital de Harlem donde trabajaba su abuela y tú empezaste el "Operativo Limpieza".

–Entiendo, pero… ¿Por qué siguió adelante después de eso?

–Estela Adams.

Mario lo miró sin comprender.

–Cuando salvaste a la jefa de enfermeras en el metro todo cambió. Las chicas que habían guardado silencio para no parecer tan locas como Connie, empezaron a hablar. La primera mujer, la otra que su marido golpeó y a la que le arrebataron el bolso… Es lo malo de ayudar a tantas personas en el mismo lugar. Ellas llamaron a Claudia y, como te podrás imaginar, la chica les prestó atención.

–¿Me estás diciendo que hizo alguna conexión conmigo?

–Todavía no, pero entonces tú empezaste a trabajar con Lucas y dejaste de preocuparte por la discreción –explicó Rafael –. Esa red de pescar fue una estupidez. Y lo del robo al banco… Claudia tenía las noticias de primera mano gracias al periódico y empezó a obsesionarse con eso. Siguió cada uno de tus movimientos, hasta el misterioso accidente de Frank Reynolds.

–Por eso fue a ver a Keith…

–Antes llegó ese video de Cabinda y la conmovió tanto que tuvo una terrible discusión con su jefe. Tú tenías razón, era algo que la sobrepasaba y no podía ir en contra de los intereses del periódico si quería conservar el trabajo. Aún así, habría hecho válida su amenaza de publicarlo a las dos semanas si Gina no se le adelanta.

–Es una chica valiente –replicó Mario orgulloso.

–Y lista –añadió el arcángel –. Claro que, para entenderla, tienes que ponerte en sus zapatos. Claudia se sintió muy frustrada de que murieras en prisión porque el sueño de su vida era lograr que te liberaran, y cuando el infarto te sorprendió, perdió la esperanza de ayudar a Keith. Entonces apareces tú, haciendo cosas parecidas a las que hacías en vida…. Después del asunto de los camiones de helado quedó convencida de que le mandabas señales desde el Cielo. Visitó a su tío y le anunció que iba a retomar su defensa.

Esa era justo la escena que Mario había visto tiempo atrás con la ayuda del proyector.

–¿Y es posible? ¿Existe alguna esperanza?

–Siempre hay esperanza, Mario. Si no me crees, mírate a ti

mismo. Un hombre que arremetió contra Dios al perderlo todo y durante años no quiso saber nada de su religión, que en la cárcel fue duro e injusto con muchos, pero que al morir se arrepintió con toda su alma.

—Por eso estoy aquí, ¿verdad?

Rafael asintió antes de agregar:

—Cuando llegaste tenías el corazón tan duro que la verdad no pensé que tuvieras remedio. Sin embargo, has demostrado que Nuestro Señor tenía razón al darte esta oportunidad.

Él se sumió en el asiento al pensar en eso; era cierto, la corteza que había forjado durante veinte años en prisión tardó en desaparecer y en dejar pasar al verdadero Mario. Al hombre que había sido víctima de una terrible injusticia, sí, pero también al que solía ser antes de eso. Al padre amoroso, al luchador incansable, al soñador... No era momento de desfallecer sino de buscar que se hiciera justicia de una vez por todas. Él, que había ayudado a tantas personas, tenía que encontrar la forma de salvar a su hermano de una muerte segura porque sólo entonces podría estar tranquilo por toda la Eternidad.

CAPÍTULO 27

Al llegar a la sala de espera, Gina preguntó:

–¿Eso que escuché eran sus pensamientos?

Ella parecía tan azorada ante tal descubrimiento que Bruce no pudo menos que sonreír.

–A ver… piensa algo, lo que sea.

"Estás loca"–pensó Bruce.

–¡Wow!

"Sí, wow, pero yo que tú mejor no se lo digo a Mario porque no creo que vaya a gustarle saber que puedes leerle la mente".

–Tienes razón –reconoció Gina –¿Y los sentimientos? ¿Cómo se escuchan esos?

–Esos no se escuchan… –él hizo una pausa buscando las palabras correctas para explicarlo –Se sienten.

–Me gustaría saber cómo se siente Mario en este momento.

–Asustado –Bruce lo había percibido con claridad –. Lo cual es natural después de lo que acaba de descubrir. Tiene pánico de no poder salvar a su hermano.

–¿Ese es su deseo?

–Yo creo que sí, aunque también quiere limpiar su nombre y ayudar a su hija.

–¿Y no tienes idea de cómo se siente respecto a…? – Gina titubeó.

–¿Respecto a ti? –completo él en tono divertido.

-Bueno, no respecto a mí, sino a lo que hice -corrigió ella un tanto nerviosa.

-No te lo voy a decir hasta que me cuentes por qué están tan pendientes el uno del otro.

-¿Él está pendiente de mí? -una sonrisa asomó a los labios de Gina.

-Yo no dije eso.

-Sí, lo dijiste, ¿por qué? ¿Te enteraste de algo que yo deba saber?

-Gina, por Dios, no te portes como una adolescente enamorada... -Bruce se sorprendió a sí mismo al decir esto -¡Cielos! ¿Están enamorados?

-¡Por supuesto que no!

-Mmmmm... Veamos - él trató de concentrarse para escuchar lo que ella no quería decirle.

-¡No! ¡No vas a meterte dentro de mí! -protestó Gina molesta - ¡No lo voy a permitir!

En ese momento, se hizo el silencio. Ni los pensamientos ni los sentimientos de su amiga estaban a su alcance.

-Me bloqueaste -protestó Bruce sorprendido de que eso fuera siquiera posible.

-No tienes derecho -ella lo miró desafiante.

-Lo siento, es sólo que todo esto es muy... -Bruce titubeó - inesperado. Ustedes se odiaban a muerte y son tan distintos... Además, él te lleva muchos años.

-No tantos, según mis cuentas, yo tengo cuarenta y Mario cincuenta y uno. Además, aquí Arriba la edad es muy relativa.

-De acuerdo, pero... ¿Qué pasó? Está bien que yo le pedí a Rafael que les mandara un poco de Gracia pero...

-¿Tú qué? -lo interrumpió Gina alarmada.

"Ooops. Se me salió."

-Te estoy oyendo, Bruce.

Sí, claro, la gracia que les enviaron por intercesión de Bruce tal vez ayudó; sin embargo, la amistad que había nacido entre Mario y Gina empezó cuando él habló con la verdad. Al principio, ella no le creyó, pero poco a poco los hechos fueron abriéndole los ojos respecto a su compañero y ahora Gina estaba convencida de que se trataba de un hombre excepcional. Acompañarlo en parte de su jornada contra Lucas fue algo muy intenso y después de ser testigo de su historia... Era imposible hablar de amor cuando los cuerpos han perdido la vida, pero si se trataba de encontrar a alguien con quien compartir toda la Eternidad... Gina no podía pedir nada más.

"Entiendo" –pensó Bruce.

La comunicación sin palabras era algo a lo que ella necesitaba acostumbrarse, pero en este momento servía para que Bruce la comprendiera mejor.

"Yo también tengo a alguien así."

A continuación el chico le habló, sin abrir la boca, sobre Hiromi. Sonaba tan entusiasmado que Gina dudó si escuchaba a su mente o a su corazón.

"Apenas puedo esperar a verla de nuevo."

Ella experimentaba lo mismo respecto a Georgina.

"Antes tenemos que salvar a Keith West" –apuntó Bruce con justa razón –."Y a los Kimpa."

"¿Tienes alguna idea?"

Bruce tardó unos instantes en responder a la pregunta de Gina.

"Yo no entiendo nada de leyes."

"Yo tampoco, pero debe haber forma de demostrar que actuaron en defensa propia."

"Me temo que vamos a tener que ver ese video de nuevo, Gina."

Ella sintió escalofríos de sólo pensarlo. No quería hacerlo, pero era necesario. Necesitaban analizar cada detalle... Justo entonces, Gina recordó algo, algo que la ayudó a cambiar todo lo que había creído hasta ese momento.

"Debemos ver también el otro lado de la moneda, Bruce".

"¿A qué te refieres?"

"A Jeff Willis, ¿qué pretendía al detenerlos esa noche?"

"Sacarlos de quicio" –concluyó el muchacho después de pensarlo un poco.

"No, debe haber tenido un plan."

Así como ella había visto las cosas con claridad al conocer la versión de Eliseo, también las acciones del sheriff podían arrojar información nueva sobre el caso.

"¿Tú crees?" –Bruce la miró con cierta esperanza.

"Yo creo que es hora de regresar al salón de archivos."

Bruce y Gina regresaron con una buena idea: Cada historia tiene siempre dos caras y la versión de Jeff Willis podía ser importante. Rafael accedió. Durante la siguiente media hora fueron testigos de las maniobras de un sheriff que usaba su placa como tapadera para su corrupción. Mario se sintió enfermo al verlo planear con su socio en el negocio de autos robados, un tipo llamado Marvin Wayes, la manera de destruirlos a él y a su hermano. Sus infamias para proteger sus intereses y su provocación al arrestar al chico para hacerlos ir a Danbury.

–Cuando salgan del pueblo voy a detenerlos –escuchó Mario decir al hombre cuya muerte le destrozó la vida.

–¿Con qué pretexto? –preguntó su cómplice.

–No necesito ningún pretexto, yo soy la autoridad aquí –aseguró Jeff Willis con arrogancia –. Tenemos que estar retirados para que nadie nos vea, pero debe ser antes del límite estatal.

–¿Qué te parece este punto?

Marvin Wayes señaló un mapa donde se encontraba claramente marcada la milla cuatro.

–Hay suficientes árboles a la orilla de la carretera para que mis muchachos se escondan.

–¿Muchachos? –Mario miró al arcángel con la sorpresa dibujada en el rostro.

–Espera...

–El plan es sencillo –prosiguió Jeff Willis en la pantalla –, yo los detengo, y cuando los hermanos West bajen del auto tú y tus secuaces salen de su escondite para rodearlos.

Marvin Wayes asintió.

–Yo puedo prestarles algunas armas para asustarlos – completó el sheriff.

–No sé si eso sea conveniente. Mis muchachos pintan y desmantelan autos robados pero no son matones, Jeff.

–Sólo se trata de darles un último aviso para que retiren la investigación en mi contra y se olviden de Danbury para siempre.

Mario pudo comprobar entonces que había entendido bien. Jeff Willis no estaba solo esa noche. Su patrulla se encontraba en el camellón central, cobijada por la oscuridad, pero enfrente había cinco personas ocultas en el bosque. Otro más, alguien que se identificó como "Jon", lo llamó por radio para avisarle que estaban saliendo del pueblo.

Las cosas se complicaron cuando Keith reaccionó de manera violenta y ellos no supieron qué hacer. Después, con el cuerpo del sheriff sobre el pavimento, Marvin los hizo guardar silencio.

"Era lógico", pensó Mario, "para él este resultado fue mejor de lo que esperaba porque se deshacía de un socio incómodo y terminaba con la amenaza del "Operativo Limpieza" para siempre".

Jonathan Rice, el oficial que los detuvo, no tenía idea de lo que sucedía. Esa noche le tocaba la ronda y Willis le pidió que le notificara cuando ellos salieran del pueblo. Él era un novato que al parecer no estaba al tanto de los negocios sucios del sheriff; tenía sus dudas respecto a la culpabilidad del muchacho arrestado porque lo conocía de toda la vida y sabía que se trataba de alguien intachable. O al menos eso le dijo a su compañero para convencerlo de dar una vuelta a las afueras del pueblo.

Si Tom y su hermano no se hubieran movido, el revuelo causado por el descubrimiento del asesinato habría terminado por poner al descubierto los planes del sheriff y esa habría sido una circunstancia mitigante durante el juicio. Sin embargo, las dos millas que recorrieron antes de ser detenidos, bastaron para poner a salvo a Marvin Wayes y compañía.

Cuando la proyección terminó, Bruce supo exactamente qué

hacer, así que tecleó el nombre en la computadora y comenzó a leer en voz alta:

-"Marvin Wayes, nacido en Waterbury, Connecticut, bla, bla, bla...." -sus ojos avanzaron más rápido que su boca buscando el dato que necesitaba -Murió hace dos años.

-¿Podemos verlo? -le preguntó Mario a Rafael.

-Ese tipo nunca pasó por aquí -respondió el arcángel -, ni tampoco ninguno de sus secuaces.

Bruce se estremeció al comprender lo que eso significaba.

-"Marvin Wayes y varios de sus cómplices fueron asesinados hace cinco años durante un enfrentamiento con otra banda" -siguió leyendo Bruce -. "Dos de ellos lo acompañaban la noche de la muerte de Jeff Willis".

-¿Y los otros dos? -quiso saber Gina.

-Dame un minuto...

Él inició una nueva búsqueda para conocer las identidades de esos hombres, pero Rafael les adelantó la respuesta:

-Donald Stevens y Carl Betson. No le digan a nadie que yo se los dije, pero el segundo lleva años sufriendo remordimientos.

Bruce sonrió al escucharlo. Este arcángel era una maravilla.

-Y ahora, váyanse que el tiempo apremia -recomendó Rafael -. Claudia está atorada en un callejón sin salida y apreciaría mucho cualquier pista nueva.

Mario se acercó al arcángel sin disimular su emoción.

-Rafael...

-No es nada, ustedes se lo ganaron. Aquí entre nos, son de los pocos equipos que han resuelto sus seis casos con éxito.

-Todavía nos falta uno - le recordó Gina.

-No tengo ninguna duda de que este también lo van a resolver.

Una vuelta por casa de Carl Betson fue suficiente para comprobar que el hombre estaría dispuesto a cooperar, si Claudia lograba encontrarlo tranquilo. El tipo vivía solo en un cuarto que parecía un muladar, y el tiempo que estaba despierto lo pasaba tomando una revoltura de antidepresivos y calmantes. Tenía sesenta y dos años, una cuenta bancaria que le serviría para vivir modestamente el tiempo que le quedaba y un cajón lleno de recortes de periódico sobre los hermanos West. De esa manera se enteraron de que el funeral de Tom fue un evento muy concurrido, gracias a la asistencia de cientos de personas que habían sido favorecidas por el "Operativo Limpieza".

Gina se sintió conmovida, pero los pensamientos de Mario eran tan objetivos que no se atrevió a manifestarlo. Él estaba decidido a salvar a su hermano de la inyección letal y no se permitía ninguna distracción.

–¿Por qué creen que ha callado tanto tiempo? –le preguntó a Bruce en cuanto salieron.

–Imagino que en un principio lo hizo por miedo, Marvin Wayes debe haber sido un enemigo peligroso.

–O por conveniencia –corrigió Mario –, sus intereses económicos estaban en juego.

–También puede haber callado porque no tenía quien lo apoyara. Era su palabra contra la de sus compañeros –sugirió Gina.

–Pero ahora la mayoría de esos compañeros están muertos y no tiene nada que perder –insistió Bruce –¿Por qué sigue callando?

–Yo creo que no tiene el valor de confesar su falta.

–¿Y entonces prefiere cargar con la muerte de Keith sobre su conciencia? –Mario movió la cabeza de un lado a otro –No, si no fuera por ese cajón podría jurar que ni siquiera le interesa. Debe haber algo más.

–Quizá tiene miedo de que lo encierren –Gina no intentaba defender al hombre sino comprender mejor la situación, pero la mirada de Mario le indicó que no apreciaba su comentario.

–¿Por qué? No fue llamado a testificar en los juicios así que no cometió perjurio, y no hay ninguna pena para los testigos que deciden no ofrecer información.

Bruce entró a su rescate:

–No son importantes las causas de su silencio sino lograr que lo rompa.

–Sí, tal vez estoy analizando demasiado las cosas, ¡pero es que tenemos tan poco tiempo!

Habían bajado a la Tierra cuarenta y ocho horas después de su partida, lo que significaba que les quedaban sólo cinco días hasta la ejecución.

–Lo primero es pasar a la oficina de Claudia y dejarle una nota para que llame a este hombre.

–Muy bien, gracias, Bruce –replicó Mario evidentemente complacido por la sugerencia del muchacho.

–También podemos ir a ver a Donald Stevens, tal vez nos convenga averiguar algo sobre él por si llegamos a necesitarlo –ofreció Gina tratando de ser útil.

–No, mejor ocúpense de los Kimpa. No quiero que los descuidemos por salvar a Keith.

–Pero...

–Yo necesito hacer una visita importante –la interrumpió Mario sin hacer caso de su protesta –. Después de ir al Times quiero que me lleven a Somers y, cuando terminen de hacer sus cosas, regresan por mí.

Los recuerdos empezaron a llegar como en cascada durante su recorrido por el reclusorio, la mayoría dolorosos. Los primeros meses de desesperación y rebeldía, de incontables humillaciones, y de absoluto terror porque algunos hombres con los que convivía estaban ahí por acciones del "Operativo Limpieza". Después, un período de agresividad, de marcar territorios y buscar compañías, de medir fuerzas para obtener respeto y endurecer el corazón hasta dejar de sentir.

De manera inconsciente, Mario se llevó la mano a la mejilla para palpar su cicatriz. Esa era la marca más clara de una época donde cada día despertaba sin saber si estaría vivo a la hora de dormir. Ahora se acordaba del pleito con claridad, del cuchillo que salió de la nada para clavarse en su cara por defender el derecho de un novato de sentarse en una mesa que no le correspondía. Había muchas cosas de las que no se sentía orgulloso pero tampoco tuvo otra opción; cadena perpetua, sin derecho a libertad condicional, suele ser un veredicto demoledor. En especial cuando estás en la flor de la vida y no eres culpable de lo que se te acusa.

Mario cerró los ojos tratando de borrar de su mente las incontables veces que le reclamó a Dios que lo hubiera olvidado, en especial después de la muerte de su abuela y el abandono de su mujer. También las injusticias que cometió con tal de ascender en la cadena de poder entre los prisioneros, así como la rabia que sentía por la sentencia de su hermano menor.

Desde luego, era mucho peor ser condenado a muerte y pasar veinte años entre apelaciones, revisiones y fechas pospuestas. Permanecer solo en una celda diminuta manteniendo contacto mínimo con el exterior y siendo encadenado como un animal rabioso cada vez que sales de ella, puede hacerte perder las ganas de seguir adelante. Keith la había pasado muy mal; el "Corredor de la Muerte" absorbió todo su apego a la vida, y esa certeza, sólo aumentó el tormento de su hermano mayor. Mario veía ahora con claridad, que cada uno de los escasos momentos en que pudieron convivir durante su estancia en la misma prisión de alta seguridad, lo marcó para siempre. La lucha por salvarlo fue lo único que lo mantuvo cuerdo dentro del infierno y por eso no podría descansar en paz hasta conseguirlo.

–¡West! ¡Tienes visita!

Mario siguió a su hermano por el largo pasillo tratando de pensar en cosas más agradables. Como cuando eran niños y se comían a escondidas los pasteles de manzana que la abuela hacía para vender, o aquellas tardes jugando basquetbol en la cancha del gimnasio público cerca de su casa, o sus pleitos por esa vecina que les gustaba a los dos. Los primeros años del "Operativo Limpieza", jugándose el pellejo cada noche en memoria de su madre, y los logros que los llevaron a convertirse en un modelo a seguir para los jóvenes de su comunidad.

Él recordó entonces un homenaje que recibieron de manos del Alcalde de Nueva York, en una ceremonia, sí…. Una banca del extremo norte del Parque Central donada en su honor para inmortalizar sus nombres en el barrio que los había visto crecer. Lo orgullosa que estaba la abuela ese día y la emoción que sintió al ver la descripción que ellos mandaron grabar: "Para Nana. De Tom y Keith". Mario sonrió al recordar que él se había sentado en esa banca el primer día que regresó a la Tierra, la había buscado sin saber qué buscaba, y ese pensamiento le levantó la moral. Si desde el Cielo los estaban cuidando, no tenía nada que temer.

No obstante, era difícil concentrarse en eso mientras, a cada paso que daban, una nueva cara los miraba detrás de los barrotes con la misma expresión vacía de Keith. Algunos fueron condenados apenas un par de años antes, pero otros estaban ahí desde 1989 y sólo dos habían logrado salir: Uno para recibir la inyección letal y otro para permutar su condena por dos cadenas perpetuas. La desolación que se respiraba en el "Corredor de la Muerte" era tal que, al llegar al salón de visitas, Mario experimentó un gran alivio.

–Hola.

Su hija estaba ahí y el corazón le dio un vuelco al oír su voz.

–Hola, Clau, ¿otra vez por aquí?

–Soy tu abogada, tío, así que puedo venir cuantas veces quiera.

Keith sonrió divertido por la arrogancia de la muchacha. Él también.

–Ya te dije la última vez que mejor te suscribas a un sitio de esos de citas por internet. Yo no los he visto, pero uno de los guardias dice que son la gran cosa. Necesitas ocupar tu cabeza en algo que no sea luchar por causas inútiles y perseguir fantasmas.

–Y yo ya te dije que no voy a darme por vencida. Si mi papá sigue trabajando desde el más allá, lo menos que le debo es seguir luchando hasta el último minuto.

–Eres igual de terca que él –insistió Keith.

–A mucha honra.

Mario sintió que sus ojos se humedecían al escuchar esto. Ellos se estaban comunicando a través de un teléfono con un cristal como protección entre ambos, pero él ya estaba del lado de Claudia y podía tocarla, olerla, sentirla...

–¿Te suena el nombre de Carl Betson?

La nota que dejaron sobre su escritorio había funcionado gracias a que su hija era una mujer de armas tomar, no despreciaba ninguna información que llegaba a sus manos.

-Trabajaba para Marvin Wayes, el socio de Willis en el negocio de los autos robados -explicó Claudia cuando Keith negó con la cabeza -. Durante muchos años fue su contador o algo así.

-Nosotros ni siquiera conocimos a Marvin Wayes - explicó Keith sin pensarlo demasiado.

-Tengo un recado de que me llamó. Busqué sus datos en la red y resulta que poco después de la muerte del sheriff renunció a su empleo alegando motivos de salud; Wayes le dio una jugosa indemnización y no ha dado golpe desde entonces. Tuvo algunos problemas por trastornos nerviosos, ha entrado y salido de varias clínicas pero no tiene ningún antecedente penal. ¿Estás seguro que no te suena?

Su hermano sacudió la cabeza de un lado al otro otra vez. Era como si ni siquiera le interesara.

-Muy bien, sólo quería saber si tenías alguna pista antes de buscarlo.

-Ten cuidado, el hombre no suena como alguien confiable.

Esas palabras rebotaron en el cerebro de Mario cuando Claudia salió. El testimonio de Carl Betson sería tan poco confiable como él.

Después de dejar a Mario en Somers, Bruce y Gina pusieron manos a la obra para obtener lo que necesitaban para regresar a Cabinda. El proceso era lento porque implicaba buscar dinero tirado en las calles y la concentración de su compañera dejaba mucho que desear.

-Te digo que está molesto conmigo -insistió Gina sin disimular la tristeza que eso le provocaba.

-Si así fuera, ya te habrías enterado, Mario no puede ocultarte nada.

-Su cabeza sólo está pendiente del caso, pero sus sentimientos... ¿De verdad no me odia?

-El pobre se encuentra tan aturdido por todo lo que está pasando que no siente nada más que confusión.

Bruce se agachó a recoger una moneda de veinticinco centavos. Gina volvió a la carga:

-Yo también acabo de descubrir mi identidad y no por eso bloqueo todas sus ideas.

-Lo que pasa es que tú ya cerraste el círculo y Mario apenas está empezando a trazarlo. Tienes que ser paciente y dejar de armar telarañas en tu cabeza. Él no te odia ni bloquea tus ideas, sólo que no tiene tiempo de lidiar contigo.

-Gracias, ya me hiciste sentir mejor - replicó Gina con cierta ironía.

-Qué bueno, porque acabo de completar la cantidad para pagar el disco. Ahora sólo tenemos que tomar la cámara prestada.

Ella no se movió y Bruce la miró con impaciencia. Mario había dicho que no tenía prisa en que volvieran a buscarlo pero tampoco podían dejarlo ahí todo el día.

-Se me ocurre que debemos hacer algo más -dijo Gina de pronto -. Eso de los videos empieza a resultar redundante. Necesitamos destapar la verdad para que la presión sobre las Naciones Unidas sea tan intensa que deban tomar una resolución inmediata.

Ella guardó silencio pero siguió pensando por varios segundos. Bruce la siguió mentalmente y, poco a poco, una idea empezó a tomar forma en su cabeza. Él la miró con aprobación.

-Gina, eres un genio. Si conseguimos esas pruebas, no les quedará otro remedio que intervenir. O al menos, las tropas de Cabinda tendrán que reagruparse, y eso es lo mejor que les puede pasar a los Kimpa.

El corporativo de la compañía petrolera era un lugar muy concurrido, tanto que nadie parecía prestar demasiada atención a los demás. Gina consideraba que debían empezar desde arriba, y como el Director General se encontraba de viaje, no tuvieron problema en registrar cada rincón de su oficina. Después pasaron a la del subdirector, que estuvo gran parte del día en la sala de juntas, y de ahí a la del Director de Expansiones. Éste salió temprano porque andaba cortejando a su nueva asistente, así que les dio tiempo de sobra para completar la tarea, pero tampoco encontraron ningún documento que los comprometiera.

– Fui muy ingenua al pensar que iban a tener la información a la mano –se lamentó ella tristemente.

–Tal vez estamos buscando en el lugar equivocado.

–¿Qué quieres decir?

–Acuérdate que cada historia siempre tiene dos caras, Gina.

Ella lo miró sin comprender.

"El cuartel general de la tropas de Angola."

Gina sonrió complacida al escuchar los pensamientos de Bruce.

–Nada más que antes vamos a darnos una vuelta a Connecticut.

Bruce estuvo de acuerdo, pero al llegar no encontraron a Mario por ningún lado. Después pasaron a la oficina de Claudia y nada. Eso era extraño, habían quedado que si se ofrecía algo urgente Mario los contactaría por correo electrónico y la bandeja de entrada estaba vacía.

Llamaron al Cielo pero contestó la grabadora, así que le mandaron un correo a su amigo informando que irían a África para buscar pruebas de la participación de la petrolera norteamericana en el genocidio que se llevaba a cabo en Cabinda. Aún así, Gina se preocupó.

Mario salió del penal en el carro con Claudia y la siguiente parada fue la casa de Carl Betson. El hombre no se resistió a confesar la verdad en cuanto su hija se identificó y le explicó sus razones para guardar silencio.

–Durante muchos años Marvin Wayes me tuvo amenazado, si yo abría la boca le haría daño a cualquier persona que estuviera cerca de mí.

Mario lo escuchó sin poder sentir ninguna compasión por un tipo que había puesto su tranquilidad por encima de su conciencia.

–Cuando él murió... –prosiguió Betson –Pensé buscarlos, no

creas que no, pero yo no he estado bien durante demasiado tiempo... A veces olvido las cosas o no distingo bien qué es real y que no. Mi doctor dice que mi enfermedad es incurable y sólo puede mantenerme controlado. Cuando lo logra estoy aquí, cuando no, tengo que pasar varias semanas en la clínica y entonces todo se confunde...

Mario suspiró. Esto no iba a servirles. Nadie iba a tomar en serio a un tipo desequilibrado.

–Señor Betson... –Claudia titubeó –¿Hay alguien más que pueda confirmar su historia?

–Sí, pero no creo que vayas a convencerlo de cooperar. Yo he tratado de hacerlo desde que Marvin y los otros murieron porque entonces sí iban a creerme, pero Don... Él hizo su vida, ha dejado todo eso atrás y tiene un prestigio que cuidar. Su hijo está en la política, ¿sabes?

–¿Me podría dar sus datos?

–Nada más no le digas que fui yo, la última vez que hablamos amenazó con mandarme a un manicomio si volvía a molestarlo.

Claudia salió de ahí con la misma expresión frustrada que Mario. Tenían un testigo que podía declarar que la muerte de Jeff Willis no fue intencional, pero lo más seguro era que no sirviera de nada. Sin embargo, él experimentó cierto alivio al pensar que era la primera prueba contundente, al menos para su hija, de que ellos siempre habían hablado con la verdad.

CAPÍTULO 28

La gente no suele ser tan cuidadosa en países donde la impartición de justicia es manipulada por el propio gobierno. En Angola, en las oficinas de la Secretaría de Defensa, encontraron suficientes papeles para demostrar que la invasión a Cabinda era financiada por la empresa petrolera. Gina y Bruce pasaron toda la noche sacando copias de transferencias bancarias, mapas, cartas, y recibos telefónicos que registraban un sinnúmero de llamadas al corporativo donde ellos habían estado horas antes.

Además, en la capital del país afectado, tomaron fotografías de armas recién llegadas desde Norteamérica, y por la mañana grabaron una reunión donde el jefe de los comandos daba instrucciones a sus subordinados de arrasar con una aldea donde sospechaba que cobijaban rebeldes.

–¿Mujeres y niños? –cuestionó uno de los soldados.

–Y todo lo que se mueva –contestó su capitán.

Bruce consideró que eso era más que suficiente para ameritar una movilización de los boinas azules, pero para estar seguros, decidieron mandarlo nuevamente a las cadenas de televisión y diarios más importantes del mundo. Tratando de ahorrar tiempo, depositaron las pruebas directamente entre la correspondencia de cada uno de ellos en lugar de mandarlo por correo como era su costumbre. Esto, con toda seguridad, levantaría algunas cejas entre quienes lo recibieran, pero las pruebas eran reales y tan contundentes que no había nada que objetar.

De esa manera, recorrieron Londres, París, Beijing y muchas otras capitales, así que cuando regresaron a Nueva York, el zumbido en los oídos de ambos empezaba a ser insoportable. Ahí dejaron una copia para el Secretario General de las Naciones Unidas, y otra para cada uno de los miembros del Consejo de Seguridad. Hasta entonces fue cuando Bruce reparó en que ya era de madrugada, lo cual significaba que quedaban sólo tres días para salvar a Keith West.

Mario seguía sin comunicarse y Gina no podía evitar preocuparse. Se sentía satisfecha por el trabajo logrado, pero también culpable por dejar solo a su compañero en una situación tan difícil.

–¿En dónde puede estar?

Bruce se encogió de hombros, ya habían recorrido la oficina de Claudia y la prisión, además de la casa de Carl Betson.

–¿Sabes dónde vive Claudia?

Él buscó la dirección en el aparato y, en cuestión de segundos, aparecieron allá. El departamento era pequeño pero confortable, decorado con buen gusto y estaba lleno de fotos de la reportera en distintos momentos de su vida. Con su padre, su madre, su padrastro y un par de niños que debían ser sus medios hermanos; también había una foto con la abuela, una mujer enorme de mirada noble que guardaba gran parecido con su nieto.

–Ya lo encontré –dijo Bruce.

Gina dejó de curiosear para alcanzar a su amigo en el dormitorio y entonces un nudo oprimió su garganta. Allí estaba Mario, acostado junto a su hija que dormía sin imaginar que su padre la miraba embelesado.

"Si esto no es amor…" –los pensamientos de Bruce le llegaron en ese momento.

"No empieces."

"Yo solo digo que hay algo muy emocionante hirviendo dentro de ti."

Ella hubiera querido decirle que se equivocaba pero, muy a su pesar, tuvo que reconocer que su compañero tenía razón. Había algo agitándose muy dentro de Gina.

Mario se levantó al ver llegar a sus compañeros. Ellos le contaron sobre sus últimos movimientos y él los miró asombrado. Era increíble lo mucho que habían avanzado desde que se sentían incapaces de enviar a un viejo a Polonia.

–Hemos estado muy preocupados por ti, pero preferíamos terminar con ese asunto de una vez para concentrarnos al cien por ciento en ayudar a Keith –explicó Bruce con su habitual eficiencia.

–Hicieron bien, aquí en realidad no hay mucho qué hacer.

A continuación Mario los puso al tanto de sus progresos. Les habló sobre la visita de Claudia a Carl Betson, y también les contó que, durante el día que permanecieron separados, su hija trató de contactar a Donald Stevens por distintos medios sin ningún éxito.

–Antes de dormirse redactó un escrito para presentar al Comité Estatal de Perdones –al decir esto, Mario les extendió unos papeles que descansaban sobre la mesa del comedor –. Haciendo a un lado toda la jerga legal, lo que dice es que hay un testigo que puede declarar que la muerte de Jeff Willis no fue intencional.

–¿Y por qué te escuchas tan desanimado? –preguntó Gina al notar la tristeza en su voz.

–Porque no servirá de nada, en cuanto ellos hablen con Betson, van a descartar el asunto.

Los tres guardaron silencio por varios minutos después de estas palabras.

–Muy bien, entonces tenemos que poner a prueba todo lo que hemos aprendido –Bruce fue el primero en reaccionar –. ¿Cómo hacemos para que Donald Stevens confirme la versión de Betson?

–¿Qué sabemos de él?

Bruce puso manos a la obra al escuchar la pregunta de Gina. Tecleó algunos datos en su aparato y casi enseguida, empezó a leer en voz alta:

"Donald Stevens tuvo una infancia precaria. Su padre murió cuando era pequeño y su madre vivió de la Asistencia Social durante años. El muchacho abandonó la escuela a los catorce años y entró a formar parte de una pandilla local, comandada por Marvin Wayes. Gracias a su personalidad introvertida no se metió en muchos líos hasta el asunto de los autos robados, donde su participación se limitaba a trabajar en el área de pintura dentro del taller".

–Y a amedrentar a gente honrada –replicó Mario con amargura.

Bruce levantó la vista de la pantalla para mirarlo a la cara.

–Según dice aquí, él no quería acompañar a Marvin esa noche porque siempre se había mantenido al margen de la parte sucia del trabajo.

–Sí, claro, nada más que después de ser testigo de los acontecimientos dejó que mi hermano y yo nos pudriéramos en la cárcel por un crimen que no cometimos –el tono de Mario resultó más brusco de lo que él hubiera deseado –. ¡Y dentro de tres días Keith va a ser ejecutado por culpa de su cobardía!

–Mira, entiendo cómo te sientes…. Pero llenarte de odio no va a ayudarte en nada. Te lo digo por experiencia –dijo Gina con una paz que Mario no le había visto nunca.

Era como si ella hubiera madurado de un solo golpe y, por un instante, él se preguntó qué tanto había ocurrido durante el caso número cinco.

–Algún día te contaré como fue que aprendí que el rencor sólo sirve para hacerle daño al ofendido –añadió su compañera como si hubiera adivinado sus pensamientos –. Ahora es mejor concentrarnos en Donald Stevens.

Una hora después conocían la vida del segundo testigo al derecho y al revés, aunque Bruce seguía sin saber cómo obligarlo a romper el silencio que había guardado durante más de veinte años.

–¿A Claudia no se le ha ocurrido escribir un artículo en el periódico sobre eso? –le preguntó Bruce a Mario tratando de encontrar una salida.

–Sí, pero su jefe se negó a publicarlo si sólo contaba con la palabra de un desequilibrado. Tienes que entender, Donald Stevens es alguien importante y no puede ir contra él sin pruebas concretas.

–Tal vez no necesita publicarlo sino sólo escribirlo – comentó Gina, que había estado muy callada hasta entonces.

–No entiendo…

Mario lucía tan confundido como Bruce. Al parecer, su compañera estaba tramando algo, pero eso que acababa de decir no tenía mucho sentido. Antes de que él pudiera escuchar sus pensamientos, ella agregó:

–Su hijo es político, ¿no?

–Está haciendo campaña para legislador en su distrito – confirmó Bruce enseguida.

–Entonces no debemos abordar primero al padre sino al hijo. Él tiene que cuidar su imagen, los políticos viven de eso.

–Por eso precisamente el hombre no quiere que nada de esto salga a la luz –apuntó Mario.

–Correcto –ella sonrió complacida –, pero mientras sea sólo un loco quien conozca su turbio pasado, Donald no tiene de qué preocuparse.

–¿A dónde quieres llegar?

Mario parecía estar a punto de perder la paciencia, pero Bruce empezó a comprender.

–¿Qué crees que pasaría si una reportera del Times amenazara con publicarlo?

–Claro –intervino Bruce después de la pregunta de Gina– . Con pruebas o sin pruebas, la mala publicidad lo destrozaría y las elecciones están demasiado cerca para recuperarse.

–Lo cual no le deja más remedio que convencer a su padre de reconocer la verdad –concluyó Gina con ojos brillantes –. Después de todo, todavía están a tiempo de salvar a un inocente. Es más, si lo hace con inteligencia hasta puede salir beneficiado.

–¿Tú crees? –Mario parecía dudar todavía.

Gina insistió:

–Dices que ellos son respetables ahora, ¿no? Entonces no van a jugarse todo por algo que no los pone en peligro. Tú mismo lo dijiste, no es delito callar información, y el padre siempre puede decir que estaba ahí a la fuerza o cualquier cosa que se le ocurra. Nadie lo va a desmentir porque Carl Betson lo único que quiere es descargar su conciencia.

–Yo digo que es lo mejor –apuntó Bruce y Mario lo pensó unos instantes.

–Confía en mí. Te juro que no voy a volver a fallarte – insistió Gina.

El detalle era cómo transmitirle sus planes a Claudia. La reportera estaba tan convencida de que su padre andaba por ahí haciendo su propio "Operativo Limpieza Celestial" que Gina pensaba que no era indispensable ser discretos. No obstante, Mario se negó a utilizar la pantalla para aparecerse porque sería una impresión demasiado grande para su hija, ni tampoco aprobó que le escribieran una carta con las instrucciones precisas. Al menos hasta que la situación no llegara a un punto desesperado.

Claudia amaneció muy temprano y lo primero que hizo fue tratar de localizar a un escurridizo Donald Stevens que parecía creer que el problema iba a desaparecer si lo ignoraba, lo cual no era raro si tomaban en cuenta que eso había hecho durante los últimos veinte años. A Gina le parecía increíble que alguien tan brillante como la reportera no cayera en cuenta de que la mejor oportunidad que tenía era a través de Patrick Stevens, el hijo de Donald, pero es que ella no contaba con una fuente de información tan completa como la computadora Celestial. Además, la pobre estaba tan concentrada en el aspecto legal de la defensa que apenas podía pensar con claridad.

De hecho, al recibir las nuevas pruebas sobre Cabinda, dedicó gran parte de la mañana a verificar las mismas, y después buscó a su jefe para convencerlo de que tenían la obligación moral de hacer algo. Fue muy estimulante verla defender su punto de vista con tal intensidad que Gina misma no podría haberlo hecho mejor. Sin embargo, el editor no se atrevió a darle una respuesta inmediata porque se trataba de un asunto demasiado delicado y Claudia regresó a su oficina frustrada porque tenía que escribir un artículo que no sabía si llegaría a Primera Plana o a la basura.

-Yo creo que el editor sospecha que tiene un informante secreto, algo así como su propia "Garganta Profunda" - comentó Mario con expresión consternada -No conocer las fuentes los vuelve locos.

-Sí, pero no se puede poner muy exigente porque le van a comer el mandado otra vez.

Bruce tenía razón, en dos ocasiones anteriores el periódico había pecado de precavido tratando de corroborar la autenticidad de la información y eso provocó que perdieran la exclusiva.

-¡Eso es! -Gina acababa de tener un momento de inspiración divina -Tenemos que demostrarle que alguien más va a llevarse la gloria si no hacen nada al respecto.

En Inglaterra, los periódicos del día siguiente ya estaban imprimiéndose y, desde luego, ellos no eran tan cautelosos como el New York Times para lanzar acusaciones contra una compañía norteamericana. No les costó ningún trabajo tomar un ejemplar y trasladarse a la oficina de Claudia para dejarlo sobre la montaña de papeles de la defensa de Keith en un momento en que ella salió.

Su hija estaba azorada al encontrarlo pero no dijo nada, sólo lanzó una mirada de complicidad a la fotografía que descansaba sobre su escritorio y regresó a la oficina de su jefe. Mario no podía sentirse más orgulloso de ella al verla pelear con uñas y dientes para que el periódico mandara un grupo de reporteros a Cabinda a investigar la situación. Al final, y después de una agotadora junta con los directivos del periódico, Claudia ganó y corrió a su escritorio a terminar el artículo destinado a presionar a la ONU para que convocara una junta extraordinaria del Consejo de Seguridad.

-¡Excelente! -exclamó Gina emocionada -¡Ahora sí va a estallar la bomba!

-Y Claudia va a saltar a las grandes ligas del periodismo - completó Bruce.

Mario meditó esas palabras. Durante mucho tiempo pensó que era un error confiar una misión tan importante en una novata, pero hubo alguien que insistió en darle una oportunidad a Claudia y era justo que se lo reconociera.

-Muchas gracias por tomarla en cuenta, Gina -le dijo con humildad -, esto puede cambiar su vida para siempre.

Ella pareció un poco turbada ante esto y no atinó a responder más que con una sonrisa.

-¿Se dan cuenta de que somos un gran equipo? - intervino Bruce y eso rompió la tensión entre ellos.

-Uno de los pocos que ha resuelto sus seis casos con éxito - dijo Gina imitando el tono solemne de Rafael y los tres empezaron a reír.

El artículo de Claudia quedó estupendo. La chica tenía un talento especial para decir las cosas de manera clara y precisa, además de una pasión desbordada por la justicia que, con toda seguridad, era herencia de su padre. Por si fuera poco, era tan incansable, que después de entregarlo se marchó a su casa para seguir trabajando en los documentos necesarios que debía presentar a la mañana siguiente.

Poco antes de que el día exhalara su último aliento, Claudia se quedó dormida y entonces Bruce tuvo un destello de luz. Les comunicó a sus amigos lo que pensaba, y aunque era arriesgado porque implicaba actuar a espaldas de la muchacha y pedirle a Dios que todo saliera como esperaban, tampoco tenían muchas otras opciones.

El problema era que contaban con poco tiempo antes de que Claudia despertara y tomara sus propias decisiones, así que se pusieron a trabajar enseguida. Ninguno de los tres era muy bueno para escribir y a duras penas consiguieron terminar un artículo decoroso sobre la confesión de Carl Betson. No era algo que ningún editor con dos dedos de frente se atrevería a publicar, pero sólo lo necesitaban para asustar a un político en ciernes. Patrick Stevens tenía una página en Internet donde se promocionaba y en ella pregonaba que él mismo atendía cada uno de los correos de sus seguidores. Bruce no estaba tan seguro y por eso fue que, después de enviarle el artículo, decidió ir a su casa para estar pendiente de su reacción.

Si esto no funcionaba, ya no tendrían tiempo de intentar algo más y, dentro de poco más de cuarenta y ocho horas, Keith West estaría muerto.

CAPÍTULO 29

Gina y Mario se quedaron a vigilar a Claudia para encontrar la forma de que no interfiriera en el desarrollo del plan que ya estaba en marcha, pero como la reportera se había desvelado ordenando los papeles del caso, todavía no despertaba. Eso le dio a Gina una inmejorable oportunidad para arreglar algunas cosas con él.

–Mario…. –ella se acercó a su compañero que seguía contemplando a su hija dormir desde el marco de la puerta de su habitación.

–Me pasé veinte años anhelando un momento como éste.

–Sí, lo sé… Yo también tengo una hija, ¿sabes?

–¿Cómo?

Él la miró con curiosidad así que Gina se recargó en el marco contrario.

–Murió casi al nacer y no la conozco todavía pero… Aún así entiendo cómo te sientes.

–¡Caray! Lo siento, Gina, he estado tan mortificado que ni siquiera te pregunté sobre tu vida.

–Mi vida fue bastante aburrida, nunca hice nada porque me ahogué en mi propio rencor.

Gina no tenía que disimular delante de Mario. Si todo salía bien, era cuestión de horas para que conociera hasta el más recóndito de sus pensamientos y, lo que era peor, de sus sentimientos.

–¿Ya no estás enfadado conmigo?

–¿Enfadado? –repitió Mario sin comprender.

–Por lo de la foto.

–No, claro que no, tú me has perdonado cosas peores.

Ella sintió un gran alivio al escucharlo.

–Es que has estado tan serio...

–Lo que pasa es que todo esto me tiene muy aturdido.

–Entiendo –Gina sonrió –. Yo también tuve dudas cuando descubrí la verdad, pero ya verás que todo va a salir bien.

Durante varios minutos ninguno de los dos dijo nada.

–¿Ese hombre...? –Mario titubeó –¿Eliseo? ¿Lo amas todavía?

–¡Cielos, no! Pero al menos ya no lo odio.

Mario sonrió y entonces ella recordó algo.

–¿Tú sigues enamorado de tu esposa?

–Ella dejó de ser mi esposa hace muchos años – él señaló algunas fotos –. Tiene otra familia y es feliz. Eso me alegra pero... No sé, es como si fuera una extraña para mí.

Claudia abrió los ojos en ese instante y la conversación terminó. Sin embargo, Gina experimentó una alegría tan grande que agradeció a todos los santos que Bruce no estuviera ahí para burlarse de ella.

Su hija empezó el día visitando a Donald Stevens de nuevo. El hombre se negó a recibirla, pero entonces ella hizo algo inesperado y le dejó una copia de los documentos que pensaba llevar a Connecticut. A Mario le hubiera gustado quedarse a observar la reacción del tipo al leerlos, pero Bruce se había llevado el aparato y eso los limitaba a moverse en el auto con Claudia.

De ahí hicieron el viaje a Somers donde su hija visitó a Keith para ponerlo al tanto de sus planes. A él le dio la impresión de que su hermano había envejecido una década en los últimos días, lo cual no era de extrañar dada la proximidad de su ejecución.

–Agradezco todo lo que has hecho por mí, cariño, pero es inútil –comentó Keith después de que Claudia lo puso al tanto de los últimos acontecimientos –. Ayer me avisaron que todo está listo para pasado mañana a primera hora.

–Confía en papá y en mí, Keith, nosotros vamos a detenerlo.

–¿Sabes que en cierta forma estoy deseando que ya suceda?

Mario sintió que algo le oprimía el pecho al escuchar esas palabras. Su hermano solía ser tan fuerte y lleno de energía que era muy doloroso verlo derrotado.

-Son demasiados años esperando... Ya no puedo más. Prefiero que todo termine de una vez.

-Es que no estoy hablando de posponer la fecha sino de demostrar tu inocencia y sacarte de aquí para siempre.

Los ojos de Keith se humedecieron al escuchar esto. Claudia siguió adelante:

-Aún sin el testimonio de Donald Stevens tenemos una esperanza.

-Si las cosas no salen como esperas.... -la voz de su hermano se quebró y Mario se acercó para ponerle una mano sobre su hombro. Keith empezó a relajarse bajo su contacto.

-No digas eso... -Claudia estaba también muy conmovida. Y cansada, y angustiada, y sola... Era demasiado lo que la pobre cargaba sobre sus hombros; por eso él se alegró al ver que Gina se acercaba a tocarla a ella.

-Sólo quiero que sepas que no estaba en tus manos, sé que hiciste todo lo posible y te amo por eso.

Claudia sonrió, una sonrisa triste y hermosa a la vez. Mario hubiera querido estar vivo para decirles lo orgulloso que se sentía de ambos.

Como Bruce esperaba, no fue Patrick sino uno de sus colaboradores quién abrió el archivo y, de inmediato, llamó a su jefe. Pat era un chico madrugador, así que corrió a su computadora para comprobar lo que estaba escuchando. El contenido del archivo marcado "Urgente" lo hizo palidecer, y Bruce sonrió al escucharlo llamar a su padre. Al parecer, el hijo no estaba ni siquiera enterado de este oscuro episodio en la vida de Donald Stevens así que la discusión no fue agradable. Las cosas empeoraron cuando el progenitor reconoció su culpa y le comentó a Patrick sobre los documentos que había recibido en su casa esa mañana. Bruce tuvo que reconocer que esa había sido una buena jugada de Claudia.

El aspirante a legislador convocó una junta de emergencia con sus colaboradores cercanos quienes, en menos de media hora descubrieron la relación entre la reportera y los afectados.

–Podríamos tratar de sobornarla –sugirió el coordinar de campaña.

–No, si su padre murió en la cárcel y su tío está a punto de ser ejecutado, eso sería inútil. Esta chica lo que quiere es justicia –replicó Pat con expresión preocupada.

–¿Y si le damos un susto? –propuso otro colaborador.

–¿Estás loco? –el candidato se escandalizó ante semejante barbaridad.

Eso fue un gran alivio para Bruce. Lo último que necesitaba era un político sin escrúpulos que intentara hacerle daño a Claudia.

–Eso puede hundirnos todavía más –coincidió el coordinador de campaña–, la mujer es reportera del New York Times y tenemos que andarnos con pies de plomo.

Un pesado silencio siguió a estas palabras.

–La ejecución está tan cerca que es lógico lo que anda buscando –replicó Pat después de unos segundos –. Quiere el testimonio de mi padre para salvar a Keith West. Con toda seguridad ya contactó a Carl Betson, pero como él no es una fuente confiable necesita que alguien lo corrobore.

–Si quieres puedo llamarlo para confirmar si él está dispuesto a apoyar a la chica.

–No es necesario –el político se puso de pie –, en realidad no tenemos más que una salida.

Después de la cárcel, Claudia entregó los papeles donde solicitaba una revisión del caso contra su tío debido a la aparición de un nuevo testigo que podía corroborar que la muerte de Jeff Willis fue accidental. En el informe también mencionaba a Donald Stevens, lo cual explicaba que le hubiera llevado las copias a su casa. Tal vez ella tenía la esperanza de que al encontrarse frente a un posible escándalo, el viejo decidiera confesar. Gina esperaba que fuera su hijo quien lo obligara a hacerlo.

Volvieron a Nueva York en su auto casi en completo silencio. Ella podía escuchar los pensamientos de Mario y sabía que estaba muy angustiado, así que tomó su mano para tratar de brindarle su apoyo. Él sonrió y Gina se sintió muy contenta cuando, al llegar a las oficinas del Times, Mario no la soltó.

La primera plana del periódico era espectacular y había generado toda clase de reacciones en el mundo. Desde reclamos airados de la compañía petrolera que, por supuesto, negaba toda participación en el conflicto armado, hasta grandes elogios por parte de algunas organizaciones defensoras de los Derechos Humanos. Amnistía Internacional, que llevaba años tratando de atraer atención hacia Cabinda, emitió un comunicado donde exigía "Acción inmediata".

Claudia, en lo personal, recibió incontables felicitaciones de sus colegas y jefes, además de decenas de miradas envidiosas entre reporteros con mayor experiencia que hubieran dado cualquier cosa por una exclusividad así. Ella, sin embargo, se encontraba tan afectada por su visita al penal que apenas podía alegrarse de ver su nombre con letras mayúsculas en la primera plana del diario más importante del mundo.

Claudia volvió a llamar a Donald Stevens sin ningún éxito, y a Carl Betson para informarle de sus acciones. Él se asustó de momento, pero la reportera consiguió calmarlo al asegurarle que no tendría ningún problema legal. Gina temió que el hombre hiciera una tontería pero no se atrevió a decirlo en voz alta para no preocupar más a Mario que no dejaba de mirar el reloj.

–¿Dónde está Bruce? –preguntó nervioso porque ya pasaba de medio día.

–No sé, yo creo que no debe tardar en comunicarse... Pero dicen que cuando no hay noticias es que son buenas noticias.

–¿Sabes que no podría hacer esto sin ti?

Gina sintió que su corazón dio un vuelco al escuchar esas palabras.

Mario miró a Gina con intensidad y, por un momento, sus pensamientos dejaron de concentrarse en su caso para analizar lo que sentía por ella.

"Contra todos los malos pronósticos iniciales, tengo que reconocer que me gusta. A veces me abruma su intensidad, pero eso es parte de su encanto y la verdad disfruto de su compañía. Es una tontería pensar en el amor a mi edad, pero no me importaría pasar la Eternidad a su lado" –pensó sin apartar la mirada de su compañera.

–¿Diga?

Mario estaba tan concentrado que no se dio cuenta de que el celular de su hija había timbrado, pero sí alcanzó a escuchar que Gina lanzó un gruñido.

–¿Sucede algo? –preguntó extrañado por su reacción.

–¡Esas cosas siempre suenan en el momento más inoportuno!

–¿Por qué dices eso?

Ella no alcanzó a contestar su pregunta porque justo entonces Claudia replicó:

–Sí, soy Claudia West, señor Stevens.

Mario dio un salto al escuchar estas palabras. Gina sonrió y lo abrazó. Sí, definitivamente le gustaría pasar la Eternidad a su lado.

–No, por supuesto que no pienso publicar nada sin darle la oportunidad de explicarse primero.

Silencio.

–A la seis de la tarde está bien, ¿le parece que nos veamos en algún lugar cerca del Times?

Mario y Gina cruzaron una mirada emocionada.

–Sí, lo conozco, nos vemos ahí.

Al colgar la bocina, Claudia tomó la fotografía sobre su escritorio y le dio un gran beso. Mario sintió que sus ojos se desbordaban.

Cuando Bruce se reunió con sus compañeros, las lágrimas

escurrían por las mejillas de Mario.

–¿Qué sucedió? –preguntó Mario mientras se limpiaba la cara con la palma de su mano.

Bruce les contó hasta el último detalle de lo que había escuchado en casa de Patrick Stevens, desde su llegada hasta el momento en que terminó su llamada con Claudia.

–Vamos por buen camino –les informó –, Pat fue a ver a su padre personalmente y le exigió que hablara con la verdad. La entrevista fue difícil, pero el hijo sabe que es la única forma de salir bien librado. No cabe duda que la jugada de Gina fue muy acertada.

–¿Quieres decir que va a ayudarnos? –quiso saber ella sin disimular su emoción.

–Primero quiere hablar con Claudia, pero me da la impresión de que es un hombre justo y va a actuar conforme a lo que le dicta su conciencia.

–¿Y el padre? –preguntó Mario.

–Él se quedó muy alterado, no puede soportar que a estas alturas de su vida salga a la luz ese capítulo de su pasado, pero creo que comprendió que no le queda otro remedio.

–¡Gracias a Dios!

Mario se abrazó a Gina y, en ese momento, Bruce percibió una cálida oleada que entró a su cuerpo produciéndole una sensación de bienestar.

"¿Qué es eso?" –le preguntó Gina a través de sus pensamientos y entonces él comprendió que ella también había experimentado lo mismo.

"Estás percibiendo los sentimientos de Mario" –le explicó Bruce sin hablar.

El humor de Gina era inmejorable desde que escuchó los pensamientos de Mario respecto a ella. Era una lástima que el celular los hubiera interrumpido. Además, acababa de empezar a percibir sus sentimientos y eso resultaba muy emocionante.

Un poco antes de las seis de la tarde, el nerviosismo de Mario se le contagió. A pesar de los buenos augurios de Bruce, esta entrevista iba a definirlo todo. El Hotel Marquís estaba muy cerca del periódico así que la chica hizo el trayecto caminando entre los tumultos de gente que circulaban por Times Square. El rostro de Claudia dibujaba la tensión que sentía, y los tres la siguieron en silencio.

La vista desde el restaurante del último piso era espectacular. Claudia se sentó en una mesa junto al cristal circular y pidió un aperitivo mientras consultaba su reloj. Las cinco con cincuenta y ocho. Patrick Stevens llegó tres minutos después. Era un hombre muy atractivo, de raza negra y bastante joven para aspirar a ser legislador. En la computadora, Bruce había averiguado que se le consideraba uno de los solteros más codiciados del estado de Connecticut.

A Mario no pareció gustarle la manera en que vio a su hija a juzgar por sus pensamientos:

"Claudia es ya una mujer y sabe cuidarse sola, pero un tipo con tanto colmillo…"

–Sshhh, vamos a escuchar –comentó Gina sin pensar.

A Mario lo desconcertó que Gina lo callara porque no había dicho ni media palabra pero no protestó porque la conversación entre Claudia y Patrick Stevens estaba a punto de comenzar.

–En primer lugar, déjeme decirle que yo no tenía idea de nada de esto –empezó Pat con honestidad –. Mi padre trabajó varios años para Marvin Wayes en el taller. Su especialidad era la pintura de autos y me asegura que nunca participó en ningún hecho violento antes de la noche en que Jeff Willis murió. Al parecer todo fue planeado de manera intempestiva y el jefe tuvo que recurrir al puñado de gente que tenía a la mano.

–Sí, Carl Betson también me dijo lo mismo. De hecho, creo que por esa razón no atinaron a reaccionar. Si se hubiera tratado de matones, el miedo no los habría paralizado – reconoció Claudia.

–Tampoco pretendo justificarlo, pero yo tenía doce años en ese entonces y nunca supe que mi padre formaba parte de algo ilegal.

Además, después de este incidente abandonó a Marvin Wayes y se forjó un patrimonio de manera honesta.

-Nadie está diciendo lo contrario, señor Stevens.

-Llámame Pat -una encantadora sonrisa hizo ruborizar ligeramente a su hija.

Mario hizo una mueca y Gina sonrió.

-Entonces tú dime Claudia.

-Muy bien, Claudia. La cosa está así. Tú puedes destrozar mi carrera si te lo propones, pero eso no aportaría ningún beneficio porque mi padre no está convencido de corroborar la versión de Betson. El tipo es inestable y su palabra puede no ser suficiente para salvar a tu tío.

-Al menos provocaría "dudas razonables" -intervino Claudia con inteligencia.

-De acuerdo, pero si quieres que se haga justicia de una vez por todas, te tengo una propuesta mejor.

El muchacho era muy bueno, así que Mario contuvo el aliento antes de que volviera a hablar. Gina y Bruce lo miraron expectantes.

-Yo puedo lograr que mi padre ofrezca una confesión voluntaria, y si Carl Betson lo corrobora, casi te puedo asegurar que la ejecución se detiene.

Claudia no dijo nada. No obstante, Mario pudo notar que sus manos empezaron a temblar.

-También te ofrezco mi ayuda para conseguir una revisión de la sentencia y una entrevista exclusiva conmigo.

-¿A cambio de qué?

-De que permitas que esto salga a la luz como idea mía. Con la fecha de la ejecución tan cerca, es natural que los remordimientos de mi padre hayan empeorado y que por fin decidiera confiar en su único hijo.

-¿Nada más?

-El electorado puede perdonar errores del pasado siempre y cuando se esté dispuesto a enmendarlos -Patrick Stevens se acercó un poco y miró a la joven con intensidad -. Lamento mucho no poder hacer ya nada por tu padre, pero si trabajamos juntos, te juro que vamos a limpiar su memoria.

Claudia sonrió con los ojos llenos de lágrimas y Gina lanzó un grito jubiloso al verla aceptar. Bruce empezó a saltar también pero Mario tardó más en reaccionar. Cuando lo hizo, lo único que se le ocurrió fue abrazar a su compañera y ponerse a llorar.

Patrick y Claudia estaban planeando una rueda de prensa para el día siguiente mientras Bruce imaginaba que iban a ser llamados al Cielo en cualquier momento. El caso estaba prácticamente cerrado, y con ello la misión terminaba. Él ardía en deseos de ver a Hiromi y de contemplar el esplendor más allá del purgatorio así que marcó el uno en la computadora.

Nada. Eso era raro. Muy raro. No quiso interrumpir el festejo de Mario y Gina, así que marcó de nuevo. La grabadora contestó esta vez. Hacía mucho que no la oía y eso no le gustó nada a Bruce. ¿Qué faltaba por resolver?

La respuesta le llegó pocos segundos después a través del celular de Patrick Stevens.

–¿Diga? –el joven contestó el teléfono en tono despreocupado pero su expresión cambió enseguida –Mamá, cálmate, no entiendo nada.

Su rostro palideció cuando la señora Stevens repitió lo que trataba de decirle: Donald Stevens había sufrido un ataque cardíaco.

CAPÍTULO 30

Donald Stevens estaba en terapia intensiva, los doctores habían conseguido estabilizarlo pero no garantizaban que fuera a sobrevivir. Las primeras setenta y dos horas eran cruciales. El problema era que Keith West no tenía setenta y dos horas.

La desolación se apoderó de ellos debido a que las emociones de Mario los embargaban por completo. Gina no encontraba una manera de consolarlo, no sabía qué decir o qué hacer para mejorar la situación. Claudia, a su vez, se encontraba permutando entre la angustia por la falta del testigo clave en la defensa de su tío, y la culpabilidad por haber sido el detonante de esta crisis en la salud del padre de Patrick.

–Tú hiciste lo que tenías qué hacer –aseguró Patrick de manera increíble –, más bien creo que el culpable soy yo por haberlo presionado a decir la verdad.

–Esto es producto de su edad y su exceso de peso –les informó uno de los doctores para tranquilizarlos –. Tu padre era una bomba de tiempo y así se lo hice saber en su último chequeo.

–Además –intervino la madre de Patrick mirando a Claudia cálidamente –, el mayor disgusto no lo tuvo por los papeles que le dejaste. Ni siquiera por la discusión contigo, hijo.

–¿Entonces?

–Lo que más lo alteró fue la conversación que tuvo con ese hombre... El otro testigo.

–¿Carl Betson? –Mario y su hija hicieron la pregunta al mismo tiempo. Por supuesto, la señora Stevens sólo la escuchó a ella.

–Donald lo buscó para reclamarle –la mujer sonrió con cierta mortificación–. Al parecer este señor no está bien de los nervios y se puso como loco. Don perdió la paciencia... Le dijo que lo único que quería era arruinarle la vida porque él nunca hizo nada con la suya. Yo traté de calmarlo pero no me hizo caso, ya sabes cómo es...Entonces nosotros nos pusimos a pelear también. Le dije que si no decía la verdad yo iba a dejarlo.

–Mamá...

La madre de Patrick ignoró a su hijo porque su mirada estaba fija en la reportera.

–Todo esto es también nuevo para mí, ¿sabes?

Claudia asintió.

–Si yo hubiera sabido... Jamás habría permitido que guardara silencio durante tanto tiempo. ¡Cuando pienso que tu padre murió allí adentro!

Gina admiró la fortaleza de ambas mujeres cuando sus manos se juntaron como si fueran dos viejas amigas. Patrick las miraba emocionado. Bruce, Mario y ella también.

–Muchas gracias por sus palabras, señora.

–No pierdas la fe, pequeña, mi marido es un hombre fuerte y aunque la vida lo ha hecho muy duro, su esencia sigue siendo buena. Él va a despertar y a hacer lo correcto, ya lo verás. Justo en ese momento, una línea continua acompañada de un chillido apareció en la pantalla que monitoreaba los signos vitales de Donald Stevens.

No. Esto no podía estar pasando. Si Donald Stevens se muere, Keith estará perdido. Mario miró a sus compañeros, preso de angustia, al tiempo que un doctor y dos enfermeras entraban en la habitación.

–¡Tenemos que hacer algo! –murmuró al ver que iniciaban los procedimientos de resucitación.

–Hay que localizar a Rafael.

Bruce le extendió el aparato, pero antes de que él apretara el número uno, Gina gritó:

-¡Carl Betson!

Mario la miró sin comprender.

-Tenemos que buscarlo, ese hombre es tan inestable que después de una confrontación así es capaz de cometer una tontería.

Él titubeó. Gina tenía razón, Carl Betson era más importante ahora que antes porque podía terminar siendo su única esperanza.

-Nosotros vamos a buscarlo -anunció Bruce de inmediato -, tú llama a Rafael y ve qué puedes hacer por Donald Stevens.

-¿Gina?

Ella asintió y Mario le sonrió agradecido. Era indispensable que actuara con rapidez porque la línea seguía sin variación. Él lanzó una última mirada a su hija que estaba tratando de tranquilizar a Patrick y entonces apretó el número uno.

El zumbido empezó en el acto y fue más intenso de lo acostumbrado. Por lo visto, Rafael lo necesitaba personalmente y, por primera vez, a Mario se le taparon los oídos provocándole tal incomodidad que tardó unos segundos en recuperarse. Cuando lo hizo, comprendió que no estaba en la Sala de Espera sino en otro lugar donde no había estado antes. Era un pasillo como tantos otros pero con una gran diferencia: Éste sí parecía tener fin. Lo curioso es que había una gran luz que salía del extremo contrario iluminando el área desde su espalda con tal intensidad que era casi imposible mirar hacia allá.

Mario empezó a caminar hacia el otro lado buscando a Rafael. Casi enseguida alcanzó a ver una silueta al fondo, la silueta de un hombre que avanzaba en su dirección. Pensando que se trataba del arcángel, él dio un par de pasos hacia adelante, y entonces lo reconoció. Mario se detuvo. No era Rafael quién se acercaba con expresión asustada, sino el último ser que él hubiera deseado encontrar aquí.

Al llegar al departamento de Carl Betson, Bruce experimentó una sensación muy extraña. Todo estaba revuelto, como si él hubiera buscado algo casi con desesperación. Sin embargo, no era eso lo que hacía que el miedo se percibiera en el aire, no... Era algo más... O alguien más.

A pesar de que Bruce no lo había visto nunca y de que no llevaba un traje blanco sino uno oscuro, él supo quién era en cuanto lo descubrió saliendo de la recámara principal.

–Lucas...

–Llegan tarde.

Su voz era fría como el hielo, pero lo que más impresionó a Bruce fue su mirada. Como dos grandes abismos color carbón, sus ojos no demostraban ninguna emoción.

–Carl Betson es mío.

Gina reaccionó primero y corrió hacia la habitación. Lucas se hizo a un lado para dejarla pasar con una sonrisa diabólica dibujada en los labios. El grito de su compañera no se hizo esperar:

–¡No!

–¿Qué le hiciste? –preguntó Bruce desafiante.

–Nada, él se lo hizo solo. Yo sólo le puse las herramientas necesarias a la mano.

–No va a funcionar... Hagas lo que hagas, vamos a salvar a Keith West.

–¡Bruce! –lo llamó Gina desesperada.

Él avanzó para reunirse con su amiga pero Lucas se interpuso en su camino.

–Tenía entendido que eras el más listo de los tres, por eso no intenté nada contigo.

Bruce trató de esquivarlo pero no pudo.

–Ahora veo que eres tan torpe que crees que esto se trata sólo de un caso en particular.

–¡Déjame en paz!

Él trató de empujarlo inútilmente. Lucas era más fuerte. Mucho más fuerte.

–Esto no va a terminar nunca, Yoichi. La lucha por el poder entre ÉL y yo seguirá hasta el fin de los tiempos.

Cada palabra era como una inyección de veneno y, por un instante, Bruce titubeó. Lucas tenía razón al decir que ganar o perder un alma parecía algo insignificante en una guerra que duraba millones de años. Además, ¿dónde estaba Dios ahora que lo necesitaban más que nunca?

Las palabras de Rafael retumbaron en su cabeza: "Satanás no puede hacer nada cuando una persona se fortalece en su fe". Él sonrió. Entonces la respuesta no estaba en Dios sino en ellos mismos.

—Tal vez... —apuntó Bruce con renovada confianza —Pero mientras los hombres tengan libertad, serán ellos quienes tomen la decisión de qué lado estar. Ni tú, ni ÉL pueden controlarnos, y eso, querido Lucas, es algo que nunca vas a poder remediar.

Carl Betson se había cortado las venas y yacía en la tina con el agua teñida de rojo cubriéndole hasta la cintura. Su expresión era tan pacífica que cualquiera podría pensar que se encontraba dormido. Gina trataba inútilmente de parar el sangrado de sus muñecas cuando Bruce la alcanzó en el baño.

—¡Ayúdame! —gritó ella desesperada.

El muchacho se acercó al hombre y le puso dos dedos debajo de su garganta para tomarle el pulso. Gina empezó a rezar. Esto no podía ser, Carl estaba desequilibrado pero nunca antes había intentado hacerse daño... Tenía que ser obra de Lucas, quién sabe de qué manera lo manipuló para que llegara a semejante extremo.

—No tiene caso...

Bruce la miró con una infinita tristeza. Gina sacudió la cabeza de un lado a otro. No. Se negaba a aceptarlo, Carl Betson no podía terminar su existencia de esta manera. A pesar de todos sus errores, no era justo este final para él, mucho menos cuando estaba a punto de redimirse con su declaración a favor de Keith West.

–Sí lo tiene –ella se levantó del piso y se acercó al oído de Betson. En algún lado había leído que ese era el último órgano que moría.

–Carl... Escúchame... No puedes irte así, necesitas arrepentirte.

–¡Es inútil!

La voz de Lucas desde la sala llegó acompañada de una espantosa risa que la hizo sentir escalofríos. Sin embargo, Gina no pensaba dejarlo ir sin pelear.

–Carl... Tú puedes – insistió –. Sólo tienes que decir que lo sientes... ¿Me escuchas?

–¡Él ya me pertenece!

–¡Entonces lárgate de aquí, de una vez! –gritó Bruce enfadado.

–Por favor, Carl... Dios te ama, no quiere perderte.

–¿Mamá? – la voz del moribundo fue casi un susurro. Por desgracia, tanto Lucas como ellos la escucharon a la perfección.

–¡No puede ser! –gritó el demonio desde la sala.

–Eso es, Carl, regresa... –Gina tenía que darse prisa.

–No me hagas usar la fuerza, Yoichi.

Bruce se interpuso en la puerta del baño y Lucas lo miró de una manera que no dejaba lugar a discusión. A ella le temblaron las piernas ante su diabólica expresión pero, para su sorpresa, el muchacho no se movió.

–De cualquier forma no puedes hacer nada –lo enfrentó Bruce con valentía –. Es SU decisión.

Como si lo hubiera escuchado, Carl prosiguió:

–Yo no quería... Tenía miedo...

Gina recuperó el control. No podía dejar que, por culpa de sus miedos, el alma de este hombre se condenara.

–Sólo dime que lamentas el daño que hiciste a los demás y, sobre todo, a ti mismo.

En ese momento, Lucas aventó a su compañero con tanta fuerza que el pobre terminó estrellándose contra la pared como si fuera un muñeco de trapo y ella lanzó un grito asustada.

–Dios te olvidó, Carl –la voz de Lucas adquirió un timbre suave y seductor –, quisiste hacer lo correcto y mira cómo se enredaron las cosas.

Bruce se incorporó y le hizo una seña con la cabeza a Gina para que continuara. Ella asintió, no podía claudicar a estas alturas. Carl Betson merecía otra oportunidad.

-Todo está muy oscuro... -la voz del moribundo era casi un susurro.

-Sólo pide perdón y se hará la luz -prometió Gina.

-No tienes que pedir perdón por algo que no fue tu culpa. Es Él quien falló, no tú -insistió Lucas.

-Yo...

-Dios te ama, Carl, quiere tenerte a su lado por siempre.

Los siguientes instantes se hicieron eternos. La respiración de Betson era muy débil pero aún así parecía cortar la tensión de la habitación. Lucas los miraba a ambos con expresión burlona como si estuviera seguro de que iba a lograr su propósito.

-Perdóname, Señor, por favor.

La cabeza de Carl Betson se ladeó hasta quedar inerte sobre el pecho de Gina. Ella cerró los ojos sin saber si eso sería suficiente, pero justo entonces Lucas lanzó un gruñido que sacudió la habitación con tanta fuerza como un terremoto y, acto seguido, desapareció.

Mario lo comprendió todo al instante. Su presencia aquí sólo podía tener una explicación. Una vez más, el Cielo le demostraba que estaba siempre al pendiente de sus movimientos.

-Donald... Soy Thomas West -él desconoció su propia voz porque ésta sonaba más profunda y calmada que de costumbre.

-¡Oh Dios! -el tipo cayó sobre sus rodillas al reconocerlo -Lo siento, lo siento mucho...

Como cosa curiosa, Mario no experimentó rencor por el hombre que había tenido en sus manos la llave para salvarlo de su injusto destino. Tan sólo sentía una angustia enorme por hacerlo regresar.

-Tienes que volver, Don. Mi hermano te necesita.

-Es que no sabes... No entiendes...

-Yo sólo sé que su vida depende de ti -suplicó Mario -. Se lo debes... Me lo debes a mí.

Donald Stevens miró a su alrededor y esbozó una enorme sonrisa.

-Pero esto es tan hermoso... Allá abajo todo es difícil y aquí me siento bien.

Él suspiró. No sabía qué decir, hasta donde podía llegar para tratar de convencerlo.

-Esto va a desaparecer si no haces lo que es correcto.

-Eso no puede ser... Ya estoy aquí.

-Escúchame -Mario se acercó a él y le puso una mano en el hombro -. Estás aquí porque Nuestro Señor quiere darte la oportunidad de recapacitar. Tú decides si la tomas o la dejas.

-No, no quiero regresar... Va a ser muy difícil, no puedo.

De manera inexplicable, el tipo empezó a alejarse.

-Donald.... -él trató de tocarlo de nuevo pero el hombre se alejaba cada vez más -¡Donald!

-¡No quiero irme!

-¡Tienes que ayudar a Keith! - alcanzó Mario a gritarle antes de que Donald Stevens desapareciera por completo. En ese preciso momento, el zumbido comenzó otra vez.

El último día completo en la vida de Keith West empezaba mal. Gina y Bruce regresaron impresionados por lo que acababan de vivir pero satisfechos por haber conseguido salvar el alma de Carl Betson. Mario estaba también impactado por su propia experiencia, pero su incertidumbre respecto al resultado no se vio aliviada ni siquiera por el hecho de que Donald Stevens pasó una noche estable después de la crisis.

La luz del día sorprendió a Claudia dormida sobre el hombro de Patrick Stevens y eso tampoco le sentó bien a Mario, pero a Bruce le hizo gracia escucharlo repelar dentro de su cabeza. A veces le daba cierto remordimiento no confesarle que tanto él como Gina sabían todo lo que pensaba y sentía, pero las cosas estaban tan complicadas que no le parecía un momento oportuno.

La señora Stevens se había quedado dormida montando guardia junto a su esposo en Terapia Intensiva, pero en cuanto despertó se reunió con su hijo y la reportera en la Sala de Espera para discutir las alternativas que tenían para salvar a Keith en caso de que el testigo estrella no despertara a tiempo. Patrick era en verdad un gran hombre y estaba moviendo todas sus influencias para tratar de conseguir una prórroga. De esa forma, a las ocho de la mañana hicieron llamadas a diestra y siniestra para organizar una rueda de prensa antes de medio día; y cuando el joven político hizo la declaración pública en nombre de su padre, su madre estaba a su lado junto con Claudia.

La respuesta no se hizo esperar, los noticieros locales enloquecieron al saber que Donald Stevens había sido testigo de la muerte de Jeff Willis y cientos de manifestantes empezaron a llegar a las afueras de Somers. No obstante, éstos no eran los típicos activistas en contra de la pena de muerte, sino incontables personas que habían sido beneficiadas de alguna o de otra manera con el "Operativo Limpieza".

El Comité de Perdones guardaba silencio mientras varios abogados empezaron a dar sus opiniones en la radio y televisión. Algunos decían que no era válido tomar la palabra del hijo de un testigo para un caso de esta magnitud; algunos otros decían que era una barbaridad seguir adelante con la ejecución sin esperar el testimonio de Donald Stevens. El descubrimiento del cuerpo de Carl Betson fue un duro golpe para todos, pero avivó todavía más la polémica.

Ellos, mientras tanto, se limitaban a velar junto al lecho del enfermo esperando un milagro. Gina les dijo que la oración era más eficiente cuando se hacía en grupo y eso es lo que estuvieron haciendo gran parte del día. Al ver que los rayos del sol se empezaron a ocultar en el horizonte, Mario les pidió por favor que lo llevaran a Somers. Quería pasar esa noche junto a su hermano.

Dos horas antes de la ejecución, los manifestantes afuera del Penal de Somers se contaban por miles. No había un solo medio de comunicación en los Estados Unidos que no estuviera al pendiente de la ejecución de Keith West. Gina y Bruce habían regresado al hospital después de dejar a Mario en "El Corredor de la Muerte", pero a pesar de que los signos vitales de Donald Stevens presentaron una considerable mejoría durante la noche, el hombre todavía no despertaba.

–Creo que será mejor que vayamos con Mario.

Bruce los transportó allá en cuestión de segundos y a ella se le encogió el corazón al encontrar a su compañero recostado junto a Keith. El menor de los West se encontraba tan tranquilo que eso sólo podía explicarse por el contacto de su hermano mayor.

Según Mario les informó, la noche anterior había cenado su comida favorita y, contra todo lo que se podía esperar, había dormido bastante bien. También hacía un rato que había venido un ministro de la Iglesia Bautista, religión que ellos profesaban, para prepararlo.

Lo más terrible fue cuando Claudia llegó a despedirse. Era el único momento en que un condenado a muerte podía tener contacto directo con un familiar, así que Keith se mantuvo abrazado a su sobrina durante los quince minutos reglamentarios.

Gina tuvo que salir de la habitación al ver a Mario cobijarlos a los dos con sus fuertes brazos porque era imposible contener las lágrimas. Bruce, en cambio, estaba enfadado. No podía concebir que el Comité de Perdones no hubiera emitido ninguna declaración hasta el momento.

Cuando Claudia salió, Patrick la estaba esperando en la sala desde donde serían testigos de la ejecución. Keith empezó a rezar y entonces los tres se agruparon junto a él. Alguien en el Cielo tenía que escucharlos.

Su hermano menor estaba avanzando por última vez por "El Corredor de la Muerte" cuando escucharon el revuelo en el exterior. Era imposible tratar de entender algo entre la revoltura de gritos y consignas así que Gina y Bruce salieron a averiguar de qué se trataba. Mario decidió quedarse con Keith; si lo peor llegaba a suceder, él estaría a su lado en todo momento.

Le parecía increíble que el único caso que dejaran sin resolver fuera el suyo, pero Mario estaba convencido de que si esa era la voluntad divina, debía ser lo mejor aunque su cabeza no alcanzara a comprenderlo. Además, su hermano parecía tan sereno, tan en paz con Dios y consigo mismo, que no le quedaba ninguna duda de que se iban a encontrar muy pronto en el Cielo. Sus compañeros aparecieron tan intempestivamente que lo hicieron saltar.

–¡Mario! ¡No vas a creerlo!

–¡Donald Stevens acaba de despertar! –Gina estaba tan emocionada que su cara era todo un poema.

–¿Cómo dices?

–Lo más increíble es que dice que te vio en el más allá, y que está dispuesto a corroborar todo lo que declaró su hijo en la rueda de prensa.

–¿Ya lo sabe Claudia?

Los tres se volvieron a mirar el cristal detrás del cual se sentaban los testigos de la ejecución, y al ver a la chica saltando en los brazos de Patrick Stevens, encontraron su respuesta.

–¿Y el Comité de Perdones?

Como si los hubieran escuchado, el teléfono dentro de la sala sonó y el oficial a cargo levantó la bocina. El silencio era sepulcral.

–Entiendo.

Al colgar, se tomó un par de segundos antes de decir:

–Keith West. Tengo el honor de notificarle que su ejecución ha sido detenida en forma definitiva.

Los tres estaban tan contentos que no supieron en qué momento una suave luz empezó a envolverlos. No era como el túnel que describían algunos sino más bien una espesa cortina de humo brillante a su alrededor. Muy despacio, Keith y los policías que le quitaban los grilletes de los pies desaparecieron, el ruido en la explanada frente a Somers cesó por completo y las emociones se estabilizaron. No había zumbidos ni oídos tapados. Gina lucía un poco asustada así que Mario la rodeó con sus brazos, pero Bruce sólo sentía una inmensa paz.

Si no hubiera perdido la fe después de la muerte de Hiromi, con toda seguridad esto es lo que habría visto al morir en lugar de llegar a esa confusa Terminal A. Sin embargo, Bruce no lo lamentaba porque lo que vivió junto con sus compañeros durante estas semanas lo había ayudado a crecer espiritualmente. Ahora sí estaba listo para ver a Dios, para vivir en eterna dicha.

Miró a su alrededor buscándola cuando la intensidad de la luz disminuyó. Allí estaba, más hermosa de lo que recordaba y él corrió a abrazarla como si fuera un chiquillo. Hiromi rió a carcajadas cuando la levantó en el aire y Bruce tardó mucho en poder apartar sus ojos de ella para ver lo que sucedía con sus compañeros. Mario se turnaba entre abrazar a su madre y a su abuela. Y Gina... Ella no podía dejar de contemplar a la criatura que tenía en sus brazos. Los corazones de los tres parecían estar a punto de estallar de felicidad. ¡Por fin habían encontrado el camino de regreso!

EPÍLOGO.

–¡Gina! –Lourdes llamó a su hija por centésima vez.

–Me pareció que estaba jugando con los recién llegados –le informó Isabel al cruzarse con ella en la "Guardería".

–¿Puedes decirme de que edad está? –preguntó Gina buscándola con la mirada.

–Alrededor de seis años.

Ella caminó hasta la sala de "Entradas" pensando que Tom ya debía estar esperándolas y ahí la encontró, en efecto, su adorada criatura se encontraba haciéndola de guía de turistas para dos chiquillos nuevos.

–Gina, todavía tenemos que ir con el abuelito Inocencio. Ya sabes cómo se pone si nos vamos sin despedirnos.

–¿Falta mucho para que llegue su esposa? –quiso saber su hija.

–No, pero mientras tanto, nosotros tenemos que consentirlo.

La pequeña asintió y se despidió de sus amiguitos. Cuando salieron al pasillo, a Lourdes no le extrañó tropezarse con su abuelito.

–¡Menos mal que no se han ido todavía!

–¿Sucede algo, abuelito? –preguntó extrañada de que viniera a buscarlas.

–Acabo de ver que las cosas en ese lugar... El que siempre se me olvida... ¿Cómo se llama?

–¿Cabinda?

-Ándale. Resulta que las tropas de ese otro país... El que los invadió... ¿Cómo se llama?

Lulú rió divertida y fue Gina quien contestó:

-Angola, abuelito.

-Esta niña es demasiado lista para su edad -repeló el anciano que, para variar, no representaba los años que en verdad tenía.

A él le gustaba estar alrededor de los treinta, así como a la pequeña Gina le encantaba ser siempre una niña. Lourdes, en cambio, prefería representar su edad real.

-¿Qué te estaba diciendo? -recapituló Inocencio -¡Ah sí!, gracias a los observadores y los reporteros que se instalaron allí desde que ustedes intervinieron, las tropas de Angola han emprendido la retirada.

-¿De verdad? -Lourdes no podía creerlo.

-Parece que salvaron mucho más que a una familia, mi niña.

-Sí, abuelito, parece que sí.

Lourdes le dio un beso en la mejilla y dejó que sintiera todo su amor. De la misma manera, él la dejó entrar en sus sentimientos por un instante para que percibiera lo orgulloso que se sentía de ella.

A Tom se le hizo tarde porque había un novato en el gimnasio que no conseguía hacer sus ejercicios de manera correcta. El pobre estaba enfrentando una versión corregida y aumentada de Lucas así que él no pudo dejarlo hasta que se sintió seguro de que estaba listo para vencerlo.

-Lo siento -se disculpó al llegar con Lourdes y la pequeña Gina -, larga historia.

En cuestión de segundos se lo contó todo sin abrir la boca.

-Entiendo -replicó su compañera después de leer sus pensamientos. Tom no era tan bueno como Lourdes para bloquearla cuando no quería compartir algo pero, a estas alturas, la verdad no le importaba. Ellos se habían vuelto prácticamente inseparables.

-¿Por qué estás tan contenta?

-Mi abuelito me acaba de dar una noticia increíble.

Tom se puso igual de contento al saber lo de Cabinda. Rafael le dijo desde que llegaron al Cielo que los Kimpa iban a estar bien, pero era maravilloso comprobar que muchos otros saldrían beneficiados con sus acciones.

–Yo también tengo novedades –anunció en tono misterioso.

–¿Keith? –preguntó Lourdes y Tom movió la cabeza de un lado a otro.

Su hermano había salido libre dos meses después de su último día en la tierra. A partir de la confesión de Donald Stevens, el Comité Estatal de Perdones ordenó un nuevo proceso que determinó que los veinte años que Keith estuvo en prisión eran suficientes para los delitos de alterar una escena del crimen y resistirse a un arresto. El cargo de homicidio se desvaneció al comprobar que había actuado en defensa propia. Keith tardó un poco en ajustarse a su nueva vida, pero gracias al amor de Claudia, y con la celebridad instantánea que adquirió, se había mantenido ocupado. Actualmente, tenía una agenda llena para dar pláticas motivacionales y varias ofertas de empleo.

–Frío, frío...

–¿Claudia y Pat se comprometieron?

–Desde que aprendiste a leerme como un libro abierto, estoy perdido –reconoció Tom sonriendo.

–Así es –Lourdes lo abrazó emocionada –, y no trates de resistirlo.

–No creas que se me ha olvidado cuando te aprovechabas de mi ignorancia.

Ella soltó una carcajada y la pequeña Gina los miró a ambos con curiosidad. Esa chiquilla era la debilidad de Tom.

–¿No se van a cambiar?

–Te da pena que te vean con un par de viejos, ¿eh? –Tom revolvió su cabello con una mano.

–Sólo digo que si vamos a ir con Yoichi y Hiromi... explicó la niña –Es mejor que se pongan más jóvenes.

–Sí, esos dos son tremendos –reconoció él recordando que la última vez habían insistido en darle la vuelta al mundo en ochenta minutos.

–¿Qué te parece la misma edad que ellos? –preguntó Tom mirando a Lourdes.

–Me parece justo.

Acto seguido, los dos se convirtieron en veinteañeros y Tom no pudo evitar apreciar lo bien que lucía su compañera.

–Muchas gracias, lo mismo digo.

Yoichi tenía que estar en la Terminal C ayudando a recibir a los nuevos, ir a buscar a Hiromi, y alcanzar a sus amigos en el purgatorio, donde ellos trabajaban, al mismo tiempo. Era un alivio que, gracias a su empleo como ayudante de los arcángeles, pudiera estar en varios lugares al mismo tiempo.

–Es ilógico que llegues tarde si hay varios tú circulando por ahí –comentó Tom cuando apareció junto a ellos.

–Lo siento, tuve que pasar un minuto a "Envíos" porque una de las terminales no está funcionando correctamente. Ayer le mandaron Gracia, por error, al dictador de un país latinoamericano y el tipo terminó cantando en un acto público.

–Es lo malo de estar enamorada de un angelito –comentó Hiromi sonriendo.

–No soy un angelito –corrigió Yoichi a su novia –. Asistente Celestial es el término correcto.

–En Japón te consideran más bien un prodigio. Tu juego ha roto todos los récords de ventas –apuntó Tom con cierta admiración.

–Sí, lo supe ayer que bajé a ver a mi familia.

"De verdad que no puedes estarte quieto" –lo reprendió Lulú que se había hecho una maestra para hablar sin palabras –"¿Has visto a Rafael?"

–Les manda saludos. Y también Carl Betson –Yoichi acababa de verlos a ambos en la Recepción –. Por cierto, ¿quién creen que acaba de llegar a la Terminal C?

–¿Todavía sigues dando vueltas por todas las terminales?

–Sí, Tom, ya sabes que me encanta aprender de las diferentes religiones pero... No han contestado mi pregunta.

-¿Isaac?

-El pobre está tan aturdido como tú cuando llegaste, Lourdes.

Los tres rieron al recordar esto y entonces Gina preguntó:

-¿Ya nos vamos?

-Sí, pequeña, ya nos vamos -le respondió su madre.

-Lo que yo quisiera saber es... ¿A dónde vamos?

-Es una sorpresa, cariño -Yoichi le sonrió a Hiromi - Recuerden que tenemos el universo entero a nuestra disposición.

About the Author

Maricruz Acuña nació en México en 1966, y es madre de tres hijos. Esta novela es su propio Camino de Regreso a las letras después de varios años de cambios importantes en su vida. Sus personajes reflejan las luces y sombras de los seres humanos, mostrando un lado más ameno del interminable proceso de morir para vivir de nuevo. Actualmente, ella radica en Texas con su familia y trabaja como maestra de primer grado.